LAURA MARSHALL

Eiskalte Freundschaft

Ich werde nie vergessen

Buch

Louise Williams führt, zwei Jahre nach der Trennung von ihrem Exmann Sam, ein ganz normales Leben mit ihrem kleinen Sohn Henry in London. Auch in ihrem Job als Innenausstatterin ist sie sehr erfolgreich. Doch eines Tages passiert etwas, das sie komplett aus der Bahn wirft: Auf Facebook bekommt sie eine Freundschaftsanfrage von Maria Weston. Louise und Maria besuchten dieselbe Klasse, doch nach einem traumatischen Ereignis verschwand Maria – und wurde schließlich für tot erklärt. Wie ist es also möglich, dass sie ihr nun schreibt? Für Louise beginnt eine emotionale Reise in die Vergangenheit, denn mit dieser Freundschaftsanfrage einer Toten kehren auch all die Erinnerungen an die Schulzeit zurück, die sie eigentlich die letzten 27 Jahre so erfolgreich verdrängt hatte. Und schlimmer noch, kurz nach dieser Anfrage bekommt sie eine Einladung zu einem Klassentreffen ihrer Abschlussklasse. Kann es ein Zufall sein, dass diese zwei Dinge so kurz hintereinander passieren?

Autorin

Laura Marshall wuchs in Wiltshire auf und studierte Englisch an der University of Sussex. 2015 fand sie, dass es Zeit sei, sich ihren lebenslangen Traum zu erfüllen – das Schreiben eines Romans. Ihr Debüt *Eiskalte Freundschaft. Ich werde nie vergessen* wurde bereits vor der Veröffentlichung für den Lucy-Cavendish-Fiction-Preis nominiert. Laura Marshall lebt mit ihrem Mann und zwei Kindern in Kent.

LAURA MARSHALL

Eiskalte Freundschaft

Ich werde nie vergessen

Roman

Deutsch von Leena Flegler

blanvalet

Die Originalausgabe erschien 2017
unter dem Titel »Friend Request« bei Sphere, an imprint of Little, Brown Book Group, an Hachette UK Company, London.

Dieses Buch ist auch als E-Book erhältlich.

FSC
www.fsc.org
MIX
Papier aus verantwortungsvollen Quellen
FSC® C014496

Verlagsgruppe Random House FSC® N001967

1. Auflage

Redaktion: René Stein
Umschlaggestaltung: www.buerosued.de
Umschlagmotiv: plainpicture/Folio/Stefan Isaksson
Satz: KompetenzCenter, Mönchengladbach
Druck und Einband: GGP Media GmbH, Pößneck
LH · Herstellung: sam
Printed in Germany
ISBN: 978-3-7341-0577-7

www.blanvalet.de

Von ganzem Herzen für M, C und A

KAPITEL 1

2016

Die E-Mail schlägt in meinem Posteingang wie eine Bombe ein, die gleich explodieren wird. *Maria Weston möchte mit dir auf Facebook befreundet sein.*

Für einen Moment überlese ich sogar den Facebook-Hinweis und lese nur: *Maria Weston möchte mit dir befreundet sein.* Instinktiv schlage ich den Laptopdeckel zu. Es fühlt sich an, als würde in meiner Kehle ein Schwamm stecken und all meinen Speichel aufsaugen, bevor er anschwillt, mir alles abschnürt und die Luft zum Atmen nimmt. Ich versuche, ganz tief durchzuatmen und die Fassung wiederzuerlangen. Vielleicht habe ich mich ja getäuscht. Ich muss mich getäuscht haben, weil das hier einfach nicht passieren kann. Langsam klappe ich den Laptopdeckel wieder auf. Mit zitternden Händen klicke ich die E-Mail an, und dieses Mal gibt es keine andere Erklärung. Maria Weston will tatsächlich mit mir befreundet sein.

Bis jetzt war dieser Tag verhältnismäßig unspektakulär. Henry übernachtet heute bei Sam, sodass ich den ganzen langen Arbeitstag damit verbringen konnte, erste Vorschläge für eine Kundin zusammenzustellen, die von den Wänden bis zu den Teppichen und Sitzmöbeln alles in unterschiedlichen Schattierungen von Beige und Taupe einrichten möchte. Gleichzeitig soll das Haus nicht langweilig wirken. Als ich gesehen habe, dass eine E-Mail im Posteingang lag, war ich dankbar für die Ablenkung. Ich habe zur Abwechslung auf eine persönliche Nachricht gehofft und dass mir nicht schon wieder irgendeine Firma irgendwas verkaufen wollte.

Jetzt wäre ich für solchen Marketing-Spam dankbar, und ich sehne mir den leichten Überdruss zurück, den ich noch vor ein paar Minuten verspürt habe. Unter Garantie hat sich da jemand einen kranken Scherz mit mir erlaubt. Nur wer? Wer glaubt denn bitte, dass so etwas komisch wäre? Und wer weiß, was er damit bei mir anrichtet?

Natürlich gibt es hierfür eine ganz einfache Lösung. Ich muss bloß diese E-Mail löschen, Facebook aufrufen und die Freundschaftsanfrage ablehnen – ohne zuerst auf das Absender-Profil zu klicken. Ein Teil von mir schreit regelrecht danach, genau das jetzt zu tun, auf der Stelle einen Schlussstrich zu ziehen. Aber ein anderer Teil – ein leiser und tief vergrabener Teil in mir – will es sehen, will es wissen. Um es zu verstehen.

Also mache ich es. Ich klicke auf *Bestätigen* und dann auf ihre Seite: Maria Westons Facebook-Profil. Das Profilbild stammt noch aus der prä-digitalen Zeit und wurde allem Anschein nach eingescannt. Maria in ihrem grünen Schuluniform-Blazer, mit dem Wind im langen braunen Haar und leicht gekräuselten Lippen. Ich lasse den Blick über die Seite wandern, suche nach Hinweisen, aber das Profil ist sparsam mit Informationen. Außer dem Profilbild hat sie keine Fotos hochgeladen und auch keine Freunde, außer mir.

Leidenschaftslos starrt sie mich vom Bildschirm an. Diesen kühlen Blick habe ich jetzt seit über fünfundzwanzig Jahren nicht mehr aufgefangen, war nicht mehr die Empfängerin dieses Ausdrucks, der einem klarmacht, dass man gerade taxiert wird – nicht auf unangenehme Weise, sondern einfach nur beobachtend. Allerdings kann man sich sicher sein, dass sie mehr von dir weiß, als du die Welt eigentlich wissen lassen willst. Ich frage mich, ob sie jemals begriffen hat, was ich ihr angetan habe.

Im Hintergrund des Fotos ist die rote Ziegelfassade unseres alten Schulgebäudes zu erkennen, das bekannt und zugleich fremd wirkt, als handele es sich um die Erinnerung einer anderen Person und nicht um meine. Komisch, wie man fünf Jahre lang tagaus, tagein denselben Ort aufsuchen kann, und dann ist es abrupt vorbei, und du gehst nie wieder dorthin zurück. Fast als hätte dieser Ort nie existiert.

Ich spüre, dass ich sie nicht lange ansehen kann, und mein Blick wandert durch die Küche, sucht nach etwas Greifbarem, woran er sich festhalten kann. Eine Atempause von dieser neuen Realität, die mich verwirrt, täte jetzt gut. Ich stehe auf und mache mir einen Kaffee, ziehe Ruhe aus dem Ritual, die glatte, glänzende Kapsel in die Maschine zu legen, sie einzuspannen und dann mit der Fingerspitze auf den Knopf zu drücken. Anschließend wärme ich Milch im Milchbehälter auf.

Da sitze ich also, fast schon mittleren Alters, und befinde mich inmitten all der Fallen eines durchaus komfortablen Mittelschicht-Lebens. Die Küchengeräte, der todschicke Kühlschrank mit dem Foto von Henry und mir während unseres ersten Urlaubs ohne Sam, ein Selfie, das ich am Pool geschossen habe: salzige gebräunte Haut und um Henrys Mund herum ein Schatten, wo in den Resten seiner täglichen Eiswaffel etwas Staub kleben geblieben ist.

Vor den Terrassentüren hat sich mein kleiner Hinterhofgarten in bleiche Spätherbstfarben gehüllt, und die Pflastersteine sind immer noch rutschig vom eiskalten Regen, der früher am Tag niedergegangen ist. Braune, abgestorbene Pflanzenreste in angeschlagenen Blumenkübeln zeugen von meinen vergeblichen Versuchen im Sommer, Küchenkräuter anzubauen, und der sich verdunkelnde Abendhimmel erstrahlt in stumpfem Schiefergrau. Ich kann gerade so einen der Hochhaustürme erkennen, die wie böse Riesen über den Reihen viktorianischer Häuser aufragen und die alten Bauten in diesem Teil Londons größtenteils abgelöst haben. Dieses Zimmer hier, dieses Zuhause, dieses Leben, das ich mir so mühsam aufgebaut habe, die kleine Familie mit nur zwei Mitgliedern – wenn einer von uns wegfiele, wäre es keine Familie mehr. Was wäre nötig, um dies alles niederzureißen, es zum Einsturz zu bringen und in Schutt und Asche zu legen? Womöglich nicht annähernd so viel, wie ich dachte. Vielleicht reicht ein kleiner Schubs von hinten, ein sanfter Stoß, so leicht, dass man ihn kaum spürt.

Es ist warm hier in der Küche mit den abgetönten taubengrauen Wänden und den ausgebleichten hölzernen Arbeitsflächen, unangenehm warm. Während der Kaffeeautomat sein übliches Summen von sich gibt, höre ich mit halbem Ohr dem Nachrichtensprecher im Radio zu, der in meiner Küche in einem fort vor sich hin brabbelt: irgendeine Erfolgsmeldung aus dem Sport, die jüngste Neuordnung des Kabinetts, eine Fünfzehnjährige, die sich umgebracht hat, nachdem ihr Freund Nacktbilder von ihr ins Internet gestellt hatte. Bei der Vorstellung ziehe ich den Kopf ein, hab Mitleid mit ihr und empfinde zugleich eine verschämte Dankbarkeit, weil es damals, als ich in ihrem Alter war, noch keine Handykameras gab. Ich mache eine Terrassentür auf, weil ich ein bisschen frische Luft brauche, doch eine eisige Böe wirft sie wieder zu.

Mein Kaffee ist fertig, und ich habe keine Wahl, als mich wieder an den Laptop zu setzen, auf dessen Bildschirm Maria die ganze Zeit auf mich gewartet hat: geduldig, unergründlich. Ich zwinge mich dazu, ihr in die Augen zu sehen, und suche vergebens nach einem Anhaltspunkt, nach einem Anzeichen für all das, was ihr damals widerfahren sollte. Ich versuche, mir das Foto wie ein unbeteiligter Betrachter anzusehen: ein durchschnittliches Schulmädchen, ein altes Foto, das seit Jahren bei der Mutter – wöchentlich abgestaubt und wieder hingestellt – auf dem Sideboard gestanden hat. Es funktioniert nicht. Ich kann sie nicht so sehen, nicht nach alldem, was ihr passiert ist.

Maria Weston will mit mir befreundet sein. Vielleicht war genau das von Anfang an mein Fehler. Maria Weston wollte mit mir befreundet sein, und ich habe sie im Stich gelassen. Schon mein ganzes Erwachsenenleben lang lauert sie am Rand meines Bewusstseins, auch wenn ich sie immer wieder erfolgreich beiseiteschieben konnte, jenen verschwommenen Schatten im Augenwinkel, der fast, aber eben doch nie ganz aus dem Sichtfeld gerät.

Maria Weston will mit mir befreundet sein.

Nur dass Maria Weston seit mehr als fünfundzwanzig Jahren tot ist.

KAPITEL 2

1989

Ich habe die ganze Nacht kein Auge zugetan und versuche gerade, mir darüber klar zu werden, was geschehen ist, was ich getan habe. Meine Augen sind gerötet und brennen vor Müdigkeit, aber ich traue mich nicht einzuschlafen. Wenn ich einschlafe, dann wache ich wieder auf und erlebe diese eine gnädige Sekunde, in der ich mich noch nicht wieder erinnert habe – und dann bricht es wieder über mich herein und ist kraft dieser einen unschuldigen Sekunde umso schrecklicher und grässlicher.

Ich glaube, das letzte Mal war ich bis zum Morgengrauen wach, als ich bei Sophie übernachtet habe. Allerdings ist die Angelegenheit diesmal deutlich gewaltiger und tragischer. Draußen hat es die ganze Sommernacht hindurch ohne Unterlass geregnet, und die Zweige des Baums vor meinem Fenster peitschen permanent gegen die Scheibe. Ich bin nicht nur aufgrund der Droge wach, auch wenn sie leider immer noch durch meine Adern strömt. Seit vier Stunden sitze ich jetzt hier am Boden, während mein bisher stockfinsteres Zimmer ganz langsam von mattgrauem Zwielicht erhellt wird. Um mich herum überall Spuren meiner aufwendigen Vorbereitungen für den gestrigen Abend, gerade einmal zwölf Stunden zurück, mit der Aussicht auf Akzeptanz und Anerkennung. Auf dem Bett liegen drei Kleider und die jeweils dazu passenden Schuhe ausgemustert vor dem Bodenspiegel. Mein Blick bleibt unwillkürlich an dem Fleck im Teppich hängen, wo Sophie meinen nagelneuen Bronzing-Powder fallen gelassen hat. Ich habe noch ungeschickt versucht, ihn mit einem Kosmetiktuch, das ich in ein Glas abgestandenes Wasser getunkt hatte, wieder wegzuwischen.

Das Kleid, für das ich mich zu guter Letzt entschieden habe, ist neben mir zu einem zerknitterten Haufen verkümmert – stattdessen hab ich mir einen alten Sweater und Leggings angezogen. Unter den Augen hab ich dunkle Make-up-Schmierer, meine Lippen sind spröde, Lippenstiftreste kleben in den Rissen und bluten auf die Haut um meinen Mund.

Ich sitze nur deswegen schon so lange am Boden, weil ich mich nicht bewegen kann. Ich hätte gedacht, mein Herz würde rasen, aber tatsächlich fühlt es sich eher an, als hielte eine eiserne Faust es fest gepackt. Ich bin fast überrascht, dass es überhaupt noch schlägt. Alles passiert in der Geschwindigkeit eines Trauerzugs. Wenn ich meine Hand bewege und mir eine Haarsträhne hinters Ohr schiebe oder irgendwas vom Boden aufhebe, fühlt es sich wie in Zeitlupe an, ganz gleich wie schnell ich bin. Mein Gehirn hat Schwierigkeiten, alles einzuordnen, meine Gedanken schweifen ab, durchforsten schwerfällig die vergangenen Monate, und ich versuche zu begreifen, wie es dazu kommen konnte.

Ich nehme an, es fing vor ein paar Monaten an, als dieses neue Mädchen an unsere Schule kam. Ich hatte die Pause mit Sophie verbracht, die sich mit Claire Barnes und Joanne Kirby unterhielt; ich selbst beteiligte mich kaum. Wir saßen auf der Bank am hinteren Ende des Schulhofs, und die drei hatten ihre Röcke am Bund so oft umgeschlagen, dass sie sie eigentlich genauso gut hätten weglassen können. Am anderen Ende des Schulhofs stand Matt Lewis und gaffte Sophie an. Ich konnte ihm ansehen, was er dachte. Es war der Tag – der erste im Jahr –, an dem man endlich wieder den Frühling riechen konnte. Ich saß am Rand, genoss die Sonne auf meinem Gesicht und hoffte, dass sie nicht von mir erwarteten, etwas zu ihrem Gespräch beizutragen. Der Himmel war unglaublich blau, und Sophie wie auch Claire und Joanne leuchteten regelrecht, ihr schier unfassbar seidiges Haar reflektierte die Sonne, und ihre weiche, goldene Haut schimmerte. Natürlich wussten sie genau, wie sie auf andere wirkten. Dumm waren sie schließlich nicht.

Sophie frischte ihre Wimperntusche auf und redete über einen Jungen, mit dem sie am vergangenen Wochenende bei Claires sechzehntem Geburtstag rumgemacht hatte. Ich war natürlich nicht eingeladen gewesen. Claire und Joanne lassen sich ohnehin nur mit mir blicken, weil ich mit Sophie befreundet bin, und manchmal habe ich das Gefühl, dass auch diese Freundschaft kurz davor ist, mir aus den Fingerspitzen zu gleiten.

»Na ja, wir haben geknutscht und so, und dann … Tja. Was ist das Unangenehmste, das einem Jungen passieren kann? Genau das ist passiert.«

Claire und Joanna kreischten wie am Spieß.

»Oh mein Gott!«, rief Claire. »Wie peinlich! Du weißt, dass ich damals auf Johnnys Party was mit Mark angefangen hab? Wir sind raus aufs Feld, ich sitz da, ihr wisst schon, blas ihm einen, und irgendwie passiert – nichts. Ich schau hoch, und jetzt haltet euch fest: Er war eingeschlafen!«

Sophie und Joanne brachen in Gelächter aus. Ich grinste

und tat so, als hätte ich den Witz verstanden. Zumindest weiß ich, was blasen bedeutet, wenn auch nur vage. Ich hab versucht, mir vorzustellen, so was mit jemandem zu machen, sogar mit jemandem, den ich gern mag, aber ich schaff es einfach nicht. Ich hab keinen Schimmer, wie so was funktioniert. Was du mit deinem Mund machst, mit der Zunge … Ich bekam eine Gänsehaut.

Jetzt lehnte sich Claire zu den anderen beiden hinüber, als würde sie ihnen gleich eine entscheidende Weisheit mit auf den Weg geben wollen. »Das ist doch voll in Ordnung bei euch beiden. Immerhin seid ihr erst ganz frisch dabei. Mir geht Sex inzwischen auf den Senkel, wisst ihr – Dan fällt einfach nichts anderes ein. Ihr wisst schon, ich will auch mal in die Stadt fahren, ins Kino gehen oder so.«

Sophie und Joanna überschlugen sich regelrecht, ihr beizupflichten. Es ist schon komisch, Sophie ist immer so cool, so selbstbewusst, aber manchmal, wenn sie mit Claire zusammen ist, dann erkenne ich ihre Achillesferse, die Risse in der Fassade werden sichtbar. Seit einiger Zeit darf ich manchmal mit in die Stadt kommen, dann sind wir als Gruppe unterwegs, aber sobald wir den Fluss erreichen, an dem der Weg zu schmal wird, müssen wir in Zweierreihen weiterlaufen. Und dann spüre ich immer, wie Sophie und Joanne unausgesprochen darum wetteifern, wer von ihnen beiden neben Claire gehen darf und wer mit mir vorliebnehmen muss.

Bis gestern Nacht habe ich noch nie einen Jungen geküsst, und ich weiß noch, dass ich insgeheim gebetet habe, die anderen mögen es nie herausfinden. Sophie weiß Bescheid, aber ich glaube nicht, dass sie es rumerzählt. Zumindest haben sie nie versucht, mich in diese Gespräche mit einzubeziehen. Ich habe einfach immer zu viel Angst, etwas Blödes zu sagen, irgendetwas, womit ich mich verrate und preisgebe, dass ich komplett unerfahren bin. Das meiste, was ich weiß, hab ich in der *Just Seventeen* gelesen, obwohl die weiß Gott deutlicher sein könnte. Diese Kummerkastentante dort scheint anzunehmen, dass man über ein gewisses Grundwissen verfügt, weshalb sie nur Ausdrücke und Begriffe verwendet, bei denen ich mir wirklich nicht sicher bin. Man könnte meinen, dass so etwas im Aufklärungsunterricht in der Schule durchgenommen wird, aber nein, bislang haben wir uns bloß ein altes Video aus den Siebzigern angeschaut, in dem eine Frau ein Baby zur Welt bringt, bevor dann ziemlich peinlich noch kurz die Rede von Penissen war, die in Vaginen eindringen. Also, das weiß sogar ich. In der einzigen Stunde, die halbwegs vielversprechend hätte werden können, wollte Mrs. Cook uns zeigen, wie man ein Kondom über eine Banane streift. Aber dreimal darfst du raten – am entscheidenden Tag war Mrs. Cook krank, sodass wir es uns von einer aus der Parallelklasse erzählen lassen mussten, die das Ganze eine Woche zuvor durchgenommen hatte.

Das neue Mädchen hieß Maria Weston. Sie sah okay aus, irgendwie wie alle anderen auch, nicht wahnsinnig hübsch, aber auch kein Trampel. Miss Allan hatte Sophie gebeten, sich um Maria zu kümmern, aber Sophie hat es mehr oder weniger dabei belassen, ihr zu zeigen, wo die Klos und die Schulkantine waren. Für den restlichen Tag ließ sie sie links liegen. Daraufhin versuchte Esther Harcourt, mit Maria ins Gespräch zu kommen, aber selbst eine Neue konnte erkennen, dass ausgerechnet Esther mit den geerbten Klamotten und der dicken Brille auf der Nase ihr nicht gerade den Weg zum sozialen Aufstieg an unserer Schule ebnen würde. Schon komisch, wenn ich darüber nachdenke, dass ich in der Grundschule die ganze Zeit mit Esther herumgehangen habe. Ich war gerne bei ihr zu Besuch, weil ihre Mutter uns immer erlaubte, stundenlang durch den Wald zu streunen; andererseits waren sie solche vegetarischen Hippies, dass es zum Abendbrot immer echt komische Sachen gab. Irgendwie fehlt sie mir; wir hatten damals eine Menge Spaß. Aber ich könnte heute nicht mehr mit ihr befreundet sein – das wäre echt ein Albtraum!

Jedenfalls hatte Sophie sich nicht mal in der Mittagspause zu dem neuen Mädchen gesetzt. Esther hatte schon wieder den Rückzug angetreten, weil Maria ihr in der Pause zuvor die kalte Schulter gezeigt hatte. Als ich mich der Essensausgabe näherte, ließ ich wie immer den Blick durch die Kantine schweifen und hielt nach einem Platz Ausschau, an den ich mich setzen wollte. Maria saß allein am Ende eines Tischs, an dessen gegenüberliegendem Ende eine Gruppe Streber Platz genommen hatte, unter anderem Natasha Griffiths (oder »Fresse und Hals«, wie Sophie sie nennt, wegen ihrer orange getönten Foundation im Gesicht und einem ziemlich weißen Hals). Fresse und Hals hielt gerade einen Vortrag über ihren Englisch-Aufsatz. Mr. Jenkins hätte gesagt, wie genial er gewesen wäre, und dass er sie am Ende des Unterrichts noch zu sich gerufen hätte (klar hat er, es weiß doch jeder, dass er ein alter Pädo ist). Ich war schon drauf und dran, an Maria vorbeizugehen, und fragte mich, ob ich mich wohl zu Sophie setzen durfte (sie saß mit Claire und Joanne hinten links an einem Tisch, der aus irgendeinem Grund der coole Tisch ist – aber wenn man zu Mittag nicht wirklich bloß einen Joghurt isst, wird es dort echt peinlich). Im selben Moment fing ich Marias Blick auf. Sie aß eine gefüllte Ofenkartoffel und hörte zu, wie Natasha über ihren Shakespeare-Aufsatz schwadronierte. Ihr Schmunzeln verriet, dass sie bereits jetzt schon sagen konnte, was für eine hohle Nuss Natasha ist. Intuitiv wurde ich langsamer.

»Sitzt da schon jemand?«

»Nein, niemand«, sagte sie und schob ihr Tablett ein Stück zur Seite, damit ich Platz hatte. »Setz dich.«

Ich nahm meine peinliche, fetttriefende Lasagne vom Tablett und setzte mich, drückte das angespitzte Ende meines Strohhalms in den kleinen Silberfolienkreis der Apfelsafttüte, bis er riss, und ein Tropfen bernsteinfarbener Flüssigkeit sickerte aus dem Loch.

»Und, wie war dein erster Tag bisher so?«

»Ach, einigermaßen. Klar ist es schwierig, du weißt schon …« Sie brachte den Satz nicht zu Ende.

»Also einigermaßen scheiße?« Ich grinste sie an.

»Ja.« Die Erleichterung stand ihr ins Gesicht geschrieben. »Totale Scheiße.«

»An welcher Schule warst du denn vorher? Sind deine Eltern hierhergezogen?«

Maria konzentrierte sich darauf, die Kartoffelschale zu zerschneiden. »Ja, wir haben in London gewohnt.«

»Ah, okay.« Allerdings war April schon eine komische Zeit für einen Umzug, gerade so kurz vor dem Ende der zehnten Klasse.

Sie hielt kurz inne. »Ich hatte dort ein bisschen Ärger mit den anderen Mädchen.«

Ich hakte nicht nach, weil ich das Gefühl hatte, dass sie es nicht gewollt hätte. »Na ja, hier sind alle echt ganz nett«, flunkerte ich. »Da wirst du solche Probleme nicht haben. Wir sind übrigens eine Clique, die nach der Schule meistens in die Stadt geht. Kannst ja mal mitkommen.«

»Heute kann ich nicht, da holt mein Bruder mich ab,

und wir gehen zusammen nach Hause. Aber an einem anderen Tag gern.«

Die erste Stunde nach der Mittagspause war Mathematik, und Sophie rutschte nach einer Lästerrunde auf dem Klo auf den Platz neben mir, frisch geschminkt und eingehüllt in eine Wolke *Christian Dior Poison*. Ich erzählte ihr, dass ich mich mit Maria unterhalten und sie eingeladen hätte, mal mit in die Stadt zu kommen. Sie drehte sich zu mir herum.

»Du hast ihr gesagt, sie kann mitkommen?« In ihrer Stimme schwang etwas Gefährliches mit.

»Ja … Wär das in Ordnung?« Verzweifelt versuchte ich, das Zittern in meiner Stimme zu unterdrücken.

»Weiß Claire das schon?«

»Nein … Ich hätte nicht gedacht, dass jemand was dagegen haben könnte.«

»Du hättest mich wirklich erst fragen können, Louise.«

»Sorry, ich dachte einfach … Sie ist neu hier, und …« Vollkommen sinnlos schob ich die Bücher auf meinem Tisch hin und her, während sich in mir ein Hauch von Panik breitmachte. Was hatte ich getan?

»Das weiß ich. Aber ich hab da ein paar Dinge über sie gehört, Sachen, die an ihrer alten Schule passiert sind.«

»Oh, das ist schon in Ordnung, das hat sie mir auch erzählt.« Vielleicht wäre es damit ja gut. »Das war alles gelogen.«

»Klar, dass sie das behaupten würde, oder? Hat sie dir erzählt, was da genau los war?«

»Nein«, gab ich zu, und meine Wangen fingen an zu glühen.

»Aha. Na ja, vielleicht solltest du die Fakten kennen, bevor du Leute zu anderen Leuten mit einlädst.«

In den folgenden Minuten widmeten wir uns stumm unseren Aufgaben, auch wenn ich bemerkte, wie Sophie immer wieder zu mir rüberschielte, um von mir abzuschreiben.

»Heute kann sie sowieso nicht kommen«, sagte ich nach einer Weile. »Ihr Bruder holt sie ab.«

»Ich hab gehört, dass der auch einen an der Waffel haben soll. Egal, ich fahre heute jedenfalls nicht in die Stadt, Claire und ich haben was anderes vor.«

Offenbar war ich bei diesem geheimnisvollen Vorhaben nicht vorgesehen, also ging ich auch nicht weiter darauf ein. Ich wunderte mich nur, dass Sophie gar nicht die Hitze zu spüren schien, die ich ausstrahlte – den Schock und die Besorgnis, die durch meine Poren sickerten.

Als der Gong ertönte, schob sie ihre Sachen zusammen und lief ohne ein weiteres Wort zur nächsten Stunde. Am Ende des Schultags sagte sie nicht einmal Tschüss, hakte sich einfach nur bei Claire Barnes unter, machte sich gackernd auf den Weg und blickte sich nicht einmal mehr um. Ich hatte Panik, dass ich es mir mit ihr versaut haben könnte. Scheißescheißescheiße. Was sollte ich denn jetzt machen?

KAPITEL 3

2016

Ich sitze immer noch wie vom Donner gerührt am Küchentisch, mit Marias Facebook-Profil vor Augen. Fragen drängeln sich in meinem Kopf. Wer steckt dahinter – und warum ausgerechnet jetzt? Ich denke über die beängstigende Möglichkeit nach, dass Maria irgendwie und irgendwo am Leben sein könnte. Als eine neue Facebook-Benachrichtigung eingeht, klicke ich die Meldung mit einem Gefühl der Beklemmung an.

Sharne Bay High Klassentreffen Komitee hat dich zu der Veranstaltung Sharne Bay High Klassentreffen 1989 eingeladen.

Klassentreffen? Überstürzt klicke ich auf den Link, und da steht es: Sharne Bay High Klassentreffen 1989, Samstag in zwei Wochen in unserer alten Schulaula. Nach Marias Freundschaftsanfrage folgt gleich ein weiterer Fausthieb auf den Solarplexus. Kann es wirklich Zufall sein, dass diese zwei Anfragen an ein und demselben Tag eingegangen sind? Ich klicke auf das Facebook-Profil des Organisationsteams. Auch wenn dort nirgends steht, wer das Profil erstellt hat, scheint es echt zu sein. Ganz oben in der Diskussion steht ein Post unseres alten Englischlehrers Mr. Jenkins, der anscheinend immer noch an der Schule unterrichtet. Damals rankten sich alle möglichen Gerüchte um ihn – dass er Mädchen nach dem Unterricht zum Vier-Augen-Gespräch dabehalten oder durch die Fenster zur Umkleide gespäht hätte, solche Sachen. Ich nehm an, dass nichts von alledem stimmte. Wir glaubten damals auch, dass unsere Sportlehrerin lesbisch wäre, nur weil sie ein Glasauge hatte, insofern war unser Urteil wohl nicht das verlässlichste. Der Rest der Diskussions-Chronik ist voll mit begeisterten Posts von Leuten, die sich auf das Klassentreffen freuen. Allerdings sind diese Posts schon Monate alt. Warum bin ich erst jetzt eingeladen worden? Ich bekomme hektische Flecken am Hals, und dann kitzeln verräterische, dämliche Tränen in meinen Augenlidern. Wie leicht es ist und wie bescheuert, mich um all diese Jahre zurückzukatapultieren, und wie schnell mich die alte Scham wieder im Griff hat: die Scham darüber, außen vor zu bleiben und stehengelassen zu werden. Immer noch kein echter Teil der Clique zu sein. Immer nur das Anhängsel.

Ich klicke die Liste der Teilnehmer an und suche fast schon wütend nach seinem Namen. Ja, da steht er. Da ist er – mit zusammengekniffenen Augen sieht er mich von seinem Profilbild an. Den rechten Arm hat er um jemanden gelegt, der sich jenseits des Bildrands befindet. Sam Parker nimmt teil. Warum hat er keinen Ton gesagt? Gut, nicht dass wir stundenlang geredet hätten, als ich Henry zu ihm gebracht hatte. Aber er hätte doch zumindest etwas sagen können. Vielleicht hofft er ja, dass ich nichts davon mitbekomme.

Auch andere bekannte Namen springen mir ins Auge: Matt Lewis, Claire Barnes, Joanne Kirby. Eine Schrecksekunde lang sehe ich den Namen Weston und denke schon, es wäre Maria, aber nein, es ist Tim Weston. Du liebe Güte, ihr Bruder. Er ging gar nicht mehr an unsere Schule – er war ein Jahr älter und besuchte damals schon die Oberstufe auf dem College –, aber er hing mit Sam und ein paar anderen Jungs aus unserer Stufe ab, insofern ist es nicht wahnsinnig überraschend, dass er auch zum Klassentreffen kommt. Da stehen noch andere Namen, einige erkenne ich wieder, an andere kann ich mich nicht mehr erinnern. Jede Menge Namen – nur meiner nicht.

Ich gehe die Liste erneut durch, bis ich auf Sophie stoße. Mir war klar, dass sie ebenfalls dabei sein würde. Ich klicke ihr Profil an. Das habe ich früher schon gemacht, trotzdem hab ich immer dem Drang widerstehen können, ihr eine Freundschaftsanfrage zu schicken. Diesmal klicke ich direkt auf ihre Freundesliste, aber Maria taucht dort nirgends auf. Natürlich heißt das nicht, dass Sophie nicht ebenso die gleiche Anfrage erhalten hat; es heißt lediglich, dass sie die Anfrage nicht angenommen hat. Sie hat fünfhundertvierundsechzig Freunde, ich zweiundsechzig, darunter diverse Arbeitskontakte. Ich habe schon öfter darüber nachgedacht, mein Profil zu löschen und damit zu verhindern, in diesen Strudel zu geraten; diesen schrecklichen Strudel, bei dem man sich dabei ertappt, die Hochzeitsbilder von jemandem durchzuklicken, obwohl man ihn niemals getroffen hat – statt eine Deadline für die Arbeit einzuhalten. Dann wiederum halte ich Facebook für einigermaßen wichtig, das ist mir gerade in den letzten Jahren bewusst geworden. Seit Sam gegangen ist, habe ich meine Welt zwangsläufig verkleinern müssen, damit ich das Wesentliche nicht aus dem Blick verliere: Henry; meine Selbstständigkeit. Ich habe weder Zeit noch Energie für Unternehmungen, und Facebook hilft mir dabei, dass ich den Kontakt zu Freunden und alten

Kollegen nicht ganz verliere. Ich weiß immer noch, was in deren Leben vor sich geht – wie ihre Kinder aussehen, wo sie ihren Urlaub verbringen –, und wenn man sich bei irgendeiner seltenen Gelegenheit mal über den Weg läuft, dann ist das verbindende Band stärker, als es ohne jeglichen Kontakt gewesen wäre. Also poste ich weiter, vergebe hier ein Like und verfasse dort einen Kommentar. So falle ich zumindest nicht komplett aus meiner Welt.

Draußen frischt der Wind auf, und als die Ranke einer Glyzinie, die sich draußen an meinen Terrassentüren hinaufwindet, an die Scheibe klopft, zucke ich heftig zusammen. Obwohl ich weiß, dass es bloß die Glyzinie war, stehe ich auf und spähe hinaus, aber inzwischen ist es beinahe stockdunkel, und abgesehen von meinem Spiegelbild kann ich kaum etwas erkennen. Dann bläst der Wind für einen Moment den Regen gegen die Scheibe, und es prasselt, als hätte jemand eine Handvoll Kies geworfen. Mit Herzrasen springe ich zurück.

Am Küchentisch klicke ich erneut Sophies Profilbild an. Es ist einer dieser Fake-Schnappschüsse: Sie sieht unglaublich toll aus, erweckt aber gleichzeitig den Eindruck, als hätte sie einfach das erstbeste alte Foto hochgeladen. Wenn man genau hinsieht, erkennt man das »natürliche« Make-up, die semiprofessionelle Belichtung, die Filter, mit denen das Bild bearbeitet wurde. Schaut man noch genauer hin, könnte man vielleicht sogar die ersten Fältchen entdecken, aber ich muss zugeben, dass sie sich gut gehalten hat. Ihre Haare sind immer noch ein rauschender Wasserfall aus flüssigem Karamell, die Figur wie zu erwarten seit ihren Teenagerjahren unverändert, also beneidenswert.

Ich frage mich, ob sie mich hier je gesucht hat. Ich klicke auf mein eigenes Profilbild und versuche, es mit ihren

Augen zu betrachten. Das Bild hat Polly geschossen – ich an einem Tisch in einem Pub mit einem Weinglas in der Hand. Unter meinem jetzt ziemlich kritischen Blick wirkt es wie das Foto einer Person, die unbedingt so aussehen will, als hätte man mit ihr eine Menge Spaß. In einem kurzärmeligen Shirt lehne ich mich vor an den Tisch, und meine unschön massigen Oberarme sind deutlich zu sehen. Von den im Fitnessstudio geformten, honigbraunen Armen auf Sophies Foto sind sie meilenweit entfernt. Mein mausbraunes Haar sieht strähnig aus, und mein Make-up ist ganz leicht verschmiert.

Mein Titelbild ist ein Foto, das ich vergangenen Monat an Henrys erstem Schultag gemacht hab. Er steht in der Küche, seine Schuluniform ist brandneu und ein klein wenig zu groß; geradezu herzzerreißend, wie er fast vor Stolz platzt. Nur mir hat er sich anvertraut, nur zu mir hat er tags zuvor kurz vor dem Einschlafen unter der Bettdecke gemurmelt: »Und wenn da niemand mit mir spielen will, Mummy?« Und: »Was, wenn ich dich ganz schrecklich vermisse?« Und: »Was mach ich denn, wenn ich jemanden zum Kuscheln brauche?« Ich habe ihm, so weit es ging, gut zugeredet, aber insgeheim wusste ich auch keine Antworten auf seine Fragen. Er wirkte einfach viel zu klein, um so ganz auf sich allein gestellt hinaus in die Welt zu gehen – dorthin, wo ich ihn nicht würde beschützen können. Für einen kurzen Moment frage ich mich, ob Sophie weiß, dass Sam und ich ein Kind haben oder dass wir obendrein verheiratet waren. Ich schiebe den Gedanken an Henry beiseite und versuche, nicht darüber nachzudenken, was er wohl heute Abend bei Sam macht; ich will mir um ihn keine Sorgen machen. Aber es kommt mir vor, als würde man versuchen, nicht zu atmen.

Ich denke darüber nach, was es bedeuten würde, auf Facebook mit Sophie befreundet zu sein, und scrolle durch meine Statusmeldungen. Erneut betrachte ich sie, als würde ich sie durch ihre Augen sehen. Eine Menge Bilder von Henry; Posts über Schikanen bei der Kinderbetreuung und die Zerrissenheit einer berufstätigen Mutter – besonders zu der Zeit, als Henry gerade eingeschult worden war und in den ersten beiden Wochen bloß vormittags Unterricht stattfand. Ich frage mich, ob Sophie Kinder hat. Wenn nicht, wird sie meine Chronik extrem nervtötend finden. Wenn sie weit genug in die Vergangenheit scrollt, wird sie immerhin noch Bilder aus dem Sommerurlaub finden: Henry und ich mit sonnengebräunter Haut und entspannt, sämtliche Schwierigkeiten sind von der Wärme und der Entfernung wie weggefegt.

Sie wird nicht sehen, dass ich mit Sam verheiratet war; aber vielleicht weiß sie es ja ohnehin. Ich habe sämtliche Indizien, die auf ihn hingewiesen hätten, vor zwei Jahren aus meinem Profil entfernt (nachdem ich entdeckt hatte, dass er wiederum seinen Account gelöscht hatte, auf dem man unsere Geschichte hätte nachvollziehen können). Er hat einfach noch mal ganz neu angefangen. All die Urlaube, die Ausflüge, unsere Hochzeitsfotos, die wir Jahre später sorgfältig eingescannt hatten – gelöscht, ersetzt durch seine neue Geschichte, eine Hochglanzstory. Er hat mich einfach wie einen Fettfleck auf der Fensterscheibe weggewischt, spurlos.

Ich sehe nach, ob Sophie auf Facebook mit Sam befreundet ist. Ist sie. Er muss seine Privatsphäre-Einstellungen hochgeschraubt haben, weil ich auf seiner Seite lediglich die Profilbilder einsehen kann, auf denen entweder er selbst oder eine Landschaft zu sehen ist. Außerdem ist dann noch das Datum öffentlich, als er »Facebook beigetreten« ist – vor zwei Jahren. Ich kann meinen Blick nur schwer von seinem Foto abwenden. Mir ist klar, dass es mir ohne ihn viel besser geht, trotzdem sehnt sich ein Teil von mir immer noch danach, mit ihm zusammen zu sein. Wir – zwei Leuchtfeuer in einer öden Welt, in der alle gleich sein sollen.

Ich klicke mich durch ein paar Fotos auf meinem Laptop und suche nach einem, das besser als Profilbild geeignet wäre, wobei ich mich frage, ob ich nicht besser gleich ein neues schießen sollte. Aber Selfies sehen immer schrecklich unvorteilhaft aus, also womöglich eher nicht. Wie wär's mit einem dieser »lustigen« Bilder, zum Beispiel von meinem Hinterkopf? Oder ein unscharfes? Andererseits hat Sophie vielleicht ja ohnehin schon mal nach mir gesucht und kennt mein aktuelles Profilbild. Wenn ich nun ausgerechnet heute ein neues hochlade und ihr dann eine Freundschaftsanfrage schicke, wüsste sie doch, dass ich es absichtlich getan hätte, nur um sie zu beeindrucken.

Was mich zum Wesentlichen bringt: sie zu beeindrucken. Gott, will ich das wirklich – selbst nach all den Jahren? Wie durch ein Prisma blicke ich zurück in die Vergangenheit. Es ist mir jetzt so was von klar, dass Sophie mich nur dazu benutzt hat, ihr eigenes Ego aufzupolieren. Sie brauchte jemanden neben sich, der nicht so attraktiv war, nicht so cool, sodass sie im Vergleich heller strahlen konnte. Damals habe ich das nicht begriffen, aber sie war genauso wie ich erpicht darauf, ihre Position zu festigen, nur dass sie ein paar Sprossen höher auf der Leiter stand. Trotzdem hat mich Marias Freundschaftsanfrage zurück auf den Schulhof und in die Schulkantine versetzt, wo es einzig und allein darum ging, zu den »richtigen« Leuten dazuzugehören und die »richtigen« Freundschaften eine Frage von Leben und Tod waren. Meine beruflichen Erfolge, meine Freunde, mein Sohn, das Leben, das ich mir aufgebaut habe – all das fühlt sich auf einmal an, als wäre es auf Sand gebaut. Der Boden schwankt unter mir, und ich spüre, dass nicht mehr viel fehlt, bis ich falle.

Am Ende lasse ich das Profilbild, wie es ist, und schicke Sophie einfach eine Freundschaftsanfrage, nachdem ich noch kurz überlegt habe, eine Nachricht dazuzuschreiben. Aber was hätte ich denn schreiben sollen? *Hi, Sophie, wie ist es dir in den letzten siebenundzwanzig Jahren ergangen?* Das wäre doch etwas arg merkwürdig. *Hi, Sophie, ich hab eine Freundschaftsanfrage von einer alten toten Klassenkameradin gekriegt, du auch?* Noch merkwürdiger, besonders wenn sie keine bekommen hat.

Ich sitze am Küchentisch, kaue geistesabwesend auf der Innenseite meiner Wange herum und starre das Icon für die Benachrichtigungen an. Nach zwei Minuten taucht darüber eine rote 1 auf, und ich klicke sie an. **Du bist jetzt mit Sophie Hannigan befreundet.** Natürlich gehört sie zu den Leuten, die dauernd auf Facebook sind. Sie hat mir keine Nachricht geschickt, was mich leicht irritiert und in Panik versetzt. Trotzdem klicke ich mich gleich durch ihr Profil. Es gibt über ihr echtes Leben nicht allzu viel preis, aber es sagt eine Menge darüber aus, wie die Welt sie ihrer Meinung nach sehen soll. Ein- oder zweimal die Woche ändert sie ihr Profilfoto – eine unendliche Serie an Bildern, die ihr ausnahmslos schmeicheln und von den unvermeidlichen Komplimenten ihrer Freundinnen und Freunde begleitet werden. Einer ihrer männlichen Freunde, Jim Pett (der allem Anschein nach mit jemand anderem verheiratet ist), hat jedes einzelne Bild kommentiert: **Ich würd ja** bei einem,

Ich hab gerade bei einem anderen. **Ach, Jim, immer musst du das Niveau senken**, antwortet sie darauf, aber man spürt, dass sie nur irritiert tut, aber in Wahrheit begeistert ist.

Ich weiß, dass Facebook eine idealisierte Version des Lebens abbildet, eine bearbeitete, geschönte Version, die der Welt nur zeigt, was man auch zeigen will. Trotzdem kann ich nicht leugnen, dass ich eifersüchtig bin – auf diese ungetrübte Schönheit, die Fotos, exotische Orte, die Kommentare, den sozialen Tumult, den großen Kreis erfolgreicher Freunde. Allerdings ist weder ein Partner erwähnt, noch gibt es irgendeinen Hinweis auf Kinder, und ich ertappe mich dabei, wie ich sie dafür ein bisschen verurteile. Trotz allem, was ich durchgemacht habe, sind für mich Partner und Nestbau anscheinend immer noch Zeichen des Erfolgs – bei einer Frau.

Ich bin hin- und hergerissen, ob ich ihr eine Nachricht schreiben soll. Wie soll ich ihr erklären, was passiert ist? Andererseits ist sonst niemand da, mit dem ich darüber sprechen könnte. Früher hätte ich mit Sam geredet, aber das ist inzwischen ein Ding der Unmöglichkeit. Ich beschließe, mich kurz und fröhlich zu fassen.

Hi, Sophie, lang ist's her! Noch während ich tippe, zieht sich in mir alles zusammen, weil sie unter Garantie spüren kann, wie aus jedem Wort die Verzweiflung trieft. **Anscheinend sind wir beide in London gelandet! Wär toll, dich mal wiederzusehen!** Zu viele Ausrufezeichen, aber ich weiß nicht, wie ich auf andere Art fröhlich rüberkommen soll. Doch ich hätte mir gar keinen Kopf machen müssen. Postwendend trudelt eine Antwort ein.

Hey, cool, von dir zu hören!! Würd mich riesig freuen, dich zu sehen!! Kommst du zum Klassentreffen?

Ich hoffe, dass ich's schaffe, schreibe ich, und meine Finger schleifen geradezu über die Tastatur. **Wenn mir bloß kein anderer Termin in die Quere kommt… Aber es wär großartig, alle mal wiederzusehen!**

Ich bin mir im Klaren darüber, dass mein beschwingter Tonfall nicht mit der Verwirrung und der Verzweiflung einhergeht, die ich beim Schreiben empfinde. In meinem Kopf sagt eine Stimme (wahrscheinlich die von Polly), dass ich aufhören und dieses Klassentreffen ignorieren soll, aber ich kann einfach nicht widerstehen.

Absolut! Das wird genial!!!, antwortet sie.

Meine Güte, diese Ausrufezeichen machen mich verrückt. Ich kann das nicht per E-Mail. Ich muss sie sehen. Also reiße ich mich zusammen und tippe weiter.

Wär doch cool, wenn wir zwei uns vor dem großen Tag mal wieder auf den letzten Stand bringen könnten – wollen wir nicht mal was trinken gehen?

Ich drücke auf Senden, bevor ich es mir anders überlege. Bis jetzt sind die Nachrichten nur so reingeflattert, als wäre nichts dabei gewesen, doch nachdem ich die letzte verschickt habe, entsteht eine kleine Pause. Ich halte die Luft an.

Klar, warum nicht? Magst du auf einen Drink bei mir vorbeikommen – wie wär's mit Freitag?

Zittrig atme ich aus. Sie zu Hause zu besuchen fühlt sich irgendwie merkwürdig an – neutraler Boden wäre mir lieber gewesen –, aber ich kann das hier nicht mehr lange durchziehen, also stimme ich zu. Sie gibt mir ihre Adresse, eine Wohnung in Kensington, und wir verabschieden uns (mit jeder Menge Küsschen und Smileys ihrerseits und ein paar zaghaften Küsschen von mir). Dann postet Sophie einen neuen Beitrag, und ich werde sogar darin markiert: **Freu mich auf ein Wiedersehen am Freitagabend mit meiner alten Freundin Louise Williams!** Mit zitternden Fingern klicke ich auf die Benachrichtigung. Dass diese erste Begegnung mit Sophie online stattgefunden hat, erleichtert mich zutiefst und gibt mir die Gelegenheit, mich ohne Publikum erst mal wieder zu sammeln. *Ich bin inzwischen erwachsen*, sage ich mir. *Ich brauche ihren Segen nicht mehr*. Aber ich schaffe es nicht mal, mich selbst zu überzeugen.

Draußen wird es Nacht. Ich klappe den Laptop zu und bleibe noch eine ganze Weile reglos am Küchentisch sitzen. Erst die Facebook-Anfrage, dann das Klassentreffen, jetzt die Verabredung mit Sophie … Es fühlt sich an wie eine Fahrt oder Reise, auf die ich geschickt werde, ohne dass mich jemand gefragt hat, ob ich das überhaupt will. Auch wenn ich zutiefst erschüttert bin über den heutigen Abend, habe ich insgeheim wohl immer schon damit gerechnet, dass so etwas oder etwas Ähnliches eines Tages passieren würde. Ich habe keine Ahnung, wer hier gerade am Steuer sitzt oder wohin die Reise geht, aber die Räder haben sich in Bewegung gesetzt, und ich weiß beim besten Willen nicht, wie ich sie wieder anhalten kann.

KAPITEL 4

2016

Ich sehe, dass das Foto weg ist, und im selben Moment klingelt es an der Tür.

Normalerweise steht es oben auf dem offenen Regal neben dem Kühlschrank: ein weiteres Selfie von Henry und mir am Strand, um uns herum ein unfassbar blauer Himmel, die Augen zusammengekniffen gegen die gleißende Sonne. Im Regal stapele ich auch die unbezahlten Rechnungen, die Elternbriefe aus der Vorschule, Einkaufszettel und Notizen zu den verschiedensten Dingen, die ich erledigen muss. Ich wusste, dass die Umstellung auf mein neues Leben als alleinerziehende und berufstätige Mutter emotional hart werden würde, aber gerade die alltäglichen Tätigkeiten haben mir doch schwer zu schaffen gemacht. Manchmal habe ich das Gefühl, als würde ich mich nur noch mit den Fingerspitzen an meinem Leben festkrallen und drohen, jede Sekunde abzustürzen.

Ich lasse Henry, der sich mit größter Sorgfalt jede Nudel einzeln in den Mund schiebt, am Tisch sitzen und mache die Tür auf. »Du bist ja früh dran!«

»Ja, na ja, auch wenn ich schon eine Million Mal für dich babygesittet hab, weiß ich, dass du mir erst noch eine ellenlange Liste mit Anweisungen runterbeten willst. Derzeitiges

Lieblingsbuch, der exakte Winkel, in der die Tür offen stehen bleiben muss, Anordnung und Hackordnung sämtlicher Kuscheltiere … So was braucht eben seine Zeit. Darf ich jetzt reinkommen?«

»Entschuldigung!« Ich mache einen Schritt zurück, Polly springt an mir vorbei und wickelt sich aus einem breiten, gestreiften Schal, der quasi so lang ist wie sie selbst groß. Dann zieht sie ihren Puffa-Mantel aus, gefolgt von den kniehohen Lederstiefeln, in denen sie graugewaschene Leggings trägt, die nicht recht zu ihren zwei verschiedenen Socken passen wollen. Dazwischen erhasche ich einen Blick auf einen Streifen unrasierten Beins.

»Alles okay bei dir?«, frage ich und hänge Mantel und Schal auf.

»Ach, alles wie immer. Die Arbeit ist eine Katastrophe – du hast's echt richtig gemacht, abzuhauen und dein eigenes Ding zu starten.«

Seit ich vor drei Jahren bei *Blue Door Interior Design* gekündigt habe, betont sie das so gut wie jedes Mal, wenn wir uns treffen, dabei wissen wir beide, dass sie nach nur einem Tag, den sie allein zu Hause verbringen müsste, durchdrehen würde. Aber genau das ist für mich der ganz normale Alltag, wenn man mal von der einen oder anderen externen Besprechung absieht. Polly liebt den Flurfunk und die Energie, wenn es an einem geschäftigen, fordernden Arbeitsplatz zwischen den Kollegen nur so knistert, während ich es kein bisschen vermisse. Hin und wieder geh ich noch mit den alten Kollegen aus, aber außer Polly würde ich keinen von ihnen zu meinen Freunden zählen.

»Ich weiß, auch wenn ich mir manchmal wünschen würde, dass ich meine Aufgaben mit jemandem teilen könnte«, sage ich spitz über die Schulter, und wir betreten die Küche.

Polly grinst. Schon seit Urzeiten versuche ich, sie zu überreden, bei Blue Door ebenfalls zu kündigen und meine Geschäftspartnerin zu werden. Gemeinsam könnten wir die Aufträge annehmen, die ich derzeit ablehnen muss, weil ich allein arbeite.

Anfangs war es schwierig, mir alles ohne Hilfe aufzubauen, aber es fühlte sich damals an, als wäre der richtige Zeitpunkt gekommen. Henry war ein knappes Jahr alt, und nachdem ich meine Elternzeit maximal ausgereizt hatte, hätte ich eigentlich zu Blue Door zurückkehren müssen. Doch bei dem Gedanken, wieder Vollzeit zu arbeiten und schon aus dem Haus zu sein, wenn Henry morgens aufwachte, wurde mir ganz anders. Und auch Sam machte sich Sorgen, wie wir alles bewältigen sollten, wenn ich erst wieder voll arbeitete – tatsächlich hätte er es am liebsten gesehen, wenn ich meine Stelle aufgegeben hätte, aber das wäre finanziell nicht drin gewesen. Außerdem war ich durchaus wieder bereit zu arbeiten, aber ich wollte nicht wieder ins alte Hamsterrad zurück. Ich glaube, wir dachten damals beide, dass der Alltag leichter zu bewältigen wäre, wenn ich von zu Hause aus ganz langsam meine eigene Firma aufbaue.

Ich kontaktierte Rosemary Wright-Collins, mit der ich Jahre zuvor schon einmal zusammengearbeitet hatte und die, wie es der Zufall wollte, für ihre Bauprojekte gerade eine Innenarchitektin brauchte. Rosemary ist Projektentwicklerin mit einem bestechenden Geschmack und einem riesigen Geldbeutel, und sie als erste Auftraggeberin zu akquirieren war für mich ein echter Coup. Es macht mich stolz, dass sie mich bis zum heutigen Tag für jedes ihrer neuen Bauprojekte mit ins Boot holt. Sie hat mir sogar eine überschwängliche Bewertung für meine Webseite geschrieben. Die Kehrseite war natürlich, dass es bereits an Tag eins von null auf hundert ging. Ich benötigte umgehend eine Betreuung für Henry und befand mich von jetzt auf gleich wieder im Profi-Modus.

»Caro macht mich wahnsinnig«, fährt Polly fort. »Sie hat schon wieder einen neuen Lover, und jetzt ruft sie gefühlt alle zehn Minuten an, um mich zu fragen, was ich glaube, was diese oder jene Nachricht bedeuten könnte, was sie anziehen soll, ob sie sich ihre Dingsbums rasieren muss – ich weiß wirklich nicht, warum ich so eine Schwester verdient hab. Ich meine, verdammt noch mal, was weiß ich denn, ob Frauen heutzutage ihre Dingsbums rasieren? Aaron wäre ja schon froh, wenn ich ihn überhaupt mal wieder ranlasse, und ich glaube nicht, dass er auch nur einen Gedanken daran verschwenden würde, wenn ich mir von Kopf bis Fuß Daunenfedern stehen lasse … Henry! Wie geht's meinem Lieblingsjungen?« Sie beugt sich vor und gibt ihm einen Schmatzer auf den Kopf.

Er grinst sie tomatensoßenverschmiert an. »Hallo, Polly.«

»Er hat sich schon den ganzen Tag auf dich gefreut«, sage ich. »Anscheinend liest du ihm mehr vor als ich.«

»Tja, Thomas die Lokomotive kannte ich selbst noch nicht. Die Mädels haben sich für so etwas nie interessiert. Hast du wieder neue Bücher, H?«

Er strahlt sie an. »Ja! Daddy hat mir drei neue Bücher geschenkt: Thomas und seine Freunde Charlie, Arthur und Diesel! Liest du mir die vor?«

»Na klar, deshalb bin ich doch hier.«

»Mummy, darf ich aufstehen und sie holen?«

»Wenn du genug Nudeln gegessen hast, okay? Lass mich nur noch kurz mit Polly reden, dann liest sie dir die Bücher vor, wenn ich gegangen bin.«

»Weißt du was, H? Warum fängst du nicht schon mal an, eine Rieseneisenbahn zu bauen, während ich noch schnell mit deiner Mummy spreche? Ich komm dann gleich und spiel mit dir, sobald sie weg ist, einverstanden?«

»Einverstanden!«, ruft Henry, der förmlich vor Vorfreude platzt, während er aus der Küche rennt und im Kopf schon seine Eisenbahn zusammensetzt.

Polly lässt sich am Tisch nieder, schnappt sich eine kalte Nudel von Henrys Teller und wirft sie sich in den Mund. Ich gehe vor dem Regal in die Hocke, ziehe es ein Stückchen von der Wand weg, sodass alles, was darauf steht, gefährlich ins Schwanken gerät. Ich taste hinter dem Regal entlang, um ganz sicher zu sein, aber da liegt nichts.

»Was machst du denn da?«

»Ich hab dort oben sonst ein Foto stehen – du weißt schon, das süße von Henry und mir am Strand.«

»Richtig, ich erinnere mich. Und?« Sie zeigt auf den Boden.

»Es ist verschwunden.«

»Was soll das heißen, verschwunden?«

»Na ja, ich hab's nicht weggenommen, und jetzt ist es nicht mehr da. Normalerweise steht es immer hier an der Stelle.«

»Vielleicht hast du es beim Putzen in die Hand genommen, bist abgelenkt worden und hast es irgendwo anders hingelegt? Ich weiß doch, wie du tickst.«

»Und wo sollte das sein? Es ist ja nicht gerade so, als wär hier jede Menge Platz.« Zu beiden Seiten stehen Unterschränke, dahinter öffnet sich der Raum ein Stück, sodass er gerade genug Platz für einen kleinen Esstisch direkt vor den Terrassentüren bietet.

»Oder vielleicht hat Henry es irgendwohin geräumt?«

»Kann sein. Henry?« Mit einer Holzbrücke in der einen Hand und einem Plastikelefanten in der anderen, der fast doppelt so groß ist wie die Brücke, kommt er zurück. »Hast du das Foto von uns beiden irgendwo gesehen? Das sonst hier oben im Regal steht?«

Er zuckt mit den Schultern. »Nein. Kann ich zurück zu meiner Eisenbahn?«

»Klar, geh nur.« Ich drehte mich zu Polly um. »Also, wo soll es sonst sein?«

Die ganze Zeit sirrt Marias Freundschaftsanfrage in meinem Hinterkopf, und ich sehe die Welt wie durch einen Filter. Noch vor ein paar Tagen hätte ich an ein verschwundenes Foto keinen Gedanken verschwendet, und selbst jetzt sagt der rationale Teil von mir, dass ich mich gerade lächerlich mache. Trotzdem bin ich in einem kleinen, verschreckten Eckchen meines Hirns verunsichert: War jemand Fremdes in meiner Wohnung?

»Ach, mach dir keine Sorgen, es taucht schon wieder auf. Irgendwo muss es ja sein. Wer ist eigentlich diese alte Schulfreundin, die du heute Abend treffen willst?«, wechselt Polly das Thema.

Ich fülle den Wasserkocher, spiele auf Zeit, und an den Rändern meines Hirns spukt immer noch die Sorge wegen des verschwundenen Fotos. Ich bin mir nicht ganz sicher, wie viel ich Polly erzählen soll. Ich habe mich nie mit ihr (oder mit irgendjemand anderem) darüber unterhalten, was mit Maria passiert ist. Es ist einfach zu groß, zu sperrig. Ich habe keine Ahnung, wie ich meine Zunge »konfigurieren« müsste, um es erklären zu können. Genau das war auch einer der Gründe, warum es so eine Erleichterung war, mit Sam zusammen zu sein. Ihm musste ich nie etwas erklären, weil er dabei gewesen war. Manchmal frage ich mich, ob ich es überhaupt so lange mit ihm ausgehalten hätte, wenn er nicht zu den wenigen Menschen gehören würde, die wussten, was ich getan hatte. Er kannte mein schlimmstes Geheimnis und hat mich trotzdem geliebt, auf seine Weise.

»Ach, bloß eine Freundin, die ich vor Jahren aus den Augen verloren hab. Sie hat mich auf Facebook angefunkt, dachte, es wäre nett, mal wieder zusammenzusitzen«, antworte ich bemüht unbeteiligt. Jetzt ist nicht der richtige Moment, um das Thema zu vertiefen. Wenn ich jetzt erzähle, was mit Maria passiert ist – selbst in der stark überarbeiteten Fassung, die ich Polly auftischen würde –, säßen wir hier noch die ganze Nacht, dabei habe ich mir noch nicht mal überlegt, was ich anziehen soll. Polly kann ich diesbezüglich nicht um Rat fragen, so gern ich es auch täte: Dann müsste ich ihr erklären, warum es so wichtig ist, dass ich heute Abend gut aussehe.

»Das ist ja nett«, sagt Polly. Sie muntert mich gern dazu auf, mehr auszugehen und auch mal andere Freunde zu treffen. Sie glaubt – und möglicherweise hat sie sogar recht damit –, dass ich meine Freunde im Zuge der Trennung von Sam und über all meine Bemühungen um Henry vernachlässigt habe. Die Einzige, die in der Zwischenzeit nicht weggebrochen ist, ist sie – weil sie sich weigert.

»Dann kennt sie bestimmt auch Sam, oder? Die Schulfreundin, mit der du dich triffst?« Sie runzelt die Stirn.

»Ja, sicher.«

»Weiß sie, dass er dich verlassen hat für diese … dieses *Flittchen*?« Pollys Wut über alles, was Sam mir angetan hat, und ihr Hass auf Catherine, seine neue, jüngere Ehefrau, kennen keine Grenzen.

Mein Herz krampft sich zusammen, weil ich sie so sehr dafür liebe. Sie mit Aaron und Sam mit mir haben als Viererteam über das obligatorische gemeinsame Abendessen hier und da nie richtig funktioniert. Ich hab mir immer gewünscht, wir vier wären enger befreundet, wie manch andere Pärchen, die zusammen Urlaub machen. Aber inzwischen bin ich froh, dass Polly immer mir allein gehört hat und dass Aaron und Sam miteinander nie recht warm geworden sind.

»Ich habe keine Ahnung, ob sie überhaupt weiß, dass Sam und ich verheiratet waren«, erwidere ich. »Auch wenn es mich nicht wundern würde, wenn sie von der ganzen Geschichte gehört hätte. Was Gerüchte anging, war sie in der Schule immer ganz weit vorn.« Na ja, womöglich nicht die ganze Geschichte. Die kennt niemand, nicht einmal Polly.

»Hm, okay. So, jetzt aber«, sagt sie, und ich kann ihr ansehen, dass gleich etwas kommt, was sie sich schon vor ihrer Ankunft zurechtgelegt hat. »Hast du mal darüber nachgedacht, was ich dir vorgeschlagen hab? In Sachen Internet-Dating?«

»Ich weiß nicht, Polly. Ich bin mir nicht ganz sicher, ob ich schon bereit bin, jemand Neuen kennenzulernen.« Ich nehme mir mehr Zeit als nötig, im Küchenschrank nach Teebeuteln zu suchen. »Du weißt genau, dass ich mich auf Henry konzentrieren muss – und auf die Arbeit. Für viel anderes habe ich keine Zeit.« Nicht dass Zeit das Problem wäre. Ich bin das Problem. Ich glaube, ich habe einen Schaden davongetragen. Nach all den Jahren mit Sam weiß ich gar nicht mehr, wie man eine normale Beziehung führt.

»Aber das ist doch genau der Grund, warum du es probieren solltest! Du brauchst ein Gegengewicht, etwas, was du nur für dich selbst machst. Ich verstehe vollkommen, warum du bisher all deine Energie auf Henry richten musstest, erst recht, weil er dieses Jahr eingeschult wurde. Aber es ist jetzt zwei Jahre her, seit Sam dich verlassen hat. Das ist eine lange Zeit, Lou.«

Es fühlt sich an, als wäre es gestern gewesen. Der Schmerz ist dumpfer geworden, aber er ist immer noch da, wie die Lücke, die ein gezogener Zahn hinterlässt. An manchen Tagen denke ich nicht mal darüber nach, aber an anderen stochere ich ständig mit der Zunge darin herum, um auszutesten, wie sehr es noch wehtut. Ganz gleich, wie es am Ende gelaufen ist – ich kann ganz einfach nicht vergessen, wie sehr wir uns wie eine Einheit gefühlt haben, nicht wie zwei separate Menschen, und wie wir vom jeweils anderen regelrecht verschluckt wurden. Es gab Zeiten, als ich mich in seinen Augen spiegelte und besser aussah als je in der Realität. Wie wir füreinander alles bedeutet haben und niemanden sonst brauchten.

Ich sammle mich und versuche, nicht länger darüber nachzudenken und mich stattdessen wieder auf Polly zu konzentrieren. »Ich weiß schon«, stimme ich widerwillig zu, »wahrscheinlich hast du recht. Aber mir geht es gut allein, sogar besser.«

»Na, besser als mit ihm allemal, ganz sicher. Aber dir könnte es noch viel besser als gut gehen – du könntest glücklich sein. Du hast ein bisschen Spaß verdient, und du verdienst, mit jemandem zusammen zu sein, der dich anständig behandelt und für den du an erster Stelle kommst. Der sich um dich kümmert.«

»Sam hat all das getan«, verteidige ich mich. Manchmal glaube ich, dass Polly vergisst, wie glücklich Sam und ich gewesen sind, bis eben vor ein paar Jahren urplötzlich alles schiefging. Wie sehr er mich geliebt und sogar gebraucht hat. Mit sechzehn hatte er noch so gewirkt, als würde er nie jemanden brauchen. Er war so verdammt selbstsicher, fast schon arrogant, auch wenn ich ihm das damals nie ins Gesicht gesagt habe. Damals habe ich nur heimlich für ihn geschwärmt, weil ich Angst hatte, er könnte meine welpenhafte Unterwürfigkeit lächerlich finden. Als wir uns dann zehn Jahre später erneut begegneten, war er ganz anders: irgendwie weicher und verletzlicher. Irgendetwas an ihm reagierte und war dankbar für die unkritische Teenagerbewunderung, die ich insgeheim noch immer für ihn hegte.

»Du liebe Güte!«, sagt Polly. »Wieso verteidigst du ihn immer noch? Was er dir angetan hat, war einfach falsch.«

»Ja, ich weiß. Aber es war nicht seine Schuld.«

»Natürlich war es das! Es war allein seine Schuld!« Polly zerrt ihr widerspenstiges Haar zu einem Pferdeschwanz zusammen und zwirbelt frustriert daran herum.

Diese Unterhaltung haben wir schon oft geführt, und wir wissen beide, dass wir auf keinen gemeinsamen Nenner kommen, also wechsele ich das Thema. »Also … wegen dieser Dating-Sache … Wie sollte ich mich da überhaupt beschreiben?«

»Aha! Na, darüber brauchst du dir keine Gedanken zu machen.« Polly grinst mich an wie ein Pokerspieler, der gleich seinen Trumpf ausspielt. Eines der vielen Dinge, die ich an ihr schätze, ist ihre Unfähigkeit, mir lange böse zu sein. Sie kann im einen Moment stinkwütend sein, aber wenn ich sie zum Lachen bringe, ist alles vergessen. »Es gibt da eine Seite, auf der ein Freund dein Profil verfasst – der schreibt einen kleinen Text, mit dem er umreißt, was für einen Partner du suchst, solche Sachen. Du lehnst dich einfach nur zurück und wartest, bis die Angebote reinflattern.«

»Und dieser Freund wäre …?« Mit einem Lächeln im Gesicht drücke ich die Teebeutel am Innenrand der Becher aus und gieße Milch hinein.

»Tada!« Polly nimmt beide Hände hoch und winkelt geziert die Handgelenke ab. »Jetzt mal ehrlich, was hast du zu verlieren?«

Es geht mir nicht so sehr darum, was ich verlieren könnte, sondern darum, was oder wen ich mir da womöglich einhandele. Will ich mich wirklich wieder öffnen und Gefahr laufen, verletzt zu werden? Ich habe so hart dafür gearbeitet, dorthin zu kommen, wo ich heute bin – unabhängig, eigenständig, nur ich und Henry in unserer kleinen Glücksblase. Dass Henry alles gut verkraftet, war, abgesehen von der Arbeit, meine einzige Sorge, und auch wenn es Tage gab, an denen ich am liebsten die Uhr zurückgedreht hätte, geht es mir gut. Ich lebe gesünder und bin glücklicher. Tatsächlich kann ich mir nicht einmal vorstellen, jemals wieder mit jemandem zusammen zu sein. Ich habe Angst, dass ich einen Knacks zurückbehalten habe, oder, wie meine Mutter damals immer meinte, als ich noch ein Kind war: »beschädigte Ware«.

»Okay, sei nicht sauer, ja?«, bittet mich Polly. »Aber ich hab schon ein Profil für dich erstellt. Schau es dir mal an, und sag mir, was du denkst.« Sie zieht meinen Laptop vom anderen Tischende zu sich herüber.

»Nein!« Ich stürze förmlich auf sie zu, um ihn ihr wegzunehmen. Ich hab Marias Facebook-Seite noch nicht wieder zugeklickt.

Polly zuckt verwirrt zurück. »Das Profil ist noch nicht aktiviert. Ich hab's so eingestellt, dass du es dir erst ansehen kannst, bevor ich es freischalte.«

»Oh nein, sorry, das meinte ich nicht.« Ich klappe den Laptopdeckel auf und hoffe, dass sie das leichte Zittern meiner Hände nicht bemerkt. »Das Ding ist nur passwortgeschützt. Ich entsperr es eben.«

Ich drücke ein paar willkürliche Tasten, als würde ich ein Passwort eingeben, dann schließe ich den Facebook-Reiter und schiebe den Laptop zu Polly rüber. Sie ruft den Browser auf und tippt kurz auf der Tastatur herum.

»Okay, hier ist es. ›Unabhängige Sie mit Sinn für Humor sucht gleichgesinnten Er, 35 bis 50, für Spaziergänge im Grünen, leckeres Essen und Abende auf der Tanzfläche und auf der Couch.‹«

»Ich hasse Spaziergänge.«

»Ich weiß, aber es sieht ganz danach aus, als würden das alle gut finden, also hab ich mir gedacht, es erhöht deine Chancen, wenn du es auch reinschreibst.«

»Ah, okay … und leckeres Essen? Meinen die Männer dann nicht, das ist eine verschlüsselte Warnung dafür, dass ich richtig fett sein könnte?«

»Die sehen doch dein Foto, also wissen sie, dass du nicht fett bist. Guck mal.« Sie klickt das Foto an. Ich habe es noch nie gesehen, es ist aufgenommen an einem Grillabend bei ihr und Aaron im vergangenen Sommer. Ich trage ein knallpinkfarbenes Baumwollkleid und eine Sonnenbrille, halte ein Weinglas in der Hand und lache. Ich sehe glücklich und sorglos aus. Ich sehe nicht aus wie ich selbst.

»Na?«, fragt Polly hoffnungsvoll. »Darf ich's freischalten?«

»Himmel, dann mach schon.« Sie würde ohnehin nicht lockerlassen, und ich nehme an, dass nichts Schlimmes dabei ist, wenn ich auf dieser Seite bin. Ich muss mich ja auf keine Dates einlassen.

»Yay!«, ruft Polly und klickt zufrieden weiter. »Gut, und jetzt zieh dich um. Ich mach das hier schnell fertig und gehe dann mit Henry spielen. Ich hab dir für die Nachrichten einen neuen E-Mail-Account eingerichtet, in Ordnung?

Damit du die vom Rest deiner Mails trennen kannst. Ich schick dir die Details an deine normale E-Mail-Adresse.«

Ich probiere mehr oder weniger fünf meiner »besten« Outfits aus, aber in allen sehe ich overdressed und bemüht aus, daher entscheide ich mich am Ende für lässig-schick in Jeansrock, Leggings und Rollkragenpulli. Als ich meinen Kopf durch die Wohnzimmertür stecke, um Tschüss zu sagen, sind Henry und Polly bereits in die Verwicklungen eines Eisenbahnunglücks eingetaucht. Henry reißt sich von dem Drama los, um unserem Abschied die aus seiner Sicht nötige Feierlichkeit zu verleihen. Abschiede sind für ihn eine ernste Sache und dürfen unter keinen Umständen nebenbei passieren.

Als ich wenig später in Richtung Bahnhof Crystal Palace laufe, vibriert mein Smartphone in der Tasche. Ich angle es hervor und stelle erschrocken fest, dass ich eine Benachrichtigung von Facebook habe. Als ich sie anklicke, ist es zum Glück bloß eine Statusmeldung von Polly. **Verkuppeln macht Laune! Auf matchmymate.com mal eben in die Rolle von Louise Williams geschlüpft!** Sie hat meinen Namen getaggt, sodass die Meldung auch auf meinem Profil auftaucht. **Danke, dass du es gleich öffentlich machst**, antworte ich und setze noch ein Smiley dahinter, damit sie weiß, dass ich nicht sauer bin. Heutzutage scheint ohnehin jeder Online-Dating zu betreiben, insofern ist es auch nicht weiter tragisch, dass meine Freunde darüber Bescheid wissen. Ich muss grinsen, als ich mir vorstelle, wie einige von ihnen auf Pollys Post reagieren werden, und freue mich schon auf die Kommentare. Schlagartig wird mir klar, dass ich einen Weg zurück ins Leben gesucht habe. Vielleicht ist das ja die Gelegenheit.

KAPITEL 5

2016

Ich durchwühle gerade meine Handtasche nach meiner Oyster Card, als ich plötzlich das Gefühl habe, beobachtet zu werden.

Nicht dass ich es an irgendetwas festmachen könnte – es ist einfach nur ein vager Eindruck, so ein Prickeln im Nacken. Ich sehe mich um, aber der Bahnhof ist voll von Pendlern (auf dem Heimweg) und von Anwohnern (auf dem Weg in die City, wo sie den Abend verbringen wollen). Ich versuche, wieder ruhiger zu atmen: Ich bin überempfindlich, meine Fantasie geht mit mir durch. Trotzdem sind meine Hände in der Tasche inzwischen zu Fäusten geballt, und die Anspannung steigt mir bis in die Schultern. Ich habe sie unbewusst hochgezogen, als würde ich jeden Augenblick mit einem Angriff rechnen.

Ich sehe mich erneut um, und mein Blick huscht blind an sämtlichen Männern vorbei. Ich halte Ausschau nach einer Frau in meinem Alter. Könnte sie es gewesen sein, diese Frau dort in dem teuer aussehenden Kamelhaarmantel, die direkt am Eingang steht? Sie zieht eine Puderdose aus der Tasche und dreht sich ein Stückchen in meine Richtung, während sie unter dem grellen Neonlicht ihr Makeup kontrolliert. Nein, das ist sie nicht, und jetzt wird mir auch klar, wie sinnlos meine Suche ist. Das Bild, das ich noch von Maria habe, ist jahrzehntealt, und wer weiß, was sie in ihrem Leben noch durchgemacht hat – sofern sie damals überlebt hat. Dass ich sie wiedererkennen würde, ist so gut wie ausgeschlossen. Trotzdem wandert mein Blick weiter durch die Schalterhalle: Sie ist es nicht … ist es nicht … ist es nicht …

Ich schlüpfe durch die Schranken zu den Gleisen und laufe die Treppe hinunter, womit ich den Eindruck erwecken will, als müsste ich dringend einen Zug erwischen, statt vor etwas – oder jemandem – davonzurennen. Außer Atem – und zwar mehr, als dieser kurze Lauf rechtfertigen würde – erreiche ich den Bahnsteig und quetsche mich zwischen den anderen Fahrgästen hindurch bis ans andere Ende. Mein hektischer Atem bildet Wölkchen, und trotzdem läuft mir der Schweiß über den Rücken. Es dauert fünf Minuten, bis der Zug kommt, und ich stelle mich dicht an die Wand, die Handtasche am Körper, und lasse den Blick über den vollen Bahnsteig wandern. Als der Zug endlich einfährt, steige ich ein und laufe zielstrebig durchs vorderste Abteil, schlüpfe in den nächsten Waggon und bleibe im Zwischenraum vor der Toilette stehen. Dort versuche ich erst einmal, meinen Atem wieder zu beruhigen. Dann gleitet die elektrische Klotür auf, dahinter steht ein junger Mann und kotzt. Ich zucke zusammen, flüchte ins zweite Abteil und erwische tatsächlich noch einen Fensterplatz. Ich lehne den Kopf an die Scheibe, schließe für einen Moment die Augen, sodass ich die Häuser nicht sehen muss, die draußen vorbeifliegen, mitsamt kurz aufflackernden Einblicken in heimelige Familienleben hinter erleuchteten Fenstern. Ich wirbele herum, als sich jemand auf den Platz neben mir setzt, aber es ist bloß ein junges Mädchen, das ziemlich schnell und wutentbrannt in ihr Handy spricht. Sie nimmt nicht die geringste Notiz von mir.

In Victoria durchquere ich den Tunnel und versuche, meinen Blick starr geradeaus zu halten. Ich rede mir ein, dass ich mich verrückt mache. Selbst wenn mir jemand folgt – ich bin immer noch in einem belebten Bahnhof. Ich bin in Sicherheit. Ich gleite im Strom der Menschenmassen mit, die sich hinunter zur U-Bahn schieben, und muss erneut kurz am Bahnsteig warten. Wir stehen hier so dicht an dicht, dass ich lediglich die Leute sehen kann, die direkt neben mir warten. Der Rest ist ein Meer aus warmen Körpern, deren Wangen von der eisigen Luft noch immer gerötet sind. In ihren Wintermänteln schwitzen sie vor sich hin. Dass mich hier jemand beobachtet, ist schlicht unmöglich. Es ist einfach zu voll.

Bis die Bahn South Kensington erreicht, habe ich mir erfolgreich eingeredet, dass ich paranoid gewesen bin. Ich habe der Angst, die auf Marias Freundschaftsanfrage gefolgt ist, gestattet, sich wie ein Instagram-Filter über mein Leben zu legen, sodass jeder Schatten umso düsterer erschien. Doch niemand ist hinter mir her.

Gemessenen Schrittes laufe ich die Treppe vom Bahnsteig nach oben, und der Kloß im Hals löst sich halbwegs auf. Der einfachste Weg zu Sophies Wohnung, den ich mir im Vorfeld zurechtgelegt habe, führt durch die Fußgängerunterführung in Richtung der Museen. Tagsüber wimmelt es dort nur so von Leuten – Familien, die im *Natural History Museum* die Dinosaurier besichtigen wollen, und Touristen auf dem Weg zum Victoria and Albert –, aber zu dieser Zeit ist es dort ruhiger, wenn auch nicht komplett verwaist. Ich denke kurz darüber nach, trotzdem mit der Mehrheit mitzulaufen, die auf den Hauptausgang zuströmt, tippe mir dann aber im Geist an die Stirn. Ich lasse zu, dass ich verängstigt und eingeschüchtert bin – aber das ist doch lächerlich. Also nehme ich die Unterführung.

Ich habe ungefähr die Hälfte hinter mir, als ich die Schritte höre. Knapp fünfzig Meter vor mir läuft ein Mann, aber ansonsten bin ich – abgesehen von der Person hinter mir – allein. Ich beschleunige dezent, hoffentlich dezent genug, sodass es niemand merkt, habe aber definitiv den Eindruck, dass auch die Schritte in meinem Rücken schneller werden. Ein Klackern hallt von den Tunnelwänden wider: ordentliche Schuhe, keine Sneakers. Ich werde noch einen Hauch schneller; das Klackern ebenfalls. Ich riskiere einen Blick über die Schulter und erblicke eine Gestalt im schwarzen Mantel mit Kapuze, traue mich aber nicht, lang genug hinzusehen, sodass ich auf diese Entfernung nicht mal sagen kann, ob es sich um einen Mann oder um eine Frau handelt. Inzwischen bin ich nicht mehr weit vom Tunnelausgang entfernt, und ich muss augenblicklich an die frische Luft, dort wo Autos und Leute sind. Ich fange an zu rennen, genau wie die Person hinter mir. Meine Handtasche schlenkert auf und ab, und die Tüte mit der Weinflasche, für deren Wahl ich im Geschäft geschlagene vierzig Minuten gebraucht habe, donnert mir mit jedem Schritt gegen den Oberschenkel. Das Blut rauscht in meinem Schädel, meine Brust brennt, und dann endlich habe ich den Ausgang vor mir, aus dem mir gerade eine Gruppe Frauen in Businesskostümen plaudernd und lachend entgegenkommt. Ich werde langsamer, atme aber immer noch hektisch.

Eine der Frauen sieht mich besorgt an. »Alles in Ordnung?«

Ich lächele gekünstelt. »Ja, alles bestens. Bin nur … in Eile.«

Sie wendet sich wieder ihren Gesprächspartnerinnen zu. Als sie an mir vorbei sind und ich fast am Ausgang stehe, blicke ich mich um. Die Gestalt im schwarzen Mantel ist nirgends zu sehen. Außer den Frauen, deren Gelächter durch den Tunnel schallt, ist keine Menschenseele hier.

Draußen auf der Straße lehne ich mich kurz an eine Mauer, bis mein hektischer Atem wieder einigermaßen zur Ruhe gekommen ist. Hier draußen in der von Straßenlaternen erleuchteten Welt voller Passanten, Autos und Leben erscheint mir meine Angst komplett unverhältnismäßig. Was habe ich bitte gedacht, was passieren würde?

Ich rede mir ein, ich müsste noch mal auf die Straßenkarte auf meinem Handy schauen, und mache mich – immer noch mit wackligen Beinen – auf den Weg in die Richtung von Sophies Wohnung. Kurze Zeit später laufe ich an eleganten cremeweißen Reihenhäusern aus georgianischer Zeit vorbei, die sich hinter schmiedeeisernen schwarzen Zäunen mit sorgsam bepflanzten Blumenkästen aufreihen. Unter normalen Umständen würde ich jetzt neidisch durch die großen Schiebefenster spähen und die antiken Möbel und stilecht hergerichteten Kamine betrachten, gegen die meine eigene Wohnung vollgestopft und simpel daherkommt. Einige der Häuser scheinen immer noch im Ganzen bewohnt zu werden, viele Erdgeschosse wurden in eine gemütliche, aber natürlich exklusive Küche umgewandelt – inklusive der obligatorischen Kücheninsel und ausreichend Platz für ein bequemes Sofa. Trotzdem kann ich heute an nichts anderes mehr denken als an Maria.

Ein paar Bürohengste in Anzuguniform, die sich gegen den eisigen Wind eingemummelt haben, kommen mir entgegen und eilen heim zu ihren Badewannen, wohltemperierten Zimmern und Liebsten, die sicher schon das Abendessen vorbereitet haben. Ich laufe an einer Mädchenclique vorüber. Sie tragen Onesies und Lammfellstiefel und haben samt und sonders opulente Locken. Obwohl es hier draußen so kalt ist, tanzen sie, haben sich beieinander untergehakt und lachen hysterisch. Ich empfinde eine Mischung aus Neid und Scham und wünsche mich schlagartig auf meine Couch zurück, um Henry eine Thomas-die-kleine-Lokomotive-Geschichte vorzulesen.

Als ich vor Sophies Haus stehe, spähe ich hoch zu den erleuchteten Fenstern mit den Faltrollos, die akkurat zugezogen sind, um die Dunkelheit auszusperren. Ich nehme mir kurz Zeit, mich wieder zu sammeln, und drücke dann erst auf den obersten Klingelknopf. Sekunden später höre ich Schritte, und hinter dem Milchglaseinsatz in der Tür taucht das Mosaik einer Gestalt auf. Dann geht die Tür auf, und da steht sie. Wir sehen uns für einige Sekunden an und scheinen beide unsicher zu sein, was wir als Nächstes tun sollen. Dann endlich lächelt sie, und dieses Lächeln erhellt ihr ganzes schönes Gesicht.

»Louise!« Sie gibt mir ein Küsschen auf die Wange, überlegt es sich aber sofort anders und zieht mich an sich, schließt mich in beide Arme, in ihr Parfüm, in ihre Persönlichkeit. Von der Erinnerung, von der reinen Empfindung bin ich schier überwältigt. All die vergangenen Jahre, die ich darauf verwendet habe, alles zu vergessen, sind wie ausgelöscht, und für einen kurzen Augenblick bin ich wieder sechzehn – ungelenk, unsicher, aber unglaublich lebendig.

Nun, so aus der Nähe, entspricht sie nicht mehr ganz der Hochglanzerscheinung von den Facebook-Bildern, aber sie ist nicht weit davon entfernt. Wie aus Protest gegen das schlechte Wetter läuft sie barfuß und trägt eine Skinny Jeans sowie ein silberfarbenes, hauchzartes Top, dazu eine klobige Statement-Kette. Ihr honiggesträhntes Haar wellt sich über ihren gebräunten Schultern, und sie hat ein dezentes, aber meisterhaftes Make-up aufgelegt. Bevor ich aus dem Haus ging, war ich bei meinem Anblick im Spiegel halbwegs zufrieden, doch ihr gegenüber fühle ich mich einfach nur noch trutschig.

»Hallo, hallo!«, ruft sie. »Echt cool, dich zu sehen!«

Sie redet sogar in Ausrufezeichen.

»Gleichfalls«, bringe ich hervor. »Du siehst fantastisch aus. Wie geht es dir?«

»Ach, super, einfach richtig super, richtig, richtig super!«, brabbelt sie, zieht mich in einen großzügigen gekachelten Eingangsbereich und mustert mich erst mal von Kopf bis Fuß. »Mensch, du siehst immer noch so aus wie früher!«

Oben in ihrer Dachgeschosswohnung ist es fast unerträglich heiß, und ich spüre, wie der Schweiß sich zwischen meinen Brüsten sammelt und den Stoff durchtränkt, der mir in die Achseln schneidet. Am liebsten würde ich den Pulli ausziehen, aber ich kann nicht riskieren, dass Sophie die dunklen Flecken unter meinen Armen sieht.

Ihre Wohnung ist makellos: luftig hohe Decken, ein massiver Holzboden, und doch herrscht gleichzeitig eine urgemütliche Atmosphäre. Ein extravaganter Kristallleuchter hängt in der Mitte des Wohnzimmers.

»Was für eine großartige Wohnung«, sage ich und drücke ihr die Weinflasche in die Hand.

»Oh ja, danke! Komm mit in die Küche!«

Ich laufe ihr in eine kleine, aber geschmackvoll und teuer eingerichtete Küche hinterher. Sie deponiert meinen Wein im Kühlschrank und schenkt aus einer bereits geöffneten Flasche jedem ein Glas ein.

»Wohnst du … alleine hier?«

Es entsteht eine kurze Pause.

»Äh … ja.« Ihr Blick huscht zum Kühlschrank, wo unter Magneten Fotos und Einladungskarten hängen. Es scheint ihr unangenehm zu sein, ich nehme an, sie will nur ungern zugeben, dass sie Single ist. Obwohl ich in der gleichen Lage bin, gibt es da insgeheim einen kleinen und fiesen Teil in mir, dem es gefällt, dass auch sie mit Anfang vierzig solo ist.

Wir nehmen den Wein mit zurück ins Wohnzimmer, und sie bedeutet mir, am Ende eines violetten Samtsofas Platz zu nehmen. Sie selbst kuschelt sich ans andere Ende wie eine Katze. Das Sofa ist so tief, dass ich nicht gleichzeitig die Füße auf den Boden stellen und mich anlehnen kann. Also bleibe ich artig auf der Kante sitzen, drücke die Knie zusammen und nehme das Weinglas von einer in die andere Hand.

Trotz ihrer einstudierten Unbekümmertheit merke ich, dass auch sie nervös ist, und zwar an der Art, wie sie mir eine Frage nach der anderen stellt – was ich beruflich mache, ob ich meinen Job mag, wo ich wohne –, mich dabei aber kaum zu Wort kommen lässt.

»Und deine Eltern, wie geht's denen?«, fragt sie, als wir alle anderen Themen abgegrast haben.

»Ganz gut. Wohnen immer noch in Manchester.« Viel mehr gibt es dazu nicht zu sagen. Wir haben uns nicht richtig zerstritten – ich glaube, dass man einander grundsätzlich näherstehen muss, als wir es getan haben, um sich überhaupt zerstreiten zu können. Es ist einfach nur so, dass ein Graben zwischen uns verläuft, genau wie zwischen mir und jedem anderen, der nicht mein wahres Ich kennt und nicht weiß, was ich getan habe.

»Fährst du oft hoch?«, hakt Sophie nach.

»Nicht wirklich. Aber das ist auch nicht ganz leicht, weißt

du, mit der Arbeit und so.« So schwer wäre es auch wieder nicht. Manchester ist mit dem Zug nur ein paar Stunden von London entfernt. Die Wahrheit ist, dass es mich anstrengt, Zeit mit meinen Eltern zu verbringen. Unser Verhältnis ist sehr oberflächlich, unsere Unterhaltungen kratzen gerade mal an der obersten Schicht und stoßen niemals in die Tiefe vor. Es ist jedes Mal ein Krampf, für mehr als ein paar Stunden am Stück die Fassade aufrechtzuerhalten.

»Und deine Eltern?«, frage ich.

»Oh, die sind inzwischen beide tot. Dad ist gestorben, als ich einundzwanzig war, Mum ein paar Jahre später.« Ihr Tonfall ist immer noch derselbe fröhliche von zuvor, aber dahinter kann ich die Verletztheit hören.

»Das tut mir leid.«

»Ach, danke«, geht sie höflich über meine Beileidsbekundung hinweg. »Aaaaber erzähl mir mehr von deinem Job! Ist es für dich schwer, allein zu arbeiten?«

Ich erzähle etwas zu ausführlich von den Hürden, die ich zu Beginn meiner Selbstständigkeit nehmen musste, und von den Preisen, die ich in der Zwischenzeit gewonnen habe, und nach einer Weile scheint sich ihr Blick zu verschleiern. Sie wacht noch mal kurz auf, als ich erwähne, dass ich anlässlich eines Design-Awards mal in der Lokalzeitung von Sharne Bay erwähnt war, aber auch nur, weil Sophie ebenfalls mal in der Zeitung gestanden hat, als sie einen Wohltätigkeitslauf organisiert hatte.

»Und selbst?«, frage ich nach einer Weile. »Was machst du inzwischen beruflich?«

»Ich bin in der Modebranche.«

»He, großartig! Und was machst du genau?«

»Ach, dies und das, du weißt schon. Vertrieb, Marketing – von allem ein bisschen.«

Ich habe das untrügliche Gefühl, dass sie bewusst so vage bleibt, und hake nicht mehr nach. Außerdem habe ich bemerkt, dass sie mich weder nach einem Partner noch nach Kindern gefragt hat. Liegt es daran, dass sie über Sam und mich Bescheid weiß, oder will sie nur nicht über ihren eigenen Beziehungsstatus reden? Sie wirkt irgendwie unruhig, als hätten ihre unaufhörlichen Fragen dazu gedient, das Gespräch auf genau der Spur zu halten, auf der sie es haben wollte. Als ihr irgendwann die Fragen ausgehen, macht sich Stille breit, und ich zermartere mir das Hirn nach einem anderen Thema. Sophie starrt nach unten und fummelt – ganz untypisch – unsicher an ihrem Glas herum.

»Es ist echt gut, dich mal wiederzusehen, Louise«, sagt sie nach einer Weile. »Weißt du, du warst früher echt wichtig für mich. Du warst die Einzige, der ich … mit der ich reden konnte, nehm ich an. Du hast mir immer das Gefühl gegeben, dass dir echt was an mir lag, nicht wie die anderen …«

Ich bin beinahe sprachlos. War ich nicht diejenige, die damals in der Schule von unserer Freundschaft profitiert hat? Sophie war mein Ticket in die andere Welt, sie war diejenige, die mich vor Esther Harcourt bewahrte. In der Rückschau glaube ich, dass ich ihr damals einfach nur die unkritische, bewundernde Untertanin war, die sie so dringend brauchte. Aber das war zu einer Zeit, als ich mich so verzweifelt an sie klammerte, dass ich nie darüber nachgedacht habe, was sie von alldem hatte.

Ich will etwas erwidern, aber sie fällt mir ins Wort, als würde sie bereuen, was sie mir soeben offenbart hat. »Uu-und … schon aufgeregt wegen des Klassentreffens?« Sie lächelt mich an und wirkt ganz so, als wüsste sie genau, dass ich erst kürzlich davon Wind bekommen hab. Das ist so typisch. Die Unterhaltung hat wieder ihre gewünschte

Richtung eingeschlagen, und zwar so schnell, dass ich mich frage, ob ich mir nur eingebildet habe, wie sie gerade kurz die Deckung fallen gelassen hat.

»Ja, klar. Wird sicher cool«, antworte ich. »Ich freu mich drauf.«

»Du weißt aber, dass Sam auch kommt? Ich habe von euch gehört. Echt schade.« Dann weiß sie es also. Findet sie es wirklich schade? Ich war mir nie sicher, ob damals in der Schule etwas zwischen den beiden war, und irgendein lächerlicher Teenager-Teil von mir wird sofort eifersüchtig. Sie sieht mich unter ihren Wimpern hervor gefühlvoll an, und Sorge sickert aus jeder Pore. »Wird das irgendwie komisch, was meinst du?«

»Nein, es wird schon klappen. Wir sind als Freunde auseinandergegangen«, antworte ich, als würde ich von einem Drehbuch ablesen, das den Titel trägt: *Mein Leben. Wie Ich Es Mir Wünschen Würde.* Sie seinen Namen aussprechen zu hören, während die Vergangenheit mich immer noch fest in ihrem Griff hat, macht die Last auf meinen Schultern noch ein bisschen schwerer. »Von wem hast du's gehört?«

»Ach, du weißt doch, dass solche Sachen die Runde machen«, sagt sie. »Ich treff mich manchmal noch mit ein paar Leuten aus der alten Clique – Matt, Claire … Und die Leute reden. Ich glaub, es war tatsächlich Matt, der es erzählt hat – war er nicht auch auf eurer Hochzeit?«

Er kam damals allein, hat in seinem Arbeitsanzug verlegen herumgestanden und niemanden gekannt. Ich weiß noch, dass Polly ihn irgendwann in ein Gespräch verwickelte und hinterher meinte, er sei nett gewesen. Ich glaube, sie hatte sich sogar ganz leicht in ihn verguckt (das geschah, bevor sie selbst geheiratet hat, versteht sich).

Ich würde ja gern wissen, was er Sophie über Sam und

mich erzählt hat. Die intimen Details unserer Beziehung kennt bis heute niemand. Niemand weiß, dass wir mitunter ganze Wochenenden lang im Bett geblieben sind, uns nur noch miteinander beschäftigt und Einladungen von Freunden ausgeschlagen haben, weil wir einander alles waren.

»Habt ihr nicht auch ein Baby gekriegt?«

»Ja.« Ich beiße die Zähne zusammen. »Wir haben ein Baby gekriegt. Auch wenn das Baby mittlerweile kein Baby mehr ist. Inzwischen ist er vier.« Plötzlich wünsche ich mir nichts sehnlicher, als zu Hause zu sein. Ich möchte durch den Türspalt spähen und sehen, ob Henry schläft, möchte hineingehen und ihm einen Kuss geben und seinen Schlafgeruch tief einatmen.

»Ach, süß.« Sie ist alles andere als interessiert, aber Henry ist ohnehin das Letzte, worüber ich mit ihr reden will.

»Was ist eigentlich mit Tim? Tim Weston?«, frage ich, als wäre mir der Name gerade erst eingefallen. »Triffst du den noch hin und wieder?«

Sophie sieht mich scharf an. »Nein. Den hab ich schon seit Jahren nicht mehr gesehen. Warum fragst du?«

»Ach, ich hab nur gesehen, dass er auf der Facebook-Gästeliste zu dem Klassentreffen steht. Ich weiß noch, dass er mit Matts Bruder befreundet war, insofern dachte ich …« Ich spreche den Satz nicht zu Ende. Mit der Einleitung zu dem Thema, das ich mit ihr besprechen will, hab ich gerade kolossal versagt.

Sophie zählt die anderen auf, die kommen wollen, und berichtet, was ich wissen muss, über Leute, von denen ich seit 1989, als ich von der Schule abging, nichts mehr gehört habe. An der Sharne Bay High gab es keine Oberstufe, aber selbst wenn es eine gegeben hätte, wäre ich für kein Geld der Welt dort geblieben, nicht nach allem, was geschehen war. Ich bin damals in der Nachbarstadt aufs College gegangen, um die A-Levels zu machen. Danach bin ich zum Studieren weggezogen und nie wieder zurückgekehrt.

Meine Eltern sind noch während meines ersten Jahres an der Uni nach Manchester gezogen, um näher bei meinen Großeltern zu wohnen, insofern gab es auch keinen Grund mehr, die Ferien in Norfolk zu verbringen. Ich hielt mit keinem dort Kontakt, sondern stürzte mich zielstrebig, wenn auch leidenschaftslos ins Unileben. Bis Sam und ich zusammenkamen, was erst einige Zeit nach dem Studium passierte, hatte ich mit niemandem aus der Schulzeit mehr irgendeinen Kontakt. Auch wenn ich wusste, dass Sam sich immer noch von Zeit zu Zeit mit Matt Lewis verabredete, kam es doch eher selten vor, und wenn, dann war ich nie dabei.

Marias Freundschaftsanfrage liegt mir immer noch so schwer im Magen wie ein Teller halb garer Nudeln und sorgt dafür, dass ich mich nicht vollends in die Unterhaltung fallen lassen kann – nicht dass es eine Rolle spielen würde, weil ich ohnehin kaum zu Wort komme. Ich fühle mich so zittrig und atemlos, als spürte ich jetzt schon, dass gleich eine kolossale Konversationsgranate hochgehen wird, nur dass mein Gegenüber noch vollkommen ahnungslos ist. Ich habe den Finger schon am Abzugsring, nur kann Sophie es nicht einmal sehen.

Irgendwann ebbt ihr Vortrag ab, und ich packe die Gelegenheit beim Schopf. »Sophie, es gibt tatsächlich einen Grund, warum ich dich angefunkt habe ... Es ist etwas passiert, worüber ich gern mit dir reden würde.«

»Aha?« Sie nimmt einen Schluck Wein.

»Ich hab eine ... eine echt komische ... Freundschaftsanfrage auf Facebook bekommen.« Ich lege eine kurze Pause ein, will mir noch ein paar Sekunden Normalität gönnen.

Wenn es erst ausgesprochen ist, wenn ich erst mal jemand anderen in diese Sache mit hineingezogen habe – was immer diese Sache ist – dann war's das. Game over. Dann wird alles anders. »Die Anfrage kam von Maria Weston.«

Ich bilde es mir sicher nicht bloß ein, dass Sophie für eine Millisekunde blass wird und die Augen aufreißt, ehe sie die Maske wieder zurechtrückt.

»Ach, die hast du auch gekriegt?« Sie lacht. »Eine Anfrage von einem Mädchen, das ertrunken ist?«

Dann bin es also nicht nur ich. Der Umstand ist einigermaßen tröstlich. Aber selbst Sophie kann doch nicht so herzlos sein, darüber zu lachen. Die einzig mögliche Erklärung ist, dass dieses Lachen Fake ist, dass sie diese Nonchalance vorschützt, die man vielleicht bei einem Mädchen an den Tag legen mag, mit dem man nie etwas zu tun hatte, einem Mädchen, dessen Leben nie mit dem eigenen verwoben war.

»Ja, von einem Mädchen, das ertrunken ist.« Es kommt heftiger als beabsichtigt, und Sophie sieht mich verblüfft an, womöglich sogar ein bisschen erschrocken, auch wenn sie es schnell wieder verbirgt.

»Bist du deswegen hier?«, fragt sie und lacht schon wieder. »Das ist doch offensichtlich irgend so ein kranker Joke – wahrscheinlich von jemandem, der auch aufs Klassentreffen geht. Ich wette, dass jeder die Anfrage bekommen hat.«

»Wahrscheinlich …« Genau an diese Möglichkeit habe ich mich seit vier Tagen geklammert wie eine Schiffbrüchige an ein hölzernes Wrackteil. »Aber wer würde so was machen? Und warum ich? Ich wusste nicht mal, dass das Klassentreffen stattfinden würde, bis ich diese Freundschaftsanfrage bekommen hab. Aber klar, eigentlich ist es offensichtlich.«

»Wieso offensichtlich?«, fragt Sophie, steht vom Sofa auf und gießt sich aus der Flasche auf dem Couchtisch noch ein Glas ein, ohne mir etwas anzubieten. Dann setzt sie sich in den Sessel auf der anderen Seite des Tischs und nippt an ihrem Wein. Im Schatten kann ich ihren Gesichtsausdruck nicht deuten.

»Du weißt schon, so wie ich sie behandelt hab … und was wir mit ihr gemacht haben …« Ich halte kurz inne. »Obwohl kaum jemand darüber Bescheid weiß. Oder?«

»Ich habe keine Ahnung, worüber du sprichst, Louise. Ich kannte sie jedenfalls kaum.« Sie setzt ihr Weinglas hart auf dem Tisch ab.

Ich kann nicht glauben, was sie da gerade gesagt hat. Ich habe die letzten siebenundzwanzig Jahre im Schatten all dessen gelebt, was wir getan haben. Natürlich ist mein Leben weitergegangen – ich habe studiert, gearbeitet, eingekauft, gekocht, war Freundin, Tochter, Ehefrau, Mutter … Trotz allem spukte in all dieser Zeit irgendwo in meinem Hinterkopf die Erinnerung an diese eine unverzeihliche Tat – eine zusammengequetschte, zusammengepresste, weggepackte Erinnerung, aber sie war immer da. Die Unbeholfenheit, die ich den ganzen Abend schon empfinde, verfliegt und weicht der Wut. Und ich dachte, mit Sophie könnte ich darüber reden.

»Natürlich hast du sie gekannt. Und du weißt auch, was wir getan haben: Wir haben ihr das Leben zur Hölle gemacht. Und was war mit dieser Nacht, bei der Abschlussparty?«

»Ich weiß ehrlich nicht, wovon du redest«, sagt sie mit Bestimmtheit, steht auf und nimmt ihr Glas. Dann beugt sie sich vor, nimmt meins, obwohl noch ein Fingerbreit Wein darin ist, und dreht sich mit einem Glas in jeder

Hand in Richtung Küchentür. »Hör mal, es war wirklich nett, dich wiederzusehen, aber ich fürchte, wir müssen das hier für den Moment abbrechen. Oh« – sie macht eine kurze Pause, als es an der Tür klingelt –, »das muss Pete sein.«

»Wer?«, frage ich verwirrt. Eigentlich hätte ich ihr noch von dem verschwundenen Foto erzählen wollen und davon, dass ich auf dem Weg hierher das Gefühl hatte, verfolgt zu werden.

»Pete – mein Date?«, gibt sie mit ausdruckslosem Gesicht zurück. »Sorry, ich hab doch gesagt, auf einen schnellen Drink, oder? Ich bin mir sicher, ich hab erwähnt, dass ich nicht den ganzen Abend kann.«

Sie setzt die Gläser ab, kontrolliert ihr Gesicht im reich verzierten Goldspiegel über dem Sofa, schüttelt ihr Haar über den Schultern aus und tippelt dann leichtfüßig die Treppe hinunter. Ich bleibe auf dem Sofa sitzen. Mein Gesicht brennt. Wie kann es sein, dass sie immer noch solche Gefühle der Beschämung bei mir auslöst? Auf diese Unhöflichkeit hätte ich stinkwütend reagieren müssen, doch stattdessen fühle ich mich wie ein Trottel. Ich höre eine Männerstimme, Sophie lacht, dann kommen zwei Paar Füße die Treppe herauf.

»Das ist Louise, eine Freundin.«

»Oh, sorry, dass ich so hereinplatze«, sagt der Mann und wirkt verlegen. Er ist Anfang vierzig, durchschnittlich groß und hat kurz geschorene, schon leicht graue Haare. Er sieht nicht umwerfend gut aus, scheint sich aber in seiner Haut und in seinen Klamotten wohlzufühlen. Er ist leger gekleidet: schwarze Jeans und ausgewaschenes blaues Jeanshemd unter einem dunklen Wollmantel.

»Ach was, gar kein Problem – Louise wollte gerade gehen, stimmt's?«

Mit hochrotem Gesicht stemme ich mich vom Sofa und klaube unnötig schusselig, wie ich finde, meine Tasche auf.

»Ja, wirklich kein Problem«, sage ich zu ihm, »wir saßen bloß auf einen schnellen Drink zusammen. Ich muss jetzt sowieso gleich weiter. War schön, dich kennenzulernen.« Ich strecke die Hand aus, und er schüttelt sie ein paar Sekunden zu lang.

»Ich bring dich noch zur Tür«, sagt Sophie, scheucht mich eilig aus der Wohnung und dann die Treppe hinunter. Im Eingangsbereich reicht sie mir den Mantel und macht die Tür auf.

»War echt nett, dich wiederzusehen«, sagt sie fröhlich. »Dann ja wohl bis zum Klassentreffen!«

Ihr Tonfall ist betont beschwingt, aber ich komme nicht umhin zu bemerken, dass sie mir nicht mehr in die Augen sehen mag. Nach einer knappen Verabschiedung stehe ich wieder allein auf der Straße und bin noch verwirrter als vor meinem Besuch. Ich komme nur schwer damit klar, auf welche Weise Sophie die Vergangenheit für sich selbst umdeutet, auch wenn es vielleicht ein wenig heuchlerisch von mir ist, nachdem ich es doch selbst jahrelang ganz genauso gemacht habe.

Ich laufe ein paar Schritte die Straße entlang und drehe mich noch einmal um. Durch das gefärbte Glas in der Haustür kann ich sehen, dass Sophie nicht sofort wieder nach oben gegangen, sondern mit dem Rücken zur Tür stehen geblieben ist, als müsste sie erst wieder zu Kräften kommen. Sie bleibt dort für dreißig Sekunden stocksteif stehen, wirft dann trotzig die Haare zurück und ist verschwunden.

KAPITEL 6

1989

In den folgenden paar Wochen erwähnte Sophie Maria mit keiner Silbe, also tat ich es ihr gleich und sagte ebenfalls nichts. Ich sah Maria in der Schule, manchmal unterhielten wir uns auch, aber ich hatte immer noch im Ohr, was Sophie mir gesagt hatte: *Ich hab da ein paar Dinge über sie gehört.* Also beließ ich es dabei. Ein paarmal beobachtete ich, wie Maria in der Mittagspause neben Esther Harcourt saß und sich die beiden schlapplachten. Esther hatte seit der Grundschule nicht mehr so glücklich ausgesehen.

Es war drei Wochen nach meiner ersten Begegnung mit Maria in der Schulkantine, als ich gerade den Flur entlanglief und sie allein am Ende der Schlange vor der Essensausgabe entdeckte. Ich würde mich direkt hinter ihr anstellen müssen, oder ich kehrte um und ließ das Mittagessen sausen. Sophie war mit Claire nach der Doppelstunde Französisch ohne ein Wort verschwunden, insofern nahm ich an, dass dies einer jener Tage würde, an denen wir sowieso nicht zusammen aßen. Maria blickte stur geradeaus, deshalb berührte ich sie am Arm. Sie zuckte heftig zusammen und wirbelte zu mir herum.

»Oh, hallo!«, sagte sie, und ihre Augen begannen zu leuchten.

»Hi. Wie geht's?«

»Gut, danke. Ja, ganz okay.«

Sophie und Claire Barnes standen ein Stück weiter vorne in der Schlange, und ich konnte sehen, wie Sophie gerade lachte und dabei den Kopf in den Nacken legte, sodass ihr schimmerndes Haar über die Schultern flog. Ich spürte, wie ich wütend wurde. Warum sollte ich allein zu Mittag essen, nur weil sie sich gerade mal wieder nicht dazu herablassen konnte, mit mir zusammenzusitzen? Ich drehte mich wieder zu Maria um und lächelte.

Als wir bei den Nachspeisen ankamen, nahm sie sich einen Donut, und ich tat es ihr gleich. Wenn ich mit Sophie esse, nehme ich mir nie einen, aber es war nett, mir zur Abwechslung etwas zu gönnen, worauf ich Lust hatte. Maria spähte leicht verlegen zu mir herüber, als wir zur Kasse kamen, weil sie einen Coupon für Gratis-Schulessen vorlegte, doch ich tat so, als hätte ich es nicht gesehen.

Noch bevor ich vorschlagen konnte, uns einen anderen Platz zu suchen, hatte Maria ihr Tablett auch schon auf dem Tisch genau hinter Sophie und Claire abgestellt, die sich zu Sam Parker und Matt Lewis gesellt hatten. Ich konnte hören, wie sie über Drogen sprachen, die sie am vergangenen Wochenende genommen hatten. Sie waren bei einem ihrer Raves gewesen – auf irgendeiner Farm in Claire Barnes' Nachbarschaft –, bei denen anscheinend jeder Ecstasy oder Speed einwarf. Mich hatten sie nie gefragt, ob ich mitkommen wollte (nicht dass meine Eltern es mir erlaubt hätten). Ich weiß noch genau, wie ich an jenem Tag dachte, ich hätte sowieso viel zu viel Angst davor, Drogen zu nehmen, auch wenn ein Teil von mir durchaus ein bisschen neugierig war.

Maria verdrehte die Augen. »Gott, Leute, die Drogen nehmen, sind echt so *öde*!«, sagte sie und machte sich nicht mal die Mühe, leise zu sprechen. »Die können über nichts anderes reden.«

Vielleicht bildete ich es mir ja bloß ein, aber ich glaubte zu sehen, wie Sophie sich steif auf ihrem Stuhl aufsetzte.

»Hast du schon mal Drogen genommen?«, wollte Maria wissen.

»Ich hab mal Gras probiert«, antwortete ich leise, sodass es kaum zu hören war. »Ich hab allerdings nicht viel gemerkt – außer dass mir schlecht geworden ist.«

»Mir auch«, sagte sie und grinste. »Wie schon gesagt, *öde.*«

Ich spürte, wie ich gleich anfangen würde zu lachen, und nur Sekunden später saßen wir beide da, kicherten und konnten gar nicht mehr aufhören, ohne dass wir gewusst hätten, warum. Ich sah, wie Sophie sich ein paarmal halb zu uns umdrehte, aber auch das hielt mich nicht ab.

»Ich könnte heute mit in die Stadt gehen, wenn du willst«, schlug Maria vor, als wir uns irgendwann wieder beruhigt hatten. »Nach der Schule? Mein Bruder holt mich heute nicht ab.«

Sie hatte es ganz beiläufig gesagt. Trotzdem war die Hoffnung in ihrer Stimme nicht zu überhören gewesen.

»Sam!«, rief Sophie im nächsten Moment betont entsetzt. Ich drehte mich zu ihr herum, während sie anfing, laut und gekünstelt zu lachen und Sam auf den Arm boxte. Er nahm ihre Hand, führte sie hinter ihren Rücken, grinste schläfrig und sah ihr dabei in die Augen, während sie versuchte, ihre Hand aus seinem Griff zu befreien.

»Nehmt euch ein Zimmer, ihr beiden«, sagte Matt Lewis ganz nebenbei, aber ich konnte sehen, dass die Knöchel der Hand, in der er seine Gabel hielt, ganz weiß geworden waren und er Sophie keine Sekunde lang aus den Augen ließ.

»Das wär cool«, sagte ich zu Maria.

Ich hatte ganz vergessen, dass am heutigen Tag der Jahrmarkt öffnete. Nach der Schule standen auf dem Marktplatz also nicht wie üblich Stände und Buden mit Polyesterkleidern und Nussmischungen, sondern schrill bunt blitzende Fahrgeschäfte. Wir schlenderten ein bisschen herum und sahen uns um, während uns von überallher unharmonisches Jahrmarktgedudel im Ohr klimperte. Maria kaufte sich eine Zuckerwatte, die so groß war wie ihr Kopf, und ich mir einen glasierten Apfel. Die krasse Süße, als meine Zähne durch die glänzende Zuckerschicht krachten, wich einem enttäuschend mehligen Nichts im Innern. Weil es gerade einmal vier Uhr nachmittags war, waren die Fahrgeschäfte hauptsächlich von Kindern besucht, trotzdem fuhren wir einmal die Walzerbahn. Der nierenförmige Wagen wirbelte auf dem Karussell um die eigene Achse, und anschließend taumelten wir benommen und mit flauem Magen, aber atemlos lachend und aneinandergekrallt wieder von der Rampe.

»Hast du Lust auf einen Kakao oder so?«, fragte Maria und zog den Reißverschluss ihrer Jacke zu, weil der Wind für die Jahreszeit ungewöhnlich kalt geworden war. Wir setzten uns im *Oven Door* auf den besten Platz am Fenster und beobachteten eine Weile einträchtig schweigend das Treiben draußen auf der Straße.

»Da ist deine Freundin.« Maria wies nach draußen, wo Sophie gerade den Gehweg entlangschlenderte, herumalberte und sowohl mit Matt Lewis als auch mit Sam Parker Händchen hielt. Kurz verspürte ich einen Stich, dann jedoch fing Maria an zu lachen.

»Gott, die ist echt so eine Schlampe! Was glaubt die eigentlich, wie sie aussieht?«

»Ich weiß …« Ich lächelte, wunderte mich aber insgeheim über meinen Verrat und darüber, dass ich tatsächlich mitlachen konnte. Ich war es nicht gewöhnt, dass Leute sich abfällig über Sophie äußerten.

»Sollen wir noch zu Topshop gehen?«, fragte ich und trank den letzten Schluck Kakao.

»Klar, cool«, sagte Maria betont beiläufig. Trotzdem konnte ich ihr ansehen, wie sehr sie sich über meinen Vorschlag freute.

Wir schleppten bergeweise Klamotten in die Umkleide. Maria versuchte, mich zu überreden, einen feuerroten Minirock zu kaufen, dabei sah ich darin ganz unmöglich aus. Sie probierte einen echt lässigen Filzhut, fand dann aber, dass sie damit rüberkam wie ein Möchtegern-Michael-Jackson. Als wir die Umkleide verließen, lachten wir immer noch über den Hut – und standen plötzlich wieder Sophie gegenüber, die zwischen den zwei Jungs auf einer Bank saß. Diesmal entdeckte sie uns.

»Hallo, ihr zwei!« Sie kicherte. »Na, habt ihr Spaß?«

Ich war schon drauf und dran, etwas zu erwidern, als Maria betont fröhlich antwortete: »Klar, danke. Und selbst?«

Sophie sah kurz leicht perplex aus, dann lächelte sie geziert.

»Alles super.« Lässig nahm sie Matt und Sam in den Arm. »Ich hab einen Riesenspaß.« Sam legte ihr den Kopf auf die Schulter und grinste uns mit Schlafzimmerblick an, während Matt ein bisschen steif aussah und sich leicht linkisch mit beiden Händen auf der Bank abstützte.

Maria zog die Augenbrauen hoch. »Mhm, sieht ganz so aus. Tja, wenn das deine Vorstellung von Spaß ist, dann weiß ich ja, mit wem ich es zu tun habe … Komm, Louise, wir gehen.«

Sie griff nach meinem Arm und zog mich in die Richtung, in der sie wohnte. Wir hatten schon früher am Nachmittag festgestellt, dass ihr Haus auf meinem Heimweg lag.

Sobald wir außer Hörweite waren, drehte ich mich zu ihr um und sah sie halb bewundernd, halb erschüttert an. »Warum hast du das gesagt?«

»Ach, komm schon runter, Louise. Sie ist einfach eine blöde Kuh. Das kann sogar ich erkennen, und ich bin gerade einmal ein paar Wochen hier. Was immer sie sich da gerade einhandelt, hat sie nicht besser verdient. Sie benutzt dich nur, damit sie sich selbst überlegen fühlt. Sie braucht jemanden, der ihr an den Lippen hängt und der seine Zeit mit ihr verbringt, wenn Claire sie mal wieder links liegen lässt. Ich hab doch gesehen, wie sie dich behandelt. An einem Tag hängt sie an dir wie eine Klette und am nächsten ignoriert sie dich vollkommen und flirtet gezielt ausgerechnet mit dem Jungen, von dem sie ganz genau weiß, dass du ihn gut findest.«

»Was soll das denn heißen?« Die roten Flecken an meinem Hals straften mein geheucheltes Unverständnis Lügen. Ich war offensichtlich noch viel schlimmer gescheitert, meine Gefühle für Sam zu verbergen, als befürchtet. Außerdem hatte mich noch nie jemand derart für meine Freundschaft mit Sophie angegangen. Ich vermute zwar mal, tief im Innern hatte ich schon immer geahnt, dass diese Freundschaft nicht ganz ausgewogen war; aber ich hatte eigentlich gedacht, dass es nun mal der Preis war, den man zahlen musste, wenn man mit jemandem befreundet sein wollte, der beliebt war.

»Jetzt komm, ich bin doch nicht bescheuert. Du magst Sam Parker, stimmt doch, oder? Und wenn ich dir das ansehen kann, dann weiß sie das längst auch.«

»Stalkst du mich irgendwie? Aber gut, wahrscheinlich

hast du recht«, gab ich zu. »Aber ich mag ihn nur auf die Art, dass man weiß, dass da nie was passieren wird. Ich glaub ganz ehrlich, dass Sophie auf ihn steht – das macht sie nicht, um mir eins auszuwischen. Und sie ist die Richtige für ihn, die beiden passen zueinander. Der würde in einer Million Jahren nicht mit mir gehen wollen.«

»Vielleicht ja doch?«

»Nein, ernsthaft, Typen wir der gehen niemals mit Mädels wie mir. So ist das einfach. Da ist man allerhöchstens befreundet. Aber nicht mal das sind wir. Der weiß doch kaum, dass ich überhaupt existiere.«

»Dann musst du daran womöglich was ändern«, sagte sie. »Du wirst es nie erfahren, wenn du es nicht ausprobierst.«

Ich wechselte das Thema. Dass Sam nicht meine Kragenweite war, selbst wenn ich mich jemals dazu überwinden könnte, mehr zu wagen als ihn bloß anzulächeln, konnte man ja wohl sogar als die Neue an der Schule sehen.

Den ganzen Heimweg über lachten wir uns tot: Maria gab ihre scharfsinnigen Beobachtungen diverser Mitschüler aus unserer Stufe zum Besten. Für jemanden, der gerade erst seit ein paar Wochen die Schule besuchte, brachte sie vieles erstaunlich genau auf den Punkt und benannte Schwächen, Unsicherheiten und Schrullen von Leuten, die in meinen unkritischen Augen fast schmerzhaft cool gewirkt hatten. Außerdem lieferte sie eine perfekte Imitation von Mr. Jenkins, der sie fast schon lüstern darum bat, nach der Stunde noch kurz dazubleiben, »um ihren Aufsatz zu besprechen«.

Am Zaun vor ihrem Haus blieb sie schließlich stehen und schien mit sich zu ringen. »Willst du … noch mit reinkommen?«

Der Teppich im Hausflur hätte dringend gestaubsaugt werden müssen und war an den Kanten ausgefranst, und es roch ganz leicht nach Bacon. Die Tapeten waren rissig, und ich konnte sehen, dass im Treppenhaus das Geländer abmontiert worden und nur die Rille in der Wand übrig geblieben war. Es war still im Haus, doch als Maria rief, kam ihre Mutter aus der Küche und trocknete sich die Hände an einem Geschirrtuch ab, das ebenfalls bessere Tage gesehen hatte. Die beiden sahen sich wirklich erstaunlich ähnlich: das lange, feine, leicht wellige braune Haar, die haselnussbraunen Augen mit goldgrünen Sprenkeln.

»Hallo, ich bin Bridget«, sagte sie. Die Eltern von Freunden mit Vornamen anzureden war und ist mir immer ein bisschen unangenehm; entsprechend versuche ich bis heute, sie eher gar nicht direkt anzusprechen. »Wie nett, eine von Marias Freundinnen kennenzulernen. Willkommen!« In einer übertriebenen Geste breitete sie die Arme aus, sodass das Geschirrtuch über die Wand fegte. »Und wie heißt du?«

»Louise. Hi.«

»Oh, Louise, von dir hab ich doch schon gehört!«

Ich fragte mich, was Maria ihr über mich erzählt hatte.

»Bleib auf eine Tasse Tee – nein, besser: Wir essen zusammen zu Abend!«

Ich fühlte mich ein bisschen überrollt und wollte mich schon wieder entschuldigen, als Maria kurzerhand dazwischenging. »Mum, hör auf, so peinlich zu sein. Komm, Louise, wir gehen in mein Zimmer.«

»Soll ich euch Tee und Kekse bringen?«, rief Bridget uns nach, während Maria mich die Treppe hochscheuchte.

»Nein, Mum. Wir wollen nichts.«

Maria schob die Tür hinter uns zu und ließ sich aufs Bett

fallen. Farbe blätterte von den Wänden ab, und der Teppichboden passte nicht ganz in das Zimmer, aber Maria schien sich alle Mühe gegeben zu haben. Sie hatte ein indisches Tuch über dem Bett ausgebreitet, die schlimmsten Stellen an der Wand mit Drucken von Salvador Dalí verhängt und die weißen Resopalregale mit Büchern vollgestellt.

»Entschuldigung wegen eben …«

»Schon in Ordnung«, sagte ich und setzte mich neben sie auf die Bettkante. »Ist sie … Ist sie immer so, wenn du Freunde mitbringst?«

»Sie war nie so, bis … Also, bevor mir das alles an der alten Schule passiert ist, war sie voll okay. Ich meine, sie ist immer noch okay. Es ist nur … Ach, vergiss es.« Marias Hand wanderte zu ihrer Kette, einem goldenen Herzanhänger, den sie bislang noch jedes Mal getragen hatte, wenn wir uns begegnet waren.

»Was ist da eigentlich passiert? Du kannst es mir erzählen, ich verrate es auch keinem, wenn du nicht willst.«

»Ich will am liebsten gar nicht darüber reden. Das Ganze hat mich ziemlich mitgenommen. Wie ich dir ja schon an meinem ersten Tag beim Mittagessen erzählt hab, war es so schlimm, dass wir umziehen mussten und ich die Schule gewechselt habe. Ich meine, für mich war es schon schlimm, aber Mum hat es noch viel krasser mitgenommen. Sie hat mal ein Sprichwort erwähnt – dass man immer nur so glücklich wäre wie sein unglücklichstes Kind. Wenn das stimmt, dann muss sie echt verdammt unglücklich gewesen sein.«

Eine Weile herrschte Stille. Mir war klar, dass Maria kein Wort mehr darüber verlieren würde, also wechselte ich das Thema. »Ich mag deine Kette. Woher ist die?«

»Keine Ahnung… Hat mir mein Dad geschenkt.« Erneut wanderte ihre Hand zur Kette. Sie zwirbelte sie sich um die Finger. »Es war das erste Geschenk, das er mir selbst gekauft hat. Sonst hat Mum immer alles besorgt. Ich hätte da schon wissen müssen, dass er nicht mehr lange da sein würde. Sind deine Eltern noch zusammen?«

»Ja.« Ich konnte mir überhaupt nicht vorstellen, dass meine Eltern sich je trennen könnten. Für mich waren die beiden keine zwei separaten Menschen, sondern vielmehr eine Einheit. Mum und Dad: Mumunddad.

»Tja, meine nicht mehr. Sie haben sich getrennt, bevor wir aus London weggezogen sind. Ich glaub, es war der ganze Stress rund um… alles, was passiert ist.« Was konnte denn so schlimm gewesen sein, dass sich ihre Eltern deswegen getrennt hatten? Ihr war anzumerken, dass sie wirklich nicht darüber reden wollte – oder aber sie wollte, dass ich hartnäckig nachbohrte.

»Was … Was ist denn da passiert?«, fragte ich.

Für einen kurzen Augenblick sah sie so aus, als würde sie es mir erzählen, doch dann ging bei ihr wieder das Visier runter. »Reden wir über was anderes.«

Ich beschloss, es anders zu versuchen, und erzählte erst mal von unseren Lehrern und ihren unterschiedlichen Marotten, von den Schulgerüchten und wer mit wem ging. Inzwischen saßen wir schon eine gute Stunde in ihrem Zimmer, und nur Bridget hatte uns mit unverlangtem Tee und Schokokeksen unterbrochen. Sie lungerte ein bisschen zu lang an der Tür herum und sah zu, wie Maria und ich zusammen lachten. Als sie mich erneut aufforderte, doch noch zum Abendessen zu bleiben, lehnte dieses Mal ich höflich ab, schließlich erwarteten meine Eltern mich zu Hause.

Maria und ich verabschiedeten uns voneinander an der Eingangstür. Ich hatte dieses warme, leicht schmerzhafte Gefühl, das man immer hegt, wenn man zu lange und zu heftig gelacht hat. Gleichzeitig war mir ein bisschen mulmig, weil ich den ganzen Nachmittag lang nicht ein einziges Mal darüber nachgedacht hatte, was ich ihr erzählte. Ich hatte nicht ein einziges Mal erst hin und her überlegt, was ich womöglich sagen durfte, und alles auf Peinlichkeit hin überprüft, bevor es auch schon aus mir herausgesprudelt war, so wie es mit Sophie gewesen wäre. Es hatte sich nicht wie ein zurechtgelegter Vortrag angefühlt, mein Nachmittag mit Maria war einfach nur total entspannt gewesen. Ich hatte mich entspannt.

Als ich den Weg zum Tor hinunterlief, stieß ich beinahe mit einem dunkelhaarigen, stämmigen Jungen zusammen, der die gleichen haselnussbraunen Augen hatte wie Maria und ihre Mutter. Statt sich mir vorzustellen, sah er mich misstrauisch an. Ich lächelte leicht nervös, auch wenn ich mir nicht recht den Grund dafür erklären konnte, und trat dann durch das Tor auf die Straße. Ich drehte mich nicht noch mal um, dennoch konnte ich spüren, wie sich sein Blick in meinen Rücken bohrte, bis ich die Straße hinuntergelaufen war und die Kreuzung erreicht hatte.

Später am Abend saß ich in meinem Zimmer und gab vor, meine Hausaufgaben zu machen, als das Telefon klingelte. Ich nahm den Hörer auf dem Flur vor meinem Zimmer ab.

»Hallo?«

»Lou? Hier ist Sophie.«

Ihre Stimme klang sanft und zaghaft, meilenweit entfernt von der lautstarken Selbstsicherheit, die sie früher am Tag in der Stadt zur Schau gestellt hatte. Für einen kurzen Moment dachte ich schon, sie würde sich entschuldigen wollen. Ich ließ mich an der Wand entlang nach unten gleiten, bis ich auf dem Flurboden saß, die Knie bis ans Kinn gezogen, und zwirbelte das Telefonkabel um meine Finger.

»Ich mach mir Sorgen um dich. Du hängst kaum noch mit mir und den Mädels ab.«

Den Mädels? Sophie ist die Einzige von ihnen, die überhaupt jemals Interesse an mir zeigt. Der Rest von ihnen nimmt mich kaum wahr, außer wenn sie Hausaufgaben von mir abschreiben wollen. Ein Teil von mir wollte auf der Stelle bei Sophie zu Kreuze kriechen, damit alles wieder so wäre wie vorher. Gleichzeitig hatte ich Marias Stimme im Ohr und konnte immer noch das Selbstbewusstsein spüren, das mir der Nachmittag mit ihr beschert hatte.

»Keine Ahnung, was du meinst. Du hast in der Schule doch nicht mal mit mir gesprochen.«

»Das ist echt nicht fair«, sagte sie weinerlich. »Du bist doch diejenige, die mich total ignoriert. Ich hatte heute niemanden, der mit mir in die Stadt gehen wollte. Claire hat mich am Nachmittag abblitzen lassen, und dich hab ich überall gesucht.«

»Du warst doch mit Matt und Sam unterwegs. Wenn du mich fragst, sahst zu ziemlich happy aus.«

»Ach, die zwei … Mit denen bin ich doch nur mit, weil ich sonst niemanden hatte. Aber du hast ja tatsächlich ausgesehen, als hättest du Spaß gehabt.«

»Ja … hatte ich auch.« Meine Entschlossenheit fing an zu bröckeln. War sie wirklich enttäuscht? Hatte ich alles falsch interpretiert? »Aber es hat doch so ausgesehen … Wenn ich gewusst hätte, dass du mit uns hättest mitkommen wollen, hättest du das gerne tun können.«

»Bei *uns* wär ich mir nicht so sicher«, sagte sie verhalten. »Ich hätte mit *dir* mitkommen wollen.«

»Was hast du gegen Maria? Sie ist wirklich nett.«

»Ich bin mir sicher, dass sie okay ist, aber sorry, heute Nachmittag war sie echt ziemlich unhöflich zu mir. Außerdem – was weißt du bitte über sie? Wo kommt sie denn auf einmal her? Die Sachen, die zumindest ich gehört hab … Na ja. Ich will jetzt keine Gerüchte verbreiten. Wenn du mit ihr befreundet sein willst, dann ist das ganz klar deine Sache. Aber lass deine alten Freunde nicht links liegen, Louise, sonst läufst du Gefahr, dass sie irgendwann weg sind. Pass bloß auf, sonst endest du noch wie Esther Harcourt.« Dann lachte sie – oder schnaubte vielmehr und klang alarmiert dabei, als wollte sie mir zu verstehen geben, dass es natürlich nur ein Scherz von ihr gewesen sei, aber ein klitzekleines Körnchen Wahrheit trotzdem darin stecke. »Klar, es ist allein deine Sache, mit wem du abhängst. Aber ich an deiner Stelle würde noch mal darüber nachdenken, wer zu dir gehört und wer nicht.«

Nachdem wir aufgelegt hatten, blieb ich noch minutenlang mit dem Hörer in der Hand im Flur sitzen. Ich dachte darüber nach, ob ich Sophie widersprechen sollte und was das für mich für Konsequenzen in sozialer Hinsicht hätte – was Partys anging, Übernachtungsbesuche, bei denen mein Gefühl mir sagte, dass ich kurz davorstand, ebenfalls eingeladen zu werden, und wie wichtig mir das war. Ich fragte mich, ob ich tatsächlich bereit war, all das für eine Stufenkameradin aufzugeben, die ich kaum kannte und die am Ende möglicherweise die Einzige wäre, die mir noch blieb.

Tags darauf hatte ich zumindest vormittags keine einzige Stunde mit Maria. In der Pause lief ich direkt aus dem Bio-Saal in die Bibliothek und tat zwanzig Minuten lang so, als würde ich ein Buch über das angelsächsische Großbritannien lesen. Das Mittagessen wollte ich ausfallen lassen, aber

Sophie fing mich auf dem Weg zurück in die Bibliothek ab und zog mich hinter sich her in die Kantine. Meine Ofenkartoffel war knochentrocken und innen schon zerbröselt, und gerade als ich ein Schüsselchen mit Baked Beans darüber kippte (keine Butter!), entdeckte ich im Augenwinkel Maria, die ein Stück hinter mir in der Schlange stand. Ich zahlte, und Sophie schob mich schnurstracks vor sich her in die hintere linke Ecke, setzte sich neben mich und legte mir beschützend die Hand auf den Arm. Ich spürte eher, als dass ich es sah, dass Maria hinter mir hergelaufen war. Sie griff die Lehne von dem Stuhl auf meiner freien Seite, doch Sophie ging sofort dazwischen.

»Sorry, da sitzt schon jemand«, sagte sie und lächelte breit.

»Sieht gar nicht so aus«, entgegnete Maria. »Für mich sieht es eher so aus, als wäre der Stuhl leer. Außer eine deiner superdünnen Freundinnen sitzt da und ist inzwischen so dürr, dass sie überhaupt niemand mehr sehen kann.« Sie sah mich an, hoffte auf ein Lächeln oder zumindest auf eine Art Begrüßung, aber ich starrte bloß hinunter auf mein Tablett und strich mit den Fingern über die bräunliche, knubbelige Maserung im Plastik, als wäre sie Braille-Schrift und ich blind.

»Ich halt den Platz frei«, giftete Sophie zurück. »Für eine Freundin.« Die Betonung auf »Freundin« hätte nicht spitzer ausfallen können.

Maria sah mich kurz auffordernd an, aber mein Blick klebte weiter am Tablett.

»Ah. Okay. Verstehe«, sagte sie und lief mit ihrem Tablett zum am weitesten entfernten Tisch.

Als ich die Kantine verließ, blickte ich zu ihr hinüber. Wenn ich heute an sie denke, sehe ich sie immer noch genauso vor mir: allein, das Essen auf ihrem Tablett kaum angerührt, mit hängenden Schultern, blass, den Blick auf ihr Mathebuch gerichtet, ohne wirklich etwas zu verstehen. Von einem anderen Tisch aus sah auch Esther Harcourt zu ihr rüber. Sie saß ebenfalls allein da, mit einem ungelesenen Buch in der Hand.

KAPITEL 7

Sie steht auf der Brücke und starrt hinunter ins Wasser, das an diesem trüben Wintertag braun und wenig einladend aussieht. Ihre Fingerknöchel stehen hervor und heben sich scharf weiß gegen das dunkle Holzgeländer ab. Eine Getränkedose – der einzig helle Punkt in dem schlammigen Band, das sich quer durch die Stadt schlängelt –, schwimmt unter der Brücke hindurch und außer Sicht. Sie könnte in einer Kamikaze-Version von Pu-Stöckchen über die Straße auf der Brücke rennen, um zu sehen, ob die Dose es auch wirklich bis zur anderen Seite geschafft hat … und ob sie selbst es auf die andere Seite schafft.

Nachdem sie all die Jahre damit leben musste, verspürt sie den Impuls nicht zum ersten Mal. Das allererste Mal hat sie ihn in jener Nacht vor all diesen Jahren verspürt, und er ist in regelmäßigen Abständen immer wiedergekehrt. Wie wäre ihr Leben wohl verlaufen, wenn sie damals eine andere Entscheidung getroffen hätte, nicht nur für sich selbst, sondern auch für die anderen in ihrem Umfeld? Am härtesten hat es ihre Familie getroffen. Für die war seither nichts mehr so wie früher. Sie hatten ihr Bestes gegeben, um sie zu unterstützen, um für sie da zu sein, aber richtig verstanden haben sie es nie. Wie hätten sie es auch verstehen können?

Sie blickt wieder hinab ins Wasser, das unter ihr hindurchströmt, von ihr weg, und die Gedanken kehren wie jedes Mal zu jener Zeit an jenem Ort zurück. Zu der Entscheidung und den Folgen, die immer noch in ihrem Leben widerhallen.

Sie wünscht sich mehr als alles andere auf der Welt, dass sie alles wiedergutmachen könnte; dass sie das Gleichgewicht wiederherstellen könnte. Die Welt verließ in jener Nacht ihre Umlaufbahn. Wenn sie nur einen Weg fände, sie wieder an der Achse auszurichten – vielleicht könnte sie dann sogar den Rest ihres Lebens in Angriff nehmen. Den Rest ihres Lebens auskosten, sich mit anderen auseinandersetzen, statt immer nur ein schattenhaftes Halbdasein zu führen, in dem niemand weiß, wer sie in Wahrheit ist.

Sie lässt das Geländer los und schlendert langsam davon, lässt den Wasserstrom hinter sich. Diesmal nicht, denkt sie sich. Diesmal nicht.

KAPITEL 8

2016

Am Montag, drei Tage nach meinem Besuch in Sophies Wohnung und exakt eine Woche, nachdem ich die Freundschaftsanfrage bekommen habe, passiert es schon wieder. Draußen ist einer dieser sonnigen Herbsttage, an denen man hofft, der Sommer könnte zum Glück noch nicht ganz vorüber sein. Licht strömt durch die Terrassentüren und wärmt die Tischplatte des Küchentischs, an dem ich sitze und meine liebe Mühe habe, mich auf die Arbeit zu konzentrieren. Ich bin sowohl mit den Angeboten für zwei potenzielle Neukunden als auch mit Rosemarys Projekt spät dran. Die ganze Zeit sehe ich auf Facebook nach und fürchte den Moment; ich habe gehofft, es bliebe eine einmalige Sache und dass sich irgendwer, der auch zum Klassentreffen geht, einen schlechten Scherz erlaubt hätte. Mit jedem Tag, der verstreicht, sprießt das Saatkörnchen der Hoffnung, dass ich nie wieder von ihr höre.

Als die Benachrichtigung kommt, dass ich eine Facebook-Nachricht von Maria Weston erhalten habe, kann ich gar nicht schnell genug reagieren, und meine Finger huschen verzweifelt über die Tastatur, um die Nachricht zu öffnen.

Du kannst so schnell laufen, wie du willst, Louise. Du entkommst mir nicht. Von jeder Wunde bleibt eine Narbe zurück. Frag Esther Harcourt.

Ich sitze einen kurzen Moment da und lese die Nachricht wieder und immer wieder, als würde mir das helfen herauszufinden, wer dahintersteckt und warum der Absender das tut. *Du kannst so schnell laufen, wie du willst.* Es hat mich an jenem Abend also doch jemand verfolgt. Ich hab es gewusst.

Frag Esther Harcourt. Nachdem es passiert war, habe ich Esther noch ein einziges Mal in der Stadt gesehen. Sie guckte an mir vorbei, als würde meine Schuld andernfalls irgendwie auf sie abfärben, als wäre meine Schuld ansteckend wie eine durch die Luft übertragbare Krankheit, dabei kannte sie nicht mal die ganze Wahrheit – denn wenn doch, hätte sie mehr getan als einfach nur wegzusehen.

Sie war die Einzige, mit der Maria in den letzten Monaten vor der Abschlussparty überhaupt noch gesprochen hat. Was mein Wissen über Maria angeht, gibt es Leerstellen, eklatante Lücken. Womöglich wäre Esther dazu in der Lage, sie zu füllen. Ich habe das ganze Wochenende damit zugebracht, mir das Treffen mit Sophie noch mal in allen Einzelheiten in Erinnerung zu rufen, und die Vorstellung, mich mit jemandem zu unterhalten, dem aufrichtig an Maria gelegen war, ist seltsam tröstlich.

Ich tippe ihren Namen in die Suchmaske, aber sie ist nicht auf Facebook. Ich mache diesen grässlichen Teenager-Teil meines Gehirns mundtot, der sofort schlussfolgert, dass sie keine Freunde hat. Die Leute sind aus den verschiedensten Gründen, meist guten, nicht auf Facebook. Nachdem ich hier also nicht weiterkomme, google ich sie einfach und erhalte eine ganze Reihe Treffer. Als oberster wird ihr

LinkedIn-Profil angezeigt, und sie ist es wirklich: Sie arbeitet inzwischen als Anwältin und wohnt immer noch in Norfolk. Ihr Profilbild verrät mir, dass sie sich gut gehalten hat. Tatsächlich sieht sie darauf tausendmal besser aus als damals in der Schule. Die flaschenbodendicken Brillengläser sind einem schicken, kantigen Designergestell gewichen, und während Esther als Teenager einen unbändigen mausbraunen Haarschopf hatte, hat sie inzwischen eine dichte Mähne, die kastanienbraun schimmert.

Sie ist sogar Partnerin in einer Kanzlei, einer der richtig großen in Norwich, für die Bereiche Nachlass und Testament. Es sieht ganz danach aus, als wäre sie eine echte Überfliegerin: Sie hält Vorträge auf Konferenzen, schreibt Fachartikel und gehört bestimmt auch zu den Leuten, die an ihre alte Schule eingeladen werden, um den Schülern Zukunftsperspektiven zu eröffnen. Als ich gerade diesen Design-Preis gewonnen und dann auch noch im *Sharne Bay Journal* gestanden hatte, dachte ich, sie würden mich vielleicht auch einmal einladen, aber ich habe nie etwas von ihnen gehört.

Jetzt, da ich weiß, wo Esther arbeitet, könnte ich sie einfach anrufen oder ihr eine E-Mail schreiben, aber ich kann die Erinnerung an unseren kurzen Blickwechsel vor all den Jahren und daran, wie sie sich weggedreht hat, nicht mehr beiseiteschieben. Dann habe ich eine verrückte Idee und greife zum Telefon. Zwei Minuten später hat Serena Cooke einen Termin bei Miss Harcourt, um ein Testament zu erstellen. Sie haben meine Kontaktdaten aufgenommen und versucht, mir einen Termin bei jemand anderem zu geben, aber ich habe auf Miss Harcourt bestanden. Normalerweise ist ihre Warteliste ziemlich lang, aber irgendjemand hat seinen Termin am kommenden Morgen kurzfristig abgesagt.

Bestimmt erkennt sie mich auf den ersten Blick wieder, aber zumindest hat sie so nicht die Gelegenheit, sich zu wappnen oder mich einfach rauszuwerfen.

Am nächsten Morgen stehen wir zeitig auf. Henry geht dienstags immer zum Frühstückskreis, sodass ich gleich in der Früh mit meiner Arbeit loslegen kann. Heute will ich ihn noch etwas früher hinbringen als sonst. Im Schlafanzug sitzt er am Küchentisch und schaufelt – immer noch ganz bettwarm, mit verschlafenem Blick und roten Wangen – Müsli in sich rein. Ich beuge mich im Vorbeigehen hinunter, um ihm ein Küsschen zu geben, während ich mir im Kopf wie ein Mantra all die Dinge vorsage, an die ich denken muss: die Büchertasche, die Lunchbox, die Wasserflasche, seine Vorlesefibel, den Elternbrief zum Schulausflug, Stoffmuster, E-Mail an Rosemary.

»Mummy?«, kommt es zwischen zwei vollen Löffeln von Henry.

»Ja?«, sage ich zerstreut und husche hin und her, um die Sachen zusammenzutragen, die wir an diesem Tag brauchen werden.

»Gestern in der Vorschule wollten Jasper und Dylan nicht mit mir spielen.«

Ich setze mich neben ihn. Meine To-do-Liste ist sofort vergessen. »Was meinst du damit?« Mir sackt das Herz in die Hose.

»Ich wollte mit ihnen in Freispielen eine Eisenbahn bauen, aber sie wollten nicht. Ich hab es ihnen immer wieder gesagt, aber sie wollten lieber draußen spielen.«

»Du kannst deine Freunde doch nicht zwingen, das zu machen, was du willst, Henry. Für mich klingt das eher, als hätten sie einfach nur etwas anderes spielen wollen, und nicht, als hätten sie gar nicht mit dir spielen wollen.«

»Nein, Mummy. Sie wollten gar nicht mit mir spielen. Ich hab immer wieder gefragt, aber Dylan meinte, dass ich immer nur Eisenbahn spielen will und dass ich langweilig bin.« Er legt den Löffel hin, springt mir auf den Schoß und schlingt mir die Arme um den Hals. Sein heißes Gesicht liegt an meiner Schulter. Es zerreißt mir das Herz vor Liebe, und ich versuche, mir über Jasper und Dylan keine weiteren Gedanken zu machen. Immerhin sind die Jungs gerade erst vier.

»Kann ich heute nicht bei dir bleiben?« Die Worte kommen gedämpft, aber ohne jeden Zweifel schwingt Hoffnung darin mit.

Das schlechte Gewissen keimt in mir auf wie eine Sünde. Ich werde heute keinen Strich für meine Arbeit tun können. Die Stoff- und Farbmuster, die ich für einen Kunden zusammenstellen soll, hätten ohnehin noch warten müssen. Ich bin damit sowieso schon zu spät dran, was macht da ein weiterer Tag? Ich könnte einfach den Termin mit Esther absagen, Henry in der Vorschule krankmelden und dann mit ihm den Tag aufs Sofa gekuschelt verbringen, zusammen mit ein paar Disney-Filmen. Aber der wahre Grund für mein schlechtes Gewissen ist, dass mein Bedürfnis zu erfahren, was es mit der Facebook-Anfrage auf sich hat, wichtiger zu sein scheint als alles andere.

Ich befreie mich aus Henrys Umarmung und kann ihn schließlich dazu überreden, sich jetzt anzuziehen, indem ich ihm verspreche, nachmittags, wenn wir beide wieder zu Hause sind, ganz lange mit ihm Eisenbahn zu spielen.

»Wirklich ganz lange?«, fragt er mit großen Augen.

»Eine Ewigkeit«, verspreche ich ihm.

Ich bringe ihn zum Frühstückskreis und fahre dann unter einem bleigrauen Himmel gen Osten. Sobald ich den Motorway verlasse, erstreckt sich vor mir müde die A11. Die

Landschaft ist mir öde bekannt, auch wenn ich diese Strecke schon seit Jahren nicht mehr gefahren bin: ein endloser, bedrohlich bewölkter Himmel, ein planierter Acker nach dem anderen, ein einsames, schlichtes Kriegsmahnmal, an dem der Verkehr vorbeirauscht, kurz vor dem geheimnisvoll klingenden Elveden Forest, der in mir Bilder von Figuren à la Tolkien heraufbeschwört, die sich in spannende Abenteuer stürzen. Dabei bietet der Wald in Wahrheit nur Radwege, ein paar Kletterfelsen und ähnliche familientaugliche sowie gesunde Aktivitäten. Der Wind zerrt an meinem Auto. Ein paar Meilen hinter Elveden fahr ich kurz raus und sitze einfach nur da, kralle mich ins Lenkrad und versuche, wieder ruhiger zu atmen. Ich werfe einen Blick auf mein Handy, wie ich es immer mache, sobald ich eine Sekunde Zeit habe, aber es ist bloß eine E-Mail von Rosemary eingegangen. Sie erinnert mich an etwas, das ich längst hätte erledigen müssen, aber nicht erledigt habe.

Als ich endlich da bin, werde ich per Summer eingelassen und über die Sprechanlage gebeten, in einem eleganten Raum mit blank poliertem Boden und makellos gepolsterten Antiksitzmöbeln zu warten. Hier sieht es aus wie in der typisch englischen Anwaltskanzlei, wie sie in amerikanischen Spielfilmen gezeigt werden. Ich setze mich auf die Kante einer bestickten Chaiselongue, rutsche nervös hin und her und schlage die Beine übereinander, bevor ich die Füße wieder auf dem Boden absetze.

Ich habe eigentlich auf einen Moment spekuliert, um mich zu sammeln, um mir über meine Absichten klar zu werden, aber sobald ich von der gepflegt zurechtgemachten Sekretärin ins Büro geführt werde, ist klar, dass das Spiel aus ist. Esther hebt mit einem freundlichen Lächeln das Gesicht – doch von einer Sekunde zur anderen ist das Lächeln verblasst, und hinter dem Schildpatt-Brillengestell blickt sie regelrecht schockiert drein. Sie wartet, bis die Sekretärin ihr Büro verlassen hat, ehe sie das Wort ergreift.

»Du bist nicht Serena Cooke.« Sie klingt unverblümt, unfreundlich.

»Nein, schon klar … ich … Ich war mir nur nicht sicher, ob ich anders einen Termin gekriegt hätte.«

»Ich nehme an, dann bist du auch nicht hier, um ein Testament zu erstellen?«

»Nein.«

»Warum dann?«

Ich lungere immer noch an der Bürotür herum, weil sie mich bislang nicht aufgefordert hat, Platz zu nehmen. Ich schiebe in einem fort und völlig unnötig meine Haare hinters Ohr, eine Angewohnheit, die ich schon als Kind hatte. Irgendetwas in der Geste muss bei Esther die Erinnerung an unsere gemeinsame Zeit geweckt haben, als wir wild und matschverschmiert durch den Wald hinter ihrem Zuhause gestreift sind, denn jetzt wird ihr Ausdruck ein klein wenig weicher. Sie deutet auf den gepolsterten Lederstuhl vor ihrem Schreibtisch, in den ich mich dankbar hineinfallen lasse.

»Ich wusste nicht, an wen ich mich sonst wenden sollte.«

Esther zieht interessiert die Augenbraue hoch.

»Es ist etwas passiert.«

Die zweite Augenbraue wandert nach oben.

»Ich hab eine Facebook-Freundschaftsanfrage bekommen. Und zwar von Maria Weston.«

Das Mitgefühl, das ganz unwillkürlich Esthers erste Reaktion auf mein offensichtliches Unbehagen war, weicht erst Verwirrung und dann etwas anderem, was ich nicht recht einordnen kann. Ist das Angst?

»Von Maria? Das ist doch unmöglich.« Ich kann ihr ansehen, dass sie es nicht gewohnt ist, dass jemand sie dermaßen aus der Fassung bringt.

»Nein, ich weiß, aber, na ja, so ist es nun mal. Ich hab mich gefragt … ob du vielleicht irgendetwas darüber weißt oder irgendeine Erklärung hast …«

»Was sollte ich denn bitte darüber wissen?«, entgegnet sie und wird rot. »Ich hab jedenfalls nicht die Angewohnheit, Facebook-Profile für tote Schulfreunde zu eröffnen. Ich bin noch nicht mal selbst auf Facebook.«

»Nein, natürlich nicht, ich dachte auch nicht, dass du es gewesen wärst, ich hab nur … also … Ich hab Angst. Ich glaub, dass irgendwer in meiner Wohnung war, und ich bin mir sicher, dass mich neulich jemand verfolgt hat.«

»Wie bitte?« Sie runzelt beunruhigt die Stirn. »Warst du schon bei der Polizei?«

»Was sollte die denn unternehmen? Ich hab keine Beweise. Und die andere Sache ist … dass ich gestern wieder eine Nachricht gekriegt habe. Wieder von Maria Weston. Darf ich sie dir mal zeigen?«

Sie zuckt mit den Schultern, als wollte sie mir sagen, dass ich ihr ohnehin keine Wahl ließe, und ich reiche ihr mein Handy. Sie presst die Lippen zusammen, während sie die Nachricht liest, als wollte sie verhindern, dass etwas aus ihr herausplatzt. Dann tippt sie auf das Display, und ihr Gesichtsausdruck wird weicher. Als sie tief und langsam ausatmet, weiß ich genau, dass sie sich gerade Marias Foto ansieht.

»Was glaubst du, was das bedeutet – dass ich dich fragen soll?«

»Ist das nicht klar? Sowohl ich selbst als auch Maria waren damals Mobbingopfer. Wer immer das geschrieben hat, weiß darüber Bescheid.«

Ich will schon widersprechen, aber sie fällt mir ins Wort.

»Ich weiß, ich weiß, du selbst hast mich nie schikaniert. Du hast mich einfach nur fallen lassen wie eine heiße Kartoffel, sobald wir die Schule gewechselt haben, und hast nie wieder mit mir gesprochen. Aber was du und Sophie mit Maria veranstaltet habt, kann man wohl kaum anders bezeichnen.«

Ich brenne vor Scham und kann ihr nicht mehr in die Augen sehen.

»Ich hätte nicht kommen dürfen«, sage ich und starre zu Boden. »Ich glaube, ich musste einfach nur mit jemandem darüber reden, und Sophie war mir keine Hilfe, sodass ich dachte, vielleicht könntest du mir ja vielleicht … na ja … helfen.«

»Du hast hierüber mit Sophie Hannigan gesprochen? Hast du mit ihr noch Kontakt?« Esther schafft es tatsächlich, den Eindruck zu erwecken, als würde ich noch tiefer sinken, wenn ich ihre Frage bestätigen würde.

»Gott, nein, wirklich nicht, nicht mehr seit der Schule. Ich musste sie auch erst aufspüren.«

»Über Facebook?«

»Ja.«

»War ja klar. Wetten, sie ist dauerhaft online? ›Schaut her, wie wunderschön ich bin, schaut her, was für ein fabelhaftes Leben ich führe.‹ Ich könnte kotzen. Genau deshalb bin ich nicht auf Facebook – da ist doch alles Fake, als wär es einzig und allein dafür entwickelt worden, dass du dich mit deinem eigenen Leben scheiße fühlst.«

Ich frage mich, ob ich es schaffen kann, die Mauer einzureißen, die Esther seit meiner Ankunft um sich herum errichtet hat. »Hör mal, ich weiß, dass ich Maria mies behandelt hab.«

Esther schnaubt.

»Okay, mies ist noch untertrieben. Wenn ich heute daran denke, schäm ich mich in Grund und Boden. Es ist, als wäre ich damals eine andere Person gewesen. Ich kann nicht fassen, dass dieses Ich von heute sich jemals so verhalten hat. Es vergeht kaum ein Tag, an dem ich nicht an Maria denke. Aber ich kann nicht ändern, was damals passiert ist.« Mein Gott, ich wünschte mir, ich könnte es! Das Schlimmste ist, dass Esther nicht mal weiß, was ich getan habe. Zumindest nicht alles. »Ich kann nur diejenige kontrollieren, die ich heute bin. Was ich aber nicht verstehe: Warum passiert das gerade jetzt? Hat das etwas mit dem Klassentreffen zu tun? Bringt das die Leute auf Ideen?«

»Es gibt ein Klassentreffen?«

Esthers Maske ist verrutscht. Die Frage ist aus ihr herausgeplatzt, noch ehe sie wieder den Gesichtsausdruck aufgesetzt hat, den sie mich sehen lassen will. Für einen kurzen Augenblick kann ich ihr die Gefühle ansehen, die auch ich in mir spürte, als ich von dem Treffen erfahren habe: Enttäuschung, Scham, Selbsthass. Nur anders als ich selbst hat sie ein Publikum und muss sich zusammenreißen.

»Ich würde nicht mal dann hingehen, wenn sie mich dafür bezahlen würden … Du gehst doch auch nicht, oder?«

»Ich hab darüber nachgedacht«, murmele ich. Warum schäme ich mich gerade so? Warum ist mir dieses Teenager-Ich, warum ist mir meine Position in diesem längst vergangenen Universum immer noch so verdammt wichtig?

»Du trottelst da echt noch mit, Louise? Gott, hast du dich wirklich gar nicht weiterentwickelt?«

»Pass auf … vergiss es einfach«, gebe ich klein bei und will einfach nur weg von hier. Von ihr. »Du kannst mir offenbar nicht helfen. Oder willst es nicht.«

Ihr Ausdruck wird erneut ein wenig weicher. »Ob ich will, spielt doch gar keine Rolle. Ich weiß darüber einfach nichts. Ich hab seit unserem Abschluss keinen von der Schule mehr gesehen. Zumindest nicht gezielt. Hör mal, gib mir einfach deine Nummer – wenn mir irgendetwas einfällt, rufe ich dich an.«

»Danke«, sage ich leise und schreibe meine Nummer auf ein Post-it.

Sie sieht auf ihre Hände hinab, die zu Fäusten geballt sind, und ich habe den Eindruck, als würde sie die Fingernägel in ihre Handballen bohren.

»Du musst dich irre erschreckt haben, als diese Anfrage kam. Als du das Foto gesehen hast.«

»Ja. Es muss aufgenommen worden sein, kurz bevor … du weißt schon.«

Mehr bleibt anscheinend nicht zu besprechen, also gehe ich mit dem festen Vorsatz, direkt nach Hause zu fahren. Trotzdem biege ich, ganz ohne nachzudenken, an einer Kreuzung rechts ab und steuere um eine Haarnadelkurve. Ehe ich mich versehe, fahre ich durch die Randbezirke von Sharne Bay. Hier hat sich nicht sehr viel verändert, auch wenn es ein paar Häuserreihen gibt, an die ich mich nicht mehr erinnern kann, und der Laden an der Ecke, in dem wir uns früher Süßigkeiten gekauft haben, ist jetzt ein TESCO *Metro*. Diese Seite der Stadt liegt näher am Meer, und ich kurbele das Fenster herunter, um die salzige Brise reinzulassen.

Während ich durch diese Mischung aus schmerzhaft Bekanntem und verwirrend Neuem fahre, gehe ich im Kopf noch mal meine Begegnung mit Esther durch. Irgendetwas nagt an mir, und als ich gerade wie ferngesteuert rechts in die Straße einbiege, in der meine alte Schule liegt, komme ich darauf: dieser kurze Augenblick, in dem die Angst ihr ins Gesicht geschrieben stand. Wovor sollte Esther Angst haben? Wenn jemand mir als eine Art Rache so einen geschmacklosen Streich spielt, dann hat doch Esther sicher nichts zu befürchten? Sie war die Einzige, die immer nur nett zu Maria war. Und von Maria selbst hat sie genauso wenig zu befürchten wie ich. Maria ist vor mehr als fünfundzwanzig Jahren ertrunken.

Oder nicht?

KAPITEL 9

1989

Das nächste Mal sprach ich mit Maria außerhalb der Schule. Sie musste mir ganz bewusst aus dem Weg gegangen sein, weil ich sie eine gute Woche nicht zu sehen bekam, mal abgesehen von den Kursen, die wir zusammen hatten und in denen sie sich so hinsetzte, dass sich unsere Blicke garantiert nicht trafen.

Ich war noch nie auf eine von Matt Lewis' Partys eingeladen gewesen, aber Sophie hatte ausdrücklich gesagt, Matt hätte erwähnt, dass ich kommen dürfe. Er wusste zwar kaum, wer ich war, aber ich glaubte, er hätte allem zugestimmt, wenn Sophie es von ihm verlangte. Seine Eltern waren übers Wochenende verreist. Seiner Mutter war ich mal vor einem Elternabend begegnet. Da hatte sie sich mit meiner Mum unterhalten, während sie beide auf ihre Termine mit Mr. Jenkins warteten, und der Kontrast war urkomisch gewesen: Matts Mum mit ihren teuren Highlights im Haar, dem makellosen Make-up und in einem leuchtend stahlblauen Hosenanzug, der Klasse und Charme ausstrahlte; Mum in Glockenrock, beigefarbenem Kurzmantel, mit einer schrägen kleinen Handtasche auf dem Schoß, während sie verzweifelt versuchte, halbwegs das Gespräch zu überstehen.

Als ich mich bei Sophie für die Party fertig machte, lief gerade *Blind Date* auf dem Fernseher, der in ihrem Zimmer stand (zu Hause durfte ich das nie gucken). Sophie bearbeitete meine Haare mit der Lockenschere. Ich hatte mehr oder weniger meine komplette Garderobe mit zu ihr genommen und vor dem bodentiefen Spiegel in ihrem begehbaren Kleiderschrank alles anprobiert, während Sophie sich an der Kleiderstange entlanggearbeitet und mir Sachen hingehalten hatte, die ich stattdessen anziehen sollte.

»Was ist damit?«, fragte sie und warf mir ein eng anliegendes Samtminikleid in Schwarz zu.

»Da pass ich im Leben nicht rein«, protestierte ich.

»Na klar passt du da rein«, sagte sie und hielt es mir so hin, dass ich hineinschlüpfen und es mir über die Hüften ziehen konnte. Sie packte mich bei den Schultern und drehte mich herum.

»Ah, ich glaub, oben wird es knapp«, sagte sie. »Ich würd's ja fast probieren, aber nicht dass es dann reißt …«

Mit hochrotem Kopf wand ich mich aus ihrem Kleid wieder heraus.

»Oooh, aber vielleicht das hier?« Sie hielt einen roten Stretchrock hoch. »Der ist schön und dehnbar. Vielleicht mit dem langen blauen Shirt? Obwohl das womöglich auch ein bisschen eng sein könnte …«

»Vergiss es. Ich zieh lieber etwas von mir an.«

»Was, ehrlich? Na gut, meinetwegen.« Sie streifte sich den Stretchrock über, glättete ihn über den Hüften und drehte sich dann seitlich, um ihren perfekten Bauch im Spiegel zu begutachten.

»Was meinst du? Sitzt der nicht ein bisschen eng?«

Schließlich ging ich ganz in Schwarz, weil das angeblich schlanker machte; außerdem wollte ich dort nicht zu sehr auffallen oder komplett falsch gekleidet sein. Sophie hatte eine Flasche in ihrem Kleiderschrank versteckt, an der wir während unserer Vorbereitungen nippten. Es war eine Mischung aus unterschiedlichsten Getränken, die sie aus dem Schnapsschrank ihrer Mutter stibitzt und zusammengemischt hatte – Gin, Rum, Wodka und irgendein komisches gelbes Zeug, das ihre Mutter im Urlaub gekauft hatte, plus Cola, damit es besser schmeckte.

Matt wohnte in einem Wohngebiet, in dem riesige und freistehende Häuser standen, die alle so aussahen wie übergroße Cottages aus ferner Vergangenheit; alles sehr schick. Als wir näher kamen, konnten wir schon den dröhnenden Bass hören, und anscheinend waren eine Menge Leute dorthin unterwegs. Die komplette Vorderfront war hell erleuchtet, als wir auf den Eingang zuliefen. Cliquen aus Jungs und Mädchen strömten aus der Haustür in den Garten, in dem jetzt schon überall Zigarettenkippen, leere Gläser und Flaschen lagen. Die Haustür war bloß angelehnt, und wir betraten einen großzügigen, schwarz-weiß gekachelten Eingangsbereich. Eine breite Treppe zur Rechten verlief nach oben, und linker Hand führte ein Flur anscheinend auf die Küche zu. Jungs, die ich noch nie gesehen hatte, begrüßten Sophie, während wir uns durch das Gedränge bis zur Küche vorarbeiteten, die riesig und total überheizt war. Matt saß an einem riesigen Eichenholztisch und drehte sich gerade einen Joint. Sam saß rechts von ihm.

»Soph!«, rief Matt. »Du hast es hergeschafft!«

»Na klar«, sagte sie und beugte sich vor, um beide zu umarmen. »Hallo, Jungs.«

Ich weiß ehrlich nicht, ob ich es mir nur eingebildet habe, aber ich war mir fast sicher, dass ihre Hand ein bisschen länger auf Sams Schulter liegen blieb als auf Matts, der mich jetzt verlegen ansah. »Alles klar? Cool, dass du auch gekommen bist, äh …«

»Hi«, murmelte ich und wurde rot. Er kannte nicht mal meinen Namen, aber das war wahrscheinlich nebensächlich. Ich war das Anhängsel von Sophie, der strahlenden Titanin aus Beliebtheit und Schönheit.

»Nehmt euch was zu trinken«, forderte Matt uns auf und fuchtelte in Richtung der marmornen Arbeitsfläche, die nicht nur von verschütteten Drinks schon klebrig war: überall ausgedrückte Kippen, halb leere Schnaps- und riesige Cider-Flaschen, lippenstiftverschmierte Plastikbecher und diverse Flaschen mit einer grellblauen Flüssigkeit. Auf so einer Party war ich bislang nie gewesen, und ich schwankte zwischen heller Aufregung, weil ich überhaupt hier war, gepaart mit der Anerkennung, die dieser Umstand mit sich bringen mochte, und der nagenden Angst, dass ich irgendwie das Falsche sagen oder einen Fehler begehen könnte und alle anderen mich durchschauen würden.

»Ach, super!« Sophie zog mich in Richtung der Getränke. »Wo hast du die denn alle her?«

»Einige haben was mitgebracht, aber mein Bruder hat das meiste für mich besorgt«, erklärte er. »Nimm dir, was immer du willst, Soph. Und« – er gestikulierte in meine Richtung – »du natürlich auch.«

»Das ist *Louise*, du Vollidiot.« Sophie lachte. »Gott, Lou, er weiß noch nicht mal, wie du heißt! Ganz ehrlich, du siehst sie doch jeden Tag in der Schule!«

»Entschuldigung«, murmelte Matt in meine Richtung.

»Ach, schon in Ordnung«, sagte Sophie und lächelte ihn an. »Was meinst du, *Louise*? Wodka-Cola?«

Mir war jetzt schon schummrig von der Mischung aus dem Schnapsschrank; trotzdem widersprach ich nicht, als

Sophie Wodka in zwei Plastikbecher kippte und sie mit Cola auffüllte.

»Komm«, sagte sie. »Gucken wir doch mal, wer sonst noch da ist.«

Wir ließen Matt in der Küche zurück – er sah Sophie sehnsüchtig hinterher – und liefen zurück durch den Flur und dann nach rechts ins Wohnzimmer. Hier kam auch die Musik her – irgendjemand hatte Decks aufgestellt, und ein Typ aus unserer Schule machte den DJ. Einige Mädchen, die ich aus der Schule kannte, tanzten in der Mitte des Zimmers, bewegten sich vollkommen mühelos zu der Musik und waren komplett in den Rhythmus versunken, der wie ein Herzschlag nachdrücklich und fordernd pulsierte. Fasziniert beobachtete ich Claire Barnes, die mit einem Jungen aus der Klasse über uns auf einem Sessel in der Ecke saß und knutschte. Oder vielmehr saß Claire rittlings auf ihm drauf, er hatte eine Hand auf ihrem Hintern, und mit der anderen streichelte er ihr durch das Top den Busen. Sie schienen in ihrer eigenen Welt zu sein. Allerdings konnte ich auch ein paar Jungs sehen, die vom Sofa auf der anderen Seite des Zimmers interessiert zuschauten, während Claire sich wand, als sich der Junge immer drängender vortastete.

»Die lassen wir wohl mal allein, oder?«, rief Sophie, doch gerade als wir aus dem Zimmer gehen wollten, gesellte sich Matt wieder zu uns. Dann wurde die Musik vorübergehend leiser.

»Auch eine Pille, Soph?«, fragte er.

»Klar! Du hast welche?«

»Noch nicht, aber Max kommt nachher noch, der kann uns sicher aushelfen.« Dann drehte er sich zu mir um. »Wie sieht's mit dir aus?«, fragte er höflich. »Brauchst du auch was?«

»Oh, äh, nein. Alles gut, danke.« Innerlich zog sich in mir alles zusammen. Alles gut, danke? Das sagte man für gewöhnlich, wenn einem noch eine Tasse Tee angeboten wurde.

Als der DJ die Musik wieder aufdrehte und der Beat wild und unwiderstehlich rief, nahm Matt Sophie an die Hand und zog sie in die Zimmermitte, um zu tanzen. Sophie bedeutete mir, ihnen zu folgen, aber ich kann zu dieser Art Musik nicht tanzen (und auch zu keiner anderen Musik), also schüttelte ich den Kopf und nahm stattdessen noch einen Schluck von meinem Drink. Dann stand ich eine Weile da, sah ihnen zu und fragte mich, wo die Leute lernten, so zu tanzen, und wie sie es dann auch noch so frei, so unbefangen tun konnten. Matt ließ Sophie für keine Sekunde aus den Augen, während sie sich zu dem Beat bewegte, und musterte jeden Zentimeter ihres perfekten Körpers (erst recht, als dann auch noch ihr Top nach oben rutschte und einen verlockenden Streifen straffer sonnengebräunter Haut freilegte). Ich kippte meinen Drink hinunter und beschloss, mir noch einen zu holen, eher um beschäftigt zu sein als alles andere.

In der Küche saß Sam immer noch am Tisch. Aus den Flaschen auf der Arbeitsfläche goss ich mir noch einen Wodka-Cola ein, war mir allerdings nicht sicher, wie das richtige Mischverhältnis aussah.

»Mannomann, du stehst auf Wodka, was?«

Das war Sams Stimme. Allem Anschein nach hatte ich es mit der Spirituose ein bisschen zu gut gemeint.

»So mag ich's eben«, sagte ich wichtigtuerisch, nahm einen Schluck und versuchte, nicht zu winseln.

»Immer mit der Ruh', Lou«, sagte er und lachte über seinen kleinen Wortwitz leise in sich hinein. »Setz dich her.«

Ich setzte mich ihm gegenüber, und mein Herz raste wie wild. Ich konnte spüren, wie sich mein Bauch unter den schmeichelhaften schwarzen Klamotten, für die ich mich nach langem Hin und Her entschieden hatte, aufblähte und meine ungeschickten Hände zu groß und überall verkehrt waren, wo immer ich sie hinlegte. Er trug ein weißes T-Shirt, und ich hatte das merkwürdige Bedürfnis, einen Finger auszustrecken und ihm über das weiche Dreieck sanft gebräunter Haut zu streichen, das unter dem kleinen V-Ausschnitt zu sehen war. Das hier war jetzt schon die längste Unterhaltung gewesen, die wir je miteinander geführt hatten.

»Aaaalso, Louuuu.« Er lachte schon wieder. Er musste komplett stoned sein. »Hab dich neulich mit dieser Neuen in der Stadt gesehen.«

»Maria? Ja, sie … Sie ist in Ordnung«, sagte ich lahm und musste sofort wieder an mein Telefonat mit Sophie denken.

»Ich hab da ein paar … interessante Geschichten über sie gehört. Der Cousin von Matt Lewis kennt jemanden, der auf ihre alte Londoner Schule geht.«

»Ich hab gehört, es gäbe Gerüchte, ja. Weißt du, worum es dabei geht?«

Der Effekt des Wodkas und mein Interesse an Maria entspannten mich so weit, dass es sich hier fast schon wie eine normale Unterhaltung anfühlte.

»Sie ist anscheinend ein ziemlicher Feger. Mag Jungs, mag Mädels, mag es auf sämtliche Arten, wenn du weißt, was ich meine.«

Ich wusste natürlich nicht, was er meinte, aber eine vage Vorstellung hatte ich schon. Ich zwang noch etwas mehr Wodka in mich hinein.

»Anscheinend ging es so weit, dass irgendein Typ, der

total scharf auf sie war, sie nicht mehr in Ruhe gelassen hat, sie gestalkt hat und so. Deshalb kann sie nicht mehr auf die alte Schule gehen.«

Ich teile Leute, die ich kennenlerne, vor allem die in meinem Alter, in zwei grundsätzliche Kategorien ein: diejenigen, die so sind wie ich, und die anderen. Ich war fasziniert, wenn auch gleichzeitig ein bisschen erschrocken angesichts dieser neuen Information zu einer Person, von der ich eigentlich angenommen hatte (zugegeben, auf der Basis einer entfernten Bekanntschaft), dass sie in meine Kategorie gehörte.

»Bist du dir da sicher? Sie macht gar nicht den Eindruck.«

»Tja, Louise, stille Wasser sind tief. Das müsstest du doch selbst am besten wissen.« Er grinste mich an. »Du bist selbst ja auch ziemlich still.«

Ich errötete und zermarterte mir den Kopf, um einen Konter darauf zu finden. Zum Glück wurden wir im nächsten Moment von Matt und Sophie unterbrochen. Sophie ließ sich auf den Stuhl neben Sam fallen, legte theatralisch ihren Kopf auf seine Schulter und verkündete, dass sie kurz vor dem Verdursten wäre. Matt sah die beiden unglücklich an, während er ihr eine neue Wodka-Cola einschenkte und sich dann den beiden gegenübersetzte, genau neben mich. Er starrte förmlich auf Sophies Hand, die spielerisch Sams Arm tätschelte. Niemand von ihnen schien plötzlich mehr geneigt zu sein, mit mir zu reden; stattdessen eröffneten sie ein engagiertes Gespräch über die genaue Art der Drogen, die sie bei einem Rave genommen hatten, den sie kürzlich besucht hatten und bei dem ich zum Glück nicht dabei gewesen war.

In der Küche stand der Zigarettenrauch, und ich war allmählich nicht mehr ganz bei mir und konnte auch der

Unterhaltung nicht mehr folgen. Nicht dass ich unter anderen Umständen irgendetwas hätte beitragen können. Ich müsse mal aufs Klo, murmelte ich, doch keiner der drei blickte auch nur auf, als ich mich hochstemmte und die Küche verließ.

Ich lief nach oben, kletterte über knutschende Pärchen und ein paar Mädchen, die in ein intensives Gespräch vertieft waren. Am oberen Treppenabsatz hatte ich die Wahl: Links lag das Elternschlafzimmer, wie ich vermutete. Die Tür war angelehnt, und ich konnte gedämpftes Rascheln und Keuchen hören. Zur Rechten gingen mehrere Türen ab. Die erste entpuppte sich als Trockenschrank, aber die zweite, die ich ausprobierte, war verschlossen, also nahm ich an, dass dahinter die Toilette lag. Ich setzte mich mit übereinandergeschlagenen Beinen auf den Boden und wartete.

Der Beat der Musik von unten wurde für einen Moment leiser, bevor er wieder losdröhnte und ich im selben Moment ein Geräusch aus der Toilette vernahm. Erst glaubte ich, dort drin würde sich jemand übergeben, doch dann dämmerte mir, dass ich jemanden weinen hörte. Ein Mädchen. Offenbar schien sie es unterdrücken zu wollen, aber es gelang ihr nicht; wie ein Geysir heißes Wasser aus der Erde presste, entwichen ihrem Körper immer wieder heftige Schluchzer. Nach einer Weile wurden die Schluchzer leiser, und dann hörte ich die Klospülung. Obwohl ich betrunken war, und zwar inzwischen ganz gewaltig, versuchte ich, ein adäquat unbeteiligtes Gesicht aufzulegen und so zu tun, als hätte ich nichts gehört. Doch als die Tür aufging, klappte mir die Kinnlade nach unten. Das Mädchen aus der Toilette war Maria.

Sie sah mich mit einer Mischung aus Scham und Trotz an.

»Ist was?«, fragte sie und zwang mich förmlich, darauf einzugehen, was ich gerade gehört hatte.

»Nein, nichts.« Ich zögerte kurz. »Aber … geht's dir gut?«

»Oh, gut, sehr gut.« Sie lallte und war offenbar noch betrunkener als ich. »Verdammt großartig. Und gleich noch besser, jetzt da ich dich sehe.«

Ich wurde knallrot im Gesicht. »Tut mir leid wegen neulich in der Kantine. Du weißt nicht, wie Sophie sein kann. Wenn ich es mir mit ihr verscherze, dann bin ich geliefert. In der Schule, meine ich.«

»Echt? Dabei scheint es eine ganze Menge Leute zu geben, die wunderbar klarkommen, ohne dass sie ihr am Rockzipfel hängen.«

»Aber Sophie und ich sind befreundet«, sagte ich. »Sie ist eine meiner ältesten Freundinnen.«

»Ich dachte, Esther wäre deine älteste Freundin. Oder Nicht-mehr-Freundin, sollte ich wohl sagen.«

»Was meinst du damit? Was hat Esther dir erzählt?«

»Vergiss es«, sagte sie und versuchte, sich an die Nase zu tippen. Ihr Versuch ging allerdings schief, weil sie viel zu betrunken war. Statt die Nase zu treffen, steckte sie sich den Finger ins Auge. Für einen kurzen Moment sah es so aus, als würde sie gleich wieder anfangen zu heulen, doch dann kippte das Ganze, und sie brach in hysterisches Gelächter aus, während sie sich neben mir auf den Boden rutschen ließ. Als sie nach meinem Arm griff, konnte auch ich nicht länger an mich halten, und kurz darauf liefen mir vor Lachen die Tränen über das Gesicht. Jedes Mal, wenn wir uns wieder halbwegs beruhigt hatten, tat sie erneut so, als würde sie sich den Finger ins Auge stecken, und es ging wieder von vorne los.

Irgendwann verebbte das Lachen, und sie zog aus ihrer

Jacke eine Flasche mit einer ganz ähnlichen Mischung, wie sie Sophie und ich früher am Abend getrunken hatten, nur dass Marias Mischung eine violette Farbe aufwies. Sie drückte sie mir in die Hand, ich nahm einen Schluck und zuckte diesmal nur kaum merklich zusammen.

»Also, was war denn wirklich los?«, fragte ich. »Ich hab dich da drinnen gehört.«

»Ich hab heute meinen Dad gesehen«, antwortete sie und fummelte an dem Goldherzchen an ihrer Kette herum. »Ich hab dir doch erzählt, dass er mir das hier geschenkt hat … bevor er gegangen ist?«

Ich konnte mich noch daran erinnern. Das erste Geschenk, das er ihr je gemacht hatte.

»Damals meinte er, er würde uns nicht mehr ganz so oft sehen können, weil er aus London wegziehen würde. Er hat einen Job im Norden angenommen.« Sie zerrte jetzt ein bisschen fester an der Kette. Als sie ihren Griff wieder lockerte, konnte ich hinten an ihrem Hals eine ganz leicht pinkfarbene Linie erkennen. Maria sah aus, als würde sie noch mehr erzählen wollen, überlegte es sich dann aber anders. »Ich will nicht mehr darüber reden.«

»Schon okay. Worüber sollen wir dann reden?«

»Vielleicht darüber, warum du so eine Bitch bist?«, schlug sie vor und knuffte mich mit dem Ellbogen in die Rippen, um zu signalisieren, dass sie es zwar halb im Scherz meinte, mir aber immer noch nicht ganz vergeben hatte.

»Tut mir echt leid. Es ist nur so, dass Sophie wirklich nett zu mir war.«

Sie sah mich skeptisch an.

»War sie wirklich! Hat mich zu Sachen mitgenommen und so … zum Beispiel hierher.« Ich sah mich nervös um. Die Musik pulsierte immer noch hartnäckig und dröhnte durch das Haus, und ich konnte irgendwen rau lachen hören. War das Sophie? Hoffentlich würde sie so bald keinen Grund haben hochzukommen und mich mit Maria reden sehen. »Warum bist du überhaupt hier?«, wollte ich wissen.

»Sehr charmant.«

»Du weißt, wie ich es meine. Ich wäre im Leben nicht eingeladen worden, wenn Sophie nicht wäre. Also, wer hat dich mitgebracht?«

»Mein Bruder, Tim«, sagte sie. »Er geht mit Matts großem Bruder aufs College. Da, in dem Zimmer, das ist er, mit irgendeiner Schlampe.« Sie zeigte in Richtung des Elternschlafzimmers. Der Keucher.

»Versteht ihr euch gut? Du und dein Bruder?«

»Ja, er ist in Ordnung. Er hat ein Auge auf mich, du weißt schon, mein Aufpasser.«

Ich wusste es nicht; ich hatte schließlich keine Geschwister. »Klingt nett«, sagte ich wehmütig.

»Kann durchaus nett sein. Kann manchmal aber auch ein bisschen viel sein.«

Sie sah aus, als wollte sie noch etwas sagen, doch im nächsten Moment ging die Schlafzimmertür auf, und der dunkelhaarige Typ, den ich draußen am Zaun vor Marias Haus gesehen hatte, streifte sich sein T-Shirt wieder über. Der oberste Knopf seiner Jeans stand offen, und unwillkürlich starrte ich die Linie dunkler Haare an, die dort nach unten führte. Langsam kam er auf uns zugeschlendert.

»Alles okay bei dir?«, fragte er Maria.

»Alles gut«, sagte sie, hielt aber den Blick zu Boden gerichtet und ließ sich die Haare ins Gesicht fallen wie einen Sichtschutz, hinter dem Tim nicht erkennen konnte, dass sie geheult hatte. »Lass mich in Frieden und geh zurück zu deiner *Freundin.*«

»Sicher, dass alles in Ordnung ist?«, hakte er nach und sah mich misstrauisch an. »Ist das nicht das Mädchen, das …«

»Alles okay, Tim«, wiederholte Maria und kam auf die Füße. Auch ich rappelte mich hoch, weil ich nicht mit ihm allein bleiben wollte. »Wir gehen nur mal raus an die frische Luft. Bis nachher.«

»Du gehst nicht, ohne mir Bescheid zu sagen, okay?«, rief er uns nach, und Maria riss die Hand zu einer Geste hoch, die irgendwo zwischen Winken und Stinkefinger lag.

Wir liefen die Treppe hinunter, durch die Küche, wo von Sophie zum Glück keine Spur mehr war, und zur Hintertür hinaus. Im rückwärtigen Teil des Gartens hatte ich zuvor niemanden gesehen, insofern würden wir dort hoffentlich unter dem Radar bleiben.

Ein paar Liegestühle aus Federholz standen auf der Terrasse, und dort legten wir uns unter den sternengesprenkelten Nachthimmel. Ich hatte immer noch den Partylärm im Ohr – den schweren Beat der Musik, das surrende Geplauder, das gelegentlich aufbrandende Gelächter –, aber es wurde langsam weniger, als würde all das ganz weit weg stattfinden und Leuten passieren, mit denen ich nichts zu tun hatte. Die Luft war kühl und sauber, und zum ersten Mal an diesem Abend konnte ich wieder tief durchatmen.

Eine Weile blieben wir einfach schweigend liegen, bis Maria sich auf die Seite stemmte und mich ansah.

»Dann erzähl doch mal: Was hast du so gehört?«

Ich starrte weiter in den Nachthimmel hinauf und täuschte eine Ruhe vor, die ich bei Weitem nicht empfand. »Worüber?«

»Über mich natürlich. Meine Mum dachte allen Ernstes, wir könnten es hinter uns lassen, aber ich bin schließlich nicht blöd. Ich weiß, dass die Gerüchte uns bis hierher gefolgt sind.«

»Ehrlich, ich hab nichts über dich gehört«, flunkerte ich.

Ich spürte, dass ein Teil von ihr darüber reden wollte. Dass sie jemandem anvertrauen wollte, was ihr da aus London bis hierher gefolgt war, was diverse Klassenkameraden ohnehin längst aufgeschnappt hatten oder was sie vielmehr jetzt schon zu Häme verleitete. Was immer es sein mochte – es machte mich nervös. Ich war mir nicht ganz sicher, ob ich in ihre Welt hineingezogen werden wollte, also hielt ich den Mund und ermunterte sie nicht dazu weiterzusprechen.

Sie blieb auf ihrer Liege und sah minutenlang schweigend zu mir rüber, bis sie einen Entschluss gefasst zu haben schien, sich wieder herumrollte und erneut hinauf in den Himmel sah. Zwischen uns breitete sich eine friedliche Stille aus. Meine Hand rutschte vom Liegestuhl und streifte Marias. Sie hakte sich mit ihrem kleinen Finger in meinen ein, und unsere Hände schwangen leicht vor und zurück, während wir zusahen, wie sich unser Atem in die Nachtluft kringelte.

»Na, ihr Turteltäubchen!« Sophies Stimme klang merkwürdig triumphierend.

Mein Herz setzte für einen Schlag aus. Ich riss meine Hand von Maria los, schwang die Beine von der Liege und setzte mich viel zu schnell auf, sodass mir der Kopf schwirrte. Die Hintertür stand offen, und ein breiter Lichtstreifen fiel in den dunklen Zwischenraum zwischen unseren Sonnenliegen. In der Tür zeichnete sich Sophies Silhouette ab, hinter ihr standen Matt und Sam. Was hatten sie gesehen? Ich muss leicht geschwankt haben, weil Matts Gesichtsausdruck von laszivem Interesse zu leichter Besorgnis wechselte.

»Hey, alles okay mit dir? Wird dir schlecht?«

»Mir geht's gut.« Ich klammerte mich an den Rand der Sonnenliege.

»Komm, du musst Wasser trinken.« Mit einem Mal war Sophie ganz mütterlich bemüht. Sie zog mich hoch, legte mir den Arm um die Schultern und schob mich nach drinnen. Ich ließ mich wegführen und riskierte erst auf halber Strecke noch einen Blick nach hinten. Ich erwartete einen Ausdruck von Wut, Verachtung oder sogar Mitleid in Marias Gesicht, als Sophie mich von ihr weg und zurück auf die Party führte. Auf blanke Verzweiflung war ich nicht vorbereitet gewesen.

KAPITEL 10

2016

Während ich auf die Schule zufahre und an immer mehr einschlägigen Orientierungspunkten vorbeikomme – die Bushaltestelle mit dem Teppich aus Zigaretten davor, der hohe Zaun, der am Schulhof entlangführt, das Anschlagbrett am Vordereingang mit den zerfledderten Werbezetteln für weiß der Himmel was –, denke ich immer noch mit einem mulmigen Gefühl an meine Unterhaltung mit Esther. Die Gebäude haben sich über die Jahre kaum verändert: Der alte Teil mit der viktorianischen Klinkerfassade sieht immer noch wunderschön aus, die »neuen« Gebäude sind immer noch grau und klobig – Musterbeispiele einer Architektur aus den Sechzigerjahren, die sich damals für ach so modern hielt.

Eigentlich habe ich einfach nur daran vorbeifahren und einen schnellen Blick hinüberwerfen wollen, aber zwischen den ausgeblichenen Zetteln am Anschlagbrett, die aussehen, als würden sie dort schon seit meiner Schulzeit hängen, fällt mein Blick auf ein grellbuntes Plakat. Ich gehe vom Gas und versuche zu lesen, was dort steht, und kann gerade noch so die regenbogenbunten Buchstaben entziffern: Ehemaligentreffen – Jahrgang 1989.

Ich steige auf die Bremse, fahre an den Straßenrand und bleibe halb auf der Straße, halb auf dem Bürgersteig stehen.

Dann steige ich aus, laufe über die Straße und ignoriere das Hupen und die wütenden Gesten eines Fahrers, der mir ausweichen muss. Ich studiere das Plakat von oben bis unten: Es wirbt mit Disco, einer Getränkebar und kaltem Büfett, Achtziger-Sound und alten Freunden. Ich sehe mich um, fühle mich merkwürdig schuldig, geradezu ertappt, und höre wieder Esthers Stimme in meinem Kopf: *Du trottelst da echt noch mit, Louise?*

Ich laufe zurück zu meinem Auto, bleibe für ein paar Minuten hinterm Steuer sitzen, starre hinüber zur Schule und versuche, mir über die Gefühle klar zu werden, die in mir toben. Ich bin inzwischen ein anderer Mensch als damals, als ich fünf Jahre lang tagaus, tagein hierhergekommen bin. Aber manchmal frage ich mich auch, ob es überhaupt stimmt. Irgendein elementarer Teil von mir muss immer noch derselbe sein. Deshalb habe ich mich mit Sam auch so sicher gefühlt. Er kannte mein wahres Ich, und ich wusste, dass er nie jemandem erzählen würde, was ich getan hatte. Er hat es mir manchmal versichert, wenn wir beieinanderlagen, ineinander versunken waren und den Rest der Welt aussperrten. Dann versprach er mir immer, mich trotz dieser schrecklichen Sache niemals zu verlassen. Am Ende hat er es natürlich doch getan.

Ich drehe den Zündschlüssel herum und fahre weiter. Am Ende der Straße habe ich die Wahl, nach links aus der Stadt oder nach rechts in Richtung des großen Wohngebiets von Sharne Bay zu fahren. Ich biege rechts ab und bin mir im selben Moment bewusst, dass die Konturen dieser Straße immer noch in meinem Hirn gespeichert sind, wie eine Art Muskelerinnerung, die selbst nach einem Vierteljahrhundert funktioniert. Ohne darüber nachzudenken, biege ich erneut rechts ab in Richtung unseres alten Hauses. Die

Straße ist immer noch gesäumt von denselben Siebziger-Reißbretthäusern, die Vorgärten sind immer noch hübsch und akkurat gepflegt. Inzwischen stehen in den Einfahrten allerdings mindestens zwei Autos – manche Anwohner haben sogar drei hineingequetscht.

Statt auf der schmalen Straße zu wenden, fahre ich weiter und lande ein gutes Stück entfernt wieder auf der Hauptstraße, doch als ich auf die Kreuzung zufahre, an der ich hätte rechts abbiegen müssen, stelle ich fest, dass die Straße inzwischen eine Einbahnstraße ist, und muss geradeaus fahren. Ich biege willkürlich mal links, mal rechts ab und verlasse mich darauf, dass ich irgendwie schon wieder auf die Hauptstraße zurückfinde – Sharne Bay ist schließlich nicht groß und die Wahrscheinlichkeit, dass ich mich hier verfahre, relativ gering. Doch als wiederum bekannte Orientierungspunkte vor mir auftauchen – der in die Ziegelmauer eingelassene Briefkasten, die hohe Buchsbaumhecke an der Ecke –, dämmert mir, dass ich mich alles andere als verfahren habe. Im Gegenteil, ich bin auf der Straße gelandet, in der Maria gewohnt hat und sich viktorianische Reihenhäuschen hinter schmalen Bürgersteigen eng aneinanderschmiegen. Diese Häuser haben keine Einfahrten, und entsprechend parkt hier eine Menge Autos auf der Straße, aber gegenüber von Nummer 33 ist noch Platz. Ich wende und muss unwillkürlich daran denken, wie ich bei meinem letzten Besuch auf Marias Bett gelegen und dabei gelacht habe, bis mir der Bauch wehtat. Ich versuche, mir in Erinnerung zu rufen, wann ich das letzte Mal so lachen musste, aber es gelingt mir nicht. Vielleicht passiert so was nicht mehr, wenn man erwachsen ist. Im Auto ist es stickig, weil ich die Heizung angestellt habe, und ich beschließe, mir draußen ein bisschen die Beine zu vertreten, noch etwas frische Luft zu schnappen und dann wieder nach London zu fahren und dieses Feuerwerk an Nostalgie – oder was immer es ist – hinter mir zu lassen.

Als ich aus dem Wagen steige, kommt ein glatzköpfiger Mann, etwa in meinem Alter, mit einem Baby in einem Kinderwagen auf mich zu. Er läuft an mir vorbei, unsere Blicke treffen sich, etwa eine Sekunde lang sehen wir einander wie Fremde an – ehe ich nach Luft schnappe und er mir einen zweiten Blick zuwirft.

Oh Gott. Ein Eissplitter wandert meinen Rücken hinunter. Er sieht älter aus, natürlich, tatsächlich sogar älter, als er mittlerweile in Jahren ist. Trotzdem hätte ich ihn überall wiedererkannt. Es ist Marias Bruder, Tim Weston.

»Louise?«, sagt er und steht stocksteif mitten auf dem Bürgersteig. »Louise Williams?«

»Tim! Herr im Himmel, ich wusste nicht, dass du immer noch …« Ich schiebe mir eine Haarsträhne hinters Ohr, dann stopfe ich die Hände in die Taschen, um sie am Zittern zu hindern. »Was machst du denn hier? Wohnt deine Mutter …?« Ich nickte hinüber zur Nummer 33.

»Was? Ah, nein … Da wohn jetzt ich. Hab's Mum abgekauft. Was machst du hier, Louise?«

»Ich hab eine Kundin in der Gegend besucht«, flunkere ich eilig. »Dann hab ich mich verfahren und bin gerade nur schnell rangefahren, um auf dem Handy einen Blick in die Karte zu werfen.«

»Ah, okay.« Er sieht mich skeptisch an. »Wo wohnt denn deine Kundin?«

Ich habe einen vollkommenen Blackout, und mir fällt nur eine Straße ein – die, in der ich damals gewohnt habe. »Turner Street – kannst du dir das vorstellen?« Ich versuche, den Verdacht wegzulächeln, dass ich diese Info auch leicht anders hätte einholen können. »Dann ist deine Mum weggezogen, oder …?«

»Sie ist vor ein paar Jahren in was Kleineres gezogen, und meine Frau und ich haben ihr das hier abgekauft. Anders hätten wir uns niemals ein Haus leisten können.«

»Aber wie schön!« Ich übertreibe maßlos, und mein Herz flattert in meiner Brust. »Und ist das deine Tochter?«

Er scheint ein bisschen aufzutauen. »Ja. Muss sie im Kinderwagen rumschieben, sonst schläft sie nicht ein. Und so hat meine Frau auch mal eine Pause. Die braucht sie manchmal, erst recht jetzt, nachdem sie wieder angefangen hat zu arbeiten. Sie ist selbstständig, es läuft echt gut, aber es ist schon hart, sie …« Er spricht den Satz nicht zu Ende, als hätte er sich gerade dagegen entschieden, mich weiter an seinem Leben teilhaben zu lassen.

Ich sehe auf das Baby hinab, das mit rosigen Wangen und langen Wimpern in einem pinkfarbenen Schneeoverall steckt und tief und fest schläft.

»Sie ist wunderschön.« Sam und ich brauchten eine Ewigkeit, und es war so anstrengend und schmerzhaft, bis Henry endlich da war, dass ich damals glaubte, ich würde jede Minute, jedes Heulen, jede schlaflose Nacht in vollen Zügen genießen. Ich glaubte, die schlaflosen Nächte, von denen alle sprachen, wären bloß eine Redensart. Mir war nicht klar, dass es tatsächlich hieß, dass man in manchen Nächten nicht eine einzige Sekunde Schlaf fand. Es war mir auch ziemlich schnell klar, dass Sam mit den extremen Bedürfnissen eines Säuglings nicht zurechtkommen würde oder wollte. Und dass ich nur deshalb sämtliche Aufgaben übernahm, weil ich Angst hatte, er würde mich sitzen lassen, wenn ich es nicht täte. Ich habe auch andere Sachen gemacht, um ihn bei Laune zu halten, um ihn überhaupt zu halten. Denn eines war mir damals noch nicht klar: Du kannst niemanden aufhalten, wenn er dich verlassen will.

Mit einem Lächeln im Gesicht blickt Tim auf seine Tochter hinab. »Danke.« Kurz entsteht eine peinliche Stille, und ich überlege fieberhaft, was ich sagen soll. Was sagt man zu jemandem, den man seit über fünfundzwanzig Jahren nicht mehr gesehen hat und der einen hasst – und das aus gutem Grund?

»Und, was machst du inzwischen so?« Ich stelle ihm allen Ernstes die schlimmste aller Small-Talk-Fragen.

»Ich bin EDVler. Drei Tage die Woche in London, die restliche Zeit arbeite ich von daheim – daher auch das hier.« Er zeigt auf den Kinderwagen. »Und du? Du bist doch Innenarchitektin, oder nicht?«

»Doch, stimmt.« Das Unbehagen, das sich seit dem ersten Moment in mir breitgemacht hat, steigert sich ein bisschen. »Woher weißt du das?«

»Keine Ahnung … Hat sicher irgendwer erzählt …« Er runzelt die Stirn, als wollte er sich ins Gedächtnis rufen, wer das wohl gewesen sein mag. »Oh nein, jetzt weiß ich's wieder: Du standst mal in der Zeitung – du hast einen Preis gewonnen, richtig?«

»Ja, hab ich.« Damals war ich stolz darauf, doch jetzt in diesem Moment fühle ich mich merkwürdig verletzlich bei der Vorstellung, dass Leute aus meiner Vergangenheit den Artikel gelesen haben und Dinge über mich wissen, dabei selbst aber anonym geblieben sind. Schließlich murmelte ich in mich hinein, dass ich allmählich heim müsse, doch er fällt mir ins Wort.

»Hast du von dem Klassentreffen gehört?«

»Ja, ich hab auf Facebook was gesehen«, antworte ich.

»Und, gehst du hin?«

»Ich bin mir nicht sicher. Gehst … du hin?« Ich weiß, dass er hingeht, ich hab seinen Namen auf der Facebook-Gästeliste gesehen. Warum ist mir dieses Klassentreffen nur so verdammt unangenehm? Sophie ist es kein bisschen peinlich und auch all den anderen nicht, die sich schon angemeldet haben.

»Ich denke schon«, sagt er und blickt zu Boden. »Ich weiß, genau genommen war ich nicht euer Jahrgang, aber ich hab damals mit ein paar Leuten von euch abgehangen, und … du weißt schon, es war Marias Jahrgang. Ich dachte, ich gehe vielleicht einmal hin. Ihretwegen.«

Als er ihren Namen ausspricht, bleibt mir kurz die Luft weg. Auch wenn sie in meinen Gedanken schon lange eine Sonderstellung einnimmt, habe ich seit meiner Teenagerzeit und bis vergangene Woche ihren Namen nie wieder gesagt oder gehört. Ich habe angenommen, Tim und ich würden diese höchst merkwürdige Unterhaltung irgendwie durchstehen, ohne sie zu erwähnen, aber mit einem Mal ist mir klar, dass ich die Gelegenheit nicht verstreichen lassen kann. Ich muss ihm zumindest sagen, wie leid es mir tut.

»Ich finde, das ist eine gute Idee«, sage ich. »Hör mal, Tim … wegen Maria …« Ich nehme all meinen Mut zusammen. »Ich weiß, ich hab sie mies behandelt, und das tut mir leid. Ich wünschte … Also, ich wünschte mir, ich könnte die Zeit zurückdrehen und alles anders machen.« Ich weiß, dass er damals nicht viel von mir gehalten hat, und wahrscheinlich hatte er damit recht. Ich halte auch nicht viel von mir, wenn ich zurückblicke.

Tim sieht in die Ferne. »Ich mach dir keine Vorwürfe, Louise«, sagt er steif.

»Ehrlich? Denn Esther macht mir Vorwürfe«, platzt es aus mir heraus, ohne dass ich darüber nachgedacht hätte.

»Esther Harcourt? Habt ihr noch Kontakt? Ist sie nicht Anwältin geworden?«

»Ja. Dann erinnerst du dich noch an sie?«

Ein Teil von mir ist überrascht, dass jemand wie Tim, der zu den Coolen gehörte und nicht mal auf unserer Schule war, sich überhaupt an Esther erinnern kann.

»Klar, sie hat doch bei der Beerdigung gesprochen. Und Maria hat sie oft getroffen, bevor … du weißt schon. Mum spricht auch manchmal von ihr. Sie hat Esthers Karriere über die Jahre im Blick behalten. Esther war eine gute Freundin von Maria.«

Unausgesprochen hängt wie schlechter Geruch der Nebensatz in der Luft: *nicht so wie gewisse andere Leute.*

»Wie geht's deiner Mum?« Ich muss wieder daran denken, als ich Bridget zuletzt gesehen habe – in der Nacht, in der Maria verschwand: die ansteigende Panik, der schreckgeweitete Blick, der für ein paar herzzerreißende Sekunden meinen suchte.

»Um ehrlich zu sein, nicht besonders. Sie hat in letzter Zeit gesundheitliche Probleme, und sie ist einsam. Seit Dad gegangen ist, hat sie nie wieder jemanden kennengelernt. Ein Enkelkind zu haben hilft ein bisschen, aber sie ist nie darüber hinweggekommen, was mit Maria passiert ist.«

Natürlich ist sie nie darüber hinweggekommen. Wie auch?

»Hör mal, Louise, keiner von uns weiß, was in der Nacht geschehen ist.«

Ich versuche, ein neutrales Gesicht zu machen.

»Mum glaubt, Maria hätte sich umgebracht, aber ich weiß nicht … Sie ist stärker … *war* stärker, als sie nach außen hin gewirkt hat. Ich weiß, dass sie in der Nacht etwas getrunken hatte. Wenn sie einfach abgehauen wäre, wenn sie irgendwie außer sich gewesen wäre, könnte sie dort oben durchaus abgerutscht sein.«

Das Baby im Kinderwagen regt sich, und Tim wippt es sanft vor und zurück. Die Kleine seufzt und sinkt wieder in gesegneten Schlaf.

»Ich weiß, dass ich dir damals Vorwürfe gemacht hab, aber ich hatte wirklich Hoffnung für Maria, nach allem, was in London passiert war. Und ich war unendlich wütend – auf Dad, weil er uns damals verlassen hat, und auf Maria manchmal auch, weil sie sich mit diesem Jungen eingelassen hatte, auch wenn das alles niemals ihre Schuld war. In Wahrheit war ich natürlich nur wütend auf mich selbst. Ich hab geglaubt, ich hätte sie beschützen müssen, ich hätte sehen müssen, was sich da mit diesem Typen angebahnt hat.« Er holt kurz Luft. »Und ich dachte, es wäre meine Schuld, wenn ich mich besser benommen hätte, wenn ich nicht so einen Aufstand gemacht hätte, weil wir aus London weggezogen sind, dann wäre Dad vielleicht geblieben.«

Er glaubt wirklich, dass ich die Geschichte über diesen Typen aus London kenne, dass Maria mir alles erzählt hätte. Aber das hat sie nicht, und jetzt kann ich ihn schlecht danach fragen.

»Es war nicht deine Schuld.«

»Tja«, sagt er sichtlich angestrengt, »aber deine eben auch nicht. Ich weiß, dass du nicht fair zu ihr warst, aber du hast nicht wissen können, was passieren würde. Das konnte niemand. Ich hätte sie bei dieser Abschlussparty einfach besser im Blick behalten müssen. Wir haben uns echt nahegestanden, Maria und ich.«

Ich frage mich, wie nahe. Damals haben die Leute dumme Sprüche gemacht, weil er sie ständig überwacht hat, das hat sogar sie selbst gesagt. Stand er ihr nahe genug, um jetzt alte Wunden wieder aufreißen zu wollen? Um diejenigen zu bestrafen, die er bis heute für das Unglück seiner Schwester verantwortlich macht?

»Ich weiß, dass sie … Schwierigkeiten hatte, du weißt schon …«, fährt er fort.

Schwierigkeiten? Nett von ihm, dass er es so formuliert. Aber ich kenne die Wahrheit. Wir haben ihr das Leben zur Hölle gemacht.

»Niemand sonst ist verantwortlich dafür, was ihr zugestoßen ist. Entweder hat sie es selbst getan, oder aber es war ein Unfall, ein falscher Tritt, der Unglückstreffer bei einer Wahrscheinlichkeit von eins zu einer Million.« Er sieht mir direkt ins Gesicht. Ich trete von einem Fuß auf den anderen. Wenn dieses Treffen nur schon vorbei wäre.

Sein Irrtum ist natürlich tröstlich, und ich wünschte mir, dass seine Version der Ereignisse wahr wäre, und wenn das schon nicht sein kann (und natürlich kann es nicht sein), dass ich irgendjemandem die Wahrheit sagen könnte, ohne dafür verurteilt zu werden – oder Schlimmeres. Ich wünschte mir, dass ich diesen heimlichen Knoten in meinem Inneren lockern könnte, ein Knoten, der sich so fest zugezogen hat, dass ich nicht glaube, dass je irgendwer ihn wieder auseinanderziehen könnte, selbst wenn er sich noch so sehr Mühe gibt.

Wir reden aneinander vorbei, aber das weiß er natürlich nicht. Er nimmt an, dass wir über den Umstand sprechen, dass ich für Sophie und die Aussicht auf Beliebtheit Maria links liegen gelassen habe. Dass ich mitschuldig bin an ihrer Außenseiterrolle an unserer Schule. Er glaubt allen Ernstes, dass wir hier über ein bisschen Kindergartenmobbing sprechen, bei dem nicht Stöckchen oder Steine, sondern Worte Verletzungen herbeiführen sollten – und es auch taten. Und es stimmt ja auch: Ich bin mitschuldig daran. Ich habe sie ignoriert, ich habe sie sitzen lassen, ich habe sie im Stich gelassen. Was Tim jedoch nicht weiß: dass ich auch noch etwas anderes getan habe. Etwas viel, viel Schlimmeres.

Wir verabschieden uns voneinander, und langsam setze ich meine Fahrt durch die Straßen meiner Kindheit fort. Als ich wieder auf der A11 bin und Gas gebe, keimt am Rand meines Gehirns eine Erinnerung an meine Unterhaltung mit Tim auf. Es dauert eine Weile, bis ich sie festmachen kann, aber dann dämmert es mir: *Sie ist stärker, als sie nach außen hin scheint*, hatte er eigentlich sagen wollen, hat sich dann aber sofort korrigiert. Vielleicht war es ja einfach ein Versprecher; vielleicht hat unsere Begegnung in ihm alles wieder hochgewirbelt und ihn zurück ins Jahr 1989 versetzt. Aber was immer der Grund war: Tim hat über Maria im Präsens gesprochen.

KAPITEL 11

An manchen Tagen fühlt sie sich in ihrem eigenen Zuhause wie eine Gefangene. Eigentlich gibt es keinen Grund, nicht hinauszugehen; es würde ihr doch niemand ansehen. Aber an Tagen wie heute fühlt sie sich, als hätte jemand ihr die Haut abgeschält, als wäre ihr Gesicht brandrot und würde sie nicht länger vor den Elementen schützen. Oder vor überhaupt irgendetwas. An solchen Tagen versteckt sie sich und wartet, bis sie wieder in der Lage ist, sich der Außenwelt zu stellen, bis sie wieder bereit ist, die Maske aufzusetzen und zu lächeln.

Sie fragt sich, wie lange sie all das noch durchhält. Für immer? In gewisser Weise ist sie so daran gewöhnt, ihr Geheimnis zu hüten, dass es ihr zur zweiten Natur geworden ist. An den Tagen, an denen sie es nicht schafft, an denen sie alles dafür geben würde, ihr Herz zu öffnen, den Mund aufzumachen, alles rauszulassen, ist er da, um sie daran zu erinnern, genau wie in all den Jahren zuvor. Halt den Mund. Erzähl es niemandem. Die Folgen für dich wären schlimmer als für alle anderen. Er will sie beschützen, das weiß sie und ist dankbar dafür.

Also macht sie weiter, schiebt die Gedanken an die Vergangenheit beiseite, die sie immer noch heimsuchen. Es ist nicht nur die Vergangenheit, die ihr Angst macht. Sie hat an manchen Tagen auch Angst vor der Gegenwart, und da hilft es nicht einmal, zu Hause zu bleiben. Manchmal schnürt es ihr hier noch mehr die Luft ab als draußen in der Welt.

Sie hält ihren Bekanntenkreis klein, weil es ihr schwerfällt, Menschen zu vertrauen. Selbst diejenigen, denen sie vertraut, kennen nicht die ganze Wahrheit oder auch nur die halbe. Er ist der Einzige, der sie versteht. Er ist der Einzige, der ihr geholfen hat und sie daran erinnert, dass anderen Menschen mit ihren Geschichten einfach nicht zu trauen ist.

Dabei bräuchte sie gar nicht daran erinnert zu werden, dass nicht jeder Mensch derjenige ist, der er vorgibt zu sein. Ausgerechnet sie weiß das nur allzu gut.

KAPITEL 12

2016

Am Morgen nach meinem Norfolk-Ausflug wache ich auf und bin zutiefst erleichtert, dass ich zu Hause bin, wo es nach Normalität aussieht, auch wenn ich mir nicht vorstellen kann, wie alles je wieder normal werden soll. Ich weiß, dass Polly glaubt, ich sollte mehr für mich selbst tun und meine alten Freunde kontaktieren, die ich in den letzten Jahren vernachlässigt habe. Aber etwas Neues in mein Leben zu lassen, schaff ich gerade nicht. Ich schaff es gerade so, wie es jetzt ist.

Henry bleibt mittwochs immer bei Sam, entsprechend packe ich am Morgen seine Sachen – Unterwäsche, die Ersatz-Schuluniform, Manky – und stopfe alles in seinen kleinen Rucksack. Manky hat er schon, seit er ein Baby war. Als die Kuscheldecke irgendwann schon ziemlich fransig an den Rändern war, haben Sam und ich angefangen, sie *Manky Blanky* zu nennen, und der Name ist irgendwie hängen geblieben. All diese Dinge wandern zwischen Sams Haus und meiner Wohnung hin und her, insofern bin ich mir nie so ganz sicher: Was hat er dort bereits, was muss ich Henry noch mitgeben? Aber es gibt nur ein Manky, und das ist unersetzlich. Während ich auch noch einen Pulli in Reserve einpacke, ertaste ich in der vorderen Tasche des Rucksacks etwas Hartes, Scharfkantiges. Ich ziehe den Reißverschluss auf und schaue hinein. Als ich erkenne, was es ist, lasse ich mich auf Henrys Bett fallen und starre das Foto von uns beiden am Strand an, auf dem wir beide grinsen und in die Sonne blinzeln.

»Henry, kommst du mal kurz?«

Er kommt aus der Küche gerannt und leckt Marmelade von seinen Fingern, bleibt aber auf der Stelle stehen, als er sieht, was ich in der Hand halte.

»Warum hast du das in deiner Tasche, H?«

»Weil ich es mir gern ansehe«, antwortet er leise.

»Und wann?«

Er sackt in sich zusammen. »Wenn ich bei Daddy bin. Dann vermiss ich dich manchmal.«

Mein Hals zieht sich zusammen, und es brennt hinter den Lidern. »Komm mal her.«

Er stürmt auf mich zu, springt mir auf den Schoß und schlingt die Arme um mich, sodass sein fester, kleiner Körper regelrecht mit meinem verschmilzt.

»Ich vermiss dich auch«, versichere ich ihm und versuche, unbeschwert zu klingen. »Aber du hast schon Spaß bei Daddy, oder?«

»Doch«, sagt er an meinem Hals, »aber manchmal will ich dich einfach angucken.«

»Das ist schon okay, H.« Meine Stimme knirscht ganz leicht, und ich schlucke. »Du hättest das Foto nicht stibitzen müssen, du hättest es mir einfach sagen können. Weißt du was? Warum basteln wir uns nicht einen Riesenbilderrahmen mit Fotos von dir und mir, und den kannst du dann in deinem Zimmer bei Daddy an die Wand hängen?«

Er nimmt mich noch mal in den Arm und kehrt zu seinem Toast zurück. Ich bleibe noch kurz auf seinem Bett sitzen und sehe das Foto an, auf dem wir einander im Arm halten und im Sonnenlicht baden. Es fühlt sich an, als wäre dieser Urlaub eine Million Jahre her. Als ich das Foto wieder zurück ins Regal stelle, bin ich zutiefst erleichtert. Dann war ich also doch bloß paranoid. Es war niemand in meiner Wohnung.

Ich muss endlich aufhören, die Arbeit zu vernachlässigen, oder die Kunden springen mir noch ab. Sobald Henry bei Sam ist, kann ich endlich Rosemary Wright-Collins' jüngstes Projekt vorantreiben. Rosemary ist für mich als Kundin elementar: Ohne sie würde mein Geschäft ordentlich ins Wanken geraten. Sam hat einmal angedeutet, dass es ein Fehler sein könnte, so viel für sie zu machen und quasi alles auf eine Karte zu setzen. Damals wollte er, dass ich den einen oder anderen Auftrag von ihr ablehne. Er glaubte, ich müsste mich breiter aufstellen, statt immer alles für sie möglich zu machen und gleichzeitig auch noch die anderen Kunden zufriedenzustellen. Er war froh, dass mein Geschäft gut lief, das war er ganz bestimmt. Trotzdem sehe ich natürlich auch, dass er mich für eine deutlich Jüngere verlassen hat, die klar unter mir auf der Karriereleiter stand. Und ich weiß, dass Polly es genauso sieht.

Am Freitag hole ich Henry von der Nachmittagsbetreuung ab. Statt ihn zu Hause vor dem Fernseher zu parken, spiele ich mit ihm. Wir bauen ein riesiges, komplexes Schienensystem aus seinen Holzeisenbahnschienen, und dann erfindet er eine verwickelte Geschichte, in der die Züge eine Kuh von seinem Spielzeugbauernhof retten müssen, die auf den Gleisen feststeckt. Jedes Mal, wenn ich versuche, die Geschichte mit einigem Nachdruck auf ein Ende zuzusteuern, wartet er mit einem neuerlichen, scheinbar unüberwindbaren Hindernis auf, das unser Spiel wieder in die Länge zieht. Ich sehe zu, wie Henry mit todernstem Gesicht die kleinen Loks über die Gleise schiebt und komplett absorbiert ist von der Welt, die wir geschaffen haben. Hier im Wohnzimmer ist es wirklich gemütlich; trotzdem überkommt mich ein kalter Schauder. Genau deshalb darf niemand erfahren, was in Wahrheit mit Maria passiert ist. Ich darf unter keinen Umständen riskieren, dass Henry seinen unschuldigen Glauben an die Welt als einen ungefährlichen Ort verliert, in der niemand zulässt, dass eine Kuh nicht von einem Zug gerettet geschweige denn überrollt wird oder einer Mutter das Kind weggenommen.

Als Henry ins Bett gegangen ist, sitze ich mit einem Glas Rotwein am Küchentisch. Die Lampe in der Ecke taucht alles in beruhigendes Licht. Allmählich breitet sich der Geruch meines Fertiggerichts im Ofen aus: Zwiebeln, Knoblauch, Kräuter. Ich checke meine Mails – das Problem mit Heimarbeit ist, dass ich gewissermaßen immer bei der Arbeit bin und nie ganz abschalten kann. Ich öffne ein zweites Browser-Fenster und rufe Facebook auf. Dort schaue ich inzwischen regelmäßig nach, sowohl auf dem Laptop als auch auf dem Handy, und jedes Mal, wenn keine neue Nachricht eingegangen ist, wird die vage Hoffnung größer, dass es vorbei ist. Dass es bloß jemand gewesen ist, der sich mit mir einen schlechten Scherz erlaubt hat, der mir einen geschmacklosen Streich spielen wollte – beunruhigend und erschreckend, aber das war's dann auch. Eine Mutter aus der Schule breitet in ihrer Chronik die Einzelheiten ihrer jüngsten Trennung aus. Dumm nur, dass sie auch mit ein paar Kumpels ihres Ex befreundet ist, die prompt einschreiten, ihre Version der Ereignisse infrage stellen und sie beschimpfen. Ich bin genauso fasziniert wie vor einigen Jahren, als ich noch Serien im Fernsehen schaute, nur mit dem kleinen Extrakitzel, dass das hier ja das echte Leben ist (oder zumindest so was in der Art). Ich bin erstaunt über das Ausmaß, in dem manche Leute ihr Privatleben in einem solchen Forum ausbreiten. Diese Frau sagt nicht einmal Hallo zu mir, wenn wir uns am Schultor begegnen, was selten genug vorkommt. Trotzdem kenne ich nun all die gruseligen Details aus ihrem Liebesleben.

Ich rufe Marias Profil auf und entdecke, dass Sophie ihre Freundschaftsanfrage inzwischen angenommen hat. Ich will das Fenster gerade zuklicken, als ich sehe, dass Maria noch einen weiteren neuen Freund hat: Nathan Drinkwater. Ich zerbreche mir den Kopf, aber der Name sagt mir nichts. Ich bin mir sicher, dass an unserer Schule niemand so geheißen hat. Ich rufe seine Seite auf, aber dort ist nichts – keine Posts, kein Profilfoto, nichts. Maria ist seine einzige Freundin.

In einer Facebook-Gruppe, in die ich eingeladen wurde, ist eine Gruppennachricht eingegangen. Ein paar alte Kollegen wollen etwas trinken gehen. Mein Instinkt sagt mir, dass ich tun sollte, was ich normalerweise tun würde – die Nachricht einfach ignorieren und den Anschein erwecken, als wäre ich nicht interessiert oder zu beschäftigt mit der Arbeit und mit Henry. Doch während ich mir vorstelle, wie ich mit einem Weinglas in der Hand in einer Bar stehe, plaudere, mich auf den neuesten Stand bringen lasse, Neuigkeiten austausche, wandert der Mauszeiger über den Antwort-Button. Ich gieße mir noch ein Glas Wein ein und will mich gerade dazu durchringen, die Einladung anzunehmen, als es an der Tür klingelt. Ich zucke heftig zusammen, die Flasche ruckt in meiner Hand, Rotwein schwappt über den Glasrand, bildet eine kleine Pfütze und sickert in den

Eichentisch. Ich setze die Flasche ab und gehe vorsichtig den Flur entlang. Auch wenn das Foto wieder aufgetaucht ist, habe ich das Gefühl der Unsicherheit immer noch nicht komplett abgeschüttelt, das Gefühl, dass irgendjemand mich beobachtet. Ich habe noch nicht vergessen, wie ich in Panik geraten bin, als ich durch den Tunnel in South Kensington rannte. *Du kannst so schnell laufen, wie du willst, Louise*. Hinter der Milchglasscheibe in der Eingangstür sehe ich jemanden stehen, aber ich kann nicht erkennen, um wen es sich handelt. Ich bleibe im dunklen Flur mit dem Küchenlicht im Rücken stehen, und mit jedem Herzschlag pulsiert mein ganzer Körper. Ich weiche einen Schritt zurück. Ich werde nicht aufmachen, sondern zurück in die Küche schleichen und so tun, als wäre ich nicht da. Dann klappt der Briefkastenschlitz nach oben, und jemand ruft: »Louise? Bist du zu Hause?«

Ich stürze auf die Tür zu und reiße sie auf. »Polly!«

Vor Erleichterung schließe ich sie ein bisschen zu lange und zu fest in die Arme.

»Hey, alles okay?«

Ich lächele und schlucke die Tränen hinunter. »Alles wunderbar. Bin einfach nur froh, dich zu sehen. Aber was machst du hier?«

»Äh, du hast mich zum Abendessen eingeladen? Als ich letzten Freitag zum Babysitten kam?«

»Oh Gott, das stimmt! Tut mir leid, das hab ich ja vollkommen vergessen, nach alldem, was passiert ist …«

»Nach alldem, was passiert ist?«, fragt sie verwundert, meine Worte wiederholend. »Was ist denn los?«

Für einen Moment habe ich ausgeblendet, dass sie gar nicht Bescheid weiß. Aber wo soll ich anfangen? Sollte ich es ihr überhaupt erzählen?

»Ach, alles halb so wild, nur gerade echt viel Arbeit und so. Wie geht's dir überhaupt?«

»Alles beim Alten.«

Wir gehen durch zur Küche, und sie lässt sich am Tisch nieder.

»Irgendwas riecht aber lecker!«

»Eine Portion Fertig-Cottage-Pie von Marks & Spencer«, sage ich kleinlaut. »Tut mir leid ... Aber ich hätte noch Salat und Brot und so, das kriegen wir schon hin, dass es für uns beide reicht.«

»Kein Thema. Ich hab Wein und Chips dabei«, sagt sie und legt alles auf dem Tisch ab. »Wer braucht schon Abendessen?« Sie wirft einen Blick hinüber ins Regal, auf dem wieder das Foto von Henry und mir steht. »Du hast es also doch wiedergefunden? Siehst du, hab ich's doch gewusst. Wetten, du hast es irgendwohin gelegt und dann vergessen?«

»Nein, Henry hat es sich genommen. Er wollte es zu Sam mitnehmen. Er meinte, er vermisst mich, wenn er dort ist.«

»Ach, der arme H!« Polly legt mitleidig die Hand aufs Herz.

»Ich weiß. Reden wir nicht mehr darüber, das ist echt schwer zu ertragen.«

Bis der Pie endlich fertig ist, haben wir die Chips schon aufgefuttert und eine zweite Flasche Wein aufgemacht. Polly unterhält mich mit Geschichten aus dem Liebesleben ihrer Schwester und erzählt, was es bei den alten Kollegen von Blue Door Neues gibt. Sie will an dem Abend mitgehen, über den ich nachgedacht hatte, als sie geklingelt hat, und sie besteht darauf, dass ich ebenfalls mitkomme. Bislang hat sie weder ihre Töchter erwähnt, noch sich nach Henry erkundigt. Auch wenn sie Henry über alles liebt und ich

Maya und Phoebe, reden wir nicht allzu häufig über unsere Kinder. Ich habe ein paar Bekannte, die ich über Henry kennengelernt habe und bei denen sich die Gespräche fast ausschließlich um schlechte Esser, Erziehungsfragen und das Pro und Kontra von Schwimmunterricht drehen. Dass es mit Polly und mir anders ist, finde ich großartig. Sie ist eine echte Freundin.

Als ich den dürftigen Pie aus seinem Aluschälchen auf zwei Teller verteilt und noch ein paar Scheiben Baguette und ein bisschen Salat aufgetischt habe, frage ich trotzdem nach den Mädchen.

»Denen geht es gut. Na ja, Maya geht es gut.«

Maya ist eine kerngesunde, quietschlebendige Achtjährige mit erstaunlich und beneidenswert wenig Achtung vor der Meinung anderer Leute, während ihre Schwester mit zwölf jedes Mal, wenn ich sie sehe, stiller und introvertierter wirkt. Ich habe angenommen, dass das die üblichen Pubertätssymptome wären – das unausweichliche Bedürfnis, sich abzunabeln, anders zu sein, sich folglich von den Eltern und jedwedem Erwachsenen abzuwenden, mit dem die Eltern zu tun haben.

»Und Phoebe?«

»Hat ein paar Probleme in der Schule. Mit anderen Mädchen.«

Ein kalter Finger rührt in meinem Magen herum und verdirbt mir den Appetit. »Meinst du … sie wird gemobbt?«

»Keine Ahnung, ob man das schon Mobbing nennen kann. Es ist … dezenter. Mädchen in dem Alter – die können echt so *fies* sein.«

Als wüsste ich das nicht. »Was haben sie denn gemacht?«

Eigentlich will ich es gar nicht wissen. Das Thema ist schon unter normalen Umständen schwierig, aber ausgerechnet jetzt weiß ich nicht, ob ich in dieser Hinsicht die Fassung bewahren kann.

»Es ist schwer festzumachen … Sie schließen sie von Sachen aus, enthalten ihr Infos vor, bis es zu spät ist, als dass sie noch an gewissen Aktivitäten teilnehmen könnte, verunsichern sie hinsichtlich ihres Aussehens … Ich glaub sogar, dass sie mir nicht alles erzählt. Zum Halbjahr ist ein neues Mädchen in die Klasse gekommen, und die hat alles durcheinandergebracht. Hat Phoebes engste Freundinnen gegen sie aufgehetzt. Sie ist ein echtes Alphatierchen.« Sie legt eine Pause ein. »Ach, um ehrlich zu sein ist sie eine verdammte kleine Bitch.«

Das Gift in Pollys Stimme schockiert mich. Ich habe sie kaum je fluchen hören, geschweige denn so böse über ein Kind herziehen.

»Phoebe war immer so fröhlich, so lebhaft, und auf einmal scheint sie zu schrumpfen. Sie … Die Person, die sie mal war, wird immer blasser. Mir war natürlich klar, dass sie sich irgendwann verändert, wenn sie größer wird, aber ich dachte, dass ihr Grundcharakter – all das, was sie schon immer ausgemacht hat –, dass dieser Charakter Bestand hat, aber der verschwindet nach und nach. Dieses neue Mädchen – die nimmt ihn ihr weg, die nimmt Phoebe weg.«

Polly muss sich schwer zusammenreißen, um nicht in Tränen auszubrechen. Es tut mir in der Seele weh, aber es fällt mir gleichzeitig unendlich schwer, normal darauf zu reagieren. Das Thema ist für mich so hochemotional, dass ich nicht weiß, wie eine normale Reaktion aussehen müsste. Ich als Mutter habe bisher nur eine einzige Erfahrung in dieser Hinsicht vorzuweisen, als Henry mir erzählte, dass Jasper und Dylan mit ihm in Freispielen keine Eisenbahn mehr bauen wollten. Doch das ist einfach nicht vergleichbar, auch wenn es mir da auch das Herz zerrissen hat.

»Hast du schon mit der Schule gesprochen?«, bringe ich hervor.

»Ach ja, mehrfach. Sie tun ihr Bestes, aber wie schon gesagt, es ist eher subtil. Da können sie wirklich nicht allzu viel machen. ›Zickereien unter Freundinnen‹ haben sie es genannt. Wenn das mal nicht eigenartige Freundinnen sind.«

Sie blickt auf ihr Abendessen hinab, das sie kaum angerührt hat. Ich würde ihr so gerne sagen, dass ich sie verstehe, und sie auf irgendeine Weise trösten.

»Ich hab … was Ähnliches miterlebt, als ich noch auf die Schule ging«, beginne ich zögerlich.

»Echt?« Polly hebt den Blick. »Und was ist da passiert?«

»Ach, eigentlich will ich es gar nicht erzählen, aber … ich kann das gut verstehen. Ich weiß noch genau, wie es war, selbst Teenager zu sein.«

»Oh, Lou, würdest du vielleicht mal mit ihr reden? Dich respektiert sie.« Ich muss ziemlich skeptisch dreinschauen, weil sie sofort fortfährt: »Nein, wirklich, sie findet dich cool, du mit deinem Kreativ-Business – und dass du Henry allein großziehst!«

»Ich weiß nicht, Polly. Ich bin mir nicht sicher, ob ich dazu irgendetwas Sinnvolles beitragen könnte …« Gott, in was habe ich mich da hineinmanövriert?

»Klar könntest du das! Du hast doch eben gesagt, dass dir mal was ganz Ähnliches passiert ist. Allein das zu hören, könnte ihr doch helfen. Bitte!«

Genau so habe ich es gerade nicht gesagt – aber ich kann ihr doch jetzt nicht erzählen, dass ich es von der anderen Seite her erlebt habe.

»In Ordnung, ich ruf sie morgen an.« Was soll ich denn sonst machen?

»Danke, das bedeutet mir wirklich viel.« Sie berührt mich leicht am Arm. »Aber jetzt genug davon. Wenn ich ganz ehrlich sein soll, bin ich es so was von leid, mir darüber den Kopf zu zerbrechen. Reden wir über dich – du hast bisher nicht viel gesagt. Ist irgendwas im Busch?«

Diesmal bin ich an der Reihe, auf den Teller zu starren, und ich drücke mit der Gabel den Kartoffelbrei platt. Ein Teil von mir sehnt sich danach, mich ihr anzuvertrauen und jemandem mein Herz auszuschütten, dem wirklich etwas an mir gelegen ist und der mit meiner Vergangenheit nichts zu tun hat. Aber ich bin einfach zu erschöpft. Erschöpft, weil ich alles für mich behalten muss und mich nie vollkommen entspannen kann.

»Nein … nicht wirklich.«

»Wusst ich's doch! Was ist los? Hast du jemanden kennengelernt? Oh Gott, ist es jemand von der Webseite?«

Sie sieht so hoffnungsvoll aus, dass ich beinahe versucht bin, mir irgendetwas auszudenken, lasse es dann aber bleiben.

»Nein, nichts in der Richtung. Um ehrlich zu sein, hab ich noch nicht mal die E-Mail-Adresse gecheckt, die du für mich eingerichtet hast. Ich weiß nicht, Poll, ob ich da echt mit ganzem Herzen dabei bin.«

»Okay, das machen wir dann einfach gleich zusammen. Aber erst erzählst du mir, was los ist.«

Ich entscheide mich für eine stark verwässerte Version der Wahrheit. »Ich hab eine Facebook-Nachricht von jemandem gekriegt, mit dem ich auf der Schule war.«

»Ja, die Frau, mit der du dich am letzten Freitag treffen wolltest. Sophie, oder?«

»Nein, die Nachricht war von jemand anderem. Ich hab dir davon nie erzählt, aber am Ende unseres Abschlussjahrs ist bei einer Party in der Schulaula ein Mädchen gestorben.«

»Was, in der Schulaula?«

»Nein, sie … Die Leute … Also, man nimmt an, dass sie ertrunken ist. Unsere Schule lag in der Nähe der Steilküste von Sharne Bay. Als Maria zuletzt lebend gesehen wurde, war sie in diese Richtung unterwegs. Danach hat sie nie wieder jemand zu Gesicht bekommen.«

Ich bin mir schmerzhaft darüber im Klaren, dass meine Geschichte Riesenlücken aufweist und dass die dunklen Leerstellen zwischen den Worten wie Zahnlücken klaffen. Trotzdem hat Polly angebissen.

»Dann ist der Leichnam nie gefunden worden?«

»Nein, aber das ist gar nicht so ungewöhnlich. Über die Jahre gab es immer wieder Fälle, in denen Leute von der Steilküste gesprungen sind, ohne dass die Leiche je wieder angespült wurde. Das Gelände ist ein bisschen so wie Beachy Head – so eine Art Hotspot für Selbstmorde. Und dann hängt es ja auch von verschiedenen Dingen ab – von Ebbe und Flut, vom Wetter –, ob der Körper je wieder an Land auftaucht oder nicht.«

»Und von wem war jetzt die Nachricht?«

»Genau das ist es ja. Sie war von ihr. Von Maria.«

»Von dem toten Mädchen?« Pollys Gabel bleibt auf halber Höhe zwischen Teller und Mund hängen. »Aber das ist ja grässlich! Das ist krank! Wer würde denn so etwas machen?«

»Keine Ahnung.«

»Und warum hast *du* die Nachricht gekriegt? Hattet ihr ein besonderes Verhältnis?«

Ich weiß nicht, wie ich diese Frage beantworten soll. Abgesehen von meinen Eltern (mit denen ich eine Beziehung habe, die von Verpflichtungen, Schuld und Verachtung geprägt ist) und Henry (durch biologische Notwendigkeit) ist Polly die Einzige auf der Welt, die mir aufrichtig zugetan ist. Ich habe zu meinen Eltern nie ein inniges Verhältnis gehabt, wie andere Kinder es haben, aber nachdem Maria verschwunden war, wurde unsere Nicht-Kommunikation nur umso offensichtlicher. Es fing in dieser kritischen Phase an, Mitte der Teenagerjahre, in denen sich die meisten Kinder von ihren Eltern abnabeln. Ich wandte mich allmählich von ihnen ab und meinen Freunden und dem »wahren« Leben zu. Ich nehme an, unter normalen Umständen hätte ich mich ihnen als Erwachsene wieder angenähert, aber Marias Tod hatte eine Kluft zwischen uns aufgerissen, die wir unmöglich überwinden konnten. Ich habe ihnen nie erzählen können, was ich getan und weshalb ich ihnen derart radikal den Rücken zugekehrt hatte. Ihrerseits waren sie vollkommen ratlos, wie das Verschwinden eines Mädchens, das ich – soweit sie es einschätzen konnten – kaum gekannt hatte, einen derart umwälzenden Effekt auf mich hatte.

Als Sam mich sitzen ließ, hat Polly mich am Boden zerstört erlebt. Ich habe ihr zwar nie die ganze Geschichte erzählt, aber sie weiß trotzdem mehr von mir als jeder andere. Sie hat mich aufgepäppelt und wieder auf die Beine gestellt, als ich dachte, dass ich nie wieder hochkommen würde. In meinem ganzen Leben habe ich nie jemanden gehabt, der wie sie hinter mir stand, und das kann ich nicht aufs Spiel setzen. Ich kann nicht riskieren, ihr zu zeigen, wer ich wirklich bin, erst recht nicht im Licht der Ereignisse, mit denen Phoebe zu kämpfen hat.

Natürlich war unser Verhältnis besonderer Art, aber das kann ich Phoebe kaum erklären. »So was in der Art«, antworte ich stattdessen. »Zu der Zeit, als sie gestorben ist, allerdings schon nicht mehr allzu sehr. Ich bin übrigens auch nicht die Einzige. Ein anderes Mädchen aus der Schule hat die gleiche Anfrage bekommen. Die Frau, die ich letzte Woche besucht habe, als du Henry gesittet hast. Und dann ist da noch etwas.« Ich hole tief Luft. »An dem Abend, als ich Sophie besuchen war, hat mich jemand verfolgt, glaube ich.«

»Wie bitte? Warum in aller Welt sollte dich jemand verfolgen?«

»Ich weiß es auch nicht genau … Aber diese Freundschaftsanfrage, dann das Foto, das verschwunden war …«

»Das hat doch Henry genommen, hast du erzählt.«

»Ich weiß, ich weiß. Aber ich schwöre dir, dass da jemand im Tunnel in South Kensington hinter mir her war, und als ich anfing zu rennen, ist diese Person auch losgerannt.« Das Klackern der Schuhe, das mit mir Schritt hielt, das hinter mir blieb, das Brennen in meiner Brust, die Flasche, die mir gegen das Bein schlug. »Und dann hab ich wieder eine Nachricht von Marias Account bekommen. Darin stand: ›Du kannst so schnell laufen, wie du willst, Louise. Du entkommst mir nicht.‹ Sie war hinter mir her. Das muss sie gewesen sein.«

»Könnte das nicht im übertragenen Sinn gemeint sein? Das heißt doch nicht, dass dir wirklich jemand an dem Abend nachgelaufen ist.«

Sie glaubt mir nicht, und ich kann es ihr nicht mal verübeln. Ohne das ganze Bild zu kennen, ohne zu wissen, was ich Maria angetan habe, verliert die Geschichte an Kraft. Aber natürlich ist genau das der Aspekt, den ich ihr nicht erzählen kann. Trotzdem muss jemand den Facebook-Account für Maria Weston eröffnet haben, und jemand hat mich auf dem Weg vom Bahnhof Crystal Palace bis nach South Kensington verfolgt. Ich weiß es.

»Aber diese Facebook-Seite«, sagt Polly und spricht damit meinen Gedanken aus, »ist schon eigenartig. Hast du irgendeine Ahnung, wer dahinterstecken könnte?«

»Nächstes Wochenende ist ein Klassentreffen angesetzt. Ich hab darüber nachgedacht, dorthin zu fahren – ich weiß auch nicht –, vielleicht um zu sehen, ob anderen das Gleiche passiert ist.«

Sie sieht mich eindringlich an. »Ein Klassentreffen? Ehrlich jetzt? Ist Sam auch da?«

»Keine Ahnung«, antworte ich und hefte den Blick auf mein Weinglas. Natürlich steht auf der Veranstaltungsseite ganz genau, wer kommen wird.

»Solltest du das nicht lieber klären, bevor du hinfährst? Ich halte es für keine allzu gute Idee, wenn du ihm dort in Gesellschaft begegnest. Oder was meinst du?«

Manchmal wünschte ich mir, ich hätte mich Polly damals nicht anvertraut, als Sam mich verlassen hat. Sie ist nicht die Sorte Freundin, die etwas vergisst oder zulässt, dass du selbst es tust. Ich finde es klasse, wie ungemein sie sich um mich sorgt, wie wütend sie um meinetwillen auf Sam ist. Aber ich kann nicht zulassen, dass sie mich von gewissen Dingen abhält.

»Hör mal«, sage ich zu ihr, »ich kann ja mal versuchen rauszufinden, wer noch hingeht – irgendwen kann ich doch sicher fragen, oder vielleicht gibt es eine Facebook-Seite oder so. Wenn es so aussieht, als würde er auch dort sein, fahr ich nicht.«

Ich verabscheue mich dafür, dass ich Polly belüge, aber ich will mich deswegen nicht mit ihr streiten. Ich brauche sie als meine Verbündete. Aber natürlich hat sie recht. Es ist keine gute Idee, in entspannter, geselliger Umgebung auf ihn zu treffen – wenn getrunken und in Erinnerungen geschwelgt wird und alte Gefühle hochkommen –, und Polly weiß genau, warum. Ich habe den Fehler begangen, ihr zu erzählen, dass er einmal, als wir noch nicht lange getrennt waren, abends vorbeikam, als Henry schon im Bett lag. Ich hatte schon ein paar Gläschen getrunken, hab ihm ebenfalls eins eingeschenkt, er setzte sich zu mir, und für eine Stunde oder so war alles, als wäre er nie weg gewesen. Dann kam dieser Moment, als er sich über mich drüberlehnte, um die Schublade aufzuziehen, in der ich den Korkenzieher aufbewahre: Für eine Sekunde stand die Zeit für mich still. Er war mir wieder so nahe, dass seine Gesichtszüge vor meinen Augen verschwammen und ich nur noch seinen Atem auf meiner Wange und ein heißes, schmelzendes Gefühl im Unterbauch spürte. Ich bin sofort aufgesprungen, mit wackligen Beine, hab den Raum durchquert und vorgegeben, am nächsten Morgen in aller Früh rauszumüssen, und hab ihn gebeten zu gehen. Trotz allem, was er mir angetan hatte, fühlte ich mich immer noch zu ihm hingezogen. Ein Teil von mir hegt dieses Gefühl immer noch.

»Hmm … okay«, sagt sie und ist anscheinend besänftigt. »Also, dann sehen wir uns doch endlich diesen E-Mail-Account an und gucken mal, ob du schon Zuschriften bekommen hast.«

Ich schiebe den Laptop zu ihr rüber, und sie loggt sich in den Account ein, den sie für mich eröffnet hat.

»Ooooh, da sind ja schon ein paar!«

Ich rutsche mit dem Stuhl herum, sodass auch ich den Bildschirm sehen kann, und sie klickt die erste Mail an.

»Oh.« Gleich die erste Zuschrift ist eine anzügliche Anspielung auf die »Abende auf der Couch«, die Polly erwähnt hat. »›Was man auf einer Couch nicht alles machen könnte!‹ Okay, löschen. Der Nächste bitte.«

Der Nächste schildert direkt im Detail, was man auf einer Couch nicht alles machen könnte und wie er sich dabei fühlen würde.

»Ach du Schande, das hätte ich wohl anders formulieren sollen«, sagt Polly kleinlaut. »Das hier war mein erster Versuch in der Welt des Online-Datings. Wir hätten einen Teenager bitten sollen, das zu übernehmen. Die sind in dieser Hinsicht deutlich besser bewandert.«

Die meisten Zuschriften sind Varianten ein und desselben Themas. Zwischendurch gibt es allerdings auch ein paar ernst zu nehmende Mails, die alle auf meine vermeintliche Vorliebe für frische Luft Bezug nehmen. Sie stammen von Steilwandkletterern, Läufern und Triathleten.

»Von denen könnte ich keinen Einzigen daten«, stelle ich fest. »Ich krieg schon Herzrasen, wenn ich jenseits der Ringautobahn bin.«

»Moment mal«, sagt Polly. »Hier haben wir noch einen. ›Na du!‹, schreibt er. Na, das ist doch mal ein netter Einstieg, oder nicht? ›Ich muss zugeben, ein großer Fan von Spaziergängen im Grünen bin ich nicht, aber ich geh gern essen und frag mich, ob ich dich nicht mal zum Essen einladen dürfte.‹ Da haben wir es doch! Der mag auch keine Spaziergänge!«

»Und das soll eine solide Basis für eine Beziehung sein?«

»Nein, schon klar, aber man kann doch nie wissen. Schauen wir uns doch mal sein Profil an.«

Greg ist zweiundvierzig und auf eine Art gut aussehend, die nicht gleich einschüchternd wirkt. Auf seinem Bild lacht er und hat den Blick auf irgendetwas gerichtet, das sich hinter der Schulter des Fotografen befindet.

»Cooles Shirt«, stellt Polly fest.

»Noch mal, Polly, auch das ist nicht notwendigerweise ein Kriterium, an dem man sein Lebensglück festmacht.«

»Ach, hör schon auf, überall Hindernisse zu sehen. Komm, wir antworten!«

Ich seufze, aber um fair zu bleiben: Er ist wirklich attraktiv und scheint halbwegs normal zu sein, soweit man das online erkennen kann, also kaum. Trotzdem erlaube ich ihr, eine Antwort zu verfassen, die sie über die Messenger-Funktion der Dating-Seite verschickt. Er muss gerade online sein, weil er postwendend reagiert, und noch ehe ich Zeit habe zu protestieren, hat Polly für mich auch schon ein Date mit Greg vereinbart. Ich werde ihn tags drauf um sieben Uhr in einer Bar in der Londoner Innenstadt treffen. Auf ihr Betreiben hin gehen wir fürs Erste bloß etwas trinken (sie meint, so könnte ich gleich nach dem ersten Drink verschwinden, ohne dass es komisch wäre; und wenn es gut läuft, können wir anschließend immer noch was essen gehen). Ich kann mir zwar nicht vorstellen, dass es gut läuft, wenn Greg auch nur annähernd so nett und normal ist, wie es den Anschein hat … Ich habe seit Jahren kein Date mehr gehabt und werde es unter Garantie vermasseln.

Nachdem Polly gegangen ist, kippe ich den letzten Rest aus unserer zweiten Weinflasche in mein Glas und klappe noch einmal den Laptop auf. Als ich früher am Abend meine Facebook-Nachrichten gecheckt hatte, habe ich mich nicht ausgeloggt und sehe sofort, dass eine neue Nachricht auf mich wartet. Der Abend mit Polly hat die Panik ein wenig vertrieben, und ich nehme wie selbstverständlich an, dass es nur eine weitere langatmige Antwort der alten Kollegen ist, die zusammen ausgehen wollen, also klicke ich ganz vorbehaltlos darauf.

Was ich zu lesen bekomme, lässt mir das Blut in den Adern gefrieren. Die Nachricht ist von Maria Weston:

Hast du deinen Ausflug nach Norfolk genossen? Ich hab nicht vergessen, was du getan hast, Louise. Dich lass ich nicht mehr aus den Augen. Dich lass ich nicht mehr vom Haken.

KAPITEL 13

1989

Maria blieb nicht mehr lange auf der Party. Sophie hatte mich in der Küche auf einen Stuhl geschoben, drückte mir jetzt ein Glas Wasser in die Hand, setzte sich neben mich und strich mir übers Haar. Nach vielleicht zehn Minuten kam Tim und wühlte in dem Jackenhaufen auf dem Küchenboden. Als er mit Marias Jeansjacke unterm Arm die Küche verließ, sah er noch kurz über die Schulter und durchbohrte mich mit einem Blick, der voller Hass und Vorwürfe war. Die Intensität, die in diesem Blick lag, erschreckte mich, und ich drehte mich weg. Von meinem Stuhl an der Tischecke konnte ich bis in den Flur sehen, wo Maria neben dem Geländerpfosten stand und den Kopf hängen ließ, sodass ihr Gesicht von ihren Haaren verdeckt war. Sie ließ sich von Tim in die Jacke helfen, als wäre sie ein kleines Kind. Dann strich er ihr das Haar aus dem Gesicht und sprach leise mit ihr. Anschließend legte er den Arm beschützend um ihre Schulter und schob sie zur Vordertür hinaus.

Nachdem die zwei gegangen waren, fing die Party an, so richtig Spaß zu machen. Es wurde einer der besten Abende meines Lebens. Als es mir endlich wieder etwas besser ging, trank ich noch ein bisschen Wodka und wagte es sogar zu tanzen – und zum ersten Mal im Leben fühlte es sich okay an. Sophie versuchte, mich zu etwas E zu überreden, aber davor hatte ich zu viel Schiss, und sie reagierte total süß, meinte, das wär total okay. Sie hätte auch Angst gehabt, bevor sie es das erste Mal ausprobierte, und dass hier niemand Druck machen würde. Später wünschte sich ein Teil von mir, ich hätte es versucht.

Frühmorgens, es war vielleicht gegen vier Uhr, machten Sophie und ich einen kleinen Spaziergang durch das Wohnviertel. Die Straßenlaternen brannten, und im Zwielicht sahen die Häuser alle wie kleine Schlösser aus. Eine solche Stille hatte ich noch nie erlebt, wir hörten lediglich unsere Schritte und Sophies leise Stimme. Sie erzählte mir Dinge, die ich nicht von ihr gewusst hatte. Sie ließ mich ganz nah an sich ran.

»Vor ein paar Jahren, gar nicht lange, bevor du und ich Freundinnen wurden, waren Claire, Joanne und ich eine echt enge Dreierclique.«

Ich konnte mich noch gut daran erinnern. Von außen hatte es immer so ausgesehen, als hätten die drei den Hauptgewinn gezogen, so wie sie immer zu dritt in der Ecke des Schulhofs zusammengluckten und vor Lachen kreischten – das unerreichbare Ideal aus geteiltem Lipgloss und geteilten Geheimnissen. In jenem Jahr hatte einfach jeder zu ihnen gehören wollen, aber sie waren derart verschworen, es war einfach unmöglich.

»Ich weiß nicht, ob du je in einer Dreierclique warst, aber drei ist echt eine schreckliche Zahl. Wenn alles gut läuft, ist es großartig, aber ständig haben wir uns verkracht, und oft war ich es, die dann außen vor blieb. Weißt du noch – unsere Klassenfahrt nach Dieppe?«

Sommer 1987. Esther Harcourt und ich waren in einem Zimmer gelandet, und in der ersten Nacht hatten wir seit

Jahren zum ersten Mal wieder miteinander gesprochen. Ich hatte Heimweh, sie tröstete mich, brachte mich zum Lachen, und ich fragte mich tatsächlich, ob ich einen Fehler gemacht hatte, sie so radikal aus meinem Leben zu streichen. Tags darauf aber, als sie ihre Hochwasserjeans und Regenjacke anzog, wusste ich wieder, dass ich die richtige Entscheidung getroffen hatte. Den Tag verbrachte ich mit Lorna Sixsmith, und in der Nacht unterhielt ich mich ausschließlich mit den anderen im Zimmer, während Esther auf ihrem Bett lag und las.

»Während dieser Klassenfahrt haben wir uns ganz schrecklich gezofft«, fuhr Sophie fort und hakte sich bei mir unter. Wir liefen gerade an einem kleinen Laden vorbei, in dem die Anwohner das Nötigste einkaufen konnten und der im Licht der Straßenlaternen geisterhaft und verlassen aussah. »Na ja, gezofft … Es war eher so, dass Claire und Joanne ohne mich losgezogen sind. Ich weiß bis heute nicht, warum. Ich hab mit Sue abgehangen, um nicht allein zu sein, aber die ganze Zeit hab ich ständig zu den beiden rübergeschielt, die in der Ecke standen, flüsterten und über ihre Privatwitzchen lachten. Auf dem Heimweg im Bus saß ich eine Reihe vor ihnen, aber sie haben sich wieder nur in ihrer Geheimsprache unterhalten. Also, nicht wirklich in einer Geheimsprache, aber sie hatten für alle möglichen Sachen und Personen Codewörter.«

Die arme, arme Sophie. Ich konnte sie noch vor mir sehen, allein auf ihrem Doppelsitz, das Gesicht an die Fensterscheibe gedrückt, die lodernde Stirn auf der kühlen Glasscheibe.

»Klar sind wir inzwischen wieder Freundinnen, aber Claire kann … schwierig sein, weißt du? Ständig versucht sie, mich auszustechen. Egal was ich mache – sie muss es gleich noch besser machen. Und alles muss nach ihren Regeln laufen. Nach der Klassenreise nach Dieppe haben wir uns langsam angefreundet, weißt du noch?«

Natürlich wusste ich das noch. Das erste Mal, als sie sich beim Mittagessen zu mir gesetzt hatte, war ich so aufgeregt gewesen, dass ich nachts kaum hatte schlafen können.

»Deshalb mach ich mir wegen dir und Maria solche Sorgen. Ich weiß schon, dass es albern ist – natürlich kannst du befreundet sein, mit wem du willst. Aber für mich fühlt es sich so an, als würde das alles schon wieder passieren, verstehst du, was ich meine? Als würde ich dich an sie verlieren.«

»Du verlierst mich nicht, Sophie. Du bist meine …« Konnte ich es wirklich riskieren? Ich holte tief Luft. »Du bist meine beste Freundin.«

Sie zog mich näher an sich heran. »Danke. Ich weiß, dass ich mich immer auf dich verlassen kann.«

Arm in Arm liefen wir weiter und schütteten einander das Herz aus. Das Einzige, worüber wir nicht redeten (oder reden konnten), waren Jungs und ob wir in jemand Bestimmten verknallt waren. Vielleicht dachte Sophie ja, dafür wäre jetzt der falsche Zeitpunkt und wir würden bereits tiefergehende Gespräche führen, und ich fragte nicht, weil ich die Antwort lieber gar nicht hören wollte. Allerdings sprachen wir über unsere Eltern.

»Ich weiß, dass meine mich lieb haben«, sagte ich. »Aber sie haben keine Ahnung, was wirklich in meinem Leben passiert. Immer wenn ich zu Hause bin, hab ich das Gefühl, die Zeit abzusitzen, bis ich endlich wieder rauskomme und anfangen kann zu leben. Ich glaube irgendwie nicht, dass sie mich wirklich kennen.«

»Meine Mum denkt, sie wäre meine beste Freundin«,

entgegnete Sophie. Ihre Mutter kam mir vor wie eine Version von Sophie in erwachsen: immer top frisiert und elegant, selbstsicher und charmant. Sophie hat mal erzählt, dass sie einmal in der Woche zur Kosmetikerin ging. Mit einem Stich in der Brust musste ich an meine Mum mit ihrem ungeschminkten Gesicht und den ach so vernünftigen Schuhen denken. Sie war wahrscheinlich ihr Leben lang nie auch nur ein einziges Mal bei einer Kosmetikerin gewesen. »Und egal was mir passiert«, fuhr Sophie fort, »sie hat immer eine Geschichte darüber parat, wie ihr schon mal was Ähnliches passiert ist. Und dann bringt sie auch noch einen genialen Ratschlag aus ihrem eigenen Erfahrungsschatz – als würde ich von ihr Ratschläge annehmen! Man muss sich doch nur ansehen, was aus ihr geworden ist.«

»Was meinst du denn damit?«

»Ach, sie und mein Dad liegen sich ständig in den Haaren. Normalerweise warten sie damit, bis sie glauben, ich sei eingeschlafen, aber ich höre sie trotzdem.«

»Glaubst du, sie lassen sich scheiden?«

»Ich wünschte mir, sie würden es tun!« Sie lachte. »Dann würde ich von allem das Doppelte kriegen. Tja, nur dass es nicht immer so läuft. Du weißt, was Sam Parkers Mutter gemacht hat?«

»Nein.« Ich versuchte, mir nichts anmerken zu lassen. »Was denn?«

»Sie ist vor ein paar Jahren einfach so auf und davon und hat ihn und seinen Vater sitzen gelassen. Ist mit einem anderen Mann durchgebrannt. Sam hat sie seither nicht mehr gesehen.«

»Gott, wie schrecklich. Der arme Sam!«

»Ich weiß. Er redet nie von ihr, aber man kann ihm ansehen, dass er verdammt darunter leidet.«

Ein paar Minuten schlenderten wir stumm nebeneinanderher und saugten einfach nur die Stille in uns auf. In keinem einzigen Haus brannte Licht, und die kühle Luft roch frisch und sauber, ohne jede Spur von Abgasen oder Küchendünsten. So ineinander eingehakt fühlte es sich an, als wären wir die beiden einzigen Menschen auf der Welt.

Als wir wieder in Matts Straße einbogen, weckte irgendetwas auf der Vordertreppe eines großen Eckhauses Sophies Interesse.

»Sollen wir uns einen Tee machen?«, fragte sie und grinste.

»Was?« Ich sah sie verwirrt an. Sie nahm mich an die Hand und zog mich in Richtung der Treppe. Wir waren fast schon an der Haustür angekommen, als der Bewegungsmelder reagierte und wir in grellgelbes Licht getaucht wurden. Sophie schnappte sich die Flasche Milch, die neben der Treppe stand, dann machten wir kehrt und rannten wie die Wilden gackernd und keuchend zurück zu Matts Haus. Ich glaube, ich habe mich in meinem ganzen Leben nie so glücklich gefühlt.

Am nächsten Montagmorgen in der Schule winkte Sophie mich in der Pause auf eine Zigarette hinter sich her. Wir schafften es, uns vor den Lehrern wegzuducken, und joggten den Pfad runter zum Waldrand. Eigentlich war das strengstens verboten, und ich war echt nervös, aber ich wollte vor Sophie auch nicht blöd wirken, sodass ich mich zusammenriss und nicht ständig über die Schulter zurückblickte. Wir durchquerten das Wäldchen hinter der Schule und kamen an der Küste raus, was noch verbotener war. Sophie lief bis vor an die Steilkante, setzte sich direkt neben ein Schild mit der Aufschrift »Absturzgefahr« in das raue Gras und ließ die Beine baumeln. Ich blieb ein Stück zurück, bis sie sich umdrehte und mich lachend zu sich winkte.

»Sei nicht so ein Schisser!«

Ich setzte mich neben sie, und das Gras kratzte über die Rückseite meiner Beine. Meine Füße hingen in der Luft. Normalerweise rauchte ich nicht, trotzdem nahm ich die Zigarette entgegen, die sie schon für mich angezündet hatte. Am Filter haftete noch ein bisschen Lippenstift von Sophie, und als ich den Rauch inhalierte, genoss ich den bitteren Geschmack auf der Zunge und in meinem Rachen.

»Wir haben da so eine Idee«, sagte sie und richtete den Blick auf den Horizont. »Eine Art Streich. Den wir Maria spielen wollen.«

»Einen Streich?« Ich zupfte ein Büschel Gras aus dem Boden und warf die Halme einzeln in den Abgrund. »Was denn für einen Streich?«

»Sie ist schon ziemlich von sich eingenommen, findest du nicht?«

Darauf sagte ich nichts.

»Na ja, Claire findet schon, und dann sind da ja auch noch diese Gerüchte, dass sie an ihrer alten Schule ein echtes Flittchen war und was sie dort alles getrieben hat. Hast du das nicht gehört?«

»Nein.« Ich wusste nur, was Sam mir bei Matts Party am Küchentisch erzählt hatte, aber auch das war sicher bloß Gerede und aufgebauscht noch dazu.

»Das waren echt eklige Sachen, Louise. Anscheinend hat sie erst mit diesem Typen Sex gehabt, und dann hat sie ihm einen gebrauchten Tampon mit der Post geschickt. Einen, der schon in ihr drin war – und genau darum ging es ihr wohl auch, als würde ihn so etwas anmachen. So ist Claire auch auf die Idee gekommen, dass wir ihr einen gebrauchten Tampon in die Tasche stecken könnten, einfach nur als Joke. Natürlich nicht mit echtem Blut – aber wir könnten in der Mittagspause hoch in den Kunstraum gehen und ihn in rote Farbe tunken. Ich dachte mir, vielleicht könntest du das ja machen – ich meine, ihr den dann in die Tasche stecken«, fuhr Sophie fort. »Du sitzt doch in einem Kurs, in Mathe, direkt hinter ihr, insofern wäre es für dich doch leichter als für alle anderen.«

»Ach, ich weiß nicht …« Ich rutschte ein Stück von der Steilkante weg und zog die Knie an die Brust. Mit einem Mal war ich mir der Unsicherheit dieser Sitzposition nur allzu bewusst. »Du sitzt doch neben mir, kannst du es nicht machen?«

»Da müsste ich mich doch über dich drüberbeugen. Sie sitzt direkt vor dir, das wäre viel unauffälliger.«

»Ja, schon klar, aber … Ich meine, wir wissen doch gar nicht, ob sie das wirklich gemacht hat, das mit dem Tampon, oder?« Ich drückte meine halb gerauchte Zigarette aus und bohrte sie in die Kreide neben mir.

»Matt Lewis' Cousin kennt jemanden, der auf ihre alte Schule geht. Ich schwöre dir, dass sie es gemacht hat.«

»Aber selbst wenn, das ist doch …« Eigentlich hätte ich sagen wollen, dass es trotz allem eine ziemlich schreckliche Aktion wäre. Ich hatte Maria seit der Party nicht mehr gesprochen, aber ich hatte gehofft, dass wir unsere aufkeimende Freundschaft einfach unauffällig im Sande verlaufen lassen könnten. Und jetzt bat Sophie mich, sie mitsamt Strunk herauszureißen.

Sie nahm einen tiefen Zug von ihrer Zigarette und blies eine Rauchwolke in die salzige Luft.

»Na ja, wenn du nicht willst, ist das natürlich deine Entscheidung. Ich mache mir nur Sorgen um dich – wenn du nicht mitmachst, fühlst du dich am Ende vielleicht außen vor. Die Leute könnten sich fragen, ob du überhaupt noch Teil der Clique bist, weißt du? Ich sage nicht, dass ich mich das fragen würde, aber womöglich eben die anderen.«

Ein paar Minuten lang saßen wir schweigend nebeneinander. Sophie zündete sich an der ersten Zigarette eine weitere an, ohne mir noch eine anzubieten.

»Gut, dann gehen wir wohl besser zurück in die Schule«, sagte sie nach einer Weile, stand auf und zupfte ihren Rock nach unten, der ein Stück hochgerutscht war. Sie war drauf und dran, mir zu entgleiten, das spürte ich, und ganz unwillkürlich stellte ich mir vor, wie sie Claire und womöglich auch Sam erzählte, wie ich gekniffen hatte. Ich lief ihr über den Pfad nach, und als wir von den Klippen weg wieder in den Wald eintauchten, hatte ich einen Beschluss gefasst.

»Okay, ich mach es.«

Sie packte meine Hand. »Yay! Ich wusste, dass du es machen würdest! Das wird urkomisch, Ehrenwort.«

Ich brach in atemloses, zittriges Gelächter aus, und bis wir Arm in Arm zurück zur Schule kamen, hatten wir den ganzen Weg gekichert wie verrückt.

Sowie der Gong zur Mittagspause ertönte, liefen wir zum Kunstraum. Ich hielt Wache, während Sophie in den Raum schlich und ein paar Minuten später feixend wieder herauskam.

»Das ging ja schnell. Wo ist er?«

»In meiner Tasche natürlich! In einer Plastiktüte. Ich werd ja wohl nicht rumlaufen und überall auf den Fluren Blutstropfen verteilen?«

»Wie, Blutstropfen? Ich dachte, es wäre Farbe?« Mir schoss ein grässlicher Gedanke durch den Kopf.

»Ja, mein ich doch – Farbe.«

»Und warum hast du keine Farbe an den Fingern?«

»Ich bin doch nicht komplett bescheuert, Louise. Wenn Maria petzt, dann ist das Erste, was sie machen, nach jemandem mit roten Fingern zu suchen. Ich hab gestern ein Paar Handschuhe von Mums Arbeit mitgehen lassen.« Sophies Mutter war Zahnarzthelferin.

»Gestern? Wann habt ihr euch den Spaß denn ausgedacht?« Das Blut in meinen Adern kühlte um ein paar Grad ab. Das alles fühlte sich viel zu durchgeplant an, eher wie ein Übergriff denn wie ein Streich.

»Herr im Himmel, Louise, spielt das denn wirklich eine Rolle?« Dann zog sie mich zu den nächsten Toiletten. In einer Kabine händigte sie mir ein durchsichtiges, kleines Plastiktütchen aus, wie man es sonst benutzte, um Sandwiches einzupacken. Ich sah lieber nicht genauer hin.

»Also, wenn wir nach der Mittagspause wieder in den Unterricht müssen, wird das wahrscheinlich deine beste Gelegenheit sein – direkt vor Mathe. Schüttel ihn einfach aus der Tüte in ihre Tasche. Die ist oben offen, oder? Kein Reißverschluss oder so? Oder du stehst auf und tust so, als müsstest du noch kurz was holen, wenn das einfacher für dich ist. Und dann lässt du ihn einfach im Vorbeigehen fallen. Wenn du es geschafft hast, wirf die Tüte auf dem Weg nach draußen einfach in den Papierkorb im Klassenzimmer. Dann kann niemand sie zu uns zurückverfolgen, wenn Maria petzt.«

Im Klassenzimmer setzte ich mich, von Kopf bis Fuß zitternd, an meinen Platz. Claire und Joanne plauderten gekünstelt auf der anderen Seite des Mittelgangs und waren schon ganz kribbelig und aufgeregt. Dann kam Maria mit Esther herein, und Claire und Joanne lachten, als die beiden den Gang entlangschlenderten. Maria vermied es, mich anzusehen, aber die nervösen Flecken, die sich auf ihrem Dekolleté abzeichneten, als sie ihre Tasche über die Stuhllehne hängte und sich direkt vor mich setzte, sagten alles. Ihr Haar war zu einem ordentlichen Pferdeschwanz gebunden.

Ich schob die Hand in meine Tasche und tastete über die glatte, ungriffige Oberfläche des Sandwichbeutels. Der Tampon lag wie ein weicher Klumpen zwischen Zeigefinger und Daumen. Würde ich es wirklich machen? Ich spürte, wie sich Sophie zu meiner Rechten beherrschen musste, um nicht loszulachen, und stellte mir vor, wie ich später in ihrer Anerkennung baden würde und wie warm mir da wäre. Auf dem Weg in die Stadt wäre ich diejenige, bei der sie sich unterhaken würde, und nicht Claire. Vielleicht würde sie mich sogar fragen, ob ich nicht mal wieder bei ihr übernachten wollte, damit wir darin schwelgen konnten, was wir getan hatten. Zwei Komplizinnen, liegend und kichernd unter unseren Bettdecken. Meine Faust schloss sich ein wenig fester um die Tüte und ihren widerlichen Inhalt.

Als ich die Tüte hervorzog, versuchte ich, nicht zu Maria hinüberzuschielen. Ich versuchte, mir stattdessen vorzustellen, was passieren würde, wenn ich es nicht täte. Wie wütend Sophie auf mich wäre. Ich malte mir aus, wie ich allein nach Hause ging. Wie ich darauf achtete wegzusehen, wenn sich Sophie demonstrativ bei Claire einhaken würde und die beiden gemeinsam in die Stadt schlenderten. Ich schloss für einen Moment die Augen, und als ich sie wieder aufmachte, war das Erste, was ich vor mir sah, Marias Nacken, blass und verletzlich, und der Verschluss der Kette mit dem Goldherzchen, der nicht ganz mittig auf ihrem Hals auflag.

Augenblicklich fühlte ich mich, als wäre ich in eine warme Badewanne gesunken. Erleichterung flutete über mich hinweg, als mir mit einem Mal klar wurde, dass ich es nicht würde tun können. Mit zitternden Fingern schob ich die Plastiktüte wieder zurück in meine Tasche. Trotz allem, was ich Maria bereits zugemutet hatte – trotz der Art und Weise, wie ich unsere Freundschaft einfach herzlos beiseitegewischt hatte –, konnte ich ihr das unmöglich antun. Es fühlte sich zu kalkuliert, zu widerwärtig an, zu boshaft. Und auch wenn ich einen Teil der Erleichterung sozusagen um Marias willen empfand und angesichts des Umstands, dass ihr diese Peinlichkeit hier erspart bliebe, war ich auch um meiner selbst willen erleichtert. Ich war erleichtert, dass ich kein Mensch war, der zu so etwas fähig war. Für einen schrecklichen Augenblick hatte ich das Gegenteil befürchtet.

Es waren nur noch wenige Minuten, bis die Mathestunde losging. Sophie presste unter dem Tisch ihr Bein an meins, und Claire und Joanne starrten jetzt offen zu mir herüber und versuchten, mich zur Tat zu drängen. Mir war klar, dass auch Sophie mich anstarrte, aber ich hielt den Blick stur auf unsere Klassenlehrerin gerichtet. Als würde sie eine fremde Sprache sprechen, rauschte ihr Palaver über das Hämmern des Blutes in meinem Kopf hinweg.

Der Druck gegen mein Bein ließ nach, und im selben Moment war klar, dass Sophie die Sache selbst in die Hand nehmen würde. Sie griff in meine Tasche, nahm den Beutel heraus, hielt ihn in der geballten Faust. Wenn Maria ihre Tasche nicht ausgerechnet auf Sophies Seite aufgehängt hätte, hätte Sophie es ganz sicher nie geschafft, ohne Aufmerksamkeit zu erregen. Aber so langte sie einfach nur über mich drüber, schüttete die Tüte aus und zog dann die Hand in einer weichen Bewegung wieder zurück. Um dem Ganzen die Krone aufzusetzen, ließ sie den Sandwichbeutel wieder in meine Tasche gleiten und bedachte mich dann mit einem vielsagenden Blick.

Ich weiß nicht genau, welche Reaktion Sophie von Maria erwartet hatte. Ich hörte, wie Maria zu Esther sagte, dass sie schnell nachsehen müsste, ob sie ihr Mathebuch dabeihätte, und ehe ich es mich versah, schoss meine Hand nach vorn und tippte ihr auf die Schulter.

»Maria, da ist etwas, was ich …«

Doch sie fiel mir auch schon ins Wort: »Lass mich in Frieden«, sagte sie mit leiser, kalter Stimme, ohne von ihrer Tasche aufzublicken.

»Nein, ich weiß, aber bitte …«

»Ich hab gesagt, lass mich in Frieden.« Diesmal sah sie zu mir auf, ihr Gesicht versteinert, so fest entschlossen war sie, mir gegenüber nicht die geringste Gefühlsregung an den Tag zu legen.

Geschlagen ließ ich mich auf meinen Stuhl zurückfallen, während sie ihre Tasche aufzog und hineingriff. Es fühlte sich an, als würde die Welt den Atem anhalten. Ihre Hand hielt inne, und ich spürte eher, als dass ich es sah, wie Sophie neben mir erwartungsvoll herumrutschte, aber wenn sie ein Kreischen oder hysterisches Getue erwartet hatte, dann wurde sie enttäuscht.

Maria starrte für ein paar Sekunden in ihre Tasche. Das Blut, das ihr in die Wangen geschossen war, während sie mit mir gesprochen hatte, wich ihr aus dem Gesicht. Sie sah bleich und angespannt aus. Dann zog sie Zentimeter um Zentimeter die Hand heraus und stand ganz langsam auf.

»Ich muss noch kurz auf die Toilette. Bis gleich«, verabschiedete sie sich von Esther. Ihre Stimme war leise, aber beeindruckend stabil.

Während sie das Klassenzimmer verließ, drehte sie sich

noch mal mit versteinerter Miene zu mir herum. Wenn sie den Tränen nahe war, dann konnte man es ihr nicht ansehen. Der Eindruck, den sie erweckte, war eher der von blanker Wut, die einen dazu verleitet, Dinge quer durch einen Raum zu schleudern. Ohne ein Wort zu sagen, signalisierte sie mir, dass sie jetzt wusste, womit sie es bei mir zu tun hatte; sie signalisierte mir, dass sie dafür sorgen würde, diesen Tag für alle Zeiten zu bereuen. Reglos saß ich an meinem Tisch und spürte, wie mir ein eiskalter Schauder über den Rücken rieselte.

KAPITEL 14

2016

Normalerweise wache ich auf, sobald Henry die Tür aufschiebt, aber am Morgen nach dem Abendessen mit Polly ist das Erste, was ich spüre, sein warmer Körper, der im Dämmerlicht zu mir unter die Decke schlüpft, und sein Haar, das mich im Gesicht kitzelt, als er sich an mich kuschelt. Ich werfe einen Blick auf den Wecker. Es ist schon neun, er hat viel länger geschlafen als sonst. Ich ziehe ihn ganz nah an mich heran, drücke meine Nase in seine Halskuhle und frage mich wie immer, wann er wohl diesen herrlichen Geruch verlieren wird. Mit fünfzehn wird er nicht mehr so riechen, aber was ist in fünf Jahren? Kann ich ihn dann immer noch auf diese Weise einatmen? Manchmal frage ich mich, was diese Zuneigung später im Leben für Folgen für ihn haben mag. Sämtliche Experten scheinen sich darin einig zu sein, dass du einem Kind nicht zu viel Liebe geben kannst, aber was, wenn doch? Was, wenn du es damit erdrückst oder es für alle Zeiten ruinierst, indem du seine Erwartungen, wie Leute sich ihm gegenüber verhalten sollen, in unrealistische Höhen schraubst? Niemand wird ihn jemals so sehr lieben wie ich.

Er seufzt glücklich. »Was für ein Tag ist heute?«

Ganz gleich, wie oft wir die Wochentage miteinander

durchgehen – er kann es sich einfach nicht merken, und jeder Tag ist eine neue, wunderbare Überraschung für ihn.

»Samstag.«

»Ist heute ein Daddy-Samstag?«

»Ja.«

»Ah, gut.«

Eine Sache, für die ich Sam tatsächlich dankbar bin, ist sein Timing. Henry war gerade mal zwei, als Sam mich verlassen hat, und hat keinerlei Erinnerung daran, dass Sam und ich je zusammengelebt haben. Er war kürzlich zum Spielen bei einem neuen Schulkameraden eingeladen – das erste Mal, dass er eine Einladung hatte, die mich nicht mit einschloss. Als ich ihn später zu Bett brachte und seine Kuscheltiere der richtigen Reihenfolge nach sortierte, erzählte er mir voller Erstaunen, dass sowohl Joshs Mum als auch sein Dad da gewesen seien und dass sie alle unter einem Dach wohnten. Ich habe Henry weisgemacht, dass er sich glücklich schätzen könne, zwei Zuhause zu haben und ein paar zusätzliche Leute, die ihn lieb haben. In meinen Ohren klang es grässlich hohl.

Vom Wein, den ich mit Polly getrunken habe, ist mein Mund trocken, und ich habe Kopfschmerzen. Ich lasse Henry in meinem Bett fernsehen und stolpere in die Küche, um ihm seinen Marmeladentoast zu machen. Mein Laptop steht immer noch aufgeklappt auf dem Küchentisch und erinnert mich unmittelbar an meine Vergangenheit, die mich immer noch im Griff hat. Am liebsten würde ich jetzt Polly anrufen und ihr alles erzählen. Das Bedürfnis, diese Last loszuwerden, fühlt sich wie ein Felsbrocken in meinem Magen an. Von Neuem muss ich mich daran erinnern, dass das unmöglich ist. Ich kann es nicht riskieren, Polly vor den Kopf zu stoßen. Sie würde es nie begreifen, erst recht nicht im Licht dessen, was Phoebe gerade durchmacht.

Ich wünsche mir mehr als alles andere, mein Leben könnte wieder so sein, wie es war, bevor die Freundschaftsanfrage kam. Als in meinem Kopf immer noch alles an seinem angestammten Platz war. Ich habe ewig gebraucht, bis ich es so sortiert hatte. Ich bin wirklich noch nicht lange wieder in der Spur, hab alles in die richtigen Kisten gepackt und endlich ein paar neue Zwischenräume aufgetan – doch auf einmal spukt Maria genau dort herum, wühlt alles auf, nimmt Dinge heraus und hält sie ins kalte, klare Tageslicht.

Während die Milch im Milchaufschäumer vor sich hin schäumt und die Kaffeemaschine blinkt und ankündigt, dass mein Kaffee gleich fertig ist, klingelt plötzlich mein Handy in der Tasche, die immer noch an der Lehne eines Küchenstuhls hängt. Ich wühle mich durch gebrauchte Taschentücher, Zugfahrscheine sowie eingetrocknete Kugelschreiber und bekomme es gerade rechtzeitig in die Finger, bevor die Voicemail rangeht. Es ist eine unbekannte Handynummer.

»Hallo?«

»Louise? Hier ist Esther. Esther Harcourt.«

Ich erstarre, spüre mein Herz direkt unter dem Rippenbogen pochen. Der Toast springt aus dem Toaster, aber ich ignoriere ihn. Ruft sie zufällig heute an, nachdem ich gerade gestern wieder eine Nachricht von Maria gekriegt habe? Ich habe die ganze Zeit an Esther denken müssen, an die Angst, die ich in ihrem Gesicht gesehen habe, nachdem ich ihr von der Facebook-Nachricht erzählt hatte. Sie wirkte aufrichtig schockiert, aber das mag auch daran gelegen haben, dass sie nicht mit mir auf der Türschwelle zu ihrem Büro gerechnet hatte. Mit ihrer Stimme im Ohr wird mir schlagartig klar, wie sehr ich sie hatte wiedersehen wollen, aber ich bin es mittlerweile so gewöhnt, mich selbst zu betrügen, dass ich nicht einmal sagen könnte, warum. Weil ich glaube, sie könnte diejenige sein, die diese Nachrichten verschickt? Oder weil ich jemanden in meiner Nähe brauche, der alles versteht, auch wenn sie nicht die ganze Geschichte kennt?

»Ich hab nachgedacht«, sagt sie. »Es gibt da etwas, was ich dir verschwiegen habe, allerdings weiß ich nicht, ob es relevant sein könnte.«

»Was? Was denn?«

»Ich treffe mich heute in London mit einem Freund. Wir sind am Nachmittag verabredet und wollen dann noch abendessen, aber bis spätestens acht sollten wir fertig sein. Würdest du … Könnten wir uns anschließend vielleicht treffen? Dann unterhalten wir uns in Ruhe darüber.«

Ich bin heilfroh, dass ich jetzt eine echte Ausrede habe, um mein Date heute Abend frühzeitig abbrechen zu können. Wir verabreden uns um 20.30 Uhr in einem Pub bei den Seven Dials. Ich fühle mich immer wohler in einem ganz normalen Pub als beispielsweise in einer schicken Weinbar, und ich habe das Gefühl, es geht Esther genauso – trotz ihrer teuren Kostüme und ihrer generellen Ausstrahlung, die permanente Höchstleistung verkörpert.

Ich stecke noch ein paar Scheiben Toast für Henry in den Toaster und schmiere mir Butter auf eine kalte Scheibe. Das Messer liegt schlecht in der Hand. Ich bleibe an der Arbeitsfläche stehen und beiße ein paarmal ab, während ich durch die Terrassentüren hinausstarre. Eine Taube stakst durch den Garten und pickt ein paar unsichtbare Krümel von der Terrasse. Ich frage mich, was sie da wohl gefunden hat.

Dann rufe ich Henry in die Küche, damit er seinen Toast

essen kann. Mit Manky im Arm kommt er hereingeschlendert. Eine Haarsträhne steht ihm senkrecht vom Kopf ab wie ein Horn, und er trägt seinen Schlafanzug auf links gedreht und falsch herum. Mein Herz schwillt vor Liebe in meiner Brust an.

»Danke für den Toast, Mummy«, sagt er bedeutungsschwer, setzt sich und legt Manky vorsichtig auf dem Stuhl neben sich ab. Kürzlich haben sie in der Vorschule über gutes Benehmen gesprochen, und wie eigentlich alles hat er auch dieses Thema sehr ernst genommen.

»Gern geschehen, Henry«, erwidere ich ebenso ernst. Ich frage mich kurz – das mache ich immer wieder –, wie anders es hier aussehen würde, wenn ich eine Horde unbändiger Kinder hätte, die Cornflakesschachteln aus dem Schrank ziehen, Gläser umwerfen, ständig zanken und mir Widerworte gäben. Ursprünglich hätte Henry noch ein Geschwisterchen kriegen sollen (nachdem wir beide Einzelkinder waren, hatten wir Henry dieses Schicksal ersparen wollen), doch dann kostete es so viel Zeit und Geld und Mühe, Henry zu bekommen, dass die Vorstellung, die gleiche Reise noch ein zweites Mal zu unternehmen, uns beide davon wieder abgebracht hat. Für uns fühlte es sich an, als hätten wir soeben einen Marathon beendet und müssten den nächsten direkt dranhängen. Mit meiner Unfähigkeit, aus eigener Kraft ein Baby zu empfangen, fühlte ich mich wie ein Totalversager. Es soll das Einzige sein, das eine Frau ganz mühelos bewerkstelligen kann, aber ich war dazu nicht imstande. Wenn man das erste Mal von Sex und Schwangerschaft hört, sagen sie dir alle, wie schnell man schwanger werden kann. Keiner spricht je darüber, wie es ist, wenn es mal nicht so einfach geht. Sam hat mir nie die Schuld gegeben, aber insgeheim wusste ich, dass er es mir anlastete. Wie auch nicht – nachdem Monat um Monat immer noch keine blaue Linie, kein fettes blaues Kreuz auftauchte.

Inzwischen liebe ich unsere enge, kleine Einheit, nur wir zwei gegen den Rest der Welt. Wo immer wir hingehen, hält Henry meine Hand ganz fest, als wolle er verhindern, dass ich ihm entgleite. Wenn wir im Park sind oder auf dem Spielplatz, spielt er zwar mit seinen Freunden, aber zwischendurch kommt er immer wieder zu mir – nur um mir zu sagen, dass er mich lieb hat.

Ich war mir vor seiner Geburt nicht sicher, welche Art Mutter ich wohl werden würde. Allerdings veränderte sich das schon damals, als wir erfuhren, dass ich Schwierigkeiten haben würde, überhaupt schwanger zu werden. Früher hatte ich niemals das dringende Bedürfnis verspürt, Kinder zu kriegen; die biologische Uhr, von der man immer liest, habe ich nie ticken hören. Als er dann aber auf der Welt war, war ich selbst erstaunt über meine Geduld und meinen Instinkt: Ich wusste immer ganz genau, was er gerade brauchte und wie ich ihn beruhigen konnte, obwohl ich komplett unerfahren war. Meine Befürchtungen, ich würde ihn womöglich nicht ausreichend lieben können, waren völlig unbegründet. Die Liebe zu ihm war mit einem Mal einfach allgegenwärtig.

Vielleicht bin ich tatsächlich ein bisschen zu weit gegangen, indem ich die Bedürfnisse von Sam und mir Henrys komplett untergeordnet habe. Nach seiner Geburt wollte Sam mich mehr denn je, allerdings hatte ich nicht mehr allzu viel für ihn übrig. Keine Ahnung, warum er nicht einsehen wollte, dass wir nunmehr erwachsen waren, dass wir uns um uns selbst kümmern konnten. Es spielte keine Rolle mehr, ob wir glücklich waren oder nicht – es war nur noch wichtig, dass es Henry gutging, und das ist bis heute alles, was wesentlich für mich ist.

»Willst du dich dann langsam mal anziehen?«, frage ich und streiche ihm über das abstehende Haar. »Dann können wir noch kurz Eisenbahn spielen, bevor ich dich zu Daddy bringe.«

Er strahlt übers ganze Gesicht. »Haben wir noch Zeit für eine richtig große Eisenbahn?«

»Eine riesige!« Ich grinse. Er fällt mir um den Hals, und mir ist es schnuppe, dass er seine klebrigen Finger in meine Haare schiebt. Ich halte ihn einfach nur fest, und der Gedanke, ihn nachher bei Sam lassen zu müssen, lastet schwer auf mir. Er zieht mich runter wie Felsbrocken in meinen Taschen.

Während er sich umzieht, greife ich schweren Herzens zum Telefon und scrolle durch meine Kontakte, bis ich Phoebes Nummer finde.

»Hallo, Louise.« Sie klingt freudig überrascht, als ich anrufe. Ich glaube, wir haben bisher nie telefoniert, auch wenn wir uns manchmal Nachrichten schicken.

»Hi, Phoebs, wie läuft's?«

»Ganz gut.« Sie klingt misstrauisch.

»Hat deine Mum erzählt, dass ich dich anrufen würde?«

»Nein, hab sie heut früh noch nicht gesehen. Ich lieg immer noch im Bett.«

»Oh, okay, na dann.« Ich wappne mich schon dafür, Phoebe anzulügen, die ich schon als Baby im Arm gehalten hab. »Auf alle Fälle hat sie mir erzählt, dass du mit einem Mädchen an der Schule Probleme hättest …«

»Oh mein Gott, weshalb plaudert sie denn so was aus?« Phoebe befindet sich mitten in der Übergangsphase zum Teenager, aber den »Teen«-Teil hat sie sich offenkundig jetzt schon zu Herzen genommen.

»Sie macht sich Sorgen«, erwidere ich. »Wir haben uns

ein bisschen unterhalten, und da habe ich erwähnt, dass ich selbst … mal was ganz Ähnliches erlebt habe. Da hat sie mich gefragt, ob ich vielleicht mal mit dir reden könnte.« Es war tatsächlich ganz ähnlich, nur eben nicht in der Art, wie ich sie glauben machen will.

»Aha.« Phoebe klingt alles andere als überzeugt. »Ich kann nicht glauben, dass sie hinter meinem Rücken über mich tratscht!«

»Sie will dir doch bloß helfen. Und ich auch.« Ich will ihr wirklich helfen. Glaubt ein Teil von mir vielleicht, dass ich so – in einer Art großem kosmischem Tauschhandel – wiedergutmachen kann, was ich Maria angetan habe?

»Was ist dir denn damals passiert?«, fragt Phoebe, weil sie ihre Neugier nun doch nicht zügeln kann.

»Ach, darüber will ich eigentlich gar nicht mehr reden.« Ich versuche, unbeschwert zu klingen. »Aber was du dir immer ins Gedächtnis rufen musst: Meistens entspringt Mobbing der reinen Unsicherheit. Selbst wenn dieses Mädchen … Wie heißt sie eigentlich?«

»Amelia.«

»Diese Amelia – wahrscheinlich wirkt sie nach außen unantastbar und selbstbewusst bis obenhin. Aber in Wahrheit ist sie wahnsinnig unsicher, und genau deshalb hat sie das Gefühl, sie müsste dich gegen die anderen ausspielen.« Wenn ich das nur schon so hätte sehen können, als ich selbst noch zur Schule ging! Wenn ich nur hätte sehen können, dass die Ursache für Sophies Grausamkeit ihre Unsicherheit war, hätte ich leichter verhindern können, in die ganze Sache mit hineingezogen zu werden. Wenn ich selbstsicherer gewesen wäre, hätte ich mich selbst vielleicht auch nicht so leicht zu diesen Gemeinheiten hinreißen lassen. Ich wäre nicht annähernd so verzweifelt darauf bedacht gewesen, von allem und jedem Abstand zu halten, dem auch nur der dezente Stallgeruch anhaftete, unbeliebt zu sein.

»Sie ist nicht unsicher.« Phoebe hat da eine dezidierte Meinung. »Ernsthaft, Louise, ist sie nicht.«

»Na ja, okay. Die Sache ist doch die: Die anderen Mädchen fühlen sich wahrscheinlich genau wie du – sie haben Angst, dass Amelia sich gegen sie wendet, und davor, plötzlich selber außen vor zu sein. Aber wenn du es schaffst, dich mit ein paar anderen zusammenzutun, hast du – als Gruppe – viel mehr Macht. Wenn sie dich nicht isolieren kann, dann kann sie auch keine Macht über dich ausüben. Ist da vielleicht irgendjemand, irgendeine deiner anderen Freundinnen, an die du dich dranhängen und mit der du eigene Sachen unternehmen könntest? Irgendwer, von dem du glaubst, dass sie nicht ganz so ehrfürchtig vor Amelia kuscht?« Ich muss an Claire und Joanne denken, die in meiner Erinnerung immer noch Lipgloss tragen und vor Selbstvertrauen schier übersprudeln. Waren die auch irgendwie unsicher? War es damals wirklich so, wie ich es wahrgenommen habe?

»Tja«, sagt sie langsam. »Vielleicht Esme. Und Charlotte.«

»Super, siehst du? Warum lädst du die zwei nicht mal zu euch ein oder verabredest dich mit ihnen – ohne dass Amelia dabei ist? Sobald sie sieht, dass du dich nicht in eine Ecke verkriechst und tust, was sie dir sagt … na ja, vielleicht könnt ihr am Ende ja doch alle Freunde sein.« Ich frage mich, ob Maria sich je irgendjemandem anvertraut hat. Wie anders hätte alles laufen können, wenn sie irgendeinen besorgten Erwachsenen in ihrem Leben gehabt hätte, der ihr mit Rat und Trost zur Seite gestanden hätte.

»Ich weiß nicht«, sagt sie. »Ich glaub einfach, sie ist kein normaler Mensch. Sie ist eine … eine Kuh.« Sie muss kichern, und ich höre für einen Moment die alte Phoebe heraus, die ich früher auf der Schaukel angeschubst habe und die johlte und quietschte vor Vergnügen. »Aber ich schau mal, ob das mit Esme und Charlotte klappt.« Sie macht eine kurze Pause, und dann sagt sie beinahe schüchtern: »Danke.«

»Keine Ursache«, sage ich. »Aber da ist noch eine andere Sache, die du dir immer klarmachen solltest: Die Schule und deine Freunde dort sind bloß ein kleiner Teil deines Lebens. Ich weiß, so fühlt es sich gerade nicht an, es fühlt sich an, als wäre es alles. Aber irgendwann machst du deinen Abschluss, du wirst woanders ganz großartige Dinge erreichen, und diese Amelie, na ja, womöglich nicht.« Ich denke an Esther mit ihrer steilen Karriere und ihrem makellos gepflegten Haar; und an den Ausdruck, der für den Bruchteil einer Sekunde in ihrem Gesicht aufblitzte, als ich das Klassentreffen erwähnt hab, zu dem niemand sie eingeladen hat. Diese Verletzungen aus der Teenagerzeit – bleiben sie als Narben wirklich für immer zurück?

Ich verabschiede mich von Phoebe und lege vorsichtig mein Handy zurück auf den Tisch. Was ich ihr gesagt hab, war ein guter Rat, rufe ich mir in Erinnerung. Warum fühle ich mich dann trotzdem so schuldig? Ich weiß, warum. Weil ich sie glauben gemacht hab, dass auch ich ein Opfer gewesen bin, nicht die Täterin. Ich habe zugelassen, dass sie sich vorstellte, ich wäre wie Esther, die immer noch Narben der Erniedrigung durch die anderen trägt; dabei war es genau umgekehrt.

Wegen meines Telefonats mit Phoebe, und weil Henry unser Eisenbahnspiel nicht abbrechen wollte, brechen wir spät auf. Der Verkehr ist eine Katastrophe, sodass es schon weit nach 11.30 Uhr ist, ehe wir bei Sam ankommen. Ich springe aus dem Auto, um Henry rauszulassen, gurte ihn ab und streife ihm den Thomas-die-kleine-Lokomotive-Rucksack über den schmalen Rücken.

Ich hebe ihn hoch, damit er an die Klingel kommt, und wie immer öffnet Sam die Tür. Sein Haar steht zu Berge, und er hat Jeans und ein altes T-Shirt an, das er schon seit Jahren besitzt. Auf die ausgeblichene Baumwolle habe ich tausendmal den Kopf gelegt. Man sollte meinen, nach zwei Jahren wäre ich langsam darüber hinweg, aber es macht mich immer noch fertig, ihm in dieser fremden Umgebung ins Gesicht zu sehen, das so vertraut ist, das so sehr Teil von mir war. Ich kann immer noch nicht fassen, was mit uns passiert ist, dass ich ihm jetzt unser Kind aushändige und an einer Tür, die seine und nicht meine ist, Höflichkeiten mit ihm austausche.

»Darf ich gleich rein?«, fragt Henry.

»Na klar.« Ich gehe in die Hocke, um ihn zu knuddeln, aber schon ist er weg, schlüpft wie ein Aal aus meinen ausgestreckten Armen. Ich finde es immer noch furchtbar, ihn bei Sam zu lassen; wenn ich dann von ihm getrennt bin, habe ich die ganze Zeit einen nervösen Knoten im Magen, und die Zeit vergeht nur quälend langsam, bis ich ihn wieder abholen kann.

Ich glaube ehrlich, dass es Henry gutgeht mit zwei Elternteilen, die nicht mehr zusammen sind, aber ich glaube nicht, dass ich mich je daran gewöhnen kann, dass er sich von mir abwendet und eine Welt betritt, von der ich überhaupt nichts weiß. Mir ist natürlich klar, dass er irgendwann als Teenie sowieso die Tür zu einer Welt durchschreitet, die mir völlig fremd sein wird und die ich nicht mehr im Griff habe. Aber es fühlt sich schrecklich falsch an, dass es schon jetzt passieren muss – im Alter von vier Jahren. In seinem Leben spielen Leute eine intime Rolle, von denen ich praktisch nichts weiß. Eine Stiefmutter, die nicht zur Tür kommt. Eine kleine Schwester, die ich nie gesehen hab. Wenn er nicht bei mir ist, wie kann ich da wissen, dass er in Sicherheit ist?

»Du bist spät dran«, sagt Sam.

»Ich weiß, tut mir leid, wir haben Eisenbahn gespielt, und dann war auf der Straße einiges los …«

»Schon in Ordnung, Louise. Kein Thema.« Er sieht mich nachdenklich an. »Aber … stimmt irgendetwas nicht? Sollte ich irgendetwas wissen?« Mit den Händen in den Hosentaschen lehnt er sich gegen den Türrahmen.

»Was meinst du?« Hat er auch eine Facebook-Anfrage bekommen?

Er ist für einen Moment still, als würde er etwas abwägen.

»Nichts. Du wirkst in letzter Zeit nur … irgendwie abwesend. Und du hast dich jetzt schon ein paarmal verspätet, wenn du Henry gebracht hast. Ich hab mich nur gefragt … ob alles in Ordnung ist.«

»Ja, alles bestens.« Ich kämpfe dagegen an, in dieses Haus zu rennen, mir Henry zu schnappen und ihn irgendwohin zu bringen, wo nur wir beide sind, und das für immer. Irgendwohin, wo ich nie wieder zusehen muss, wie er – weg von mir – ins Ungewisse läuft.

»Bist du dir sicher, Louise? Du siehst ein bisschen aus, als …« Er spricht den Satz nicht zu Ende.

»Es geht mir gut. Nicht dass es dich etwas angehen würde, okay? Wie ich aussehe.« Ich weiß, dass ich gerade überreagiere, aber ich kann mich einfach nicht beherrschen.

Er nimmt die Hände hoch. »Schon gut, schon gut. Ich hab doch nur gefragt. Du bist mir immer noch wichtig, okay? Auch wenn ich weiß, dass es nicht so gelaufen ist, wie wir es uns vorgestellt haben.« Ich ziehe die Augenbrauen hoch – das war ja wohl die Untertreibung des Jahres. Er geht darüber hinweg und spricht weiter: »Trotzdem wirst du für mich immer wichtig bleiben, ob du es willst oder nicht.«

Ich habe Pollys Stimme im Ohr: *Wichtig? Komische Art, das unter Beweis zu stellen.* Wie lange hätte ich eigentlich noch so getan, als wäre alles in Ordnung, wenn ich nicht Catherines SMS auf seinem Handy gefunden und ihn unter Zugzwang gesetzt hätte?

Ich drehe mich um, doch Sam hält mich zurück.

»Warte, Louise.«

Ich sehe ihn verwirrt an. »Was?«

»Hast du von diesem Klassentreffen gehört?«

»Oh. Ja.« Warum fragt er mich plötzlich danach?

»Gehst du hin?«, will er wissen, und ich meine, einen gefährlichen Hinweis auf einen Hoffnungsschimmer in seiner Stimme zu hören.

»Weiß nicht. Du?« Sein Name steht auf dieser Facebook-Seite. Ich weiß, dass er hingeht.

»Ja, warum auch nicht? Wird bestimmt lustig.« Er versucht, ungezwungen zu klingen, aber ich lasse mich nicht täuschen. Ich sehe ihn vor mir, wie er als Siebzehnjähriger war, so cool, so beliebt. Spekuliert er auf einen Abend, an dem er wieder dieser Junge sein darf, dem die Welt zu Füßen liegt?

»Kann sein«, erwidere ich und mache mich wieder auf den Weg. »Dann bis morgen um fünf.«

»Okay, bis dann.« Behutsam schiebt er die Tür hinter sich zu, und ich steige in mein Auto ein und bekomme nur mit Mühe meine Atmung unter Kontrolle. Wie kann er immer noch diesen Effekt auf mich haben? Wann ist es endlich so weit, dass er mich nicht mehr verletzen kann, dass seine Worte an mir abperlen, ohne dass sie mich berühren?

Als ich endlich losfahre, frage ich mich, ob ich Henry je wieder bei ihm lassen kann, ohne dass ich diese grässlich nagende Angst empfinde.

KAPITEL 15

2016

Der Rest des Tages verläuft schleppend. Das ist noch etwas, woran ich mich immer noch nicht gewöhnt habe: ein nicht verplantes Wochenende. Als Sam und ich noch ein Paar waren, habe ich die seltenen Gelegenheiten, wenn ich einmal für mich war, immer ausgekostet. Trotz meiner allumfassenden Liebe zu Henry fühlten sich solche Gelegenheiten damals an, als wären sie die einzigen Momente, in denen ich ganz ich selbst sein konnte, in denen ich den Eindringling – die *Mutter* – loswurde, der im selben Moment wie Henry in mein Leben getreten war. Jetzt, wann immer Henry bei Sam ist, bin ich vollkommen hilflos. Ich weiß theoretisch, dass ich Galerien und Museen besuchen oder ins Kino gehen könnte; ich weiß allerdings auch, dass ich genau dort irgendeiner Bilderbuchfamilie begegnen würde, die sich einen Disney-Film anschaut oder den interaktiven Museumsworkshop besuchen will. Angesichts der fehlenden kleinen Hand in meiner würde ich körperliche Schmerzen erleiden.

Klar könnte ich mich auch mit Freunden treffen, aber Polly ist an den Wochenenden oft ziemlich beschäftigt, weil sie die Mädels zu ihren unterschiedlichen Aktivitäten chauffieren muss. Und selbst wenn nicht, will ich sie nicht in ihrer Familienzeit stören – als dräuendes Gespenst, das sie und Aaron daran gemahnt, was ihnen blüht, wenn sie nicht pfleglich miteinander umgehen. Ich habe auch noch andere Freunde, aber es ist schon erschreckend, wie leicht es ist, sich aus den Augen zu verlieren. Wenn man nur genügend Einladungen ausschlägt, hören selbst die eifrigsten nach einer Weile auf zu fragen. Mich ihnen wieder ins Gedächtnis zu rufen wäre eine Herkulesaufgabe, und dafür habe ich derzeit nicht die Energie. Stattdessen stehe ich am Spielfeldrand von Facebook und setze Likes unter Fotos von Grillabenden, Geburtstagspartys, Ausflügen – wohl wissend, dass ich selbst daran schuld bin, nicht ebenfalls auf diesen Fotos aufzutauchen.

Manchmal nutze ich auch die Gelegenheit und hole ein bisschen Arbeit nach. Rosemary hat mir mehrere Mails geschickt, weil es bei ihren Projekten diverse Schwierigkeiten gibt, und ich weiß, dass sie sich wundert, warum ich noch nicht geantwortet habe. Aber auf all das kann ich mich heute nicht konzentrieren. Sobald die Zeiger endlich auf eine Stunde zugekrochen sind, die akzeptabel ist und nicht absurd früh, um rauszugehen, verlasse ich die Wohnung. Ich hätte theoretisch noch Stunden damit zubringen können, Klamotten rauszusuchen, ein schmeichelhaftes Make-up aufzulegen, meine Haare zu stylen … Aber die Tatsache, dass ich mich einfach nur halbherzig geföhnt, ein bisschen Mascara und Lippenstift aufgelegt und Jeans und eines meiner Ausgeh-Tops übergeworfen habe, verheißt für mein Date nichts Gutes.

Ich steige am Piccadilly aus dem Bus und laufe quer durch Soho. Für ein Mädchen, das wie ich in der Pampa aufgewachsen ist, hat das Leben in London noch immer etwas Spannendes: nicht nur die hellen Lichter, sondern selbst die düsteren Ecken. Als ich frisch hergezogen war, hätte ich platzen können vor Aufregung, dass ich einen echten Job in einer echten Design-Agentur erhascht hatte – auch wenn ich dort am Ende bloß Kaffee gekocht und am Kopierer gestanden habe. Wenn ich abends mal keine Verabredung hatte, bin ich einfach nur durch Soho gestreift und habe den schweren Knoblauch- und Weindunst und den Gestank von Pommesfett und Zigaretten, Müll und Gosse eingeatmet. Ich fühlte mich lebendig, anonym und doch als Teil eines wichtigen Ganzen, als Teil dieser berauschenden Mischung aus Landeiern, die gekommen waren, um *Les Misérables* zu sehen, aus Junggesellinnenabschieden und After-Work-Grüppchen – alles inmitten der Überreste des alten Soho: Bonvivants, Nutten, Kriminelle.

Soho hat sich verändert, auch noch in den letzten zwanzig Jahren. Es gibt mehr Restaurantketten, mehr Touristen, weniger offensichtlichen Abschaum. Was mich zu der Frage bringt, ob ich mich auch verändert habe. Wahrscheinlich weniger als Soho. So aufgeschlossen gegenüber Neuem bin ich nicht, und ich bin ohnehin schon ständig auf der Hut. Ich habe diesen stabilen Charakter entworfen, diese zufriedene Persönlichkeit, eine echte Null-acht-fünfzehn-Tussi. Sam war der Einzige, der mein wahres Ich kannte.

Ich bin eine Viertelstunde zu früh in der Bar, von Greg noch keine Spur. Ich habe mir sein Foto genau angesehen, damit ich ihn auch garantiert erkenne. Mit einem Glas Wein setze ich mich auf einen Hocker ans Fenster, von wo aus ich jeden, der reinkommt, im Blick habe. Obwohl ich generell nicht gerade begeistert von Dating bin, habe ich allmählich Schmetterlinge im Bauch. Immerhin ist dies mein erstes Date – seit siebzehn Jahren! Jedes Mal, wenn ein dunkelhaariger Mann die Bar betritt, kribbelt es nervös in meinem Magen, beruhigt sich dann aber wieder, sobald sich herausstellt, dass er es nicht gewesen ist. Um 19.15 Uhr ist das nervöse Kribbeln einer tosenden Wut gewichen. Ich habe Greg meine Telefonnummer nicht gegeben, weil ich mich damit nicht wohlgefühlt hätte, nicht vor der ersten Begegnung. Er hätte doch zumindest eine E-Mail schreiben können, dass er sich verspätet. Ich checke die Inbox, aber da ist nichts. Um 19.25 Uhr habe ich die Faxen dicke. Eine Gruppe jüngerer Frauen hat sich an einen Nachbartisch gesetzt, und ich bin mir zu hundert Prozent sicher, sie haben geschnallt, dass ich versetzt wurde, und lachen sich jetzt über mich schlapp. Ich nehme an, damit hätte ich rechnen müssen, und habe nichts anderes verdient. Ich habe mich von der Fantasie einlullen lassen, dass ich eine normale Beziehung haben könnte. Ich hätte wissen müssen, dass die Vergangenheit mich nicht so leicht loslässt.

Vor Erniedrigung rot im Gesicht, kippe ich den letzten Rest Wein in mich hinein und stehe auf. Als ich die Bar verlasse, piepst mein Telefon. Ich nehme es aus der Tasche und erwarte eine Nachricht von der E-Mail-Adresse, die Polly für mich eingerichtet hat und die ich mit meinem Smartphone synchronisiert habe. Aber es ist eine Facebook-Nachricht. Eine Nachricht von Maria: **Gehst du schon, Louise?**

Ich bleibe stocksteif auf dem Gehweg stehen. Fast geben meine Beine unter mir nach. Der Geräuschpegel ist enorm, trotzdem höre ich bloß meinen panischen Atem und das Hämmern meines Herzens. Irgendwer lauert mir auf. Ich sehe mich um, aber die Straße ist zu voll, überall normale Menschen, die ihre Freunde oder Partner treffen. Gegenüber befindet sich ein Restaurant mit Außenbestuhlung, wo die Gäste dank Heizpilzen draußen zu Abend essen. Ich versuche, in ihre Gesichter zu sehen, aber es sind einfach zu viele, Tisch um Tisch um Tisch, außerdem weiß ich ohnehin nicht, wonach ich Ausschau halten soll. Mein Telefon piepst schon wieder.

Du hast es nicht verdient, glücklich zu sein. Nicht nach dem, was du getan hast.

Ich setze die Kapuze meines Mantels auf und eile die Straße hinunter, den Blick starr auf den Asphalt gerichtet, fast im Laufschritt. Sie hat recht. Ich verdiene es nicht, glücklich zu sein. Natürlich hat es keinen Greg gegeben. Ein netter, normaler Mann würde sich ja doch nicht für mich interessieren. Und selbst wenn, würde ich nicht wissen, wie ich mich ihm gegenüber zu verhalten hätte, wie ich mit ihm sein müsste.

Aber wie hat sie das gemacht? Es fühlt sich an, als wäre Maria in meinen Kopf gekrochen, hätte die Finger ausgestreckt, sich durch meine Gedanken gewühlt und die schlimmsten Eigenschaften, die ich mir zuschreibe, gegriffen und mir entgegengeschleudert. Dann erinnere ich mich plötzlich wieder an Pollys unbeschwertes Facebook-Update: *Auf matchmymate.com mal eben in die Rolle von Louise Williams geschlüpft.* Natürlich! Das Foto eines gut aussehenden Mannes kann jeder aus dem Netz downloaden. Jeder kann eine E-Mail schreiben. Maria hatte einfach nur Glück, dass all die anderen Zuschriften indiskutabel waren.

Ich laufe weiter, halte mich an die belebteren Straßen und sehe mich andauernd nach einer potenziellen Bedrohung um. Ich bin mir sicher, dass auf der anderen Straßenseite jemand minutenlang mein Tempo läuft, bis dieser Jemand in eine Nebenstraße abbiegt, ohne auch nur einen Blick herüberzuwerfen. Ich reiße mich zusammen, wechsele immer wieder die Straßenseite. Als ich gerade erneut die Straße überqueren will, vergesse ich mich umzusehen, und ein Taxi kommt mit quietschenden Reifen nur Zentimeter vor mir zum Stehen. Der Fahrer gestikuliert wütend in meine Richtung. *Blöde Kuh!* Um die ruhigeren Seitenstraßen mit ihren dunklen Ecken und schattigen, urinverseuchten Hauseingängen mache ich einen Bogen, aber selbst die gut ausgeleuchteten Gebiete und die Menschenmassen wirken mittlerweile bedrohlich, weil ich nicht weiß, aus welcher Richtung die Gefahr droht. Ich habe keine Ahnung, vor wem ich Angst habe, vor wem ich gerade davonlaufe.

Um 20.00 Uhr kommt eine SMS von Polly: **Wie läuft's? Brauchst du einen Notfall-Anruf?**

Ich schreibe zurück: **Ist nicht aufgetaucht, bin auf dem Heimweg.** Ich kann ihr ja schlecht erklären, dass ich noch Esther treffen muss, denn da müsste ich ihr auch den ganzen Rest erzählen, und dazu bin ich noch nicht in der Lage. **Ach, Scheiße!**, schreibt sie. **Ruf mich von zu Hause an, okay?** Kann ich nicht, weil ich nicht nach Hause gehe. **Werd mir die Decke über den Kopf ziehen und mich verkriechen. Ruf dich morgen an.**

Es entsteht eine kleine Pause, entweder tippt sie gerade eine Mammutantwort oder fragt sich, ob sie mir anbieten soll vorbeizukommen und mir ihre Schulter um Ausheulen zu leihen. Sie entscheidet sich anscheinend anders, denn die Antwort lautet bloß: **Okay. Ruf an, wenn du reden willst. Drück dich!**

Bis zu meiner Verabredung mit Esther ist es noch eine halbe Stunde. Eigentlich will ich ihr einfach nur schreiben und das Treffen absagen, damit ich mich in meine Wohnung zurückziehen kann, wo ich mich sicher fühle. Aber als sie erwähnt hat, dass es da etwas gebe, was sie mir nicht erzählt habe, hat irgendetwas mitgeklungen, was mich jetzt davon abhält. Also laufe ich weiter, Straße um Straße, mit klopfendem Herzen, bis ich endlich in unserem verabredeten Pub sitze.

Esther ist noch nicht da, daher bestelle ich ein großes Glas Wein und ergattere in einer Ecke der Kneipe einen freien Platz, wo ich die schützende Wand im Rücken spüre und den perfekten Überblick über den gesamten Pub habe. Durch den Lärmpegel kann man gerade noch so *Fall At Your Feet* von Crowded House aus den Lautsprechern heraushören. Damals an der Uni habe ich diesen Song geliebt und von einer bedeutungsvollen Verbindung zu einem namenlosen, gesichtslosen Seelenverwandten geträumt. Als ich mich erschöpft im Schankraum umsehe, muss ich an all die Männer dieser Welt denken, an deren Seite ich hätte enden können, und daran, wie anders mein Leben in so einem Fall verlaufen wäre. Aber vielleicht hatte ich auch nie eine Wahl.

Gerade als ich den ersten Schluck von meinem Wein genommen habe, kommt sie durch die Tür und hält nach mir Ausschau. Sie hat einen langen, knallroten Mantel an, ihr Haar ist zu einem klassischen Dutt zurechtgemacht, und ihre Wangen sind von der Kälte gerötet. Sie sieht zehn Jahre jünger aus, als sie tatsächlich ist, und scheint sich überhaupt nicht bewusst zu sein, dass einige Männer mittleren Alters sie anerkennend beäugen. Sie entdeckt mich, winkt und fragt mit einer Geste, ob ich auch etwas zu trinken brauche. Ich schüttle den Kopf, sie tritt an die Bar, und zwei Minuten später sitzt sie mir mit einem sprudelnden Gin Tonic gegenüber.

»Wie war dein Tag?«, fragt sie mich. Eher eine Eröffnungsphrase, nehme ich an, und nicht, weil sie es wirklich wissen will.

»Ach, so lala …« Ich kann ihr dabei nicht in die Augen sehen. Wo sollte ich denn auch anfangen? »Und selbst?«

»Gut, danke.« Sie hat keinerlei Interesse, mir von ihrem Tag zu erzählen. Mir gegenüber hat sie das Visier runtergeklappt. Das Gefühl hatte ich schon in ihrem Büro. Sie will mich nicht an sich heranlassen, und ich kann es ihr nicht übel nehmen. Ich habe das dringende Bedürfnis, alles zu bereinigen, das Unausgesprochene auszusprechen.

»Hör mal, Esther, worüber wir neulich gesprochen haben … als ich bei dir war … darüber, wie ich Maria behandelt habe … Ich weiß, du glaubst bestimmt, dass ich das nur sage, weil ich nicht will, dass du schlecht über mich denkst. Aber ich bin nicht mehr die Alte. Ich weiß, was ich ihr angetan hab, war mies und unverzeihlich. Ich weiß, ich hab ihr das Leben zur Hölle gemacht, und ich wünschte mir, ich könnte in der Zeit zurückgehen und es ändern, aber das kann ich nicht. Alles, was ich kann, ist zuzugeben, wie falsch ich mich verhalten habe, und … also … zu versuchen, ein besserer Mensch zu sein.«

Esther fummelt an dem Strohhalm in ihrem Gin Tonic herum. Die Eiswürfel klimpern gegen das Glas.

»Okay«, sagt sie nach einer Weile. »Das kann ich alles verstehen, aber ich muss schon zugeben, dass es mir nicht immer leichtfällt, rational an unsere Schulzeit zurückzudenken.«

Panik ergreift von mir Besitz, als sie die Schule erwähnt, und ich sehe mich um. Ein Mann an der Bar fängt meinen Blick auf und lächelt vage. Meine Brust schnürt sich zusammen, und ich muss mich zwingen, wieder Esther anzusehen.

»Denn wenn ich an unsere Schulzeit zurückdenke, dann bin ich immer sofort wieder mittendrin«, sagt sie. »Alles, was ich seither geschafft hab, rückt in den Hintergrund und verblasst. Dann bin ich wieder dort, sitze alleine in der Schulkantine und tue so, als würde ich ein Buch lesen. Solche Erfahrungen, die vergisst man nicht. Die verändern dich. Mir ist schon klar, dass ich inzwischen Erfolg habe und …« Sie meint ihr Erscheinungsbild, will es aber nicht aussprechen, gestikuliert nur vage, aber ich habe schon verstanden. »Aber innendrin, da ist immer noch ein Teil von mir, der mich genau wie damals von außen betrachtet.«

Ich weiß, was sie meint, denn auch wenn unsere Schulzeit durchaus unterschiedlich verlaufen ist, habe ich manchmal das gleiche Gefühl.

»Wenn ich mit irgendeiner Frau spreche, die ich erst als Erwachsene kennengelernt hab«, fährt sie fort, »mit der Mutter eines Schulkinds oder mit einer Arbeitskollegin, die dann beiläufig ihre eigene Schulzeit erwähnt, weiß ich jedes Mal genau, dass sie zu den Beliebten gehört hat. Du weißt schon, sie erwähnt eine Party, zu der sie eingeladen war, oder einen Freund von damals, der der Star der Fußballmannschaft war, und ich denke einfach nur, oh Gott, du bist eine von denen. Und ein Teil von mir …« Sie stockt kurz und wird rot. »Ein Teil von mir *schämt* sich immer noch. Natürlich verliere ich kein Wort darüber, wer ich in der Schule war; ich lache bloß und gebe vor, genauso gewesen zu sein, dass ich in meiner Jugend ebenfalls diverse Abende erlebt hätte, bei denen zu viel getrunken wurde, Übernachtungspartys und Gekicher, die Angst, schwanger zu sein … Aber so war ich nicht. Was ich als Teenager erlebt hab, wäre für diese Frau komplett fremdes Terrain.«

»Ich weiß, das klingt jetzt vielleicht unglaubwürdig, aber ich verstehe halbwegs, wie du dich fühlst. Meine Schulzeit war auch nicht …« Ich spreche den Satz nicht zu Ende, finde einfach keine Worte, erst recht nicht ihr gegenüber.

Sie lächelt, fährt mit der Fingerspitze an ihrem Glas auf und ab und zieht Spuren in die Kondenströpfchen. »Auch nicht die glücklichste Zeit deines Lebens? Ich hab tatsächlich ein bisschen darüber nachgedacht, seit du mich besucht hast.«

»Was willst du damit andeuten?« Für einen kurzen Moment scheint die Zeit langsamer zu verstreichen. Was weiß Esther? Was hat sie mitbekommen?

»Erinner dich: Ich kenne dich seit der Grundschule.«

»Ja, ich weiß.« Wolkenfetzen vor einem azurblauen Norfolk-Himmel, durch den Wald rennen, atemlos, um an einem langen Sandstrand wieder herauszukommen, der sich schier endlos vor uns bis zum Meer erstreckt, und irgendwo dahinter dann die mysteriöse Linie, wo das Meer in den Himmel übergeht. Nicht enden wollende Tage am Strand, abends mit warmer, salziger Haut wieder nach Hause kommen, Sand in den Schuhen. Esther und ich, wie wir auf dem Rücken nebeneinander in ihrem Garten liegen, leicht voneinander abgerückt, über uns nicht eine einzige Wolke am Himmel, brummende Insekten, die Wärme der Sonnenstrahlen auf unseren sonnengeküssten Gliedmaßen. Dort lagen wir, so lange wir konnten, bis der Schatten des Wohnhauses das letzte Fleckchen Gras bedeckte und die Sonne schließlich weg, der Boden kalt und es irgendwann ungemütlich war. All das weiß ich noch genau.

»Ich hab gesehen, wie du dich an der Sharne Bay High verändert hast«, sagt Esther. »Du bist schneller erwachsen geworden als ich. Mit elf, zwölf, dreizehn war ich immer noch ein Kind. Du hast dich viel früher eingepuppt, gleich nach dem Schulwechsel, und als du aus deinem Kokon geschlüpft bist, war es fast, als hättest du bewusst die Entscheidung getroffen, jemand anders zu sein. Insofern war dann jeder, der dein altes Ich noch kannte … Tja. Wir waren abgeschrieben. Alles drehte sich nur noch um Sophie und die anderen. Trotzdem hast du irgendwie immer am Rand gestanden, warst nie wirklich drin in dieser Clique – bis zur Abschlussparty. Irgendwas war da auf einmal anders, war's nicht so?«

Ich nicke, kann aber kaum sprechen. Nachdem ich mich von Esther abgewandt hatte (und sie hat recht, es war eine bewusste Entscheidung gewesen), habe ich kaum je wieder einen Gedanken an sie verschwendet, außer dass ich darauf bedacht war, so wenig wie möglich über unsere frühere Freundschaft durchsickern zu lassen.

»*Ich* war auf einmal anders. Ich hab mich anders gefühlt. Als würde ich mich schon wieder verpuppen, schätze ich … oder endlich der Mensch werden, der ich von Anfang an sein wollte.« Ich taste mich vorsichtig vorwärts, die Wahrheit taumelt ungeschickt aus mir heraus, meine Zunge ist das nicht gewöhnt. Mir schwirrt der Kopf, und ich kann die nagende Angst nicht mehr abstellen, dass ich immer noch beobachtet werde.

»Und bist du es geworden?«, hakt sie nach. »Dieser Mensch, meine ich?«

Ich starre in mein Weinglas. »Nein, nicht wirklich. Aber damals war dann ja auch plötzlich alles anders … nach dieser Nacht.«

»Nein, war es nicht.« Jetzt ist Esther an der Reihe, den Blick niederzuschlagen, und mir dämmert, dass sie mir nicht ins Gesicht sehen mag. Was hat sie mitbekommen?

Ich bewege mich gerade verdammt nahe an der Wahrheit. Ich spüre, wie sie regelrecht näher kommt, ein Eisberg im nächtlichen Meer. Wo genau er sich befindet, weiß ich nicht, aber ich habe eine Heidenangst davor, versehentlich mit ihm zu kollidieren, in ihn reinzukrachen und zu spüren, wie er mich zerfetzt und schließlich versenkt. Ein Teil von mir will alles erzählen, damit sie diese zermürbende Angst mit mir teilt, die mich zu vernichten droht. Ich will sie schütteln, will, dass sie mich hört: *Irgendjemand ist hinter mir her!*

Mein Blick wandert zurück zur Bar, aber der Mann, der mich vorhin angelächelt hat, ist verschwunden. Stattdessen sitzt dort jetzt eine Frau, mit dem Rücken zu uns. Sie hat ihr langes Haar zu einem lockeren Pferdeschwanz zusammengebunden. Sie dreht den Kopf, und mir kommt Galle hoch, doch dann sehe ich in ihr Gesicht, sie ist Mitte zwanzig, hat einen samtenen Teint und lächelt ihren Freund an, der soeben den Pub betreten hat. Ich drehe mich zu Esther um.

»Ich hab Tim Weston getroffen.« Ich weiß nicht mal, was ich da sage, bis die Worte auch schon aus mir herausgeplatzt sind.

»Was? Wo denn?«

»Nachdem ich bei dir in Norwich war, bin ich weiter an die Küste gefahren. Nach Sharne Bay. Das war so nicht geplant, es ist einfach so geschehen, ganz unbewusst. Wusstest du, dass er in ihrem alten Haus wohnt? Seine Mum hat es ihm vor ein paar Jahren verkauft und ist in etwas Kleineres gezogen.«

»Das hab ich nicht gewusst, nein. Hast du ihn dort getroffen?«

»Ja. Ich bin zu unserem alten Haus gefahren, und dann … hab ich mich irgendwie verfahren und bin dort gelandet.« So wie ich es formuliere, klingt es unglaubwürdig, und ich frage mich, wie groß der Zufall wirklich war, dass ich ausgerechnet vor Marias altem Zuhause gestrandet bin.

»Und wie war er so?«, fragt Esther erwartungsvoll. »Ich fand ihn früher immer irgendwie komisch. Er ist ihr nie von der Seite gewichen.«

»Er war … ganz okay eigentlich. In Anbetracht der Umstände. Und was … du weißt schon … angeht, war er wirklich freundlich. Meinte, er würde mir nicht die Schuld geben.« Ich denke an unsere Begegnung zurück. »Er schien allerdings eine ganze Menge über mich zu wissen, das war schon merkwürdig … und über dich im Übrigen auch.«

»Was soll das heißen?«

»Ach, nichts Wildes, nur was wir beruflich machen, das war auch schon alles. Aber irgendwie hatte ich das Gefühl, dass er uns nie ganz aus dem Blick verloren hat.«

»Vielleicht glaubt er ja, wir wären eine Art Verbindung zu Maria. Muss echt hart sein, so was hinter sich zu lassen. Ich kann mir gar nicht vorstellen, unter welchem Druck er gestanden haben muss, nachdem er auf einmal das einzige Kind war.«

»Ich weiß.« Für einen Moment sind wir beide still und hängen unseren Gedanken nach. »Da war allerdings noch etwas«, sage ich zögerlich.

»Und was?«

»Wahrscheinlich spielt es keine Rolle, aber … Tim hat noch was anderes gesagt. Als wir darüber gesprochen haben, was mit Maria passiert ist. Er hat angesetzt: ›Sie ist stärker …‹, hat sich dann aber schnell korrigiert und gesagt: ›Sie *war* stärker, als sie nach außen hin *schien.*‹ Verstehst du: Er hat im Präsens von ihr gesprochen.«

Insgeheim rechne ich bereits damit, dass Esther lachend darüber hinweggeht oder einen Versprecher ins Feld führt. Doch nichts dergleichen passiert. Sie starrt mich einfach nur an und wird blass, das Brillengestell bildet einen harten

Kontrast über ihrer weißen Haut. Für ein paar Sekunden herrscht unangenehme Stille zwischen uns, dann ergreift sie wieder das Wort.

»Genau darüber wollte ich eigentlich mit dir sprechen.«

»Was soll das heißen?« Ich kann den Blick nicht von ihrem Gesicht abwenden, obwohl ich fast schon Panik davor habe, was sie mir gleich erzählen wird.

»Seit Maria verschwunden ist, kriege ich zu jedem Geburtstag ein Geschenk mit der Post.«

»Okay …«

»Es sind normalerweise Kleinigkeiten – Kerzen, ein Ölbad, ein Schal. Immer ohne Absender, und es liegt auch keine Karte bei, sondern nur ein Klebeetikett, auf dem steht: ›Liebe Esther, alles Gute zum Geburtstag von Maria.‹«

Ich stelle mein Weinglas mit mehr Wucht auf den Tisch als beabsichtigt. Meine Hand zuckt zurück, und um ein Haar wäre der Wein auf den Tisch geschwappt. Die Gespräche und Geräusche verschwimmen, und ich sehe nur noch Esthers Gesicht gestochen scharf vor mir.

»Und das seit …?«

»Ja.«

»Und wo werden sie aufgegeben?«

»Unterschiedlich – London, mal in Brighton, manchmal Norwich.«

»Norwich?«

»Ja, manchmal.«

»Aber glaubst du … Du glaubst doch nicht, dass sie von *ihr* kommen, oder?« Meine Stimme ist nur noch ein Flüstern. Meine Handballen tun weh, und mir dämmert, dass ich meine Fingernägel in die weiche Handinnenfläche gebohrt habe.

»Glaub mir, ich hab schon alles hin- und hergedreht. Um

ehrlich zu sein, hab ich aufgehört, es herausfinden zu wollen. Zumindest hatte ich das – bis du bei mir in der Kanzlei aufgetaucht bist. Genau deshalb war ich so kurz angebunden. Ich war … panisch, nehm ich an, bei der Vorstellung, dass sie immer noch am Leben ist und dass die Geschenke wirklich von ihr sind.«

»Hast du das jemals irgendwem erzählt? Warst du bei der Polizei?«

»Nach ein paar Jahren bin ich damit mal zur Polizei gegangen, ja. Allerdings haben sie mich dort nicht ernst genommen – ich meine, es ist ja schließlich keine Drohung, oder? Was hätten sie denn tun sollen?«

Ich lehne mich zurück, und mein Hirn arbeitet auf Hochtouren. Kann es wirklich möglich sein, dass Maria noch lebt? Und warum bin ich die Einzige, die gerade verfolgt wird, während Esther jahrelang diese Geschenke gekriegt hat? Bin ich hysterisch, wenn ich denke, dass ich in Gefahr schwebe? Aber es ist einfach nicht zu leugnen, dass mich heute Abend jemand beobachtet hat. Mein Blick huscht erneut herum und scannt jeden in der Nähe ab. Könnte diese Rothaarige dort Maria sein? Oder die dort an der Bar zwischen den anderen Frauen?

Esther lässt mich nicht aus den Augen. »Tut mir leid, ich wollte dich nicht erschrecken«, fährt sie fort. »Ich dachte einfach, du solltest es wissen. Auch wenn ich inzwischen schon damit rechne, bringt es mich jedes Mal wieder aus der Fassung, wenn ich ihren Namen schwarz auf weiß auf diesem Etikett sehe. Ich kann mir gar nicht vorstellen, wie es für dich gewesen sein muss, diese Facebook-Anfrage zu kriegen.«

Ich habe das unbändige Bedürfnis, mich Esther anzuvertrauen – den Knoten in mir wieder zu lockern, der sich zusehends fest zusammenzieht. Seit ich besagte Facebook-Anfrage bekommen habe, ist der Druck in meinem Kopf gewachsen, sodass es sich inzwischen anfühlt, als stünde die Explosion kurz bevor.

»Es war nicht nur eine Freundschaftsanfrage, Esther.«

»Was meinst du damit?« Sie nimmt den letzten Schluck Gin Tonic und wirft einen flüchtigen Blick auf die Uhr.

»Ich hab auch Nachrichten bekommen, und an dem Tag, als ich bei Sophie war, bin ich verfolgt worden, und dann …« Ich spreche nicht weiter. Ich will einfach nicht eingestehen, wie leicht ich mich zu diesem Internet-Dating hab überreden lassen. »Magst du noch was trinken?«, frage ich stattdessen. Noch ein Glas Wein, und vielleicht erzähle ich ihr die Wahrheit darüber, was Maria zugestoßen ist, und lasse zumindest ein bisschen Licht herein.

»Nein, besser nicht«, sagt sie und fängt an, ihre Sachen zusammenzusuchen. »Ich muss noch zur Liverpool Street. Mein Mann hasst es, wenn ich zu spät komme. Aber was meinst du damit – dass dich jemand verfolgt hat?«

»Ach, nichts. Vielleicht hab ich mir das auch nur eingebildet.«

Sie sieht mich skeptisch an.

»Ehrlich, es war nichts!« Ich versuche, unbeschwert zu klingen. Ich muss jetzt dringend das Gesprächsthema wechseln. »Ich wusste gar nicht, dass du verheiratet bist.« Natürlich habe ich blödsinnigerweise angenommen, dass sie genau wie ich – oder mittlerweile wieder – Single wäre.

»Das hier war kein entscheidender Hinweis?« Sie grinst, wedelt mit der Hand vor meinem Gesicht herum, und jetzt sehe ich endlich auch den Platinring mit dem diamantenen Solitär an ihrem Ringfinger.

»Was macht denn dein Mann?« Bei der Vorstellung, sie

könnte mich gleich hier sitzen lassen, werde ich panisch und versuche, sie noch ein bisschen hinzuhalten.

»Das Gleiche wie ich. Anwalt.« Sie lächelt. »Langweilig.« Ich kann ihr allerdings ansehen, dass sie in Wahrheit das Gegenteil denkt.

»Cool.« Ich zermartere mir das Hirn, aber mir fällt einfach keine intelligente Frage mehr ein. Dann erinnere ich mich wieder daran, dass sie Partnerin ist. »Ist er auch Partner in der Kanzlei?«

Es entsteht eine minimale Pause, und eine Wolke, die ich mir nicht recht erklären kann, zieht über sie hinweg. »Nein, noch nicht.«

»Kinder?« Wenn ich einfach weiter Fragen stelle, bleibt sie vielleicht.

»Zwei, ein Mädchen und ein Junge. Und selbst?« Ihr Blick huscht so flüchtig zu meinem ringlosen Finger, dass ich es beinahe übersehen hätte.

»Ja, allerdings nur eins.« Wieder dieser Stich. Aber zumindest haben die Leute jetzt, da ich geschieden bin, irgendwann aufgehört zu fragen, wann das nächste kommt. »Henry. Er ist jetzt vier.« Dann dämmert mir, dass Esther bestimmt gar nicht weiß, mit wem ich verheiratet war. Keine Ahnung, warum, aber plötzlich ist es mir peinlich, dass Sam mein Mann war.

Sie hat inzwischen ihren Mantel an, ich kann sie nicht mehr aufhalten. In ein paar Sekunden bin ich wieder allein und werde die einsame Rückfahrt zu meiner Wohnung antreten. Was, wenn mich da irgendwer verfolgt?

»Okay, dann geh ich jetzt mal besser, damit ich meinen Zug noch kriege, wenn das für dich in Ordnung ist … Es war … schön, dich wiederzusehen, Louise.« Es fällt ihr schwer, es auszusprechen, das kann ich ihr ansehen, und als sie geht, bin ich versucht, ihr hinterherzulaufen und sie zu fragen, ob wir nicht Freundinnen sein könnten. Aber ich weiß natürlich, dass es hoffnungslos ist. Esther scheint wirklich willens zu sein, mir zu verzeihen, wie ich Maria behandelt hab. Aber sie würde mir nie verzeihen, wenn sie die ganze Wahrheit kennen würde.

Im Leben nicht.

KAPITEL 16

Er war immer schon … beschützend. Er weiß, was sie durchgemacht hat. Weiß, dass ihre Kindheit und Jugend kein Zuckerschlecken waren. Er will einfach nur, dass sie für den Rest ihres Lebens glücklich ist, das ist alles. Will nicht, dass ihr noch jemand wehtut. Je näher er sie an sich bindet, umso sicherer ist sie.

Sie glaubt, als sie schwanger wurde, hoffte er insgeheim, dass sie die Arbeit komplett an den Nagel hängen würde, auch wenn das realistischerweise nicht funktioniert hätte. Sie versucht, den Gedanken beiseitezuschieben, dass er ihr den beruflichen Erfolg missgönnt, dass er lieber die Hausfrau mit Slippern an den Füßen hätte, die abends das Essen auf den Tisch stellt. Trotzdem nagt es an ihr, dieses Gefühl, dass er womöglich nicht damit klarkommt, dass sie erfolgreicher ist als er. Er hat es bei der Arbeit gerade schwer, und sie will über ihre Erfolge gar nicht reden. Sie spielt sie herunter.

Die Schwangerschaft hatte auch noch eine andere Auswirkung auf ihre Beziehung. Das Kind zur Welt zu bringen und es zu stillen, war nicht nur körperlich eine Zerreißprobe für sie, sondern hat auch ihr Verhältnis zu ihrem eigenen Körper verändert. Sie hätte nie gedacht, dass er für mehr bestimmt wäre. Was sie früher vor Erregung hatte aufschreien lassen, ließ sie jetzt vollkommen kalt.

Sie glaubte wirklich, sie hätte glücklich sein müssen, weil er sie immer noch begehrte. Sie hatte Freundinnen, deren Ehemänner sie nach allem, was sie im Kreißsaal mit angesehen hatten, nicht mehr anfassen wollten: das Blut, der Schleim, das Geschrei, die herzzerreißende Qual der Geburt. Diese Ehemänner fühlten sich jetzt von ihren Frauen mit den schlaffen Bäuchen und tropfenden Brüsten abgestoßen.

Sie hat festgestellt, dass sie sich inzwischen doch recht häufig wieder zur Besinnung rufen muss. Es ist normal, was er will. Es fällt immer noch ins Spektrum des Normalen. Und ganz generell – was heißt schon normal? So etwas gibt es nicht wirklich. Solange nur niemand verletzt wird, auch wenn es manchmal wehtut. Andererseits ist das doch alles Teil des Spiels, oder nicht?

Die Hauptsache ist doch, dass er sie kriegt. Er kennt sie – er ist der Einzige, der sie jemals wirklich gekannt hat. Sie wird nie jemand anderen finden. Und bevor sie das jemals vergisst, tja … dann ist er da, um sie wieder daran zu erinnern.

KAPITEL 17

1989

Sophie verzieh mir, dass ich die Sache mit dem Tampon versaut hatte. Sie war sogar richtig süß deswegen und meinte, sie würde mich schon verstehen, ich sollte mich nicht an Sachen beteiligen, bei denen ich mich nicht wohlfühlte. Sie blieb in meiner Nähe und lief sogar lieber neben mir statt neben Claire oder Joanne. Jeden Tag gingen wir zusammen mittagessen, und Maria blieb zum Glück auf Abstand. Außer in unseren gemeinsamen Kursen bekam ich sie kaum noch zu Gesicht. Jeder sprach nur noch über die Abschlussparty, die in ein paar Wochen Ende Juni stattfinden würde, und darüber, was sie alles einwerfen wollten. Man musste irgendwie sicherstellen, dass die Lehrer im Vorfeld nichts mitbekamen und am Ende noch die ganze Sache platzen ließen. Sophie hatte sich überlegt, irgendeinen ziemlich ausgefuchsten Streich zu spielen, um uns alle mit Pauken und Trompeten aus der Schule zu verabschieden. Irgendetwas Spektakuläres, womit wir in die Geschichte der Schule eingehen würden. Wir sahen uns an einem Abend bei ihr zu Hause *Carrie* an, und in meinem ganzen Leben hatte mich noch nie etwas so verängstigt. Sophies Plan beinhaltete zwar kein Schweineblut wie in dem Film, aber sie meinte, für mich hätte sie definitiv eine Hauptrolle vorgesehen. Sie erzählte nicht mal Claire und Joanne davon. Die Einzigen, die Bescheid wussten, waren wir zwei sowie Sam und Matt. Die Jungs brauchten wir, um an gewisse Sachen ranzukommen, und ich nehme an, dass Sophie darüber hinaus Eindruck bei einem von ihnen schinden wollte. Ich wollte nicht mal darüber nachdenken, welcher von den beiden das wohl war.

Diesmal würde ich es nicht versauen, ich würde Sophie nicht noch mal enttäuschen. Ich war mir sicher, dass ich die richtige Entscheidung getroffen hatte, indem ich mich auf Sophies Seite und damit ihrer Clique geschlagen hatte. Maria sah ich eigentlich nur noch, wenn sie wie an den meisten Tagen mit Esther zu Mittag aß. Sie würde schon darüber hinwegkommen. Esther war womöglich ohnehin eine bessere Freundin als ich.

Die nächste große Party fand in Sams Haus statt. Diesmal war ich ganz offiziell eingeladen, und das nicht nur wegen Sophie. Tatsächlich hatte Sophie mir erzählt, dass Sam sie ausdrücklich darum gebeten hätte, mich mitzubringen.

Ich versuchte, nicht allzu viel in diesen Umstand hineinzuinterpretieren. Auch diesmal machte ich mich wieder bei Sophie für die Party fertig, und dann gingen wir von ihr zu Fuß dorthin. Ich hatte keine Vorstellung, wo er wohnte, aber als wir bei dem Fish-and-Chips-Laden an der Ecke in die Coombe Road einbogen, war ich erst mal baff. Nicht überheblich baff oder so – ich hatte einfach nur nicht gewusst, dass er in dieser üblen Gegend wohnte. Wir liefen an einer Bande dreckstrotzender kleiner Jungs vorbei, die auf der Straße Fußball spielten. Einer von ihnen rief uns irgendwelche Unflätigkeiten hinterher, die wir aber ignorierten.

Als Sam die Tür aufmachte, waren seine Pupillen so groß,

dass seine Augen beinahe komplett schwarz aussahen. Er nahm uns beide überschwänglich in die Arme und tänzelte dann zurück durch den Flur.

»Na, der ist ja schon mal gut drauf«, sagte ich zu Sophie. Ich hoffte inständig, damit eine gewisse Coolness an den Tag zu legen, weil ich natürlich kapiert hatte (und das wollte ich Sophie zu verstehen geben), dass er voll drauf war. Aber sie schürzte bloß die Lippen. Auf dem Boden war ekelgrüner Teppichboden verlegt, und die Tapeten sahen aus, als würden sie schon seit den Siebzigern an den Wänden hängen. Sophie zog mich den Flur entlang in die Küche am rückwärtigen Ende. Wenn die Tapeten aus den Siebzigern stammten, dann war die Küche allem Anschein nach noch älter.

Sophie drückte mich auf einen Stuhl an einem Resopaltisch, der von einem Staubfilm bedeckt und von Brandflecken übersät war. »Hör mal, wir müssen uns unterhalten.« Sie sah mich ernst an.

Ich sagte erst mal nichts, sondern kratzte bloß mit dem Fingernagel über einen Sprung in der Tischplatte. Sie würde sich doch wohl nicht schon wieder von mir distanzieren wollen, obwohl ich sie doch gerade erst zurückgewonnen hatte?

»Uns ist aufgefallen, dass du eine gewisse Einstellung gegenüber Drogen hast …«

Wer ist denn ›uns‹?, schoss es mir durch den Kopf, behielt die Frage aber für mich.

»Wenn du nichts probieren willst, dann ist das natürlich komplett deine Sache. Aber wenn du öfter mit uns abhängen willst, dann ist es eben das, was wir so machen, okay? Ich will nur nicht, dass du dich außen vor fühlst.«

Ich hatte sofort eine Antwort parat. »Ich hab keine *gewisse*

Einstellung. Es ist nur so, dass ich bisher nie mehr gemacht hab, als ein bisschen Gras zu rauchen. Ich bin da leicht unsicher. Wie fühlt man sich denn auf E?«

»Gott, es ist großartig! Du würdest es *lieben*! Alles ist einfach nur schön, die Farben strahlen, du liebst jeden um dich herum und fühlst dich einfach fantastisch. Leicht und glücklich. Als könntest du davonschweben.«

»Klingt doch gut«, erwiderte ich lahm und war insgeheim beschämt angesichts meiner peinlichen Naivität.

»Es ist besser als gut. Willst du's heute Abend mal ausprobieren?«

»Heute Abend? Was, hier? Ach, ich weiß nicht …« Ich hatte Angst vor Drogen, Angst davor, die Kontrolle zu verlieren und mich bis auf die Knochen zu blamieren.

Sie zuckte mit den Schultern und lächelte. »Wie gesagt, es ist allein deine Entscheidung. Ich geh mal schauen, wo Claire ist.«

Sie ließ mich allein am Küchentisch sitzen. Durchs Fenster konnte ich den vernachlässigten Garten sehen. Es standen ein paar kaputte, rostige Sonnenliegen herum; eine davon lag auf der Seite. Ich musste wieder daran denken, wie Maria und ich bei Matt zu Hause im Garten gelegen hatten und wie entspannt ich mich in ihrer Anwesenheit gefühlt hatte, wie sich zwanglose Unterhaltung und einträchtiges Schweigen mühelos abwechselten. Ich saugte die Innenseiten meiner Wangen zwischen die Backenzähne und kaute eine Weile unentschlossen auf dem weichen Fleisch herum. War es zu spät, um jetzt noch zu retten, was sich mit Maria angebahnt hatte? Eine echte Freundschaft – mit jemand Lustigem, Interessantem, der mich dafür mochte, wer ich war? Sie hatte mir schon einmal verziehen – vielleicht würde sie es ja noch mal tun? Ich hatte immerhin versucht, sie bei der Sache mit dem Tampon zu warnen. Ich musste nur aus diesem Haus hinausmarschieren, heimgehen und sie anrufen. Es wäre meine letzte Chance, das war mir klar, aber ich hatte immer noch das Gefühl, als würde sie sie mir unter Umständen einräumen.

Die Tür krachte auf, ich blickte auf und erwartete Sophie, doch dann rutschte mir das Herz in die Hose, als ich Tim Weston erkannte und direkt hinter ihm Matt Lewis' älteren Bruder. Tim blieb abrupt stehen, als sein Blick auf mich fiel.

»Oh. Ich wusste nicht, dass du auch da bist.«

»Kannst du die mal in den Kühlschrank stellen, Kumpel?«, fragte Matts Bruder und drückte Tim mehrere Viererpacks Bier in die Hand, ehe er zu der Party zurückkehrte.

Ich rückte mit dem Stuhl so nah wie möglich an den Tisch heran, damit Tim sich hinter mir durchquetschen konnte. Ohne ein Wort zu sagen, riss er eine Dose aus dem Pack und verstaute den Rest im Kühlschrank. Er war schon fast wieder aus der Tür, als er es sich scheinbar anders überlegte und sich noch mal zu mir umdrehte.

»Hör mal, halt dich von meiner Schwester fern, okay?«

»Mach ich, keine Sorge.« Mein barscher Tonfall erschreckte mich selbst. Ich schlug den Blick nieder und fummelte am Reißverschluss meines Oberteils herum. »Ist sie auch hier?«, fragte ich ein wenig freundlicher.

»Nein, natürlich ist sie nicht hier«, antwortete er, ließ sich schwer auf den gegenüberliegenden Stuhl fallen und knallte die Dose auf den Tisch, sodass das Bier aus der Öffnung spritzte. »Hast du auch nur eine Ahnung, was du angerichtet hast?«

»Was meinst du?« Ich vermied seinen Blick.

»Sie hat mir Sachen erzählt. Ich weiß genau, was du ihr

angetan hast. Im Gegensatz zu mir hast du ja keine Ahnung, was sie in London durchgemacht hat. Das hier ist echt das Letzte, was sie braucht.«

»Sie hat jetzt Esther, oder?«, murmelte ich.

»Ja, was für ein Glück. Aber mit Esther befreundet zu sein heißt, dass sie sich von neunzig Prozent der Jahrgangsstufe verabschieden kann. Das weißt du so gut wie ich. Außerdem wollte sie mit dir befreundet sein. Sie mochte dich. Du hast sie einfach von dir weggestoßen. Und wofür? Für diese Schlampe, die auch hier ist?« Er fuchtelte in Richtung Eingangstür. Im vorderen Zimmer hämmerte laute Musik. »Ich hoffe nur, du glaubst wirklich, dass sie es wert ist.« Dann stand er auf, wobei er den Stuhl ruckartig zurückschob, sodass die Stuhlbeine über das verkratzte Linoleum schrammten.

Ich blieb noch ein paar Minuten am Küchentisch sitzen. Ich war mir unsicher, ob mich meine Beine tragen würden, wenn ich jetzt aufstand. Irgendwann machte ich mich auf den Weg zur Tür. Ich hatte einen Beschluss gefasst, fragte mich nur, ob ich noch schnell Sophie Bescheid sagen sollte, dass ich jetzt gehen würde. Als ich aber gerade drauf und dran war, einfach zu verschwinden, ohne dass es jemand mitbekam, ging die Tür erneut auf. Ich wappnete mich schon für eine neuerliche Unterhaltung mit Tim, doch dann machte mein Magen einen Satz. Es war Sam. Sein straßenköterblondes Haar fiel ihm in die Augen, deren Blau fast vollständig hinter seinen geweiteten Pupillen verschwand.

»Die liebe Louise! Da bist du ja!«, rief er, und ich bekam rote Flecken am Hals, obwohl mir natürlich klar war, dass seine Zuneigung auf rein chemischen Ursachen basierte. Er zog mich an sich, und ich erwiderte seine Umarmung, spürte seinen heißen Körper an meiner Brust und presste meine Hände auf seinen Rücken. Ich hielt die Augen geschlossen, atmete tief ein, saugte die Mischung aus abgetragener Lederjacke, einem süß-scharfen, zitrusartigen Geruch und irgendetwas Undefinierbarem in mich ein. Ein unbekanntes Gefühl stieg in mir hoch, ein verzweifeltes Verlangen, das ich nicht hätte in Worte fassen können.

»Setzen wir uns irgendwo hin?«, fragte er.

Wir setzten uns einander gegenüber, und er lächelte, als er nach meiner Hand griff. Mein Herz schlug so schnell, dass ich bereits glaubte, es würde mir gleich zum Hals hinausschießen.

»Tut mir leid deswegen«, sagte er und sah sich in der Küche um.

»Was meinst du?« Ich blickte hinüber zu dem rostigen Spülbecken, den alten gelben Einbauschränken, in denen eine Tür schief in den Angeln hing und eine Schublade fehlte, dann zur rissigen, fleckigen Arbeitsplatte.

»Du weißt schon, was ich meine. Dieses Dreckloch hier.«

»Ist doch alles in Ordnung«, sagte ich und drückte wagemutig seine Hand. »Wen kümmert das schon? Immerhin hast du das Haus heute für dich allein. Meine Eltern sind nie weg, und selbst wenn sie mal wegfahren würden, würden sie mich umbringen, wenn ich dann eine Party schmeißen würde.«

»Meinem Dad ist alles scheißegal«, sagte er, und sein Gesicht verdüsterte sich. »Aber ich bin froh, dass du gekommen bist.« Sein Lächeln rührte mich tief und wärmte mich von innen heraus.

Ich wollte gerade etwas erwidern, als die Tür erneut aufschwang. Diesmal war es Sophie. Sie grinste und blickte vielsagend zu unseren verschränkten Händen auf dem

Küchentisch. Sam zog seine Hand weg, stand auf und warf mir noch ein letztes Lächeln zu.

»Dann bis später, ja?« Als er an ihr vorbeigehen wollte, breitete Sophie die Arme aus.

»Und wann werd ich begrüßt, Sammy?«

Sam nahm sie in die Arme, sie ließ die Hände über seine Hüften wandern und warf mir über seine Schulter hinweg einen flüchtigen Blick zu. Als er sich in Richtung Wohnzimmer davonmachte, ließ Sophie sich mir gegenüber auf den Stuhl fallen.

»Das sah ja gerade vertraulich aus«, sagte sie mit einem schelmischen Grinsen. »Und, hast du es dir überlegt? Willst du's probieren?«

Ich atmete tief ein. »Hast du denn was da? Was ich heute probieren könnte?«

Ihr Grinsen wurde breiter. Mir war klar, dass ich hiermit den Test bestanden hatte. Und mir war auch klar: Was immer mich mit Maria verbunden hatte, war hiermit ein für alle Mal vorbei. Eine weitere Chance würde ich nicht kriegen.

Sehr viel später lag ich neben Sophie unter einer schweren Daunendecke in ihrem weichen Doppelbett, und draußen dämmerte es wieder. Ich fühlte mich, als wäre ich durch eine unsichtbare Wand in eine andere Welt eingetreten. Ich hatte immer gespürt, dass ich nicht wirklich ein Teil der Clique gewesen war, und meine Verbindung zu den anderen war immer durch Sophie gefiltert worden. Aber als ich heute Abend E nahm, war ich erstmals wirklich einer von ihnen. Bilder aus der vergangenen Nacht blitzten in meinem Kopf auf: tanzen, Umarmungen, Gelächter; Sam hatte den Arm um mich gelegt, mich hochgehoben und herumgewirbelt, und alles war ein einziger Rausch aus Farben und Licht gewesen.

Blasses Sonnenlicht sickerte jetzt durch Sophies Laura-Ashley-Vorhänge, und draußen fingen die ersten Vögel an zu krächzen und zu zwitschern. Ich hatte keine Minute geschlafen und stattdessen immer wieder über Sophies Plan nachgegrübelt. Anfangs war ich unsicher gewesen, aber Sophie hatte hoch und heilig geschworen, dass es keine bleibenden Folgen hätte – tatsächlich würde Maria es bestimmt lieben und sich endlich auch ein bisschen locker machen. Sam und Matt waren ebenfalls dabei; sie waren der Meinung, es wäre eine großartige Idee. Wir waren uns einig, dass wir niemandem davon erzählen würden, nicht einmal Claire und Joanne. Es bliebe unser Geheimnis, nur wir vier wüssten Bescheid. Ich war der festen Überzeugung, dass das meinen Platz in der Clique festigen würde – und dass ich die Einzige wäre, die es durchziehen konnte. Ich würde einfach nur die Nerven behalten müssen.

KAPITEL 18

2016

Den ganzen Morgen schon sind alle Lampen an, trotzdem hat das Licht die Oktoberdunkelheit nicht vertreiben können, und der Regen trommelt aus einem pistolengrauen Himmel gegen die Terrassentüren. Seit einer Woche schiebe ich die Entscheidung vor mir her, ob ich zu diesem Klassentreffen gehen soll oder nicht, und selbst heute, als der Tag gekommen ist, zögere ich. Noch immer habe ich nicht Facebook aufgerufen, um dort anzuklicken, dass ich komme. Polly steht in Sachen Babysitting auf Standby. Eigentlich wollte ich ihr nicht erzählen, dass ich hingehe, aber ich habe niemanden sonst, der sich über Nacht um Henry kümmern kann. Sie wollte die Facebook-Seite sehen, und spätestens da konnte ich ihr nicht länger verheimlichen, dass Sam ebenfalls hinfahren würde. Sie war nicht gerade angetan. Ich weiß, dass sie mich bloß beschützen will, aber sie versteht einfach nicht, warum ich unbedingt dorthinmuss. Kann sie ja auch nicht, wegen der Riesenlücken in meiner Geschichte, wegen der Teile, die ich ihr verschwiegen habe. Sie weiß nicht, wie sehr Sharne Bay mich anzieht. Der Ort ist wie eine Narbe, die immer noch juckt, die deine Finger wie magnetisch anzieht, auch wenn du genau weißt, dass du sie besser in Ruhe lassen solltest.

Ich bin froh, dass Henry bei Polly übernachten kann. Trotzdem schmerzt es, wenn ich sehe, dass Henrys Schulkameraden am Schultor von ihren Großeltern abgeholt werden. Die unbeschwerte Vertrautheit, mit der sie ihre Opas und Omas begrüßen, verrät mir, dass die wahrhaftig Teil ihres Lebens sind. Für Henry ist ein Besuch bei den Großeltern ein Ausnahmeereignis: Da sucht er sich höchst sorgfältig aus, was er anziehen will, spricht vorher tagelang davon, macht sich schier verrückt und ist dann jedes Mal enttäuscht, weil sie nicht seinen Idealvorstellungen entsprechen. Sie haben niemals Interesse daran bezeugt, mal auf ihn aufzupassen, selbst als er noch ganz klein und ich vor Erschöpfung in die Knie gegangen bin. Meine Eltern brachten durchaus Mitgefühl für mich auf, trotzdem schien es ihnen nicht einzufallen, dass ich einfach nur jemanden brauchte, der ihn mir für ein paar Stunden abnahm. Vielleicht hätte ich sie um Hilfe bitten können, wenn wir einander nur schon vor seiner Geburt nähergestanden hätten. Aber die Kluft zwischen uns war da bereits zu tief. Dreiundzwanzig Jahre höflicher Konversation hatten ihren Tribut gefordert, und die Zeit der Ehrlichkeit war da bereits Geschichte.

Auch Sams Eltern sind nie wirklich in Erscheinung getreten. Sein Dad war Jahre zuvor gestorben, als Sam noch an der Uni war, und obwohl sich seine Mum jetzt immer mal wieder in Erinnerung ruft, würde man das Verhältnis der beiden wohl eher nicht als eng bezeichnen. Ich habe immer mal wieder versucht herauszufinden, warum sie nur dann und wann Kontakt suchte, aber er hat nie darüber sprechen wollen. In vielerlei Hinsicht waren wir uns nahe, aber es gab immer Aspekte in seinem Leben, an denen er mich nicht teilhaben ließ. Henry hat seine »andere Oma«

nur ein paarmal getroffen, und entsprechend nimmt sie in seinem Kopf eine nahezu mythische Rolle ein.

Bislang habe ich mich nicht getraut, mich auf Facebook mit jemand anderem als Sophie anzufreunden, sodass ich auf das bisschen öffentliche Info angewiesen bin, das auf den Profilen der ehemaligen Klassenkameraden einsehbar ist – hauptsächlich Profilbilder und Status-Updates, die Sophie geliket oder kommentiert hat. Matt Lewis scheint irgendwie zu kleinen Kindern gekommen zu sein, auch wenn es offenbar nicht seine sind. Hin und wieder hat sich Sam mit ihm getroffen, als wir noch zusammen waren, auch wenn ich nie dabeigewesen bin, aber zumindest damals hatte er noch keine Sprösslinge. Er muss jemanden kennengelernt haben, der Kinder in die Beziehung mitgebracht hat. Claire Barnes' Nachwuchs ist schon etwas älter, und nach den Kommentaren zu urteilen, die zwischen ihr und Sophie hin- und hergehen, lebt sie getrennt von ihrem Partner.

Ich sitze an meinem Laptop in der Küche, während Henry sein Erdnussbutter-Sandwich vertilgt. Er schleckt sich den Finger ab und presst ihn auf den Teller, um auch noch den letzten Krümel aufzulesen.

»Meine Schwester darf keine Erdnussbutter essen«, verkündet er. »Sonst schwillt sie vielleicht an.«

Es tut mir immer noch weh zu hören, wie er über ein Kind, das nicht von mir ist, »meine Schwester« sagt. Dabei erwähnt er Daisy oder seine Stiefmutter kaum. Natürlich weiß er nicht, dass Sam mich wegen Catherine verlassen hat, aber anscheinend hat er durchaus ein Gespür dafür, dass er mir gegenüber besser nicht so oft von ihr oder von Daisy reden sollte.

»Schwillt an«, wiederholt er. »Wie ein Wespenstich.«

»Ganz richtig«, sage ich, bin aber mit den Gedanken auf

Facebook, klicke mich weiter und immer weiter abseits, scrolle durch Urlaubsfotos einer Person, die mit Claire Barnes zusammenarbeitet. Mein Handy vibriert auf der Tischplatte, und gleichzeitig erscheint eine Facebook-Benachrichtigung oben rechts auf meinem Bildschirm. Ich klicke sie an, und alles um mich herum verschwindet, bis nur noch ich selbst und der Bildschirm existieren. Es ist wieder eine Nachricht von Maria.

Kehrst du zurück an den Tatort? Ich warte dort auf dich, Louise.

Jede neue Nachricht von ihr gleicht einem Schlag über den Schädel von einem unbekannten Angreifer, der mich taumelnd und verwirrt zurücklässt. Henry hat von alldem keine Ahnung und ist vollkommen auf sein Sandwich konzentriert, geschützt durch die Egozentrik, die Kleinkinder an sich haben.

Das hier wird nie zu Ende gehen, wenn ich mich der Sache nicht stelle. Ich habe keine Ahnung, was diese Person von mir will, aber mich hier in meiner Wohnung zu verstecken und Nachrichten zu löschen, löst das Problem nicht. Ich laufe in mein Schlafzimmer, wühle durch den Kleiderschrank und sortiere Outfits aus: zu geschäftsmäßig, zu mütterlich. Ich packe Henrys Übernachtungstasche und buche ein Zimmer in der Travelodge am Stadtrand von Sharne Bay. Dass ich den Abend ohne Alkohol durchstehe, ist ausgeschlossen, und der letzte Zug von Norwich nach London fährt schon viel zu früh, so gegen zehn rum.

Ein Teil von mir spekuliert noch immer darauf, dass ich vielleicht doch den Schwanz einziehe. Trotzdem sitze ich einige Stunden später in meinem Auto und habe das schwarze Kleid an, das zwar langweilig ist, aber zumindest schmeichelhaft anliegt. Ich trage es immer, wenn ich mir nicht sicher bin. Ich habe mich ordentlich geschminkt, und meine High Heels liegen im Fußraum vor dem Beifahrersitz. Henry sitzt angeschnallt auf der Rückbank, und jetzt kann ich tatsächlich nicht länger so tun, als würde ich das Klassentreffen doch noch sausen lassen. Und ich kann die Nachrichten nicht länger ignorieren. Ich erschaudere bei dem Gedanken, was – oder wer – mich an der Sharne Bay High erwartet. Über dieser Angst liegt ein festgezurrter Knoten der Anspannung, weil ich Sam wieder begegnen werde und mich dann mit ihm in ein und demselben Raum befinde. Und zwar zu einem Anlass, der keine Übergabe und somit notwendig ist, der nicht bedeutet, dass ich ihm unser Kind vorbeibringe. Ein Anlass, der in Wein und Erinnerungen getaucht sein wird und bei dem Gefühle aufkommen werden. Ich konzentriere mich auf den Verkehr, als würde eine sichere Fahrweise die Gefühle abkühlen, die bereits jetzt in mir hochkochen.

Bei Polly angekommen, hat Henry kaum noch einen Blick für mich übrig. Er windet sich aus meiner Umarmung, um zu Phoebe zu laufen, die ihm ganz bestimmt begeistert den ganzen Stapel Thomas-Bücher vorliest, die er in seinem Rucksack mitgebracht hat.

»Phoebe will heute Abend ausgehen«, warnt ihn Polly. Dann dreht sie sich zu mir herum. »Sie übernachtet bei einer Freundin. Die blöde Kuh ist auch da.«

»Welche blöde … Oh. Die.«

»Ja. Die. Hör mal, tausend Dank, dass du mit Phoebe über all das gesprochen hast. Es scheint wirklich etwas bewirkt zu haben. Gestern war sie mit ein paar anderen Mädchen im Kino und hatte offensichtlich eine Menge Spaß.

Ich glaube, es hat ihr wirklich geholfen, mit jemandem zu sprechen, der die gleiche Erfahrung gemacht hat.«

Ich lächele schief und wünschte mir nichts sehnlicher, als dass ich niemals die Rolle der ehemals gemobbten Mitschülerin eingenommen hätte.

»Jetzt aber«, sagt sie und sieht mich streng an. »Bist du dir bei dieser Sache wirklich sicher? Versteh's als Rettungsleine – die letzte Chance, es dir noch mal anders zu überlegen. Ich will dich nicht verurteilen oder irgend so was Schreckliches – ich mache mir nur Sorgen um dich. Du hast dich von Sam freigeschwommen, du warst so stark, und ich will nicht, dass du jetzt wieder … in irgendwas hineingezogen wirst. Du weißt, was ich meine. Du könntest hierbleiben, ich hab noch Wein da. Du könntest dir mit Maya und mir *Let's Dance* anschauen.«

Für ein paar Sekunden bin ich hin- und hergerissen. »Nein, ich fahre, und ehrlich, Polly, das ist schon okay«, sage ich schließlich. »Ich fahr nicht hin, weil ich Sam sehen will. Wahrscheinlich reden wir kaum miteinander. Ich sehe ihn doch sowieso regelmäßig, da brauche ich nicht extra zu einem Klassentreffen zu gehen, um mich mit ihm zu unterhalten.«

»Ja, aber ihr unterhaltet euch nicht wirklich, oder? Eure ganze Kommunikation in Sachen Henry läuft per SMS. Ihr begegnet euch nur persönlich, wenn Henry wie ein Staffelstab dem andern übergeben wird. Was ich im Übrigen nur gut finde. Aber das hier ist etwas anderes: ein soziales Ereignis, und du wirst trinken. Da kommen Gefühle auf, wenn ihr wieder an den Ort zurückkehrt, wo ihr euch kennengelernt habt …«

»Wir waren in der Schule nicht zusammen. Wir sind erst mit sechsundzwanzig zusammengekommen.«

»Ja, schon klar, aber du weißt, was ich meine. Ich war dabei, als er dich sitzen gelassen hat, schon vergessen? Ich weiß, wie er sein kann und was du durchgemacht hast. Ich will nicht, dass dir das noch mal passiert.«

»Ich weiß, Polly, und danke. Aber es wird alles gutgehen, ehrlich.«

Sie lässt mich widerwillig fahren, ringt mir noch ein bedeutungsloses Versprechen ab, dass ich sofort wieder abreise, sobald irgendwas passiert oder ich anfange, mich aufzuregen. Der Verkehr hält sich zu meiner Überraschung in Grenzen, und die Fahrt verläuft wie in einem Traum. Als ich in die Straße einbiege, die an der Schule vorbeiführt, fühlt es sich an, als wäre kaum Zeit vergangen. Ich habe darüber nachgedacht, bei der Travelodge zu parken und dann ein Taxi zur Schule zu nehmen, hab mich dann aber entschieden, mein Auto direkt hier abzustellen. Sollte ich mich nach einem Drink entscheiden, doch wieder zu fahren, kann ich so flugs ins Auto steigen und zu Polly zurück. Und wenn ich bleibe, nehme ich einfach morgen ein Taxi hierher.

Ich bin mir nicht ganz sicher, ob ich auf dem Schulparkplatz stehen bleiben darf, finde dann aber eine Parklücke an der Straße. Ich klappe die Sonnenblende herunter, um noch ein letztes Mal mein Gesicht im Spiegel zu checken. Ich kann mir fast nicht in die Augen sehen. Noch gibt es ein Zurück, noch ist es nicht zu spät. Ich könnte zu Polly fahren, *Let's Dance* gucken oder mich einfach in meinem Zimmer in der Travelodge einschließen. Ich bleibe einige Minuten lang mit dem Handy in der Hand sitzen; Pollys Nummer leuchtet mir von dem Display entgegen, und mein Daumen schwebt über der Ruftaste. Zwei Frauen, die ich nicht kenne, laufen plaudernd an meinem Wagen vorbei und lachen überdreht. Dann treten sie durchs Schultor, und eine kreischt: »Oh mein Gott!«, worauf ihre Freundin kichert und sie auffordert, leise zu sein. Wer sind die beiden? Und wenn ich sie nicht einmal wiedererkenne, was mache ich dann hier?

Doch dann entdecke ich Sam, der allein, beschwingt und selbstbewusst auf das Gelände zusteuert. Mein Mund ist trocken, und meine Zunge nimmt zu viel Platz ein. Für einen kurzen Augenblick fürchte ich, dass mir schlecht wird, aber dann ist der Moment auch schon wieder vorbei, und Wut verdrängt die Übelkeit. Warum sollte er dort sorglos Spaß haben, während ich zitternd und bibbernd in einem Auto sitze, das von Minute zu Minute kälter wird? Das hier ist genauso sehr meine Vergangenheit wie seine. Ich schalte das Handy aus, steige aus und marschiere zielstrebig auf den Eingang zu.

Ich bin überrascht, als ich an der Tür unseren alten Lehrer Mr. Jenkins wiedererkenne. Er sieht gar nicht so alt aus, und mir dämmert, dass er damals wahrscheinlich gerade einmal Ende zwanzig war, auch wenn er uralt auf uns wirkte. Damit wäre er jetzt Anfang fünfzig.

»Hallo, hallo«, begrüßt er mich. »Und Sie sind ...?«

»Louise Williams«, sage ich mit vor Nervosität staubtrockenem Mund.

»Natürlich«, sagt er, auch wenn er sich ganz offenkundig nicht an mich erinnern kann. Dann drückt er mir ein Namensschildchen in die Hand. »Freuen Sie sich schon, all die alten Gesichter wiederzusehen?« Er lächelt mich an. »Ein paar haben sich wirklich kaum verändert!«

Ich brauche unnötig lange, um das Namensschild an meinem Kleid zu befestigen, doch als ich es schließlich nicht länger hinauszögern kann, schlendere ich durch den Eingangsbereich und hab die Finger in die Handballen gepresst. Als Erstes schlägt mir der Geruch entgegen. Wie in allen Schulen riecht es hier nach Gummi, Putzmittel und einem Hauch altem Schweiß, aber dass mir dieser spezielle Geruch noch immer so vertraut ist, fühlt sich an wie ein Schlag ins Gesicht. Er weckt Erinnerungen, von denen ich gar nicht mehr wusste, dass ich sie hatte: in der Pause schlangestehen am Kiosk, um Schokolade zu kaufen; der heiße Orangensaft, an dem du dir durch den dünnen beigefarbenen Plastikbecher aus dem Automaten die Finger verbrennst (ein Spiel, das wir in der Unterstufe immer gespielt haben und das aus irgendeinem Grund, an den ich mich nicht mehr erinnern kann, nur »das Spiel« hieß); natürlich ist da auch noch eine andere Erinnerung, an eine Nacht in dieser Aula, die ich nicht habe verdrängen können und die eine hässliche Narbe hinterlassen hat. Ich versuche, die aufblitzenden Bilder in meinem Kopf zurückzudrängen und die Scham, die damit einhergeht. Maria, Esther, Sophie. Und ich.

Mich packt eine Nervosität, die an Panik grenzt, als ich erkenne, dass keiner der anderen hier allein herumsteht. Kleine Grüppchen formieren sich und verschmelzen miteinander, die Leute springen von einem zum nächsten Wiedersehen, stets begleitet von Gekreisch und übertriebenen Umarmungen und Küsschen. Ich bin die Einzige, die ohne ein Sicherheitsnetz in Form einer Freundin gekommen ist. Sam steht mit dem Rücken zu mir an der Bar, und ich kann die Vorstellung nicht ertragen, dass ich ausgerechnet ihn als Erstes ansprechen muss. Mein Blick wandert durch den Raum, so wie in letzter Zeit ständig. An der Längswand sehe ich den Rücken einer Frau, ihr mittelbraunes Haar ist zu einem komplizierten Chignon hochgesteckt. Als sie sich halb umdreht, um mit dem Mann an ihrer Seite zu sprechen, setzt mein Herz für einen Moment aus, und der Raum verschwimmt vor meinen Augen; dann wirft sie einen Blick über die Schulter, lacht über etwas, was der Mann gesagt hat, und endlich erkenne ich, dass es sich nicht um Maria handelt. Zwar kommt sie mir bekannt vor, aber wie bei so vielen Leuten hier will mir der Name nicht einfallen. Janine? Nein. Sarah? Die zwei Frauen, die an meinem Auto vorbeigelaufen sind, flüstern einander etwas zu und zeigen in meine Richtung, und für einen grässlichen Moment glaube ich, dass sie über mich reden. Dann dämmert mir, dass sie eine andere im Blick haben, eine attraktive Brünette. Sie ist mit einem großen, unglaublich gut aussehenden Mann gekommen, der ihr den Arm fest um die Taille gelegt hat. Ich starre den Mann an und denke noch, wie selten es doch vorkommt, dass man jemanden im echten Leben trifft, dessen Aussehen hollywoodreif ist, als es mir wie Schuppen von den Augen fällt: Bei der Frau handelt es sich um Esther! Ich bin absurd lächerlich erleichtert, sie zu sehen, und eile auf sie zu.

»Du hast doch gesagt, du würdest nicht kommen!« Am liebsten würde ich ihr um den Hals fallen, aber ich weiß, dass es übertrieben wirken würde.

Sie sieht mich peinlich berührt an. »Anscheinend bin ich doch auch nur ein Mensch«, sagt sie und sieht ihren Mann an. »Weißt du, was am Ende den Ausschlag gegeben hat? Du hast so überrascht ausgesehen, als ich erzählt hab, dass ich verheiratet bin. Das ist übrigens Brett. Brett, Louise.«

Ohne Esther loszulassen, gibt er mir die Hand. »Nett, Sie kennenzulernen, Louise. Möchten Sie auch einen Drink?«

»Ja gerne, einen Weißwein bitte.«

»Du auch, Liebling?«, fragt er Esther, die zustimmend lächelt.

Er lässt sie los und geht zur Bar, und ich drehe mich zu Esther um.

»Was meinst du damit, dass du auch nur ein Mensch bist?«

»Ich hab eigentlich gedacht, dass es mir egal ist, was die Leute hier über mich denken. Oder besser: Ich *wollte*, dass es mir egal ist.« Sie ist echt kritisch mit sich selbst und unverblümt ehrlich, was ihre Beweggründe angeht. »Aber weißt du was? Ich hab verdammt hart gearbeitet, um dort anzukommen, wo ich heute bin. Ich hab Karriere gemacht, hab einen attraktiven Mann, zwei hinreißende Kinder. Es geht mir gut. Tatsächlich sogar besser als gut. Ich bin richtig glücklich. Aber ich fürchte, dass immer noch ein kleiner Teil von mir – oder vielleicht ist er auch gar nicht so klein – den Leuten genau das beweisen will. Leuten, die ansonsten womöglich immer noch über mich lachen oder – noch schlimmer – in irgendeinem Eckchen ihres Hinterkopfs Mitleid mit mir haben.«

»Also, ich bin auf alle Fälle froh, dass du gekommen bist. Erkennst du irgendjemanden wieder?«

Wir sehen uns um. Ein paar vage bekannte Gesichter sehe ich schon, aber niemanden, den ich näher gekannt hätte oder der in meiner Klasse gewesen wäre. Wir waren vier Klassen à dreißig Schüler in unserem Jahrgang, und mit vielen hatte ich kaum etwas zu tun.

»Ah, da ist jemand, den wir kennen«, sagt Esther. Am Eingang entsteht ein bisschen Gedränge, irgendwer wird ausgiebig umarmt und geherzt. Ein Mann steht ein Stück abseits der Gruppe, die sich um den Neuankömmling geschart hat, und hält einen großen weißen Pelzmantel im Arm. Er sieht peinlich berührt und fehl am Platz aus. Das Gesicht kenne ich, aber ich brauche ein paar Sekunden, um draufzukommen, dass er kein alter Schulfreund ist – es ist Pete, Sophies Date von jenem Abend, als ich sie in ihrer Wohnung besucht habe.

Als ich hinüberstarre, treffen sich unsere Blicke, und ich lächele Pete an. Nach ein paar Sekunden fällt auch ihm ein, wer ich bin, und ein dankbares Lächeln breitet sich auf seinem Gesicht aus, gefolgt von einem dezenten Winken. Sophie ist bereits in eine lebhafte Unterhaltung mit drei Blondinen vertieft, die alle gleich aussehen und die gleichen, bis zum Boden reichenden Kleider tragen. Als ihm dämmert, dass sie es alles andere als eilig hat, sich von ihnen loszueisen, schlendert er auf Esther und mich sowie Brett zu, der gerade mit den Drinks von der Bar zurückgekehrt ist.

»Hi – Louise, richtig?«, fragt Pete.

»Absolut richtig. Gutes Gedächtnis.«

»Ach, Namen kann ich mir gut merken … ist eins meiner Talente. Und ich kann mir merken, wer was zu mir gesagt hat. Für meine alten Kumpels ein Albtraum, weil nichts in Vergessenheit gerät.«

Ich drehe mich um, um Esther und Brett mit Pete bekannt zu machen, aber in der Zwischenzeit hat sich eine Frau, die ich noch nie gesehen habe, zu ihnen gesellt und redet mit ihnen. Ich lass sie in Ruhe, und mir fällt auf, dass Brett Esther für keinen Moment loslässt. Seine Hand klebt förmlich an ihrem Rücken.

»Das habe ich nicht gecheckt – dass das mit dir und Sophie ernst ist. Wie lang seid ihr denn schon zusammen?«, will ich von Pete wissen. Ich könnte nicht sagen, warum, aber irgendwie hatte ich an jenem Abend das unbestimmte Gefühl, dass die beiden noch nicht allzu lang ein Paar waren, wenn überhaupt. Bis zu seinem Auftauchen hatte Sophie nicht mal seinen Namen erwähnt.

»Um ehrlich zu sein, sind wir gar nicht zusammen.« Es scheint Pete peinlich zu sein. »Das hier ist unser drittes Date.«

»Euer drittes Date? Und da gehst du mit ihr zu einem Klassentreffen? Wow, das ist echt eine harte Probe.«

»Ich weiß.« Pete schüttelt verzweifelt den Kopf. »Keine Ahnung, was ich mir dabei gedacht habe. Na ja, ich hab natürlich eine Ahnung – ich hab da diese … Man könnte es Grundregel nennen.«

»Grundregel?« Der Mann wird mir von Minute zu Minute suspekter. Nach allem, was ich bislang von ihm mitbekommen habe, scheint er alles andere als zu Sophie zu passen.

»Ja. Ich bin seit ein paar Jahren geschieden, und die Scheidung war eine ziemliche Schlammschlacht.«

»Oh, das kenn ich. Meine auch.« Ich wünschte mir, es zuzugeben würde ein bisschen was an meinem Gefühl ändern, immer noch eine Versagerin zu sein: vierzig Jahre alt und geschieden. Normalerweise würde ich das einem nahezu völlig Fremden gegenüber niemals zugeben, aber die Tatsache, dass er in Vorleistung gegangen ist, hat mir Mut gemacht. Dass mein Exmann hier ist, werde ich ihm allerdings nicht erzählen.

»Wirklich?« Sein Gesicht entspannt sich. »Dann weißt du ja, wie es sein kann. Jedenfalls hab ich vor etwa einem Jahr beschlossen, es noch mal zu probieren. Hab mich bei einigen Dating-Seiten angemeldet.«

»Du hast Sophie online kennengelernt?«

Er sieht ein bisschen so aus, als wäre er in der Defensive. »Ja. Es ist vielleicht schon eine Weile her, seit du diesen ganzen Dating-Zirkus mitgemacht hast – aber inzwischen datet jeder online. Daran ist nichts mehr verkehrt.«

»Ach, das weiß ich doch.« Aus allerjüngster Erfahrung. »Es ist eher … Es ist Sophie. Ich kann mir gar nicht vorstellen, dass sie das ebenfalls macht.« Sophie, der sämtliche Jungs immer an den Lippen gehangen haben.

»Wie gesagt, das macht inzwischen jeder. Aber als ich damals angefangen hab, war ich doch ziemlich schnell dabei, die Frauen auszusortieren – komische Stimme, zu lange Fingernägel, solche Sachen. Meine Schwester meinte, dass ich ganz bewusst nach Mängeln gesucht hätte, um mich bloß auf niemanden einlassen zu müssen. Also hab ich mir eine Grundregel auferlegt: Wenn ich eine Frau date, dann immer mindestens drei Mal – wenn die Frau auch will, natürlich. Zu der Grundregel gehört, dass ich zu allem Ja und Amen sage, egal was sie vorschlägt, solange es nichts Illegales oder Gefährliches ist.«

»Und so bist du bei einem Klassentreffen gelandet … mit jemandem, den du kaum kennst.«

»Jepp. Deshalb war ich auch so froh, als ich dich gesehen habe. In diesem Szenario zählst du als alte Freundin.«

Ich lache, nippe an meinem Wein und überlege, was ich als Nächstes sagen soll. Meine Entscheidung fällt am Ende auf die Null-acht-fünfzehn-Frage. »Was machst du eigentlich beruflich?«

»Ich bin Architekt … bei Foster and Lyme.«

»Ach nee! Die kenn ich. Als John Fuller noch da war, hab ich mal für euch gearbeitet.«

»Das war vor meiner Zeit, aber der Name ist mir ein Begriff. Dann arbeitest du als …?«

»Innenarchitektin. Inzwischen selbstständig. Früher war ich bei Blue Door angestellt.«

Im nächsten Moment taucht Sophie neben Pete auf und schaut missmutig drein.

»Hier bist du also«, sagt sie zu Pete. »Louise, hi, du siehst toll aus!« Sie gibt mir zwei routinierte Küsschen auf die

Wangen. »Ist das alles nicht großartig? Oh mein Gott, guck mal, da ist Emma Frost! Mann, ist die fett geworden! Und Graham Scott hat den schrecklichsten Bart aller Zeiten. Und hast du Mr. Jenkins an der Tür gesehen? Ich schwöre, er hat versucht, mich zu betatschen, als er mir mit diesem Namensschild geholfen hat. Oder, Pete?«

Pete zuckt mit den Schultern.

»Weißt du noch, Louise, diese Geschichten, die über ihn im Umlauf waren? Natasha Griffiths, hieß sie nicht so? Oh, ob die wohl auch gekommen ist? Pete, könntest du uns vielleicht Drinks holen? Louise, noch einen Wein?«

Während Pete zur Bar schlurft, dreht sie sich zu mir um.

»Hast du Sam schon gesehen?«, fragt sie kaum verhohlen neugierig.

»Noch nicht. Aber ich sehe ihn sowieso ständig, wir haben ein Kind, schon vergessen?« Ermutigt durch das erste Glas Wein, das ich schon intus hab, schieße ich zurück: »Warum hast du jemanden mitgebracht, den du kaum kennst?«

Sophie klappt die Kinnlade nach unten. »Hat er dir das erzählt?«

»Ja, aber auch nur, weil ich ihn gefragt hab, wie lang ihr schon zusammen seid.«

Sophie ist es sichtlich peinlich, und ich kann nicht glauben, dass ich allem Anschein nach ihre Achillesferse getroffen habe.

»Vielleicht sage ich ihm besser, dass er es nicht weitererzählen soll. Du verrätst es doch keinem, oder, Louise? Ich hab einfach nicht allein herkommen wollen, nicht nachdem ich wusste, dass alle anderen hier ihre Ehemänner und Fotos ihrer engelsgleichen Kinderlein rumzeigen würden.« Es hätte verbittert klingen können, aber tatsächlich kommt bei mir nur Traurigkeit an.

»Hey, ich bin doch auch alleine hier. Ich glaub, das sind recht viele.« Ich lege ihr die Hand auf den Arm und verspüre einen Stich, als ich mir bewusst werde, dass wir zwei dasselbe Schicksal teilen. Aus heutiger Sicht ist mir klar, dass sie mich damals zu Schulzeiten nur benutzt hat, um ihr Ego aufzupolieren, und genau das beschert mir eine unerwartete Einsicht in die Unsicherheit, die ihr Verhalten gesteuert haben muss.

»Ja, aber das bist du, okay?« Sie schüttelt meine Hand ab. »Da macht das nicht viel aus, von dir erwartet keiner etwas.« Schlagartig ist die Verletzlichkeit verflogen, und sie landet harte Treffer im Gesicht. »Gott, wo bleibt Pete mit dem Wein?«, schnaubt sie. »Bin gleich wieder da.« Dann marschiert auch sie in Richtung Bar.

Ich könnte ebenfalls ein zweites Glas vertragen, und ich bin offensichtlich nicht die Einzige. Jeder hier scheint seinen Drink auf diese unsichere Art hinunterzukippen, die man an solchen Abenden erlebt, die nicht eher anfangen, bevor nicht alle mindestens ordentlich beschwipst sind. Als mir jemand auf die Schulter tippt, nehme ich an, dass es Pete oder Sophie mit meinem Wein ist, und drehe mich eilig um. Doch als ich sehe, wer es ist, rutscht mir das Herz in die Hose.

»Hi, Louise«, sagt Sam mit einem argwöhnischen Lächeln. Nach unserer letzten Begegnung erwartet er womöglich Ärger – dass ich heule oder winsele oder zumindest sarkastisch oder bissig bin.

Doch stattdessen lächele ich ihn an und gebe ihm ein Küsschen auf die Wange. »Hi. Wie geht's?«

»Gut, alles prima«, sagt er und sieht erleichtert aus. »Wo ist denn Henry?« Er sieht sich um, als würde er erwarten, ihn hier irgendwo zu entdecken, wie er sich gerade über die Chips hermacht, die an der Längsseite der Aula bereitstehen.

»Bei Polly. Ihm geht's hervorragend, er ist gern dort.« In mir sträubt sich schon wieder alles, ich bin in der Defensive.

»Ich weiß, ich weiß. Kein Grund, gleich so … egal.« Er scheint sich wieder ins Gedächtnis zu rufen, wo wir sind. »Kannst du dich an Matt erinnern? Matt Lewis?«

Er zeigt auf den Mann neben ihm. Seit unserer Hochzeit vor dreizehn Jahren habe ich ihn nicht mehr gesehen. Er hat zugenommen und wird zusehends grau, aber ansonsten ist er immer noch der Alte.

»Natürlich! Schön, dich wiederzusehen.«

Ich beuge mich auf ein höfliches Begrüßungsküsschen zu Matt vor, als sich hinter mir plötzlich etwas tut und Sophie sich mit Pete im Schlepptau sowie den Drinks zu uns gesellt.

»Du liebe Güte, ihr seid das!«

Mit einem unbeschwerten »Hallo, Süßer!« wirft sie sich Matt an den Hals, und mir fällt wieder ein, dass die beiden einander nicht annähernd so fremd sind wie wir anderen, weil sie sich immer noch ab und zu treffen. Matt hat Sophie auch von mir und Sam erzählt. Dann ist Sam an der Reihe: Sie schlingt ihm die Arme um den Hals und drückt ihm einen langen Schmatzer auf die Wange.

»Wow, du siehst toll aus, Soph«, bemerkt Sam anerkennend.

»Ich kann's immer noch!« Sie zwinkert ihm zu und stupst ihn kess mit der Hüfte an.

Pete reicht mir mein Weinglas, und ich nehme einen Schluck. Der Wein ist sauer und kein bisschen gekühlt, trotzdem mache ich mich darüber her. Das brauche ich jetzt.

»Und, was gibt's Neues?«, fragt Sophie. »Wen habt ihr schon getroffen? Mein Gott, habt ihr Graham Scotts Bart gesehen?«

Matt und ich wechseln einen Blick, ziehen beide ganz dezent die Augenbrauen hoch und lächeln uns an, aber schon im nächsten Augenblick hat er sich wieder Sophie zugewandt.

»Keine neuen Gerüchte, Sophie. Gib uns ein bisschen Zeit, wir sind doch gerade erst angekommen.« Sam lächelt. »Außerdem warst doch immer du diejenige mit den Insiderinfos.«

»Na klar, ich weiß alles und seh alles!« Sie lacht und hebt den Zeigefinger. »Versucht ja nicht, irgendetwas vor mir zu verheimlichen.«

Pete wühlt in seiner Brusttasche und zieht eine Schachtel Marlboro Lights hervor. Als er sieht, wie ich darauf schiele, hält er sie mir hin.

»Möchtest du eine?«

»Ach, warum nicht«, antworte ich mit einem Lächeln.

»Ich dachte, du hättest aufgehört?«, wirft Sam überrascht ein.

Am liebsten würde ich ihm sagen, dass es eine Menge Dinge gibt, die er nicht über mich weiß. Dass er mich mit alledem, was er mir angetan hat, verändert hat, dass ich jetzt ein anderer Mensch bin. Aber natürlich sage ich nichts davon. Ich zucke lediglich mit den Schultern und begleite Pete nach draußen. Als sich meine Augen an die Dunkelheit gewöhnt haben, wandert mein Blick unwillkürlich in die Ecken, in die Schatten – hin zu den Stellen, in denen sich jemand verstecken und mir auflauern könnte. Wir setzen uns auf ein Mäuerchen, zittern beide und überlegen kurz, wieder reinzugehen und unsere Jacken zu holen. Der Wind bläst die Streichhölzer aus, und wir brauchen mehrere Anläufe, bis wir die Zigaretten angezündet haben. Ich nehme einen tiefen Zug, atme den Rauch aus, und zum ersten Mal an diesem Abend spüre ich, wie sich mein Körper entspannt. Nach der Hitze und der unterschwelligen Hysterie dort drinnen genießt er die Kälte hier draußen.

»Also«, sage ich. »Bist du so ähnlich aufgewachsen? In einem Kaff im Niemandsland?«

»Nein«, antwortet er. »Ich bin in London geboren und aufgewachsen. An Orten wie diesem hier kriege ich Gänsehaut.«

»Hattest du auch schon mal ein Klassentreffen? Ich meine, ein eigenes – nicht das Klassentreffen einer x-beliebigen Frau, die du im Internet kennengelernt hast?«

»Gott bewahre! Kann mir nichts Schlimmeres vorstellen!«

»Oh. Okay …«

»Sorry, ich meinte nicht, dass andere Leute nicht auf so was gehen sollten. Aber für mich wäre es nichts, das ist schon alles. Ich hatte nicht die allerschönste Schulzeit, war eher der Typ Einzelgänger, nehm ich an.«

»Schon in Ordnung«, sage ich und spüre, wie ich mich langsam für ihn erwärme. »Es ist ja auch eine komische Sache. Ich meine, wenn es gewisse Plattformen nicht gäbe, würde man doch über irgendwelche Leute, mit denen man zur Schule gegangen ist, überhaupt nichts mehr wissen. Wir würden einfach mit unserem Leben weitermachen wie bisher. Es soll ja welche geben, die über Facebook wieder mit ihren Sandkastenfreunden Kontakt aufgenommen haben oder sich scheiden ließen, um wieder zu ihrer ersten großen Liebe zurückzukehren.«

»Ich halte mich von solchen Sachen fern«, sagt er. »Von allem anderen mal abgesehen, scheint es mir einfach nur eine gigantische Zeitverschwendung zu sein.«

»Da hast du wahrscheinlich recht.« Es entsteht eine kurze Pause, und ich frage mich, ob Maria mich auch auf anderem Wege gefunden hätte, wenn ich nicht auf Facebook gewesen wäre, und mich immer noch für damals bluten ließe. Ich habe es ihr einfach gemacht, indem ich mich dort draußen, im Netz, präsentiert habe. Aber sich heutzutage wegzuducken und komplett unauffindbar zu sein, wird immer schwieriger. Ich nehme noch einen tiefen Zug, und während sich der Rauch scharf in meine Lunge brennt, weicht das flüchtige Gefühl der Entspannung, die ich hier draußen empfunden habe, einem nur allzu bekannten Unbehagen. Unwillkürlich ziehe ich die Schultern hoch.

»So«, sagt Pete und wechselt geflissentlich das Thema. »Du wolltest mir dort drinnen gerade erzählen, für wen du gearbeitet hast.«

Doch allem Anschein nach ist es uns nicht vergönnt, dieses Gespräch zu Ende zu führen, denn im nächsten Augenblick brüllt am oberen Ende der Auffahrt ein Mann etwas, womit er unsere Aufmerksamkeit auf sich zieht. Die Auffahrt ist nicht lang, und ganz am Ende steht eine Straßenlaterne. Mir wird übel vor Angst, als ich erkenne, dass direkt unter der Laterne Tim Weston steht und wild gestikuliert. Er blafft jemanden an, der mit dem Rücken zu uns dasteht und einen schwarzen Mantel mit Kapuze trägt. Ich könnte nicht mal sagen, ob es sich um einen Mann oder eine Frau handelt, und auch wenn ich Tims Stimme hören kann, macht der Wind es unmöglich zu verstehen, was er sagt. Pete und ich stehen auf und spähen die Auffahrt hinauf, er mit fast schon lasziver Neugier, ich mit wachsender Panik, beide spitzen wir die Ohren, können aber nichts verstehen. Der eisige Wind scheint durch mich hindurchzufahren und dringt mir bis ins Mark. Ich kneife die Augen zusammen und versuche zu erkennen, ob diese Schattengestalt eine erwachsene Maria sein könnte. Könnte sie es sein – ebenfalls zurück an jenem Ort, wo alles angefangen hat? Geht es bei diesem Abend allein darum? Im selben Moment wird mir klar, dass ich keinen Schimmer habe, wer das Klassentreffen einberufen hat, und ich habe auch mit niemandem gesprochen, der darüber vielleicht Bescheid weiß. Ich mache einen wackligen Schritt nach vorn, kneife erneut die Augen zusammen, doch noch während ich das tue, legt Tim dieser anderen Person den Arm um die Schultern, bevor sie verschwinden und in Richtung Innenstadt gehen. Ich lasse mich wieder auf das Mäuerchen sinken. Alle Luft ist aus mir rausgepresst worden.

»Worum es da wohl ging?«, murmelt Pete. »Es ist ganz grässlich – aber ich liebe es, anderen Leuten beim Streiten zuzusehen. Jeder ist immer nur darauf bedacht, sich der Welt von seiner besten Seite zu zeigen, du weißt schon, guck dir mein perfektes Leben an, meine wunderbare Familie, diesen fabelhaften Kuchen, den ich selbst gebacken habe. Ich find es irgendwie beruhigend zu sehen, dass ich nicht der Einzige bin, der Sachen vermasselt.«

Ich zwinge mich zu einem Lächeln, aber die Unruhe juckt unter meiner Haut wie eine Pustel. Ich ziehe noch ein letztes Mal zitternd an meiner Zigarette, dann stehe ich auf und zermalme die Kippe unnötig fest unter meinem Absatz.

»Wieder rein in die Schlacht?«, fragt Pete und steht ebenfalls auf.

Gemeinsam laufen wir zurück zur Eingangstür, und trotz der Kälte kann ich seine Wärme an meiner Seite spüren, als sich unsere Arme fast, aber eben auch nur fast berühren.

KAPITEL 19

1989

Der Abend hatte so gut angefangen. Sophie hatte mehrere Kleider mitgebracht, die ich anprobieren sollte, auch das, das jetzt zerknautscht neben mir am Boden lag. Es war ein langes, smaragdgrünes Satinkleid (»Das trag ich nie«, hatte Sophie gesagt. »Es steht mir nicht und beult sich an allen möglichen falschen Stellen aus.«), und ich hatte noch nie so etwas angehabt: tief ausgeschnitten, eng tailliert und schulterfrei, sodass es meine Rundungen betonte und ich tatsächlich unerwartet sexy und verwegen aussah. Dazu hatte ich ein Paar schwindelerregend hohe schwarze Schuhe getragen (ebenfalls von Sophie ausgemustert) und eine Kette mit einem Diamantanhänger, die meine Eltern mir zum sechzehnten Geburtstag geschenkt hatten und die einladend glitzerte, nur Millimeter über meinem Brustansatz.

Wie eine Schaufensterpuppe saß ich auf meiner Bettkante, während Sophie an mir loszauberte: Erst zog sie meine Haare glatt nach hinten, drehte sie ein, steckte sie mit einer Strassspange fest und zupfte anschließend wie ein Profi ein paar Strähnen um mein Gesicht herum frei.

Dann trug sie methodisch Foundation, Puder, Bronzer und Rouge auf und schließlich den grünen Glitzerlidschatten, den ich in der Woche zuvor bei Woolworth gekauft hatte. Entlang der oberen Lider zog sie mit schwarzem Flüssig-Eyeliner katzenhafte Lidstriche und vollendete ihr Werk mit ordentlich Wimperntusche auf den oberen und unteren Wimpern. Entgegen dem Ratschlag aus der *Just Seventeen*, sich entweder für dramatische Augen oder Lippen zu entscheiden, aber niemals beides gleichzeitig, fügte sie noch dunkelroten Lippenstift hinzu, sodass meine Lippen wie fette Traubenkirschen schimmerten.

Ich konnte mich vom Bett aus nicht im Spiegel sehen, aber als ich aufstand, um mir das Ergebnis anzuschauen, verschlug mir diese fremde Person, die mir entgegenstarrte, schier den Atem. Von dem pummeligen Mädchen mit dem mausbraunen Haar, das eine Stunde zuvor mit der Prozedur angefangen hatte, war nur mehr ein minimaler Hauch zu erkennen – als kaum wahrnehmbare Unsicherheit in meinen Augen. Ich stand auf einmal gerader da, zog den Bauch ein, drückte die Schultern zurück. Je länger ich meine sanduhrengleiche Figur, die ich gerade kreiert hatte, sowie die funkelnden Katzenaugen und den Diamanten in Augenschein nahm, der im Lampenlicht an meinem Hals schimmerte, desto mehr trat das mausbraunhaarige Mädchen in den Hintergrund.

»Er wird es lieben!«, stellte Sophie fest, und diesmal machte ich mir nicht mal mehr die Mühe, so zu tun, als wüsste ich nicht, wen sie meinte.

In einem schwarzen Stretchkleid, das so kurz war, dass ich fast ihren Slip sehen konnte, lief Sophie vor mir her die Treppe hinunter. Dann sah ich, wie meinem Dad die Kinnlade nach unten klappte – aus Schock, wie ich hoffte, auch wenn ich fast angeekelt glaubte, noch etwas anderes in seinem Gesichtsausdruck auszumachen. Als Sophie den unteren Treppenabsatz erreichte, um mich in all meiner Pracht zu präsentieren, hatte Mum eine unbehagliche Mischung aus Überraschung, widerwilligem Stolz und etwas anderem im Gesicht – war das möglicherweise Neid?

Dad riss sich wieder zusammen und mimte den Chauffeur (»Ihr Wagen steht bereit, Ladys«), aber ich sah, wie er besorgt zu Mum hinüberblickte. Das Gefühl, sie derart überrumpelt zu haben, war einfach großartig. Zuvor hatte ich nie auch nur den Hauch von Macht über sie verspürt, und es war berauschend. Sie hatten Angst – davor, was ich zu werden drohte, was ich zu tun gedachte.

»Pass auf dich auf, Liebes«, sagte Dad beunruhigt zu mir, als er uns am Schultor ablieferte.

»Tausend Dank fürs Fahren, Mr. Williams«, gurrte Sophie, während sie mit einer silberfarbenen Clutch in der Hand demonstrativ die nackten Beine vom Rücksitz nach draußen beförderte.

»Gern geschehen«, sagte Dad und starrte beherrscht nach vorn.

Nachdem er wieder gefahren war, sahen Sophie und ich uns an. Ich kicherte nervös, als sie meine Hand nahm.

»Los geht's.«

Wir flanierten die Schulauffahrt entlang auf die Musik zu, die bereits zu uns herüberdröhnte. Mr. Jenkins stand hinter einem Tischchen am Eingang und hieß alle willkommen. Er trug das peinlichste T-Shirt, das ich je gesehen hatte, hatte seinen Bart gestutzt und glaubte wohl, er würde richtig cool aussehen.

»Guten Abend, Girls! Einmal die Taschen bitte.« Dann musterte er Sophie von Kopf bis Fuß.

»Was?« Panisch wandte Sophie sich mir zu.

»Die Taschen, Mädels«, wiederholte er, »legt sie bitte hier auf diesen Tisch und macht sie auf.«

Mein Herz hämmerte schlagartig so laut, ich konnte es nicht fassen, dass Mr. Jenkins es nicht hörte. Ich versuchte, nicht zu Sophie hinüberzuspähen, als ich am Verschluss meiner kleinen schwarzen Schultertasche nestelte. Darin lagen ein kleines, mit Pailletten besetztes Portemonnaie, ein Spiegel und der dunkle Lippenstift. Er reichte mir die Tasche zurück und nickte Sophie zu, die langsam ihre Silberclutch auf den Tisch legte und ihren Fuß an meinen presste. Mr. Jenkins zog die Tasche auf, steckte einen Finger hinein und wühlte im Inhalt herum. Dann hielt sein Finger ganz kurz inne – bevor er errötete und ihr die Tasche wieder aushändigte.

»Viel Spaß heute Abend, Mädels.«

Als wir die Eingangshalle betraten, wandte ich mich zu Sophie um. »Wo ist es? Und warum hast du mich getreten?«, raunte ich ihr zu.

Sophie grinste und zog ihr Kleid am Ausschnitt ein Stück nach unten. Unter ihrem Spitzen-BH steckte ein kleines Tütchen mit blauen Pillen.

»Ich hab dich doch nur hochnehmen wollen! Du hättest dein Gesicht sehen sollen! Wie gut, dass Mr. Jenkins keine Leibesvisitation durchgeführt hat – aber hier, davon war er schon schockiert genug!« Sie zog ein Kondom aus der Tasche und wedelte damit in meine Richtung. »Dabei hätte er die Leibesvisitation wahrscheinlich echt gerne gemacht, der alte Grapscher!«

Ich boxte ihr halbherzig gegen den Arm, und dann liefen wir hinein und sahen uns in der Aula um. Es war gerade einmal 19.30 Uhr, also noch nicht einmal dunkel, aber irgendwer hatte die Vorhänge zugezogen und Discobeleuchtung aufgehängt, was für eine eigenartige, zwielichtige Atmosphäre sorgte. Es lief Neneh Cherrys *Manchild*, und niemand tanzte – außer Lorna Sixsmith und Katie Barr, die aus irgendeinem Grund von dem Song besessen waren und ihn auswendig mitsingen konnten.

»Da ist Matt«, sagte Sophie und scheuchte mich zur »Bar«, an der es selbstverständlich nur Saft, Cola und Limo gab. Matt scannte mit dem Blick den Raum und sah in seiner Anzughose, einem weißen T-Shirt und Converse mühelos cool aus.

»Gott, ist das lahm«, sagte er zu Sophie. »Bleiben wir wirklich hier?«

»Na klar!«, entgegnete Sophie. »Und mach dir mal keine Gedanken, ich hab das Zeug dabei, das du und Sam besorgt habt.«

Erneut zog sie ihr Kleid nach unten, um ihm den Inhalt ihres BHs zu zeigen, auch wenn sie es diesmal etwas langsamer tat, um ihn zu provozieren. Ich konnte ihm ansehen, wie sehr er versuchte, nicht hinzustarren, um ihr nicht die Genugtuung zu verschaffen. Aber er konnte den Blick einfach nicht abwenden.

»Hör mal … Bist du dir echt sicher, dass wir es durchziehen sollen?« Matt riss den Blick von Sophies Ausschnitt los und drehte sich zu mir. »Was, wenn dabei etwas schiefgeht – ich meine, so richtig schief?«

»Himmelherrgott, jetzt sei doch nicht so eine Memme!«, schimpfte Sophie. »Es wird schon gutgehen – es ist doch bloß E! Das nehmen wir doch auch die ganze Zeit, oder nicht? Louise macht sich doch auch keine Gedanken, stimmt's?« Ungeduldig drehte sie sich zu mir um.

»Nein«, flunkerte ich. In Wahrheit war ich vor Angst wie gelähmt, aber ich hatte meine Panik wie einen kleinen, greifbaren Gegenstand in die hinterletzte Ecke meines Hirns verbannt, dort, wo ich alle unbequemen Wahrheiten verwahrte.

»Aber Louise ist diejenige, die es machen muss«, beharrte Matt. »Insofern hast du ja leicht reden.« Ich war fast schon gerührt, weil er Sophie um meinetwillen Widerworte gab, obwohl er doch so offenkundig auf sie stand.

»Nein, es ist schon okay«, sagte ich. »Ich mach es.« Ich konnte Sophie schließlich nicht schon wieder enttäuschen. Den Tampon-Vorfall hatte sie mir zwar verziehen, aber wenn ich das hier nicht durchzog, würde sie nie wieder mit mir reden.

»Gut, dann ist ja alles klar. Wir sehen uns später, Memme.« Sophie griff nach meiner Hand und zog mich zu Claire und Joanne auf die andere Seite der Tanzfläche. Während die Unterhaltung mal belebter, mal weniger belebt verlief, hielt Sophie meine Hand und drückte sie gelegentlich, wenn jemand etwas Lustiges oder besonders Bescheuertes sagte. Sie sorgte dafür, dass die beiden anderen mich nicht aus der Unterhaltung ausschließen konnten, bezog mich immer wieder aktiv ein, und jedes Mal, wenn in meinem Kopf Zweifel laut wurden, vertrieb sie sie durch den warmen Druck ihrer Finger, die sich um meine geschlossen hatten. Innerlich vibrierte ich vor Spannung, vor schierer Freude, dass ich und Sophie ein Geheimnis hatten, von dem weder Claire noch Joanne etwas ahnten.

Man konnte die Aula nur durch eine Tür betreten, und die konnte ich aus dem Augenwinkel einsehen. Einerseits plauderte und lachte und lästerte ich über die Outfits der anderen Mädels, andererseits lag ich auf der Lauer und war angesichts der Erwartung, die schwer auf meiner Brust lastete, kaum noch imstande zu atmen.

Gegen acht Uhr wurde ich für meine Wachsamkeit endlich belohnt. Maria hatte ein nachtblaues, knielanges Kleid an, von dem ich glaubte, dass wir es an jenem Tag auf dem

Jahrmarkt bei Topshop gesehen hatten. Sie trug die Haare offen und lächelte das Mädchen an, mit dem sie Arm in Arm hereingekommen war. Ich musste tatsächlich zweimal hinsehen, um zu erkennen, um wen es sich handelte. Maria musste Esther ebenfalls einer Art *Make-over* unterzogen haben, weil sie in ihrem schwarzen Rock und dem roten Wickel-Oberteil tatsächlich ganz passabel aussah. Sie hatte sogar Make-up aufgelegt. Ein paar Schritte hinter ihr kam Tim und ließ wie ein Bodyguard, der nur auf Angreifer wartet, einen lauernden Blick durch den Raum schweifen. Die Mädchen liefen zur Bar, schienen sich um alle anderen nicht weiter zu scheren, kauften sich zwei Cola, die wie bei einem Kindergeburtstag mit Strohhalm kamen. Maria drehte sich zu Tim um und fragte ihn etwas, und er schüttelte den Kopf. Sie sah verärgert aus, dann schienen sie sich kurz zu streiten, woraufhin er zur gegenüberliegenden Seite des Raums stampfte und sich dort auf einen Stuhl fallen ließ.

Ich spürte, wie Sophies Finger sich in meine Hand krallten. »Komm, wir gehen aufs Klo.«

Gemeinsam quetschten wir uns in eine Toilettenkabine, Sophie griff in ihren BH und zog das Plastiktütchen heraus. Dann nahm sie eine Tablette, schob sie in ein zweites Beutelchen und legte es auf den Klodeckel. Anschließend angelte sie ein schweres Zippo-Feuerzeug aus der Tasche und fing an, die Tablette in dem Beutel zu zerstoßen, erst in kleinere Brösel, bis nach ein paar Minuten nur noch feiner Staub übrig war.

»Okay, das sollte reichen«, stellte sie zufrieden fest und nahm den Beutel mit sicherer Hand wieder hoch. »Bereit?«

War ich das wirklich? Trotzdem nahm ich den Beutel entgegen.

»Ich geh zuerst, damit wir keinen Verdacht erregen«, sagte sie.

Ich wartete noch kurz, schloss die Augen, und Angst und Aufregung schickten kleine Schockwellen durch meinen Körper. Als ich schließlich allein über den Flur zur Aula zurücklief – das Tütchen mit dem Pulver mittlerweile zwischen meinen Brüsten –, kamen mir Matt und Sam entgegen. Als Sam mich erkannte, riss er für einen winzigen Moment die Augen auf, und als wir einander näher kamen, war die Anziehungskraft, die ich auf ihn auszuüben schien, regelrecht spürbar. Erneut nahm ich den Kitzel der Macht wahr, von der ich zuvor nicht die leiseste Ahnung gehabt hatte. So musste es sich anfühlen, Sophie zu sein.

»Da bist du«, stellte Matt fest. »Du weißt, dass du das nicht machen musst, oder? Wenn es leichter ist, geh heim, sag einfach, dir ist schlecht oder so.«

Ich war aufrichtig gerührt von seiner Besorgnis. Er schien intuitiv verstanden zu haben, dass ich für Sophie besser eine Ausrede parat hätte, statt ihr einfach zu sagen, dass ich es mir anders überlegt hätte.

»Stimmt«, pflichtete Sam ihm bei. »Die Entscheidung liegt bei dir. Niemand würde es dir übel nehmen oder so.«

Niemand außer Sophie. Es hing förmlich in der Luft, und auch wenn keiner es aussprach, wusste ich, dass es allen klar war. Aber ich wusste auch, dass ich einen Beschluss gefasst hatte, ganz gleich, was sie gerade sagten. Das hatte ich bereits während Sams Party getan, als ich zum ersten Mal E genommen und die Brücke zu Maria abgebrochen hatte. Wenn ich heute versagte, würde ich Sophie ebenfalls verlieren. Und wer bliebe mir dann noch?

»Na ja, solange du dir sicher bist«, sagte Matt skeptisch. »Ich muss pissen. Kommst du, Sam?«

»Ich komm gleich nach, Kumpel.« Sam sah mich immer noch an.

Sämtliche Türen zu den Klassenräumen entlang des Flurs waren geschlossen, und ich hatte angenommen, dass sie verriegelt wären, doch als Sam die nächstbeste Klinke nach unten drückte, ging die Tür auf.

»Komm mal für einen Moment mit«, bat er.

Ich folgte ihm nach drinnen. Die Rollos waren heruntergelassen, und es war ziemlich dunkel, auch wenn vom Flur ein bisschen Licht durch die Oberlichter entlang der Decke fiel.

»Du siehst heute echt großartig aus«, sagte er sanft.

Am ganzen Leib verspürte ich ein leichtes Flattern. Ich fühlte mich wie jemand anders; dieses Szenario hatte ich in meinem Kopf so häufig durchgespielt, dass es sich jetzt regelrecht falsch anfühlte, dass es mir im echten Leben passierte. Ich stand mit dem Rücken zur Wand, und als er einen Schritt auf mich zu machte, lehnte ich mich dagegen, weil ich mir nicht ganz sicher war, ob meine Beine mich halten würden. Sam legte die Hand an mein Gesicht, fuhr mit einem Finger zärtlich meine Wange entlang und dann an meinem Hals hinab. Mein ganzer Körper bebte, als er sich anschließend nach vorn beugte, ich sah seine Augen näher und näher kommen, bis alles vor mir verschwamm. Er gab mir einen zarten Kuss, hielt für eine Sekunde meine Oberlippe zwischen seinen Lippen fest, ehe er wieder zurückwich.

»Ist das okay?«, wollte er wissen.

Ich nickte, hätte kein Wort herausbringen können.

Dann küsste er mich wieder, diesmal nachdrücklicher, seine Zunge erkundete meinen Mund, und er drückte sich so fest an mich, dass ich kaum noch atmen konnte, seine

Hände wanderten über den glatten Satinkleiderstoff, und von einem Moment zum anderen fühlte ich mich innerlich heiß und flüssig. Seine Finger krallten sich in mein Fleisch, ein herrlicher Schmerz, der elektrische Blitze durch meinen Körper jagte, und dann spürte ich, wie seine Hände hinter mich griffen, den Reißverschluss suchten, fündig wurden und ihn langsam aufzogen.

»Nicht!«, keuchte ich unwillkürlich und erstarrte in seinen Armen.

Er sprang zurück, als hätte ich ihn gebissen. »Sorry, ich dachte, du …«

»Nein, schon in Ordnung, ich meine … ich will ja. Es ist nur … Ich hab noch nie … Ich kenn das nicht …«

Er lächelte. »Schon gut. Ich wollte dich nicht unter Druck setzen. Du bist heute Abend einfach so verdammt sexy.«

»Danke«, murmelte ich, starrte zu Boden und loderte vor Scham und Wut auf mich selbst.

»Das ist okay, mach dir keine Gedanken. Ehrlich, macht doch nichts. Ich hätte nicht so offensiv sein dürfen. Belassen wir es für heute dabei, ja? Alles in Ordnung mit dir?«

»Alles in Ordnung«, wisperte ich.

»Okay. Dann sehen wir uns später, okay?«

Und mit diesen Worten war er weg und ließ mich allein im Halbdunkel zurück. Ich holte tief Luft, zitternd vor Anspannung, und spürte für einen Moment nur noch die Kälte der Wand, die mir in den Rücken sickerte. Wie hatte ich nur so bescheuert sein können? Hatte ich nicht genau das gewollt, hatte ich nicht genau davon Gott weiß wie lange geträumt? Und was, wenn er es Matt erzählte, der es dann an Sophie weitertratschte?

Ich berührte kurz das Beutelchen in meinem BH, flach

und unerkennbar für alle außer mir selbst. Mein Entschluss stand fest, fester denn je. Diese Nacht würde nicht mit dem enden, was gerade mit Sam passiert war – oder eben nicht passiert war. In dieser Nacht würde es um etwas anderes gehen, etwas so Großes, dass niemand sich je an den Rest erinnern würde.

KAPITEL 20

2016

Der Abend zieht sich. Der Lärmpegel steigt. Ich höre Gelächter, jede Menge davon. Es läuft die angekündigte Achtziger-Musik, und die Leute tanzen ungelenk. Es sind diverse Leute gekommen, die ich kenne oder vielmehr mal gekannt habe. Sophie, Maria, Sam, Matt – sie alle waren in meiner Erinnerung so übermächtig groß, dass ich darüber schlicht vergessen hab, dass ich noch andere Freunde hatte – gerade vor dem Abschlussjahr. Sam ist verschwunden, irgendwo in der Menge untergetaucht. Ich hab mein Soll erfüllt, hab mich zivilisiert mit ihm unterhalten. Hoffentlich kann ich ihm für den Rest des Abends aus dem Weg gehen.

Die Atmosphäre in der Aula ist eine aufgeheizte Mischung aus Nervosität und Überspannung. Im selben Maße, wie der Alkoholpegel in unserem kollektiven Blutkreislauf ansteigt, fällt einer nach dem anderen in sein altes Teenager-Ich zurück, als wäre die Erwachsenen-Persönlichkeit nur Kleidung, die man anprobiert hat, ob sie passt.

Auch wenn ich tief im Innern ohne Unterlass wachsam bleibe, amüsiere ich mich wirklich, und als Lorna Sixsmith zur Bar geht und für Getränkenachschub sorgt, um direkt weiter über ihre Scheidung zu schwadronieren, fühle ich mich rundum wohl in meiner Haut. Ich lasse den Blick schweifen, hab in meinem alkoholisierten Fieber ein Lächeln aufgelegt und frage mich, was dieser Abend noch so für mich bereithält. Eine dunkelhaarige Frau in einem blauen Leinenkleid scheint mich wiederzuerkennen und lächelt mir quer durch den Raum zu. Ich winke zurück. Inzwischen bin ich froh, dass ich gekommen bin, vielleicht hab ich ja genau das gebraucht. Um die Dämonen auszutreiben.

Zwei Frauen kommen auf mich zu, eine große, mit kurzen blonden, teuer gesträhnten Haaren, und eine kleine dunkelhaarige. Erst erkenne ich sie nicht wieder, doch als sie fast vor mir stehen und mich anlächeln, fällt bei mir der Groschen. Es sind Claire Barnes und Joanne Kirby.

»Mein Gott, Louise!«, ruft Claire und fällt mir um den Hals.

Ich erwidere die Umarmung. Dann ist Joanne dran.

»Du siehst fantastisch aus«, sagt sie.

»Danke, das Gleiche gilt aber auch für euch«, entgegne ich automatisch.

»Ist das hier nicht merkwürdig?«, fragt Claire. »Gott, war ich nervös, bevor ich hergekommen bin!«

»Ich auch«, beteuert Joanne inbrünstig. »Besonders nachdem … Du weißt schon, wieder hier zu sein, wo es damals passiert ist. Maria, meine ich.«

Es ist das erste Mal, dass heute Abend ihr Name fällt. Ich hatte angenommen, dass sie mit unserer Rückkehr an den Ort, wo sie zuletzt gesehen wurde, bei uns allen allgegenwärtig wäre, aber anscheinend haben die Leute eine ziemlich kurze Erinnerungsspanne. Die zwei gehören allerdings nicht dazu.

»Ich hab ihretwegen immer ein schlechtes Gewissen gehabt. Ich hab sogar darüber nachgedacht, nicht zu kommen«, sagt Claire. »Es hat sich irgendwie nicht richtig angefühlt, weißt du?«

Für einen Augenblick bin ich verwirrt. Claire und Joanne wissen doch gar nicht, was ich bei der Abschlussparty gemacht hab. Oder etwa doch?

»Ich weiß«, fährt Joanne auch schon fort, »wir waren gemein zu ihr. Wir waren echte Arschlöcher.«

Mir dämmert, dass sie von unserer täglichen Isolationskampagne sprechen und nicht von einem speziellen Ereignis.

»Ich hab inzwischen selbst Töchter im Teenie-Alter«, sagt Claire. »Ich bin ständig auf der Hut, für den Fall, dass so etwas passiert. Sie sind es leid, dass ich das Thema immer wieder anschneide, aber wenn sie auch nur eine blöde Bemerkung über ein anderes Mädchen andeuten, springe ich ihnen an die Kehle.«

Ich erzähle ihnen von Polly und Phoebe und wie besorgt Polly ist, und sie zeigen Mitgefühl, schlagen sogar noch andere Strategien vor, wie Phoebe sich gegen das Mädchen wehren könnte, das ihr das Leben zur Hölle macht. Sie sind freundliche, anständige Frauen geworden, und ich kann mir sogar vorstellen, mit ihnen befreundet zu sein, hätte ich sie als Erwachsene kennengelernt. Wir versichern einander, in Kontakt zu bleiben, und ich glaube sogar, dass es klappen wird.

Ich bin schon drauf und dran, hinüber zu der Frau im blauen Kleid zu gehen (Katie, es ist Katie Barr, der Neneh-Cherry-Fan), als Matt Lewis neben mir auftaucht. Eine Welle der Zuneigung rollt über mich hinweg. Matt ist früher immer nett zu mir gewesen, oder etwa nicht? Er hat sogar versucht, mich bei der Abschlussparty von unserem Plan abzubringen.

»Hey, du.« Selbst angetrunken klingt es alles andere als natürlich. Ich sage nie: »Hey, du.« In Wahrheit sagt überhaupt niemand: »Hey, du.« Außer vielleicht in amerikanischen Spielfilmen.

Matt lächelt nicht. Er blickt sogar verhältnismäßig düster drein.

»Ich hab gerade mit Sophie gesprochen. Sie hat mir von der Facebook-Sache erzählt. Was ist da los, Louise?«

Ich sehe mich verzweifelt um. Wo bleibt denn Lorna mit unseren Drinks? Ich entdecke sie drüben an der Bar, auf dem Rückweg hat jemand sie aufgehalten, und sie lachen und plaudern. Sie hat es alles andere als eilig. Die Blase, in der ich gerade herumgeschwebt bin, ist schlagartig geplatzt.

»Was meinst du?«

»Wer weiß sonst noch davon? Wem hast du davon erzählt, Louise?«

Trotz der Musik spricht er ganz leise und beugt sich so nah zu mir rüber, dass ich seinen leicht säuerlichen Atem riechen und jede Pore in seiner Haut sehen kann.

»Ich hab keine Ahnung, wer sonst noch Bescheid weiß … Ich hab's sonst niemandem erzählt. Vielleicht Sophie damals …«

»Wir haben da alle mit dringehangen, Louise, und irgendjemand scheint Bescheid zu wissen. Denk nach, wem hast du es erzählt? Wer könnte noch wissen, was wir gemacht haben?«

»Ich schwöre hoch und heilig, ich hab nie jemandem erzählt, was wirklich passiert ist. Gott, ich will doch genauso wenig wie du, dass es rauskommt! Ich war diejenige, die … du weißt schon … Du hast nichts getan …«

»Was glaubst du denn, wer Sophie den Stoff besorgt hat?«, zischt er.

»War das nicht Sam?«

»Ich war das! Von mir hat er seinen Stoff bezogen!« Für eine Sekunde glaube ich, er wird mich gleich schlagen, doch dann atmet er tief durch und spreizt die Finger. »Hör mal, mein Leben ist nicht ganz so verlaufen, wie ich es mir vorgestellt hab, okay? Ich hab ziemlich viel in den Sand gesetzt, aber jetzt hab ich eine neue Freundin, die zusammen mit ihren Kindern bei mir wohnt. Ich will das einfach nicht versauen, okay? Ich hab nicht nur den Stoff besorgt, sondern auch die Polizei belogen. Das sieht nicht gut aus, Louise.«

»Ich hab doch auch gelogen. Das haben wir alle.« Mit einem Schluck Wein will ich den schlechten Geschmack im Mund hinunterspülen.

»Okay, dann lügen wir jetzt weiter, wir alle. Was immer auch passiert. Ist das klar?«

»Ja«, hauche ich, traue mich fast nicht zu sprechen. Ich nehm an, dass ich genauso egoistisch bin wie er – ich will immerhin genauso wenig, dass die Wahrheit ans Licht kommt. Aber seine skrupellose Gleichgültigkeit gegenüber dem, was wir getan haben, verursacht bei mir Übelkeit. Wie kann er einfach so hierher zurückkommen und nicht die gleiche Scham empfinden wie ich?

»Wenn du noch mehr Nachrichten kriegst, dann will ich das wissen, okay? Hier ist meine Telefonnummer.« Er kritzelt sie auf einen Zettel und drückt ihn mir in die Hand. Ich schiebe ihn sorgfältig in meine Handtasche, auch wenn ich nicht vorhabe, ihn jemals anzurufen oder ihm von neuen Nachrichten zu erzählen. Ich will einfach nur, dass dieses Treffen vorbeigeht.

»Okay.« Er scheint sich zufriedenzugeben, und mit überwältigender Dankbarkeit sehe ich, dass Lorna endlich ihren

Weg zu mir fortsetzt, ein randvolles Weinglas in jeder Hand. Matt wirft ihr einen kurzen Blick zu und verzieht sich. Ich dachte, bloß ich kann die Vergangenheit nicht hinter mir lassen, aber es scheint so, als wäre ich da nicht die Einzige. Kurz bevor Lorna bei mir ist, eilt Sophie mit ausgestreckten Armen auf mich zu.

»Louise!«, gurrt sie und krallt die Finger in meinen Unterarm, und mit einem Anflug von Panik dämmert mir, dass sie bereits betrunken ist. *In vino veritas.* Lorna drückt mir mein Weinglas in die Hand und lächelt Sophie an, die sie im Gegenzug nicht eines Blicks würdigt. Lorna zuckt mit den Schultern und meint bloß, wir würden uns später sehen. Als sie geht, verdreht sie hinter Sophies Rücken die Augen, als wollte sie mir sagen, dass die sich ja wohl auch nicht verändert hat.

»Wo ist Pete?«, will ich wissen. Typisch Sophie, dass sie einen Beinahe-Fremden zu einem Event einlädt, bei dem er niemanden kennt, und ihn dann sitzenlässt.

»Oh, keine Ahnung, treibt sich irgendwo herum.«

»Du hast Matt von dieser Freundschaftsanfrage erzählt. Hättest vielleicht vorher mit mir sprechen können.« Ich muss selbst auch schon ziemlich angetrunken sein, dass ich Sophie auf diese Weise zurechtstutze.

»Gott, tut mir leid – war Matt sehr wütend?«

Mit Reue habe ich nicht gerechnet, und es bringt mich aus der Fassung. »Ein bisschen schon, aber mach dir mal keine Gedanken. Du hast aber ansonsten mit niemandem geredet, oder?«

Sie blickt schuldig drein. »Nur mit Sam.«

»Sam weiß Bescheid? Wann hast du es ihm erzählt? Heute?«

»Ja«, sagt sie schnell. »Na ja, stimmt nicht ganz. Ich hab

ihn irgendwann die Tage angerufen, nachdem du bei mir zu Besuch warst.«

»Du hast ihn angerufen? Warum? Woher hast du überhaupt seine Nummer?« Die alte Eifersucht steigt mir bis in die Kehle und schnürt mir den Hals zu.

Sie seufzt ungeduldig. »Spielt das eine Rolle? Ich hab ihn über Facebook angefunkt und ihn nach seiner Nummer gefragt.«

»Aber warum hast du überhaupt mit ihm darüber sprechen wollen?«

Für einen Augenblick ist ihr Gesichtsausdruck nicht zu deuten.

»Er war mit von der Partie, oder etwa nicht?«, sagt sie schließlich. »Er hat uns das E besorgt. Ich dachte mir, vielleicht hat er ja auch so eine Nachricht gekriegt.«

»Und – hat er?« Mir schwirrt der Kopf. Warum hat Sam das nicht erwähnt, als ich neulich Henry bei ihm abgeliefert hab? Deshalb war er so komisch drauf und hat gefragt, ob alles okay wäre. Und warum hat er immer noch nichts gesagt, als wir früher am Abend miteinander gesprochen haben?

»Nein, er hat nichts bekommen. Gott, Louise, was machen wir denn jetzt? Wer steckt dahinter?« Mit einer solchen Panik hätte ich nicht gerechnet. Im Wein steckt wirklich die Wahrheit.

»Keine Ahnung. Hast du denn auch eine Nachricht von Maria gekriegt? Seit sie dir die Freundschaftsanfrage geschickt hat?«

»Zwei.« Sie hat die Augen so weit aufgerissen, dass sie aussieht wie eine Disney-Prinzessin.

»Und was stand drin?«

»Eine kam fast direkt nach der Freundschaftsanfrage. Da

stand nur: ›Siehst immer noch gut aus, Sophie.‹ Die andere kam erst heute Morgen.«

»Und?«, frage ich ungeduldig.

»Da stand bloß: ›Bis später beim Klassentreffen, Sophie Hannigan.‹ Ich meine, diese Nachricht könnte doch jeder verschickt haben. Da ist doch nichts dabei – außer dass sie von ihr kommt …« Inzwischen hat sie ihre Stimme zu einem Wispern gesenkt und klingt zutiefst verängstigt. »Gott, Louise, was machen wir denn jetzt?«

»Warum hast du mir das denn nicht erzählt, als ich bei dir war? Warum hast du so getan, als wär das alles kein Problem?« Ich bin knallrot im Gesicht. Ich habe mich wirklich lächerlich gefühlt, als ich ihr von Marias Freundschaftsanfrage erzählt habe.

»Ich hab versucht, nicht darüber nachzudenken. Was wir gemacht haben … Ich weiß, dass es verkehrt war. Und anschließend haben wir alle gelogen, stimmt's? Wir haben die Polizei angelogen. Aber vielleicht war es am Ende ja doch nicht unsere Schuld?« Sie klingt, als würde sie mich anflehen. »Ich meine, wer weiß denn schon, was wirklich passiert ist? In der Nacht ist es drunter und drüber gegangen.«

»Was meinst du damit?«

Sie schüttelt bloß den Kopf. »Alles Mögliche.«

Ich will gerade nachhaken, als Pete neben ihr auftaucht.

»Ach, da bist du ja«, sagt sie vage und blickt sich um, vermeidet aber, ihn direkt anzusehen.

»Ja, hier bin ich ja«, sagt er, und seine Stimme trieft vor Sarkasmus. »Ich sehe schon, dass du dir Sorgen gemacht hast.«

»Ach, verdammt noch mal, du musst mir auch nicht ständig nachschleichen wie ein … wie ein verfluchter Welpe. Was bist du – Mann oder Memme?«

Sie zappelt von einem Fuß auf den anderen und stolpert mit ihren High Heels dann schnurstracks auf Sam zu, der am anderen Ende der Aula steht.

Pete sieht blass und wütend aus. »Nette Freundinnen hast du.«

»Du bist derjenige, der hier ein Date mit ihr hat«, sage ich säuerlich. Es ist für einen Moment still, dann fangen wir beide an zu lachen. Es ist, als würde sich all die Spannung, die sich im Laufe des Abends aufgebaut hat, in einem Strom anhaltender Heiterkeit entladen, der gar nicht mehr versiegen will und länger anhält, als der Spruch es wert gewesen wäre. Irgendwann hören wir damit schnaufend auf, er zwickt sich in den Nasenrücken, und ich wische mir die Mascara unter den Augen weg.

»Dann nehm ich an, es wird kein viertes Date geben?«, frage ich, als ich endlich wieder sprechen kann.

»Oh doch, ich hab darüber nachgedacht, sie als Nächstes zu einer Hochzeit mitzunehmen. Da kann sie meine Eltern kennenlernen, und ich stelle sie meinen Freunden vor.«

»Klingt herrlich. Oder wie wär's mit einer Arbeitssache – irgendwas, womit du deine Kollegen beeindrucken könntest?«

»Ooooh, super Idee! Ich könnte ihnen von Sophies Job in der Modebranche erzählen«, pflichtet er mir ironisch bei und malt dabei Anführungszeichen in die Luft.

»Was soll das denn heißen? Sie arbeitet doch in der Modebranche, oder nicht?«

Er schnaubt. »Klar, wenn man den Job als Verkäuferin in einem Klamottenladen als Modebranche bezeichnen will, dann ganz bestimmt. Ich meine, versteh mich nicht falsch, es ist mir echt nicht wichtig, womit jemand sein Geld verdient, aber sich diesbezüglich einen falschen Anstrich zu geben, finde ich schon ziemlich fragwürdig. Sie hätte es mir nicht einmal erzählt, sie hat sich einfach nur verplappert, als wir uns nach Feierabend verabreden wollten.«

»Aber die Wohnung in Kensington … Wie kann sie sich die leisten, wenn sie in einem Klamottenladen jobbt? Die muss Millionen wert sein.«

Er sieht mich nachdenklich an. »Du kennst sie nicht besonders gut, oder?«

»Natürlich nicht«, sage ich überrascht. »Ich habe sie seit mehr als fünfundzwanzig Jahren nicht mehr gesehen – bis letzte Woche.«

»Aha«, haucht er. »Das hat sie mir gar nicht erzählt. Sie hat angedeutet, dass ihr alte Freundinnen und immer in Kontakt geblieben wärt.«

»Nein, kein bisschen.« Warum sollte Sophie Pete gegenüber so etwas behaupten? »Also, wie kann sie sich die Wohnung leisten?«

»Ganz einfach: Es ist nicht ihre«, antwortet Pete. »Sie gehört einer Freundin, die irgendeinen Topjob hat und ziemlich oft in Hongkong ist. Sophie hütet die Wohnung, während sie weg ist.«

»Ooooh.« Der hämische Unterton in meiner Stimme ist mir selbst unangenehm. Ich nehme einen Schluck warmen Wein und versuche, keine Schadenfreude an den Tag zu legen, aber sie ist zäh und brennt noch in meinem Magen, obwohl ich sie hinunterspülen wollte. Dann ist in Sophies Welt also alles nur vorgetäuscht? Kein Wunder, dass sie mir ausgewichen ist, als ich sie gefragt habe, ob sie allein dort wohnt.

»Ich frage mich, warum sie dir das erzählt hat«, sage ich.

»Na ja, nachdem sie sich in Sachen Job verplappert hatte, konnte sie ja wohl schlecht den Anschein wahren, dass sie sich diese Wohnung leisten könnte. Und ich glaube, vielleicht hat sie auch …« Er spricht nicht weiter und errötet leicht.

»Vielleicht hat sie was?«

»Na ja, vielleicht hat sie ja gedacht, wir hätten eine Zukunft, und da hätte sie die Lüge ohnehin nicht mehr lange aufrechterhalten können, oder? Ihre Freundin kommt nächste Woche aus Hongkong zurück, dann zieht sie wieder in ihre Einzimmerwohnung in Croydon.«

Ich muss fast lachen, nicht weil an Croydon irgendetwas verkehrt wäre, sondern weil der Kontrast zu den eleganten georgianischen Fassaden in South Kensington kaum größer sein könnte. Ich will gerade nachhaken, da spüre ich plötzlich eine Hand am Ellbogen, und als ich mich umdrehe, ist es Sam. Mein Lächeln ist wie weggewischt. Bis jetzt war ich einigermaßen stolz auf mich, dass ich mit unserer Begegnung so gut klargekommen bin, aber seine Finger auf meiner Haut fühlen sich an wie glühende Schürhaken, und ich weiche zurück und verschränke die Arme vor der Brust.

Sam lächelt Pete an. »Tut mir leid, aber kann ich mal ganz kurz mit ihr etwas besprechen?«

Pete kann der Charmoffensive namens Sam Parker natürlich nichts entgegensetzen. »Oh, klar, natürlich.« Ein wenig steif geht er davon. Pete hat kaum eine andere Wahl, als zu Sophie zurückzukehren.

Sam dreht sich wieder zu mir um, und mit jeder Sekunde schwindet meine Selbstsicherheit. Ich bin betrunken, hab meinen Schutzschild abgelegt und meine liebe Mühe, ein ruhiges Äußeres aufrechtzuerhalten. Verzweifelt versuche ich zu verhindern, dass er sieht, welchen Effekt er immer noch auf mich hat. Ich muss mich entspannen, lasse die Arme locker fallen. Nehme noch einen Schluck Wein. Ich kann den Trubel und die Hitze spüren, die die Leute in der Nähe ausstrahlen, stehe aber selbst irgendwie an der Seitenlinie. Der Raum schrumpft, sodass nur noch wir beide übrig sind, in unserer Zweierblase, in der die Luft ein wenig kühler ist und das Schweigen länger andauert. Was wir nicht aussprechen, hat mehr Macht als alles, was ausgesprochen wird.

»Dann weißt du also Bescheid.« Ich zwinge mich, normal zu sprechen. »Über diese Maria-Sache.«

»Ja.« Er sieht mich ratlos an. »Warum hast du mir das nicht erzählt? Du weißt schon, als du am Samstag Henry vorbeigebracht hast.«

»Laut Sophie hast du da doch schon Bescheid gewusst. Da hatte sie dich bereits angerufen«, sage ich und klinge wie ein trotziges Kind.

»Das hat sie in der Tat, aber ich dachte, nachdem du nicht darüber reden wolltest, müsste ich das respektieren. Das muss schrecklich für dich gewesen sein.«

Er sieht aufrichtig aufgewühlt und besorgt aus. Mit einem schmerzhaften Stich erinnere ich mich wieder an seine andere Seite und weiß wieder, wie fürsorglich er sein kann. In vielerlei Hinsicht bin ich ohne ihn viel stärker und sogar viel glücklicher, und ich bin alleine besser klargekommen, als ich es je gedacht hätte. Doch dann gibt es wieder Momente, in denen ich das Gefühl habe, es wäre wunderbar, nicht immer alles allein schultern zu müssen. Diese Momente, in denen ich alles, was ich mir aufgebaut habe, hinwerfen könnte, wenn es da nur irgendjemanden gäbe, der mir die Alltagslasten abnehmen würde. Manchmal bin ich mir nicht einmal sicher, ob meine Erinnerungen an unsere Beziehung der Realität entsprechen oder ob mit der Zeit und mit einigem Abstand meine Wahrnehmung nicht vielleicht verzerrt ist. Ich weiß nicht mal mehr, ob es so etwas wie eine Realität gibt, was Beziehungen betrifft. Vielleicht existieren ohnehin immer nur Versionen davon, die von der Liebe und der Angst und der Art und Weise, wie wir uns selbst und andere belügen, in die entsprechende Form gepresst werden.

»Und hast du noch mal was gehört?«, will er wissen. »Von wem auch immer, der die Seite eröffnet hat, meine ich.«

»Nein.« Ich will nicht, dass Sam mehr als nötig erfährt. Es ist schon schlimm genug, dass er überhaupt Bescheid weiß. Ich will nicht, dass er über diese Sache wieder zurück in mein Leben kriecht.

»Und hat … hat noch irgendjemand anders eine Freundschaftsanfrage gekriegt?«, fragt er weiter.

»Nur Nathan Drinkwater.«

»Wer soll das sein? Kennst du den?«

»Nee, keine Ahnung. Der war nicht auf unserer Schule, oder?«

»Nein, ich glaube nicht. Hab den Namen noch nie gehört. Hör mal, Louise, du weißt, dass ich dir diesbezüglich immer eine Stütze war. Ich hab dir geholfen, ich war der Einzige, der dich verstanden hat.«

Er hat recht, und deshalb vermisse ich ihn ja auch immer noch – trotz allem, was ansonsten vorgefallen ist. Er will gerade weitersprechen, erhascht aber im selben Moment einen Blick auf Pete und Sophie, die am anderen Ende des Raums stehen. Allem Anschein nach streiten sie sich: Sie lacht, scheint den Witz aber nicht lustig zu finden, und er sieht von Sekunde zu Sekunde wütender aus. Sam späht interessiert zu ihnen rüber.

»Egal. Was ich eigentlich sagen wollte: Ich glaube nicht, dass du diese Facebook-Sache Tim gegenüber erwähnen solltest, falls er heute noch auftaucht«, sagt Sam. »Das würde ihn nur komplett aus der Fassung bringen.«

»Das hatte ich auch nicht vor, Sam. Was glaubst du eigentlich, wer ich bin – ein emotionaler Blindgänger?« Ich hatte schon ganz vergessen, wie Gespräche mit ihm verlaufen können. Und wieder bin ich in der Defensive. Als wäre ich aus dem Tiefschlaf in die Senkrechte gesprungen und hätte die Fäuste hochgenommen wie ein Boxer, der ständig auf der Hut ist vor dem nächsten Treffer.

»Nein, natürlich nicht. Tut mir leid, das war unbedacht von mir. Ich weiß doch, dass du so etwas nie tun würdest.« Es entsteht eine kurze Pause, und er scheint irgendetwas abzuwägen. »Schön, dich mal wieder unter normalen Umständen zu sehen, Louise. Wie geht's dir eigentlich? Läuft alles gut?«

Wieder legt er seine Hand auf meinen Arm.

»Alles bestens«, sage ich und mache einen Schritt zurück, Wein schwappt über den Glasrand und rinnt mir übers Handgelenk. So betrunken bin ich nicht, als dass ich Pollys Stimme in meinem Kopf überhöre, die mir zuruft, dass ich achtgeben muss und ihn meine Verletzbarkeit nicht spüren lassen darf. Ich nehme mein Glas in die andere Hand und lecke mir den Wein vom Handgelenk, damit er mir nicht weiter am Arm entlangläuft und auf mein Kleid tropft. Dann bemerke ich, wie Sam meine Zunge anstarrt, und halte inne. Ich lasse die Hand sinken, soll meine Haut doch vom Wein klebrig bleiben. Er macht einen Schritt auf mich zu und möchte etwas sagen, als auf der anderen Seite des Raums Stimmen laut werden. Pete winkt ab, er scheint angeekelt zu sein, und Sophie weicht melodramatisch zurück, als hätte er sie schlagen wollen. Dann marschiert er davon, direkt zum Ausgang hinaus. Sophie starrt ihm hinterher. In ihrem Gesicht wetteifern Zorn und Erniedrigung miteinander.

»Ich geh besser mal rüber und frage nach, ob bei Sophie alles in Ordnung ist.« Ich muss dieses Gespräch abbrechen, bevor alles außer Kontrolle gerät und ich mich selbst vergesse.

Sam blickt überrascht und leicht verletzt drein. »Ich dachte, wir könnten uns mal wieder auf den letzten Stand bringen. Ich weiß schon, dass du nichts hören willst von … du weißt schon … Daisy und so. Aber es gibt doch auch noch andere Themen. Wie kommt zum Beispiel Henry in der Vorschule zurecht? Er erzählt mir nie etwas.«

»Gut, er kommt super klar. Mach einfach einen Termin bei seiner Lehrerin, wenn es dich interessiert. Bis später.«

Ich lasse ihn quasi stehen. Nicht dass ich zu Sophie eilen müsste – aber doch in die relative Privatsphäre, die die Toiletten bieten. Ich lehne mich gegen die Klotür und spüre am ganzen Leib, wie heftig mein Herz schlägt. Ich strecke die Arme zu beiden Seiten aus, presse sie gegen die Seitenwände, als wollte ich verhindern, dass ich umkippe. Ich kann immer noch die Hitze seiner Hand an meinem Arm spüren und seinen Blick, der auf meine Zunge gerichtet war. Der Optimismus, den ich kurz zuvor noch verspürt habe, ist wie pulverisiert.

Als sich meine Atmung zumindest wieder halbwegs normalisiert hat, kehre ich in die Aula zurück und sehe, wie am anderen Ende Sophie und Sam in ein Gespräch vertieft sind, wobei er seine Hand auf ihren Arm gelegt hat. Mein Magen krampft sich leicht zusammen. Die scherzhaften Flirts ihrer Teenagerfreundschaft haben mich immer aufgeregt, und auch wenn ich es sorgsam verdrängt habe, war ich nie weit davon entfernt, vor Eifersucht hässlich und vorwurfsvoll zu platzen. Und dann ist da noch was anderes – irgendwas an der Art, wie er ihr die Hand auf den Arm legt, was mich beunruhigt. Ich sehe mich nach irgendjemandem um, mit dem ich mich unterhalten könnte. Es ist gerade einmal 22.00 Uhr, da kann ich noch nicht das Handtuch werfen und verschwinden.

Esther und Brett sitzen auf der anderen Seite des Raums, halten Händchen und plaudern angeregt mit ein paar Frauen, die mir vage bekannt vorkommen. Brett ist ihr den ganzen Abend lang nicht von der Seite gewichen, hat in einem fort ihre Hand gehalten oder den Arm um sie gelegt. Ich vermute mal, sie ist nervöser, als sie nach außen hin wirkt. Die folgende Stunde verbringe ich mit ihnen, nicke und lächele, sobald jemand zu mir herübersieht, lache, wenn sie lachen, beteilige mich aber selbst kaum an dem Gespräch. Als Erste heimzugehen scheint mir ein zu großes Eingeständnis der Niederlage zu sein, aber ich mache mich ebenfalls auf den Weg, als die Ersten aufbrechen (sie führen Babysitter ins Feld und dass sie morgen früh aufstehen müssen). Ich bringe es nicht fertig, mich von den anderen zu verabschieden, und will auch kein weiteres Zusammentreffen mit Sam riskieren, sodass ich einfach nur meinen Mantel holen gehe und aus der Tür schlüpfe, wobei ich im Vorbeigehen mein Namensschildchen auf dem Tisch liegen lasse.

Vom Schulparkplatz aus rufe ich mir ein Taxi. Die Nummer habe ich schon im Vorfeld rausgesucht und abgespeichert. Ich bitte den Mitarbeiter in der Taxizentrale, sich zu beeilen, setze mich auf ein Mäuerchen und warte. Die Musik aus der Aula wird jedes Mal lauter, wenn die Tür aufgeht, um Zweier- oder Dreiergrüppchen auszuspucken, die auf eine Zigarette herauskommen. Sie alle lachen darüber, wie rebellisch es sich anfühlt, auf dem Schulgelände zu rauchen; als wären sie jedes Mal die Ersten, die genau dieses Gefühl formulieren. Mein Atem strömt aus mir heraus, während ich unerkannt in der Dunkelheit sitze und meinen Mantel enger ziehe. Ich habe meine Handschuhe vergessen, verschränke die Arme und schiebe mir die Hände unter die Achseln, als wollte ich mich selbst umarmen.

»So sieht man sich wieder«, sagt plötzlich eine Stimme aus dem Schatten.

»Gott, so was darfst du doch nicht machen!« Ich springe auf und presse mir die Hand auf die Brust.

»Entschuldigung«, sagt Pete. »Ich wollte dich nicht erschrecken. Allerdings hab ich gehofft, dass du noch hier wärst.«

»Was zur Hölle treibst du hier draußen?«

»Ich hab's drinnen nicht mehr ausgehalten. Sophie war einfach nur fies zu mir, und ich kenne doch niemand anderen. Aber ich wollte dich auch nicht von hier wegschleppen, also hab ich mir gedacht, ich warte hier draußen auf dich.«

»Wie lange stehst du denn schon hier?«

»Weiß nicht … eine Stunde?«

»Und warum hast du auf mich gewartet? Was willst du von mir?«

»Sophie hat uns ein B&B gebucht, aber mit ihr kann ich jetzt sicher nicht mehr mitgehen.«

»Ein B&B? Bei eurem dritten Date?«

»Ich weiß, ich weiß.« Pete sieht leicht peinlich berührt aus. »Jedenfalls dachte ich, du könntest mich vielleicht mit zurück nach London nehmen?«

»Mit nach London nehmen? Ich kann ganz bestimmt nicht mehr fahren, ich hab viel zu viel getrunken. Ich lass das Auto hier und übernachte in der Travelodge. Taxi kommt gleich.«

»Ach, Scheiße.« Er sieht echt fertig aus. »Und was mach ich jetzt, verdammt? Der letzte Zug von Norwich nach London ging um zehn, den hab ich so was von verpasst.«

Ich kann nicht anders und muss lächeln. »Eine schöne Grundregel hast du … Warum kommst du nicht mit in die Travelodge? Ich hab dort heute erst gebucht. Ich bin mir sicher, die haben noch Zimmer. Bist du mit dem Auto hier, oder ist Sophie gefahren?«

»Nein, ich. Sie hat kein Auto. Ich hab auch hier geparkt.« Er zeigt hinüber zur Auffahrt. »Wir sind vom B&B hierhergefahren, und eigentlich wollte ich morgen wieder herkommen und es holen.«

»Okay, na ja, dann können wir ja morgen zusammen herkommen.«

Wir sind in unsere jeweiligen Gedanken vertieft und verbringen die Taxifahrt schweigend, bis wir in der Travelodge ankommen. Während ich meinen Meldeschein ausfülle, fragt Pete nach einem Zimmer.

»Tut mir leid, wir sind ausgebucht.« Die junge Frau hinter dem Schalter schert sich einen Teufel darum, was das für Pete bedeutet.

»Was, kein einziges Zimmer mehr? Nicht mal … ich weiß auch nicht … eins, das noch nicht sauber gemacht wurde? Oder das Sie für Notfälle freihalten?«

»Notfälle?«, wiederholt die Frau, als hätte Pete ihr vorgeschlagen, irgendeine abartige Sexpraktik auszuprobieren. »Was sollen das denn für Notfälle sein?«

»Ach, weiß auch nicht …« Er sieht mich flehentlich an. »Und was mach ich jetzt?«

Wir wissen beide, dass es nur eine Lösung gibt, wenn er sich kein weiteres Taxi nehmen und ein Billighotel nach dem anderen abklappern will, für den unwahrscheinlichen Fall, dass irgendeines noch ein Zimmer frei hat. Er weiß allerdings auch, dass er es nicht vorschlagen kann – das wäre doch zu dreist –, und so schweigt er und überlässt die Entscheidung mir. Auf einer Parkbank kann ich ihn nicht übernachten lassen. Also drehe ich mich zu der Frau um.

»Kann man das Doppelbett in meinem Zimmer auseinanderschieben? Ich meine, kann man zwei Einzelbetten daraus machen?«

»Nein.« Sie sieht von mir zu ihm. Ihr Interesse ist geweckt.

»Ich schlaf auf dem Boden«, sagt Pete eilig. »Oh mein Gott, das ist wirklich, wirklich nett von dir. Tausend Dank!«

Im Zimmer sind wir ausgenommen höflich zueinander und wechseln uns im Badezimmer ab. Gott sei Dank habe ich einen anständigen Schlafanzug eingepackt. Er selbst zieht lediglich die Jacke aus.

»Hör mal, du musst doch echt nicht auf dem Boden schlafen«, sage ich, als er aus dem Bad kommt. »Bleib einfach auf deiner Betthälfte, okay?«

»Bestimmt. Ach, das wäre großartig. Wenn du ganz sicher bist …« Pete schlüpft unter die Decke. Noch ein Stück näher an der Bettkante, und er würde rausfallen. Ich klettere in meine Hälfte und schalte die Nachttischlampe aus.

»Dann mal gute Nacht«, sage ich steif.

»Schlaf gut. Und danke noch mal!«

Ich tue so, als würde ich auf der Stelle einschlafen, und nach einer Weile wird seine Atmung gleichmäßig und langsamer – entweder gibt er ebenfalls vor zu schlafen, oder er ist wirklich eingenickt. Ich starre auf die Kontur seines Rückens, die in der Dunkelheit kaum zu erkennen ist. Gerade eben hat es sich noch wie ein Akt der Mitmenschlichkeit angefühlt, dass ich Pete mit in mein Zimmer genommen habe. Er wirkt wirklich anständig, mal abgesehen von seinem fragwürdigen Frauengeschmack. Aber jetzt in der Dunkelheit fühle ich mich doch verletzlich. Wer ist dieser Pete überhaupt? Trotzdem übermannt mich irgendwann ein unruhiger Dämmerschlaf, ich wache alle halbe Stunde oder so auf, bis ich gegen vier Uhr nachts endlich vollkommen erschöpft in einen tiefen Schlaf falle.

Langsam dringen Stimmen aus den Fernsehnachrichten zu mir durch, und ich drehe mich um. Durch die Vorhänge fällt Licht ins Zimmer. Das Bett ist leer, die Tür zum Bad ist angelehnt.

»Pete?«

Keine Antwort. Ich sehe mich mit trüben Augen um. Seine Schuhe und sein Mantel sind verschwunden.

Noch bevor ich mich überhaupt wundern kann, warum der Fernseher läuft, durchdringt die Stimme der Nachrichtensprecherin meinen Frühmorgendämmer und erreicht nach und nach mein Hirn:

»… wurde heute Morgen von Hundebesitzern im Wald hinter einer Schule in Sharne Bay, Norfolk, eine Frau tot aufgefunden. Die Polizei hat über ihre Identität noch keine Angaben gemacht, aber höchstwahrscheinlich hat die Frau dort gestern Abend ein Klassentreffen besucht. Die Polizei bittet darum, sachdienliche Hinweise schnellstmöglich zu melden.«

KAPITEL 21

1989

Zurück in der Aula, ließ ich den Blick umherwandern. Draußen wurde es allmählich dunkel, und das merkwürdige Zwielicht war inzwischen einer halbwegs normalen Disco-Atmosphäre gewichen. Es war noch wärmer geworden, und als ein übergewichtiger Typ von der Tanzfläche kam und sich an mir vorbeischob, spürte ich seine klamme Haut an meinem Arm, begleitet vom Geruch frischen Schweißes und billigen Aftershaves.

Sophie unterhielt sich mit Matt, warf ihr Haar über die Schulter und ließ ihn nicht aus den Augen. Sie musste sich direkt bis zu seinem Ohr hinüberbeugen, damit er sie über die Musik hinweg hören konnte, und Stück für Stück rückten sie näher aneinander. Selbst von meinem Standpunkt in der Aula konnte ich die Hitze spüren, die er ausstrahlte. Sophie legte ihm die Hand leicht an den Hals, um ihn noch näher zu sich zu ziehen. Im gleichen Augenblick beugte er sich hinunter und gab ihr einen Kuss, doch sie wich kichernd zurück und schubste ihn spielerisch von sich weg. Dann sah ich, wie sie von ihm weg in Richtung Claire und Joanne tänzelte und ihm über die Schulter hinweg kokett zulachte. Matt hingegen lachte kein bisschen.

Maria und Esther saßen am rückwärtigen Ende und unterhielten sich lebhaft, und immer wieder lehnte sich eine der beiden zur Seite, um der anderen etwas Unverständliches ins Ohr zu schreien. Tim war nirgends mehr zu sehen. Noch während ich zu ihnen hinüberstarrte, erkannte ich plötzlich, wie Maria ein kleines Wodkafläschchen aus ihrem Kleid zog und die Cola damit auffüllte. Gut, so war es umso unwahrscheinlicher, dass sie irgendwas anderes aus ihrem Drink herausschmecken würde.

Plötzlich gestikulierte Esther in Richtung einer Tür und stand auf, wahrscheinlich um auf die Toilette zu gehen. Maria schüttelte den Kopf, nippte kurz an ihrem Getränk, setzte das Glas auf Esthers Stuhl rechts von ihr ab und sah sich dann verlegen um, wie Leute es tun, wenn sie unerwartet allein in einem vollen Raum zurückgelassen werden. Eine bessere Gelegenheit würde sich mir nicht bieten.

Ich arbeitete mich quer durch die Aula und ließ sie nicht aus den Augen. Ich würde nicht allzu viel Zeit haben, auch wenn Esther in Richtung des kleineren Toilettenblocks am anderen Ende der Aula verschwunden war, wo sie wahrscheinlich eine Weile Schlange stehen musste. Maria hatte sich halb von mir weggedreht und sah zur Tanzfläche, als ich zu ihrer Linken auftauchte. Ich setzte mich auf den Stuhl neben ihr, sie wandte sich lächelnd um. Ihr Lächeln erstarb, als sie erkannte, dass ich es war.

»Was willst du?« Ihre Hand wanderte zu dem Goldherzchen an ihrem Hals, und sie zwirbelte daran herum, sodass ihre Fingerspitze, die von der Kette abgedrückt wurde, rot anlief.

Ich überlegte kurz, wie ich es am besten angehen sollte.

»Ich wollte … mich … entschuldigen. Noch mal.«

»Entschuldigen? Ernsthaft? Findest du nicht, dass es dafür ein bisschen spät ist?« Sie lachte verbittert, und in ihrem harten Gesichtsausdruck war nicht die Spur Vergebung zu erkennen, die sie mir noch auf der Party bei Matt entgegengebracht hatte.

»Ich weiß. Tut mir leid.«

»Himmelherrgott, hör bloß auf damit! Was war während der letzten zwei Monate hier in der Schule mit ›Tut mir leid‹? Wo war ›Tut mir leid‹, als du mir ... *diese Sache* in die Tasche gesteckt hast?«

»Also, das war ich nicht, aber es tut m ...« Ich brach mitten im Wort ab, ich konnte ihre Wut fast körperlich spüren.

»Zieh einfach Leine, Louise, und lass mich in Frieden«, sagte sie und stand auf. »Ich will dich nie wieder sehen oder mit dir reden.«

Sie lief quer durch den Saal, aber da Esther noch nicht wieder von den Toiletten zurück war, schien sie nicht zu wissen, wohin sie sich wenden sollte. Sie blieb am Rand der Tanzfläche stehen, die inzwischen rappelvoll geworden war, und zögerte.

Adrenalin pumpte durch meine Adern, und meine Haut kribbelte wie verrückt. Meine Aufgabe verschlug mir schier den Atem, und gleichzeitig fühlte ich mich vor Angst, erwischt zu werden, unendlich lebendig. Ich schob den Finger in meinen BH und zog das Beutelchen hervor. Ein paar Jungs rempelten sich gegenseitig vor mir an, und einer stolperte über meine Füße. Ich kannte ihn vom Sehen – Johnny Mayors. Er war keiner von den Coolen, aber witzig und beliebt. Er hob entschuldigend die Hand, ich lächelte ihn an und ballte dabei die Faust um den Beutel. *Kein Problem*, sagte ich tonlos. Angesichts der Musik hätte er mich ohnehin kaum hören können. Johnny Mayors lächelte zurück, dieser Junge, der mich in den letzten fünf Schuljahren allerhöchstens im Vorbeigehen mit einem Blick gestreift hatte, und musterte meine Kurven, meine geröteten Wangen. Irgendwas hatte er in mir erkannt, was er zuvor nie wahrgenommen hatte, irgendetwas Einladendes, Gefährliches. Dann kam ein Moment, lediglich ein Wimpernschlag, in dem er sich beinahe neben mich gesetzt hätte. Ich sah schon vor mir, wie wir redeten, lachten, trunken waren, weil sich alles so neu anfühlte. Ich malte mir aus, wie er mich küsste, während ich die Hand auf den Rücken nahm und das kleine Plastikbeutelchen mitsamt seinem berauschenden Inhalt einfach auf den Boden hinter die Stühle fallen ließ, wo es später vom Hausmeister gefunden und für Aufruhr sorgen würde.

Dann glitt mein Blick von seinem lachenden Gesicht weiter zu Sophie, die am anderen Ende der Aula stand, die Augenbrauen in die Höhe zog und wütend in meine Richtung fuchtelte. Ich sah zu Boden und erhaschte gerade noch so einen Blick auf Johnnys Sportschuhe, die sich soeben wieder entfernten. Ich öffnete die Faust und starrte den Beutel mit dem unschuldig aussehenden blauen Pulver darin an. Erinnerte mich wieder daran, wie ich mich bei Sams Party gefühlt hatte, als ich E genommen hatte: leicht, frei, fröhlich. Wäre es denn wirklich so schlimm, wenn Maria sich genauso fühlte? Irgendwo in einem tief verborgenen, geheimen Teil von mir kannte ich die Antwort auf die Frage, aber ich schob sie wieder so tief hinunter, dass sie keine Luft zum Atmen mehr hatte. Ich vergrub den Teil von mir, der wusste, dass wir es nicht taten, damit Maria sich gut fühlte. Dass wir es taten, um sie zu demütigen, und darauf hofften, dass sie sich bis auf die Knochen blamierte. Dass sie damit in die Schulgeschichte einginge als diejenige, die es ein Stückchen zu weit getrieben hatte. Keine blöden Streiche, keine Unterwäsche am Fahnenmast – mit dieser

Aktion würden wir alle zusammenbringen, grässlich fasziniert davon, wie Maria sich aufführte und nicht mal wüsste, warum sie sich derart entfesselt fühlte, derart voller Begeisterung und Liebe. Wir wollten sehen, was passieren würde, und dieses Bedürfnis war stärker als jede Sorge um ihre Sicherheit oder die Moral dessen, was wir da taten.

Ich sah wieder zu Sophie, die mich immer noch anstarrte, aber es waren auch keine Worte nötig, um mir mitzuteilen, was sie sagen wollte. Ich fühlte mich, als wäre ich verstoßen worden, als würde ich über den Rand eines Abgrunds taumeln. Und dann fiel ich – ich fiel: Ich öffnete den Beutel, kippte den Inhalt in Marias Cola und rührte mit dem Strohhalm hektisch um, damit das Pulver sich schneller auflöste. Mein Blick huschte im Raum hin und her, aber niemand schien auf mich zu achten – und selbst wenn, hatte ich gerade eben einfach nur in meinem Drink gerührt … Wenn man nicht genauer hinsah, konnte man auch nicht erkennen, dass meine Hände zitterten. Ich blickte erneut auf das Glas hinab – das E hatte sich vollständig aufgelöst, die Cola sah genauso aus wie zuvor. Dann schoss mir durch den Kopf, dass ich noch nicht gefallen war, noch nicht. Ich konnte das Getränk immer noch aufs Klo bringen und wegkippen. Meine Hand schwebte über dem Glas, aber als ich wieder zu Sophie blickte, konnte ich sie strahlen sehen, ihr Gesicht leuchtete vor Begeisterung, sie hatte beide Hände gehoben und die Daumen hochgestreckt. Ehe ich es mir noch anders überlegen konnte, zwang ich mich aufzustehen und zu Maria rüberzugehen, die immer noch am Rand der Tanzfläche stand.

»Räum nicht du den Platz …« Mein Herz hämmerte genauso heftig wie die Musik. »Du brauchst nicht zu gehen. Ich bin schon weg.«

Sie sah verunsichert aus.

»Los, Esther erwartet dich dort, wenn sie wiederkommt. Ich geh einfach da rüber.« Ich gestikulierte in die entgegengesetzte Richtung, wo Sophie feixend zu mir rübersah. »Ich belästige dich auch nicht mehr. Ehrenwort.«

Sie sah mich misstrauisch an und stakste dann zurück zu ihrem Platz. Noch während ich zu Sophie ging, warf ich einen Blick über die Schulter und sah, wie Marias Hand erneut zu dem Goldkettchen wanderte und sie nervös daran herumfummelte. Dann nahm sie ihr Glas in die Hand, führte den Strohhalm an die Lippen und trank.

Während ich jetzt, zwölf Stunden später, reglos auf meinem Kinderzimmerboden sitze, sehe ich es immer noch vor mir. Es war in etwa das Letzte, was ich von ihr gesehen habe. Nachdem ich das Pulver in ihr Glas gerührt hatte, lief ich zu Sophie, um Bericht zu erstatten. Sie war außer sich, machte daraus eine Riesenshow. Ich wollte an dem Abend kein E nehmen – ich war schon high davon, was ich gerade geleistet hatte –, aber dann überredete sie mich doch. Sie hatte auch schon eine genommen, und als die Wirkung einsetzte, zog sie mich auf die Tanzfläche. Zum zweiten Mal im Leben fühlte ich mich komplett frei und überließ es meinem Körper, sich so zu bewegen, wie er wollte. In den darauffolgenden zwei Stunden dachte ich an nichts mehr außer an die Musik und die körperliche, tierische Lust, mich ihr hinzugeben. Irgendwann war die Tanzfläche zum Bersten voll (ich denke mal, dass wir nicht die Einzigen waren, die etwas an Mr. Jenkins vorbeigeschmuggelt hatten), und nach einer Weile verlor ich die anderen aus den Augen: Sam, Matt, sogar Sophie. Jungs, die mich nie auch nur eines Blickes gewürdigt hatten, sahen mich auf einmal anders an. Ich fühlte mich, als hätte ich meine alte Haut abgestreift und mein altes Ich hinter mir gelassen, und das lag jetzt irgendwo in einer Ecke, wo niemand jemals hinkam.

Irgendwann tauchte Sophie wieder auf und wollte sich an der Bar ein Wasser holen.

»Wo warst du denn?«, fragte ich sie.

»Ach, bin rumgelaufen.« Sie legte ein geheimnisvolles Lächeln auf, das eher ihr selbst zu gelten schien als mir. Ich spürte, wie sich in mir alles zusammenkrampfte. War sie mit Sam draußen gewesen, hatten sich die beiden über meine Frigidität totgelacht, die Köpfe zusammengesteckt, und hatte Sophies perfekter Körper Hitze und Bereitschaft ausgestrahlt? Oder war sie mit Matt weg gewesen, der keinen Gedanken mehr daran verschwendete, mich vor Sophies Verachtung bewahren zu wollen, weil die Besessenheit von Sophie alles andere überlagerte?

»Wo ist eigentlich Maria?«, fragte ich. »Sie muss doch allmählich auch draufkommen?« Ich hatte mich vollkommen im Moment verloren und vorübergehend ausgeblendet, dass wir das Ganze doch nur deshalb ausgeheckt hatten. Natürlich war es mir nie um Maria gegangen, immer nur um Sophie und mich selbst und darum, wohin mich die Aktion führen würde, was ich damit erreichen könnte.

Sophie lächelte wieder in sich hinein.

»Was ist denn so lustig?«, fragte ich. »Ich dachte, du wolltest sehen, wie sie vollkommen durchdreht? Ist es nicht darum gegangen?«

Sie zuckte bloß mit den Schultern und sah sich um, aber von Maria war nichts zu sehen. Dann entdeckte ich Esther, die auf uns zusteuerte, und mir rutschte das Herz in die Hose, als mir dämmerte, dass sie mich ansprechen würde.

Sie verschwendete keine Zeit mit Höflichkeiten. »Louise, hast du Maria irgendwo gesehen?«

»Nein, schon eine Weile nicht mehr. Warum?«

Ich nehme an, spätestens da hätte ich ahnen müssen, dass sich etwas Schreckliches anbahnte, oder zumindest hätte mir irgendwas schwanen müssen, aber ich war immer noch komplett in die Euphorie gelullt, die mein neues Ich mir in dieser Nacht beschert hatte.

»Sie meinte, ihr hättet euch vorhin kurz unterhalten. Was hast du da zu ihr gesagt?«

»Ich bin mir nicht sicher, ob dich das irgendetwas angeht.« Mir war unwohl bei dem Gedanken, wie viel Maria Esther wohl erzählt hatte.

»Ich glaub, sie ist nach draußen gegangen. Sie meinte vor einer halben Ewigkeit, dass ihr irgendwie komisch wäre, ist dann aufs Klo verschwunden, und jetzt kann ich sie nirgends finden.«

Womöglich war dies der Zeitpunkt, zu dem der erste Zweifel in mir aufkeimte.

»Vielleicht hat sie draußen jemanden getroffen, oder sie unterhält sich mit Leuten in irgendeinem Klassenzimmer?«

»Und mit wem?«, entgegnete Esther scharf. »Du und deine hinreißenden Freundinnen, ihr habt doch dafür gesorgt, dass niemand, der was auf sich hält, sich mit ihr sehen lässt. Ich habe dir wirklich ein besseres Urteilsvermögen zugetraut, Louise.«

Das hatte gesessen, und schlagartig wurde ich rot vor Scham. Dass Esther mich so anredete, war ich nicht gewöhnt. Lieber dachte ich gar nicht erst über sie nach – oder darüber, dass wir einmal befreundet gewesen waren.

»Der Einzige, mit dem sie noch unterwegs sein könnte, ist ihr Bruder, aber den kann ich auch nicht finden«, sagte sie.

Erleichterung flutete durch mich hindurch, vermischt mit

der Enttäuschung, dass wir es wohl nicht wie gehofft erleben würden, wie Maria auf der Tanzfläche komplett die Kontrolle verlor.

»Dann ist sie bestimmt mit ihm nach Hause gegangen. Du hast doch selbst gesagt, dass ihr schlecht war.«

»Da hätte sie mir doch Bescheid gegeben. Sie hätte mich hier nicht einfach alleine sitzen lassen.«

»Bist du dir da sicher, Esther? Wie gut kennst du sie wirklich?«

Ich konnte Esther ansehen, dass diese Frage sie genauso verletzte, wie ich es beabsichtigt hatte.

»Weißt du was, Louise? Vergiss es. Anscheinend kümmert es dich nicht, und helfen willst du auch nicht. Ich hoffe nur, um deinetwillen, dass ihr nichts passiert ist. Ich ruf jetzt meine Mutter an, damit sie mich abholt. Wenn du Maria sehen solltest, würdest du ihr also sagen, dass ich nach Hause gegangen bin?«

Für eine Weile war alles nur verschwommenes Tanzen und Reden und Lachen, und ehe ich mich versah, war es Mitternacht. So schlagartig, wie Cinderellas Kutsche sich in einen Kürbis verwandelte, verstummte die Musik, die Deckenlichter gingen an, jeder war bleich und verschwitzt, und auch die Disco hatte sich wieder verwandelt, in die Aula unserer Schule.

Was danach kam, war ebenfalls verschwommen. Bridget, Marias Mutter, kreuzte auf, um sie abzuholen, und war erst leicht besorgt, dann zusehends panisch, als Tim auftauchte und sich herausstellte, dass er die ganze Zeit hier gewesen war, aber Maria auch nicht mehr gesehen hatte. Dad fuhr exakt in dem Moment vor, als Bridget ins Sekretariat geführt wurde, von wo aus sie bei Esther anrufen wollte. Als ich hörte, wie Mr. Jenkins Bridget fragte, ob es noch andere

Freunde gebe, die sie anrufen könnten, und sie sich zu mir umdrehte, ihr Wut und Scham ins Gesicht geschrieben stand und sie den Kopf schüttelte, jagte sengende Hitze durch mich hindurch wie ein Hitzesturm durch die Wüste – nein, da war niemand, den sie sonst anrufen könnten. Dann hörte ich die Worte Polizei, vermisst, vierundzwanzig Stunden …

Der warme Abend hatte mit einem heftigen Sommerregen geendet, und Regentropfen donnerten auf die Windschutzscheibe, als Dad mich fragte, was denn los sei. Ich versuchte, den Anschein einer normalen Unterhaltung zu wecken und so zu tun, als wäre ich vollkommen nüchtern. Versuchte, so zu tun, als wäre ich immer noch seine Tochter, immer noch dasselbe Mädchen, das ein paar Stunden zuvor das Haus verlassen hatte.

Und dann war da nur noch eine Leerstelle. Ich saß bis jetzt die ganze Nacht am Boden in meinem Zimmer und starrte sie an – die imaginäre Leerstelle: Maria tanzend, Maria durchdrehend und Leute umarmend, ohne den Grund dafür zu kennen, während Sophie und ich sie beobachteten, einander anstupsten und kicherten. Maria, die am nächsten Morgen aufwachte, sich scheiße fühlte und sich nicht mehr daran erinnern konnte, was überhaupt passiert war.

Doch Maria war einfach in dieser leeren Stelle verschwunden, hatte bloß ein Echo verächtlichen Lachens zurückgelassen, das Bild eines Goldherzens an einer Kette und Rauchschwaden in der nächtlichen Luft.

KAPITEL 22

Diese Nacht war das Ende von allem – und der Anfang. Das Ende von etwas ist immer der Beginn von etwas anderem, auch wenn man es zu der Zeit noch nicht sieht.

Woran erinnert sie sich? An die Hitze, die an jenem Tag bis in den Abend spürbar war; den unablässigen Regen, der darauf folgte; die Erde unter ihren Füßen, fest, unnachgiebig; wie sie für einen Moment regelrecht über ihrem eigenen Körper schwebte und sich fragte, was wohl als Nächstes passieren würde – als hätte all das gar nichts mehr mit ihr zu tun.

Manchmal weiß sie nicht mehr, wer sie ist. Sie weiß nur, dass das Mädchen, das sie war, in jener Nacht gestorben ist und jemand anderes seinen Platz eingenommen hat. Seither hat diese andere Person alles darum gegeben, einen Fuß auf die Erde zu bekommen, sich an die Felsen zu klammern. Mit Dreck unter den Fingernägeln. Als versuchte sie, unter Wasser zu atmen.

Es gibt nur wenige Menschen in ihrem neuen Leben, die über das alte Bescheid wissen. Das ist besser so. Sie vermeidet unangenehme Fragen, wechselt stets das Thema. Benimmt sich wie ein ganz normaler Mensch, wie alle anderen auch. Doch währenddessen drängeln sich Schuld und Lügen unter ihrer Haut wie Kakerlaken hinter einem Küchenschrank.

Wenn du etwas hinter dir lässt, dann glaubst du, das war es. Es ist vorbei. Aber dich selbst kannst du nicht hinter dir lassen. Das bist du, das bist du für den Rest deines Lebens.

Sie hat die Vergangenheit lange ignoriert, aber allmählich fragt sie sich doch, ob sie es für immer schaffen kann. Die Vergangenheit lebt in ihr, wie ein Tumor, wie ein Parasit. Vielleicht ist es an der Zeit, sie zu ergründen, sie ans Licht zu zerren, sie zu untersuchen. Sich ihr zu stellen.

Vielleicht kann sie sich ja nur vorwärtsbewegen, indem sie sich zurückwendet.

KAPITEL 23

2016

Ich sitze auf meinem Bett in der Travelodge, nippe an einem metallisch und unverkennbar nach H-Milch schmeckenden Tee und klebe regelrecht am Fernseher. Die Reporter wissen offenbar immer noch nicht mehr, trotzdem walzen sie die Geschichte aus. Die Polizei hat offensichtlich verhindert, dass sie mit dem Hundebesitzer sprechen, der die Leiche gefunden hat. Stattdessen interviewen sie jetzt andere Hundebesitzer, die aber bloß alle das Gleiche in eigene Worte fassen. Nein, sie haben nichts gesehen. Nein, so etwas ist hier zuvor nie passiert. Die leere Seite des Betts, wo Pete geschlafen hat, klafft neben mir, aber ich mag derzeit nicht mal darüber nachdenken, was ich davon halte.

Mein Kopf schwirrt und trudelt, versucht, alles in eine sinnvolle Ordnung zu bringen. Ich muss wissen, um wen es sich handelt. Bitte lass es eine dieser namenlosen, anonymen Frauen sein, die ich vergangene Nacht nicht wiedererkannt habe. Die Polizei wird mit allen sprechen wollen, die das Klassentreffen besucht haben, da bin ich mir sicher. Ich werde dort anrufen und es herausfinden, und sobald ich weiß, dass es jemand mir Unbekanntes ist, wird es das gewesen sein, dann ist es ein für alle Mal vorbei. In den Nachrichten haben sie eine Nummer rausgegeben, und ich greife zum Handy und tippe mit dem Daumen die Ziffern ein.

Natürlich wollen sie es mir am Telefon nicht sagen, aber sich mit jedem unterhalten, der auf dem Treffen war. Dafür hat die Polizei eine improvisierte Einsatzzentrale in der Aula errichtet und bittet mich, direkt vorbeizukommen. Ich rufe mir ein Taxi, springe schnell unter die Dusche und ziehe mich an, und mein Wunsch, die Leiche aus dem Wald möge eine Fremde sein, schmerzt wie eine zu volle Blase.

Im Taxi schicke ich eine SMS an Polly und frage, ob mit Henry alles in Ordnung ist. Sie schreibt knapp: »Alles prima«, schickt aber nicht die üblichen Küsschen dazu. Das sieht ihr gar nicht ähnlich, doch ich nehme an, dass sie gerade dabei ist, das Frühstück oder so vorzubereiten. Als wir uns der Schule nähern, stehen dort diverse Streifenwagen und der große Übertragungswagen eines örtlichen TV-Senders. Schaulustige stehen herum, auch wenn es gerade erst neun Uhr an einem Sonntagmorgen ist und der Wind eisig vom Meer heraufpeischt.

»Wo müssen Sie denn genau hin?«, fragt der Taxifahrer. »Keine Ahnung, ob ich da vorn durchkomme, sieht aus, als hätten sie die Straße abgesperrt. Haben Sie gehört, was da passiert ist?«

Er hält an, und ich begleiche die Rechnung, nachdem ich ihm gesagt hab, dass ich das letzte Stück zu Fuß gehen würde, sofern ich denn durchkäme. Ich trete hinaus in die Kälte, und mein Mantel, der für die Stadt taugt, bietet gegen den schneidenden Ostküstenwind keinerlei Schutz.

Eine Streife blockiert die Straße, und daneben steht ein junger Polizist in Uniform. Als ich die Straße überquere, kommt er auf mich zu.

»Kann ich Ihnen helfen?«

Ich erkläre ihm, dass ich in der vergangenen Nacht bei dem Klassentreffen war und am Telefon gebeten wurde vorbeizukommen. Sein Gesichtsausdruck verändert sich, er bittet mich, einen Moment zu warten, während er sich mit jemandem absprechen muss. Er macht ein paar Schritte zur Seite, sodass ich nicht mehr hören kann, was er in sein Funkgerät murmelt. Unbeholfen stehe ich neben dem Wagen und sehe mich um. Ich beobachte gerade, wie die Fernsehreporterin versucht, ihr Haar im Wind halbwegs zu bändigen, um wieder live auf Sendung zu gehen, als der Polizist zu mir zurückkommt.

»Okay, gehen Sie direkt in die Aula und fragen Sie dort nach DI Reynolds.«

Und genau wie gestern Abend gehe ich wieder die Auffahrt entlang. Ich habe den Kragen meines Mantels hochgeschlagen, den Kopf eingezogen und versuche, meine Atmung zu kontrollieren. Es ist eine Erleichterung, aus dem Wind herauszukommen. Die Aula sieht im kühlen Tageslicht ganz anders aus. Disco, Abfall und Banner von gestern Nacht – alles verschwunden. Einsam, unrasiert und blass sitzt Mr. Jenkins an einem Tisch in der Nähe. Dankbar nimmt er einen Becher Tee von einer Streifenpolizistin entgegen. Wieder muss ich daran denken, dass ich keine Ahnung habe, wer das Klassentreffen initiiert hat. Ich kann mir nicht vorstellen, dass es die Schule selbst war; das Kollegium hat doch sicher Besseres zu tun. Aber irgendjemand muss das Ganze mit der Schule besprochen und die Facebook-Seite erstellt haben; irgendjemand muss dann gestern Nacht noch mit einem Mülleimer herumgelaufen sein und den Boden gefegt haben, auch wenn ich nicht die leiseste Ahnung habe, wer das gewesen sein könnte. Niemand kommt auf mich zu, also schlendere ich zu ihm hinüber.

»Mr. Jenkins?«

»Ja?« Er blickt auf, und in seinem Gesicht zeichnen sich düstere Schatten und Besorgnis ab.

»Hallo, ich bin Louise Williams.«

»Oh, hallo. Sie waren auch hier, oder? Gestern Nacht?« Es wirkt nicht so, als würde er mich wiedererkennen, weder vom Klassentreffen noch aus der Schulzeit. Ich nehme an, ich war weder eine Musterschülerin noch über die Maße verhaltensauffällig, habe meine Hausaufgaben rechtzeitig gemacht, habe im Unterricht nicht gestört, gute, wenn auch nicht herausragende Noten geschrieben. Ich bin einfach unter dem Radar geblieben.

»Tut mir leid, wenn ich Sie störe … aber wissen Sie zufällig, wer das Klassentreffen organisiert hat? War das die Schule?«

»Nein«, antwortet er. »Irgendeine ehemalige Schülerin, die uns kontaktiert und gefragt hat, ob es okay wäre, es auf dem Schulgelände zu veranstalten. Sie hat die Bar, die Schanklizenz und alles organisiert, hat jemanden gebucht, um die Aula zu dekorieren, sauber zu machen und all das. Hat nur gefragt, ob jemand aus der Lehrerschaft die Tür übernehmen könnte. Sie dachte wohl, es wäre nett, auf diese Weise eine Verbindung zur Schule herzustellen. Mir hat es nichts ausgemacht, es zu übernehmen.«

»Haben Sie sie getroffen? Ich meine die Frau, die alles organisiert hat?« Ich versuche, meine Stimme neutral zu halten.

»Nein, das lief alles über E-Mail.«

»Und … wer war sie?« Ich kriege die Worte kaum über die Lippen.

Er sieht sich um, als bräuchte er eine Erlaubnis der Polizei, aber es ist niemand in der Nähe. »Ich nehm an, das darf ich sagen«, murmelt er zweifelnd. »Sie heißt Naomi Strawe.«

»Straw? Hmm …«

»Nein, mit E hinten: S-t-r-a-w-e.«

An den Namen kann ich mich gar nicht erinnern. Mein Puls beruhigt sich ein wenig.

»War sie in unserem Jahrgang?«

»Hat sie zumindest gesagt. Ich glaube, es hat da eine Naomi gegeben, oder nicht? Hieß damals vielleicht noch nicht Strawe. Um ehrlich zu sein, haben wir nicht kontrolliert, wer da wirklich aus der 1989er Abschlussklasse war. Ich meine – warum sonst sollte man ein Klassentreffen ins Leben rufen?«

»Und ist sie da gewesen – diese Naomi?«

»Nein. Das ist das Merkwürdige. Es war ein Namensschild für sie da – sie hat mir die Schilder derjenigen vorab zugeschickt, die sich angemeldet hatten. Ihres und noch ein, zwei andere sind liegen geblieben.«

Sie war nicht die Einzige, die nicht aufgetaucht ist. Für Tim Weston wäre sicherlich auch ein Namensschild da gewesen. Ich will schon weiterbohren, als ich eine große, breit gebaute Frau in einem dunklen Hosenanzug auf uns zukommen sehe.

»Louise Williams?«

Ich nicke, und sie stellt sich als Detective Inspector Reynolds vor, bittet mich mitzukommen und lotst mich zu einem Tisch mit ein paar Stühlen in der Ecke, auf dem ein Laptop steht.

»Danke, dass Sie hergekommen sind, Miss Williams.«

»Louise«, erwidere ich automatisch.

»Louise. PC Wells hat mir erzählt, Sie wären gestern Abend bei dem Klassentreffen gewesen.«

»Ja, das stimmt.« Ich fühle mich wie in einem Traum, als würde ich über mir selbst schweben. Was ist aus meinem sorgsam geordneten Leben geworden, wohin ist es verschwunden? Wie bin ich hier gelandet?

»Dann haben Sie also gehört, was passiert ist?«

»Ja, ich hab's in den Nachrichten gesehen.«

»Tja, wie Sie also wissen, haben wir eine Frauenleiche hier im Wald gefunden. Das Opfer trug ein Namensschild, sodass wir eine vorläufige Identifizierung vornehmen konnten.«

»Also … können Sie mir sagen, wer es ist?« Bitte, lieber Gott, lass es jemanden sein, den ich nicht kenne.

»Ja.« Ich spüre, wie sie mich genau ins Visier nimmt. »Bei dem Opfer handelt es sich um Sophie Hannigan.«

Mein Gesicht bleibt irgendwie neutral, aber mein Körper fühlt sich zittrig und unruhig an, als wäre mein Blut durch Mineralwasser ersetzt worden.

»Dann kannten Sie sie gar nicht?« Sie klingt enttäuscht. Reynolds hat offenbar mit einem Keuchen, Tränen, vielleicht einem kleinen Aufschrei gerechnet. Aber während ich sie reglos anstarre und mich nur mit Mühe darauf konzentrieren kann, ein- und auszuatmen, dämmert es ihr offensichtlich.

»Sie kannten sie doch?«

Wortlos nicke ich, und Reynolds sitzt mir schweigend gegenüber und lässt mir Zeit, die Neuigkeit zu verarbeiten. Wahrscheinlich denkt sie, dass ich unter Schock stehe, aber ich bin nicht schockiert. Nur der dumpfe Schmerz in meinem Bauch, den ich habe, seit ich in der Travelodge die Nachrichten gesehen habe, wird intensiver. Mein Magen krampft und windet sich. Genau damit habe ich wohl die ganze Zeit gerechnet.

»Ja, ich kannte sie«, stoße ich schließlich hervor. Aber kannte ich sie wirklich? »Ich meine, sie ist inzwischen keine enge Freundin mehr, aber früher war sie das. Ich habe sie seit der Schule nicht mehr gesehen, nur ein einziges Mal, vor ein paar Wochen.«

»Wie kam es dazu? Dass Sie sich wiedergesehen haben?« Sie sieht interessiert aus. Ich denke fieberhaft nach. Von Marias Freundschaftsanfrage kann ich ihr nicht erzählen, das würde zu viele andere Fragen aufwerfen, Fragen, die ich nicht beantworten will.

»Ich hab sie kontaktiert, als ich von dem Klassentreffen gehört hab … dachte, es wäre nett, wenn wir uns schon vorab sehen könnten. Ich hab nach der Schule mit niemandem mehr richtig Kontakt gehalten und mir ausgemalt, da einfach beim Klassentreffen aufzutauchen könnte ein bisschen viel werden, wenn Sie verstehen, was ich meine. Dass ich Sophie vorab wiedergesehen hab, hat die ganze Sache einfacher gemacht.«

»Wie sind Sie denn mit ihr in Kontakt getreten?«

»Über Facebook.« Ich versuche, meine Stimme zu kontrollieren.

»Und welchen Eindruck hat sie da gemacht?«

»Einen ganz normalen. Freute sich auf dieses Klassentreffen. Sie hatte sich seit der Schulzeit nicht allzu sehr verändert, nicht wirklich.«

»Und hat sie sich auf jemanden im Speziellen gefreut, oder wollte sie irgendwen womöglich lieber nicht wiedersehen?«

»Sie hat sich einfach nur darauf gefreut. Jemand Speziellen hat sie nicht erwähnt. Ich glaube nicht, dass sie irgendwelche Vorbehalte oder Ängste gehabt hat. Sie müssen wissen, dass sie damals zu den Beliebten gehört hat.«

»Mhm.« Sie versucht, die reglose Maske aufrechtzuerhalten, aber ich kann ihr ansehen, dass sie selbst in der Schule nicht zu dieser Gruppe gehört hat und weiß, dass das auch für mich gilt. Ich sehe DI Reynolds mit sechzehn vor mir, so groß und stämmig, wie sie auch heute noch ist, mit längeren Haaren, die ihr speckig über den Rücken fallen, wie sie ins Klassenzimmer trampelt, ihren Stuhl anrempelt, wie die hübschen Mädchen kichern. Immer in der ersten Reihe, Bestnoten in allen Fächern. Sich der Tatsache bewusst, dass Beliebtheit in der Schule nicht alles ist, sitzt sie es aus, macht den besten Abschluss, den die Schule je gesehen hat, und zieht von dannen, an die Uni, wo sie sich selbst neu erfindet und sich einer Peergroup anschließt, die zu ihr passt.

»Okay. Machen wir mit dem Klassentreffen selbst weiter. Erinnern Sie sich noch, wann Sie Sophie zuletzt gesehen haben?«

»Das muss so gegen zehn gewesen sein.«

»Sind Sie da gegangen?«

»Nein, ich bin vielleicht um elf gegangen, aber ich glaube, nach zehn hab ich sie nirgends mehr gesehen.«

»Haben Sie viel Zeit mit ihr verbracht?«

»Nicht wirklich, nein. Wir haben ein bisschen geplaudert, uns auf den neuesten Stand gebracht, so was. Es war ja noch eine Menge anderer Leute da.«

»Und wie hat sie auf Sie gewirkt?«

Ich muss wieder daran denken, wie Sophie mich am Arm gepackt hat und wie panisch sie war. Sie hatte Angst.

»Sie wirkte ganz normal«, antworte ich und kann inzwischen meine eigene Angst kaum noch unterdrücken. Ich wühle mich immer tiefer ein, und aus Angst davor, dass ich das Falsche sagen könnte, sage ich Reynolds gegenüber lieber nichts. »Auch wenn ich sie, wie gesagt, seit Jahren nicht mehr gesehen habe. Insofern weiß ich nicht recht, ob sie anders war als sonst.«

»Hat sie sich mit jemand Bestimmtem länger unterhalten?«

»Ich hab gesehen, wie sich Sophie mit Claire Barnes, Sam Parker, Matt Lewis unterhalten hat …« Ich zähle noch ein paar weitere Namen auf und versuche, mich wieder an die Augenblicke zu erinnern, da ich sie lachen hörte, da sie überbordend Küsschen verteilte und ihr Haar zurückwarf. Reynolds hört sich alles an.

»Und ist sie in Begleitung gekommen?«, will sie wissen, und ich zögere – kaum merklich, aber sie ist gut, sie sieht es auf der Stelle. Aus irgendeinem absurden Grund fühle ich mich schuldig, dass ich Pete in diese Sache mit hineinziehe, was lächerlich ist, weil ihn bestimmt auch andere erwähnen werden.

»Sophie war mit einem Mann da. Pete.«

»War das ihr Partner?« Reynolds spitzt die Ohren. Ich habe das Stöckchen in der Hand, und sie spürt, dass ich es für sie werfen werde. »Wissen Sie, wie er mit Nachnamen heißt?«

»Nein, tut mir leid. Aber ihr Freund war er wohl nicht, anscheinend kannten sie sich noch nicht lange. Sie hat ihn online kennengelernt.«

»Und dann bringt sie ihn mit zu einem Klassentreffen?« Sie sieht mich skeptisch an.

»Ich weiß, ich hab sie auch danach gefragt, aber sie meinte, sie hätte nicht alleine kommen wollen, nachdem alle anderen sicher verheiratet wären und über ihre Kinder und so sprechen würden.« Meine Stimme bricht leicht, und mit einem Mal habe ich einen Kloß im Hals. Die arme, eitle Sophie. Ich war so sehr damit beschäftigt, mich selbst dafür zu schelten, ständig nur darüber nachzudenken, was meine Freunde aus Teenagerzeiten über mich denken könnten, dass ich nie darüber nachgedacht hab, dass das für Sophie noch viel wichtiger gewesen sein muss – mit ihrem vorgeblichen Job in der Modebranche … der geliehenen Wohnung … und Pete. Ich muss an Esther denken und an ihren Vorzeige-Ehemann, der ihr nicht von der Seite gewichen ist, und wie sie Bilder ihrer Kinder herumgezeigt haben. Niemand von uns ist dagegen immun, denk ich mal.

»Lassen Sie sich Zeit.« Reynolds' Stimme ist sanft, trotzdem lässt sie mich nicht aus den Augen.

»Es sah aus, als hätten sie gegen Ende des Abends einen Streit gehabt – gar nicht lang, bevor ich sie dann zum letzten Mal gesehen habe.«

»Und war das der letzte Zeitpunkt, an dem Sie *ihn* gesehen haben? Ist er ohne sie gegangen? Oder hat er am Ende auf Sophie gewartet?«

Ich fühle mich, als wäre ich in eine Ziegelwand gekracht und hätte es nicht einmal kommen sehen. Ich habe den Ausdruck »schweißnasse Hände« durchaus schon gehört, aber bis zu diesem Moment war mir nicht klar, dass es so etwas wirklich gibt. Ich werde ihr erzählen müssen, dass ich die Nacht mit Pete verbracht habe. Aber wie sieht das aus? Er war Sophies Date. Wer würde denn glauben, dass da im Hotel nichts zwischen uns gelaufen ist? Außerdem wird es eine Kettenreaktion bei Reynolds in Bewegung setzen, die dann irgendwann zu Marias Freundschaftsanfrage führen könnte. Sie werden Sophies Social-Media-Aktivitäten unter die Lupe nehmen, aber fürs Erste werden sie dort nur auf ein paar unschuldige Nachrichten von Maria stoßen: *Siehst immer noch gut aus, Sophie*. Und: *Bis später beim Klassentreffen, Sophie Hannigan*. Daran ist nichts verdächtig.

Aber wenn Reynolds den Verdacht hat, dass ich in der Tatnacht mit Sophies Freund geschlafen haben könnte, wird sie mich umso genauer durchleuchten. Und wenn sie dann in meine Social-Media-Accounts guckt und Marias Nachrichten an mich findet, dann wird das Fragen aufwerfen. Fragen, die ich nicht beantworten will. Ich kann nicht riskieren, dass jemand erfährt, was ich Maria angetan habe, und erst recht kann ich nicht riskieren, ins Gefängnis zu gehen. Natürlich hat es nie eine Leiche gegeben, aber immerhin gibt es Leute, die wissen, was auf der Abschlussparty passiert ist, und vielleicht sind es ja nicht bloß Matt und Sam – ich würde mich nicht wundern, wenn sich Sophie im Laufe der Zeit verplappert hätte, gegenüber wem auch immer. Wie Sam schon zu mir gesagt hat: Das Risiko ist einfach zu groß, jemanden einzuweihen. Außerdem habe ich jetzt Henry. Wenn auch nur die geringste Gefahr besteht, dass ich hinter Gittern landen könnte, muss ich all das, was ich mit Maria gemacht habe, eben mit ins Grab nehmen. Henry darf nicht ohne seine Mutter aufwachsen. Ich habe so lange im Schatten verbracht und die Wahrheit für mich behalten, dass ich jetzt nicht damit aufhören kann.

»Keine Ahnung«, antworte ich, und mein ganzer Körper juckt vor Panik. »Ich hab ihn nicht mehr gesehen.«

»Wissen Sie, wie wir ihn erreichen können, diesen Pete?«

»Nein, tut mir leid. Ich weiß nur, wie er mit Vornamen heißt und dass er in London wohnt.«

»Okay«, sagt Reynolds und lehnt sich in ihrem Stuhl zurück. »Wir werden uns mit Ihnen noch mal in Verbindung setzen, aber wenn es fürs Erste nichts Wichtiges mehr gibt, das Sie uns mitteilen wollen …?«

»Nein, nichts.«

»Eine Sache noch«, sagt sie und zieht einen braunen Umschlag aus ihrer Innentasche. »Das hier haben wir in der Nähe der Leiche gefunden.« Sie greift in den Umschlag und zieht ein durchsichtiges Plastikbeutelchen heraus. Ich erkenne schon, worum es sich handelt, noch ehe sie auch nur ein weiteres Wort sagt, und ich muss alle Kraft aufbringen, um meine Hände im Schoß locker und meine Atmung kontrolliert zu halten.

»Kommt Ihnen das bekannt vor?«, will sie wissen.

Unschuldig liegt es zwischen uns auf dem Tisch.

»Nein.« Ich versuche, ganz natürlich zu antworten, unaufgeregt, weder zu schnell noch zu langsam.

»Sophie hat das nicht getragen?«

»Nein, definitiv nicht. Sie hatte eine große silberne Statement-Kette angelegt.«

Reynolds sagt nichts, steckt bloß den Asservatenbeutel wieder in den Umschlag. Ein Plastiktütchen, in dem eine zierliche Halskette mit einem kleinen goldenen Herzanhänger liegt. Auch wenn es inzwischen mehr als fünfundzwanzig Jahre her ist, seit ich den Anhänger zuletzt gesehen habe, würde ich ihn überall wiedererkennen. Der herzförmige Anhänger verfolgt mich in meinen Träumen. Ohne den Hauch eines Zweifels ist das Maria Westons Halskette. Und sie hatte sie angelegt an jenem Abend, als sie verschwand.

KAPITEL 24

2016

Polly braucht eine Ewigkeit, bis sie die Tür aufmacht. Sie sieht grässlich aus, als hätte sie geheult. Ihr Haar ist ungekämmt, und unter ihren Augen liegen dunkle Schatten.

»Oh, was ist denn los? Ist alles okay?«, frage ich.

»Ja«, sagt sie dumpf. »Komm rein.«

Perplex laufe ich hinter ihr her den Flur entlang. Ich habe ihr aus Norfolk kurz geschrieben und erzählt, was dort passiert ist, sodass ich eigentlich irgendeine Reaktion auf die umwälzenden Ereignisse der letzten vierundzwanzig Stunden erwartet hätte. Natürlich weiß Polly nicht, dass die Ereignisse auch für mich nicht folgenlos bleiben werden, aber trotz allem sind es doch schockierende Nachrichten.

Ich stecke den Kopf zur Wohnzimmertür hinein. Henry und Maya sitzen aneinandergekuschelt auf dem Sofa, und Henry nuckelt am weichen Manky-Saum.

»Hallo, H, ich bin wieder da! Hallo, Maya!«

Sie wenden kaum den Blick von ihrer Zeichentricksendung ab.

»Hi, Mummy. Kann ich das noch fertig gucken?«, fragt Henry.

»Na klar.« Polly und ich laufen weiter in die Küche, und ich schwinge mich auf einen der Barhocker am Frühstückstresen. Ich liebe diese Idee, einen Frühstückstresen zu haben, aber diese Hocker haben eine ungemütlich kleine Sitzfläche, und ich weiß nie, was ich mit meinen Füßen tun soll.

»Hat er sich gut benommen?«, erkundige ich mich.

»Ja, er war ganz brav, keine Klagen.«

»Wo sind denn die anderen?« Es ist ungewöhnlich still.

»Aaron und Phoebe schlafen noch. Tee?«, fragt sie beiläufig, füllt aber schon den Wasserkocher.

»Ja, gerne.«

Während das Wasser kocht, scheint Polly sich wieder zusammenzureißen, als hätte sie beschlossen, ihren Zustand zu verdrängen.

»Also, dann mal los, erzähl. Es war wirklich dieses Mädchen, das du kanntest? Das du neulich erst getroffen hast?«

»Ja. Sophie.«

»Hattest du dich lange mit ihr unterhalten – bei dem Klassentreffen, meine ich?«

»Ein bisschen, jetzt nicht wahnsinnig lang – es waren ja auch noch viele andere Leute da.« Ich ertappe mich wieder dabei, wie ich es herunterspiele. Nachdem ich auch schon die Polizei belogen habe, ist es leichter, anderen die gleiche Lüge aufzutischen. Es macht mir Angst, wie einfach mir die Unwahrheit über die Lippen kommt, selbst Polly gegenüber. Ist sie nicht meine beste Freundin? Trotzdem weiß sie furchtbar wenig über mich.

»Das ist ganz grässlich – die arme Frau! Wer, glaubst du, war es? War sie verheiratet?«

»Nein. Warum?«

»Na ja, in neunundneunzig Prozent der Fälle ist es doch der Ehemann, oder?«

»Ich bin mir nicht ganz sicher, ob es so viel ist ... aber ja, sie war mit einem Mann da, mit einem Freund.«

»Ach, und wie war der so?«

Ich antworte nicht gleich, was Polly fehlinterpretiert.

»Glaubst du, er war es?« Sie tunkt einen Keks in ihren Tee.

»Nein!« Wir sind beide leicht verdutzt angesichts meiner Vehemenz.

Mit einem Mal fühlt es sich unerträglich an, Polly zu belügen. Ich habe es so verdammt satt, diese fürchterliche Last mit mir herumzutragen, und wahrscheinlich ist Polly die einzige Person, die mir helfen kann, die Last zu stemmen. Sie liebt mich, und sie wird mich verstehen.

»Das klingt jetzt vielleicht komisch, aber … Pete – das war Sophies Freund – hat in meinem Hotelzimmer übernachtet.«

Pollys Hand bleibt auf halber Höhe zu ihrem Mund in der Luft hängen, und ihr fällt der Keks in den Tee.

»Was?«

»Nicht, was du jetzt denkst! Die beiden hatten einen Streit, und dann war es für ihn schon zu spät, um noch nach London zu kommen. Also ist er mit mir in die Travelodge gefahren, aber dort hatten sie kein Zimmer mehr frei, deshalb … hab ich ihm angeboten, dass er bei mir übernachten könnte. Es ist nichts passiert, wir haben uns einfach nur schlafen gelegt, und als ich heute Morgen aufgewacht bin, war er schon verschwunden.«

»Verdammt, Louise!«

»Ich weiß.«

Polly steht auf, durchquert die Küche, wühlt in der Besteckschublade nach einem Löffel, um den durchweichten Keks aus ihrem Tee zu fischen.

»Wie ist das überhaupt zustande gekommen?«

»Wie gesagt, er und Sophie hatten sich gestritten, und dann hat er auf dem Parkplatz auf mich gewartet.«

»Er hat *auf dich gewartet*? Klingt ja gruselig!«

»Nein, so war es nicht ... Ich war die Einzige, die er dort sonst noch kannte – ich hab dir doch erzählt, dass ich ihn getroffen habe, als ich bei Sophie war. Er dachte, ich würde noch in der Nacht zurück nach London fahren.« So war es doch? Dann nagt ein Verdacht an mir. Er wusste doch, dass ich getrunken hatte – wie konnte er da ernsthaft geglaubt haben, dass ich noch fahren würde?

»Trotzdem, du kapierst aber schon, dass du dich womöglich gestern Nacht an einen Mörder gekuschelt hast?«

Natürlich ist mir das auch schon in den Sinn gekommen, aber ich kann mich von diesem Gedanken gerade nicht ablenken lassen. Mein Kopf ist mit anderen Dingen beschäftigt.

»Wir haben uns nicht aneinandergekuschelt. Und er ist auch kein Mörder. Er ist ein netter Kerl.« Warum verteidige ich ihn eigentlich?

»Gott, stehst du etwa auf ihn? Du stehst auf ihn! Du stehst auf den Mörder!«

Unter anderen Umständen wäre ich froh gewesen über Pollys Fähigkeit, jedwede Situation aufzulockern, egal wie düster sie aussieht. Doch diese kann man nicht auflockern, dafür ist sie zu grausam.

»Nein, tu ich nicht.« Ich weiß wirklich nicht, was ich von ihm halten soll. Vielleicht hätte sich etwas entwickeln können, wenn die Dinge anders gelegen hätten. Aber sie liegen nun einmal nicht anders, sie sind düster, hässlich, und Pete ist irgendwie darin verwickelt.

»Und Sam? Wie lief's mit ihm?«, fragt sie und setzt sich wieder an den Frühstückstresen.

»Ganz okay«, antworte ich und muss wieder an den Wein denken, der von meinem Handgelenk getropft ist, und daran, wie Sam auf meine Zunge gestarrt hat.

»Ganz okay?« Polly ist sofort misstrauisch.

»Ja, ehrlich. Ich hab kaum mit ihm gesprochen.« Noch mehr Lügen.

»Gut«, sagt sie. »Vielleicht war es dann ja sogar gut, dass du mit diesem Pete geschlafen hast.«

»Ich habe nicht mit ihm geschlafen! Ich habe mir das Zimmer mit ihm geteilt.« Und es war wahrscheinlich die eigenartigste Nacht, die ich je mit einer anderen Person verbracht habe, und das will etwas heißen.

»Ich weiß, hast du schon gesagt. Und was sagt die Polizei dazu, dass du mit ihm die Nacht das Zimmer geteilt hast?«

Ich denke kurz darüber nach, sie noch mal anzulügen, aber ich kann die Vorstellung nicht ertragen, dass ich es noch komplizierter mache, als es ohnehin schon ist. »Ich hab's dort nicht erzählt.«

»Was? Warum in aller Welt denn nicht?«

Oh Gott, wie soll ich ihr das klarmachen? »Das war irgendwie intuitiv – ich hab nicht darüber nachgedacht. Ich hatte das Gefühl, es wäre besser, wenn sie es nicht wüssten.«

»Aber warum? Louise, jetzt dreh mal nicht durch – du kannst doch nicht die Polizei belügen! Ruf dort sofort an und erzähl denen, dass du einen Fehler gemacht hast. Besser, es kommt jetzt gleich raus, und zwar direkt von dir, als dass sie es irgendwann herausfinden.«

Ich kann ihr unmöglich erklären, warum das nicht geht, ohne gleichzeitig zu gestehen, was ich Maria angetan hab.

»Das ist kompliziert – es hat mit ein paar Sachen zu tun, die passiert sind, als wir Teenager waren. Da ist etwas, was die Polizei nicht wissen darf, und ich … Ich kann's dir nicht erklären.« Meine Stimme versagt, und Polly sieht mich alarmiert an.

»Was zur Hölle meinst du damit? Warum kannst du es mir nicht erklären?«

Ich schüttle den Kopf und schlage die Hände vors Gesicht.

»Louise!« Sie zieht meine Hände weg und sieht mir in die Augen. »Es gibt nichts, was du mir nicht erzählen könntest. Komm schon, wir sind schon so lange befreundet ... seit ... dreizehn Jahren? So schnell wirst du mich nicht los. Was ist es?«

Ich will nichts lieber, als dass sie mich versteht. Ich kann das Gefühl, mit alledem allein zu sein, nicht mehr ertragen. Bevor Sophie umgebracht wurde, konnte ich es, irgendwie habe ich es geschafft, aber jetzt entgleitet mir alles, und die Vorstellung, Polly alles zu beichten, sie einzuweihen, fühlt sich an, als dürfte ich in ein Federbett sinken.

»Ich hab dir doch erzählt, dass Sophie auch so eine Freundschaftsanfrage bekommen hat, von Maria, diesem Mädchen, das ertrunken ist? Also ... Ich hab dir nicht alles erzählt.« Ich hole tief Luft und versuche, meine Stimme unter Kontrolle zu halten.

»Was meinst du damit?«

»Sophie und ich, wir ... wir waren nicht immer nett zu Maria.«

Polly runzelt die Stirn. »Nicht immer nett inwiefern?«

Wenn ich jetzt aufblicke, verliere ich die Nerven. »Wir waren ... ziemlich gemein zu ihr. Als ich dir erzählt hab, dass ich in der Schule was ganz Ähnliches wie Phoebe erlebt hätte ... na ja, da meinte ich von der anderen Seite aus gesehen.« Ich traue mich nicht, sie anzublicken. Ich schlucke und rede weiter. »Als sie neu an unsere Schule gekommen ist, war ich erst mit Maria befreundet, aber dann, später, also ... dann nicht mehr. Sophie wollte nicht, dass ich mit ihr befreundet bin, weißt du, und Sophie war damals ... Und dann am letzten Abend, bei der Abschlussparty, in der Nacht, als sie gestorben ist, haben wir etwas Schlimmes gemacht.«

»Was habt ihr gemacht?«

Ich blicke flüchtig auf. Polly ist kreidebleich, und die Verwirrung steht ihr ins Gesicht geschrieben.

Sag es einfach.

Ich schlage die Augen nieder.

»Wir haben ihr Ecstasy ins Getränk gekippt. Danach hat keiner sie jemals wieder gesehen. Sie muss davongelaufen und von der Klippe gestürzt sein.« Ich schlage die Augen wieder auf und riskiere einen Blick. Mir ist auf der Stelle klar, dass ich einen schrecklichen Fehler begangen habe.

Weiß im Gesicht und entsetzt starrt Polly mich an. »Ihr habt ihr etwas in den Drink gekippt? Hast du mir nicht zugehört, als ich dir erzählt hab, was mit Phoebe passiert? Ich kann nicht glauben, dass du mit ihr darüber gesprochen und ihr Ratschläge erteilt hast, obwohl du selbst die ganze Zeit ...« Sie rückt ihren Hocker nach hinten, steht auf und taumelt, macht ein paar Schritte rückwärts, bis sie die Küchenanrichte erreicht, an der sie sich festhalten muss. »Hast du eine Ahnung, warum ich heute früh so scheiße aussehe?« Ihre Stimme klingt vorwurfsvoll hart. »Weil ich wegen Phoebe die halbe Nacht wach war, die ich mitten in der Nacht von dieser Übernachtungsparty abholen musste. Die Mutter war ›besorgt‹, weil Phoebe angeblich Ärger gemacht und sich auf dieses andere Mädchen eingeschossen hat. Dreimal darfst du raten, wer dieses Märchen in die Welt gesetzt hat. Als wir wieder daheim waren, hat sie zwei Stunden durchgeheult. Zwei Stunden lang. Weißt du eigentlich, wie es ist, wenn man sein eigenes Kind in diesem Zustand sehen muss?«

Ich schüttle den Kopf.

»Tut mir echt leid, was da gestern Nacht passiert ist. Das ist schrecklich. Aber heute ist einfach nicht der beste Tag, um mir all das zu erzählen, Louise. Nicht nach dem, was ich gerade durchgemacht habe. Ich bin nicht in der Stimmung, dir gut zuzureden und dir zu verzeihen oder was immer du von mir erwartest. Nicht, was dieses Thema angeht, nicht, was Teenie-Gören angeht, die verschissen brutal zu Mädchen sind, die ihre Freundinnen sein sollten!«

Ich hatte halb erwartet und befürchtet, dass sie mich beschimpfen und wütend werden würde, aber das hier ist hart, ihr kalter Zorn ist noch viel schlimmer. Ich dachte, Polly stünde auf meiner Seite, aber natürlich ist sie das nicht. Sie hat Kinder, und Kinder schlagen alles, wie ein Royal Flush beim Poker.

»Ich glaub ehrlich gesagt, du solltest besser gehen. Ich muss mich heute um Phoebe kümmern und hab keine Kapazitäten für dich … für all das. Damit kann ich gerade nicht umgehen. Ich ruf dich an.«

Ich habe mein ganzes Leben lang gewusst, dass ich niemandem erzählen darf, was ich Maria angetan habe. Aber die Sache mit Sophie hat alles wieder aufgewühlt. Ich dachte eigentlich, es würde alles verändern, aber natürlich tut es das nicht.

Als ich von Polly wegfahre, laufen mir stille Tränen über das Gesicht, und ich kann nicht mehr aufhören zu weinen. Henry brabbelt auf dem Rücksitz vor sich hin und erzählt, was es zum Abendessen gab. Dass Phoebe ihm vorgelesen hätte, bevor sie ausgegangen wäre. Gott sei Dank habe ich ihn nicht vorn bei mir sitzen lassen, wie er eigentlich wollte. Wiederholt wische ich mir die Tränen aus dem Gesicht, aber es kommen immer wieder neue. Vor einer roten Ampel sieht mich eine alte Frau mit einem Einkaufstrolley neugierig an.

Ich versuche, mich auf etwas anderes zu konzentrieren. Bis wir nach Hause kommen, muss ich aufhören zu weinen. Henry darf mich so nicht sehen. Naomi Strawe – ich weiß, dass niemand mit diesem Namen in unserer Jahrgangsstufe war. Strawe ist ein ungewöhnlicher Name, den ich garantiert noch nie gehört hab, auch wenn Mr. Jenkins meinte, es könnte durchaus auch der angeheiratete Name sein. Ich kann mich aber auch an keine Naomi erinnern. Ich muss wieder daran denken, wie er den Namen buchstabiert und dabei das WE am Ende merkwürdig betont hat. WE – das sind die ersten Buchstaben von Weston. Und mit einem Mal wird mir ganz anders. Angst macht sich in mir breit, als ich die Buchstaben laut vor mir hersage, in meinem Kopf durcheinanderwürfele und es mir dann allmählich dämmert: Naomi Strawe ist ein Anagramm von Maria Weston.

Irgendjemand ist mir durch den Tunnel in South Kensington gefolgt. Irgendjemand hat mich beobachtet, als ich allein in dieser Bar saß und auf ein Date wartete, das nie erschienen ist. War dieser Jemand gestern auch beim Klassentreffen, ohne dass die anderen ihn gesehen haben, und hat am Spielfeldrand gelauert auf weiß der Himmel was? Seit dem anfänglichen, betäubenden Schock angesichts der Entdeckung von Sophies Leiche bin ich rein auf Adrenalin gelaufen, doch jetzt baut es sich ganz langsam wieder ab, und ich erkenne, was all das für mich bedeutet. Ich kann nicht länger von mit wegschieben, dass Maria noch am Leben ist, oder wenn nicht, dass derjenige, der Sophie umgebracht hat, genau gewusst hat, was ihr zugestoßen ist – und somit auch weiß, was ich getan habe. Und Pollys Reaktion hat mir noch eine weitere Erkenntnis beschert: Ich sehe im Rückspiegel Henrys Gesicht, mit seiner unglaublich weichen Haut, den runden Babywangen, den langen Wimpern, die dunkelbraune Augen umkränzen. Vor heute war ich nie allein, auch wenn all die anderen Freundschaften im Sande verliefen, weil ich Polly hatte. Doch jetzt sind es nur noch Henry und ich. Wir sind komplett auf uns allein gestellt, und wir sind in Gefahr.

KAPITEL 25

2016

Nachdem ich Henry ins Bett gebracht habe, schenke ich mir ein Glas Wein ein. Bei dem Geschmack zucke ich zusammen, leide immer noch an den Folgen des Überkonsums beim Klassentreffen am vergangenen Abend, aber ich brauche jetzt etwas, was die scharfen Kanten glättet, um zu verstehen, wie mir gerade geschieht. Ich schalte den Fernseher im Wohnzimmer an. Sophie ist immer noch die Meldung Nummer eins, und inzwischen haben sie auch ihren Namen bekannt gegeben. Reynolds ist im Bild und ruft die Bevölkerung auf, Hinweise zu liefern. Außerdem ist mittlerweile auch die Todesursache bekannt, die die Behörden bislang verschwiegen hatten: Sie ist erwürgt worden. Mir ist speiübel, ich kann nicht aufhören, mir vorzustellen, wie sich zwei Hände um ihren Hals legen, wie sie nach Luft ringt. Wie alles schwarz wird.

Als mein Handy vibriert, weiß ich mit dumpfer Gewissheit, dass es wieder eine Nachricht ist. Und ich habe recht.

Du liebe Güte, die arme Sophie! Nicht dass dir das Gleiche passiert!

Ich kann nicht auf dem Sofa sitzen bleiben und mich entspannen, als wäre es ein ganz normaler Abend, also laufe ich von Zimmer zu Zimmer, bin angespannt, erschrecke bei jedem Knarzen der Bodendielen. Hier und da setze ich mich hin, wo ich sonst nie sitze – auf den Boden im Flur, mit dem Rücken zur Wand; auf den Badewannenrand, und die harten Kanten drücken sich in meine Oberschenkel. Die ganze Zeit sehe ich Sophies versehrten Körper im Wald vor mir, immer noch in diesen lächerlichen weißen Pelzmantel gehüllt, und ihr wunderschönes karamellfarbenes Haar wie einen Fächer um ihren Kopf ausgebreitet; weißes Gesicht, blaue Lippen, dunkelviolette Hämatome am Hals. Ich sehe vor mir, wie mich das gleiche Schicksal trifft. Henry in einem kleinen schwarzen Anzug, ernst, auch wenn er nicht wirklich versteht, was vor sich geht, Sams Hand umklammert und sich trotzdem ständig umdreht, als wäre ich bloß schnell in ein anderes Zimmer verschwunden.

Ich weiß, dass die Polizei noch einmal mit mir sprechen wird, und mein ganzer Körper krampft sich bei der Vorstellung zusammen, was ich alles verschwiegen habe: die Nacht mit Pete, die Freundschaftsanfrage, Marias Nachrichten. Ich darf auf keinen Fall zulassen, dass DI Reynolds auch nur für einen kurzen Moment spürt, dass es da mehr gibt, als auf den ersten Blick ersichtlich ist, dass es da die Andeutung einer Verbindung geben könnte zwischen dem, was Sophie gestern Nacht passiert ist, und den Ereignissen an einem Juniabend 1989. Wenn sie herausfinden, dass Sophies Ermordung mit Marias Verschwinden zu tun hat, dann werden sie eine Spur aufnehmen, die letztlich zu mir führt – zu mir, mit sechzehn, in einem smaragdgrünen Kleid, unter dem ich zwischen meinen Brüsten ein Beutelchen mit zerstoßenen Pillen versteckt hatte. Es gibt mehr Wege als nur den Tod, durch den Henry mich verlieren könnte, das darf ich niemals aus dem Blick verlieren. Ich muss an all die Unterhaltungen mit Sam denken, die wir geführt haben, als wir noch zusammen waren. Wir kamen immer wieder zu dem Schluss, dass unsere Beteiligung an Marias Tod niemals öffentlich bekannt werden darf; und dann Matt, der mir gestern Abend so nahe kam: panisch, wütend, seine Stimme lodernd und nachdrücklich in meinem Ohr.

Doch erst jetzt begreife ich, was ich angerichtet habe: meine anfängliche instinktive Reaktion, der Polizei gegenüber die Nacht von Pete und mir in der Travelodge zu verschweigen. Die Polizei wird nach ihm suchen. Womöglich haben sie Pete schon gefunden; wird er da denken – so wie ich es getan hab –, dass ein geteiltes Hotelzimmer derart fehlinterpretiert werden könnte, dass er es ebenfalls verschweigen muss? Immerhin ist er der Hauptverdächtige, und dass er Sophie bei dem Klassentreffen stehen gelassen und stattdessen mit einer anderen Frau die Nacht verbracht hat, wird der Polizei garantiert zu denken geben. Aber natürlich kann ich mich darauf nicht verlassen. Ich muss mit ihm sprechen, ehe es die Polizei tut.

Ein kleiner Teil von mir fragt sich, ob es nicht eine gewisse Erleichterung wäre, wenn endlich alles ans Licht käme und ich mich nicht länger verstecken und lügen müsste. Ein kleiner Teil von mir will diese Last, die ich mit mir herumtrage, seit ich sechzehn bin, endlich ablegen. Wenn ich dafür bestraft würde, klar – aber mir eben womöglich auch vergeben würde. Dann fällt mir wieder ein, wie Polly reagiert hat, und ich weiß, dass es keine Vergebung gibt. Und während ich in Henrys Zimmer stehe, die letzten Schlucke Wein trinke und sein gerötetes, schlafendes Gesicht betrachte, wird mir bewusst, dass ich es niemals jemandem erzählen darf. Mal ganz abgesehen von der Scham, wenn jeder wüsste, was ich getan hab, wird Henry mich davon abhalten, mit der Sprache rauszurücken. Auch wenn es ein sehr unwahrscheinliches Szenario ist, kann ich nicht riskieren, im Gefängnis zu landen und meinen Sohn ohne Mutter zurückzulassen. Ich muss es um jeden Preis und für den Rest meines Lebens für mich behalten.

Ich schlafe schlecht, und vor Unruhe schwirrt und krümmt sich in mir alles. Um zwei Uhr schrecke ich schweißgebadet aus dem Schlaf auf und bin ganz sicher, dass ich ein Geräusch gehört habe. Ich kann die Dunkelheit nicht mehr ertragen und strecke meine zitternde Hand aus, um die Nachttischlampe anzuschalten. Es ist mucksmäuschenstill im Haus, aber ich werde den Gedanken nicht los, dass mich irgendetwas geweckt hat. Wenn Henry nicht da wäre, würde ich mir bloß die Decke über den Kopf ziehen und einfach bis zum Morgen warten, aber das kann ich jetzt nicht mehr riskieren. In Ermangelung einer Waffe kippe ich das abgestandene Wasser aus dem Glas auf meinem Nachttisch hinunter und schlüpfe damit aus dem Bett. Ich schleiche durch die Wohnung, zucke bei jedem Knarzen einer Bodendiele heftig zusammen, schalte eine Deckenlampe nach der anderen ein und hinterlasse eine Spur gleißender Helligkeit, die einem die Tränen in die Augen treibt. In der Küche tausche ich das Glas gegen ein scharfes Messer, dessen Klinge im hellen Licht schimmert und geschmeidig kühl in der Hand liegt. Ich vertreibe die Dunkelheit reihum aus jedem Zimmer, jedes einzelne sieht genau so aus, wie ich es verlassen habe, bis nur noch Henrys Zimmer übrig bleibt. Ich stehe vor seiner Tür, mein Mund ist knochentrocken, mein T-Shirt klebt kalt und schweißnass an meinem Leib. Ich bin gelähmt vor Angst, dass mich hinter seiner Tür mein schlimmster Albtraum erwartet. Ich habe das merkwürdige Gefühl, dass dies der letzte Augenblick von meinem altbekannten Leben ist, dass ich irgendwann auf diesen Moment zurückblicken und wissen werde, dass hiernach nichts mehr war wie zuvor. Ich lege die Hand auf die Türklinke und drücke sie nach unten. Mein Blick richtet sich direkt aufs Bett. Es ist leer. Das Messer fällt mir aus der Hand und landet mit einem dumpfen Geräusch auf dem blauen Teppichboden, und eine Sekunde später bin ich in die Knie gegangen und stoße einen Laut aus, den ich von mir selbst noch nie gehört habe, ein Wimmern wie ein verwundetes Tier. Todesangst rollt über mich hinweg wie eine Flutwelle. Ich kriege keine Luft mehr, keuche nur noch hektisch zwischen den toten Lauten, die ich ausstoße.

Und dann sehe ich ihn. Er liegt auf dem Teppich neben seinem Bett, schläft tief und fest und presst sich Manky vors Gesicht. Er muss aus dem Bett gefallen sein, ohne es überhaupt bemerkt zu haben. Der Aufprall seines kleinen Körpers hat mich geweckt. Ich falle neben ihm auf die Knie, vergrabe mein Gesicht in seinem Haar, inhaliere seinen süßen Duft, schluchze vor purer Dankbarkeit.

Am Morgen wache ich früh auf, bin aber immer noch vollkommen zittrig von den Ereignissen der Nacht. Ich habe die Adresse bereits herausgesucht, insofern muss ich jetzt nur noch zusehen, dass wir uns so schnell wie möglich fertig machen und das Haus verlassen. Ich liefere Henry um 7.30 Uhr zum Frühstückskreis ab; wir sind die Ersten hier. Seine Verwirrung angesichts der Hektik, die ich an den Tag lege, weicht schnell der Begeisterung darüber, dass er erst einmal alles für sich allein hat, und er rennt direkt los, um eine Eisenbahn zu bauen.

Es ist noch dunkel, als ich zum Bahnhof laufe, aber in der Stille kann ich meinen Atem sehen, eine Erinnerung daran, dass ich noch hier bin, aber eben nur noch gerade so. Einige Häuser liegen immer noch im Dunkeln, aber hier und da sind die ersten Vierecke gelb erleuchtet, und ich erhasche den einen oder anderen Blick auf eine häusliche Szene: ein Mann im Anzug, der auf seinem Sofa sitzt und frühstückt, während der Fernseher flackernde Schatten auf sein Gesicht wirft. Eine schick gekleidete Frau, die ihr Make-up im Spiegel über dem Kamin im vorderen Zimmer kontrolliert. Eine junge Mutter in einem schlappen Nachthemd hinter einem Fenster im Obergeschoss, die bleichgesichtig und übernächtigt ein Baby an die Schulter drückt. Ich mache vor Schreck einen Satz, als der Motor eines Autos angelassen wird, während ich gerade an dem Wagen vorbeigehe. Als ein großer Mann seine Haustür aufmacht und direkt vor mir hinaus auf die Straße tritt, kann ich gerade noch einen Angstschrei unterdrücken. Der Mann sieht mich neugierig an, ehe er vor mir her in Richtung Bahnhof marschiert. Ich bleibe noch für einen Moment stehen und halte mich an einer Straßenlaterne fest, muss mich regelrecht daran erinnern, ein- und auszuatmen. Wann ist aus mir diese schreckhafte, verängstigte Person geworden? Ich verpasse mir innerlich eine Ohrfeige und laufe, langsamer diesmal, weiter zu meinem Zug.

Gleich gegenüber den Büros von Foster and Lyme befindet sich ein Café, in dem ich mir einen Kaffee bestelle, mir einen Fensterplatz suche und mich dann auf die Lauer lege. Leute in Anzügen gehen dort drüben jetzt schon ein und aus. Sie müssen irgendeinen Türcode eingeben, was mir einen Moment Zeit bescheren wird, sobald Pete erscheint.

Ich bin bei meiner zweiten Tasse, als ich plötzlich eine Hand auf meiner Schulter spüre, zusammenzucke und den Kaffee auf dem Tisch verkleckere.

»Was machst du denn hier?« Verstohlen blickt er hinüber zur anderen Straßenseite, wo seine nichtsahnenden Kollegen einander mit Take-away-Kaffees in der Hand begrüßen.

»Ich muss mit dir sprechen«, sage ich leise. »Sorry, dass ich dir hier bei der Arbeit auflauere, aber mir ist einfach nichts anderes eingefallen. Ich weiß nicht mal, wie du mit Nachnamen heißt. Weißt du … was passiert ist?«

»Ja, natürlich weiß ich das.« Er setzt sich mir gegenüber. »Es ist einfach schrecklich. Ich … Mein Beileid. Ich weiß, dass sie deine Freundin war. Ich bin gestern den ganzen Tag durch London gestreift und hab darüber nachgegrübelt und hatte zu viel Angst, nach Hause zu gehen, für den Fall, dass dort womöglich schon die Polizei auf mich wartet. Ich bin bestimmt ihr Hauptverdächtiger.«

»Dann hast du noch gar nicht mit ihnen gesprochen?« In mir keimt Hoffnung auf.

»Nein. Ich weiß, dass ich muss, ich wollt einfach nur … erst meine Gedanken sortieren. Ich ruf dort heute noch an.«

»Aber fragt sich die Polizei da nicht, warum du dich nicht schon eher gemeldet hast?«

»Keine Ahnung. Ich werd denen wohl sagen müssen, dass ich erst gestern Abend Nachrichten gesehen habe oder so. Hast du schon mit ihnen gesprochen?«

»Ja. Ich bin gleich gestern früh zurück zur Schule gefahren.«

»Und hast du ihnen erzählt, also … hast du ihnen erzählt, dass wir die Nacht zusammen verbracht haben?«

Ich schlage die Augen nieder und drehe den Salzstreuer mehrmals herum. »Nein.«

Ich hätte Wut erwartet, aber er sieht eher verwirrt aus als alles andere. Und noch irgendwie anders. Erleichtert?

»Und warum nicht?«

»Ich … Ich bin mir nicht sicher. Ich hab Panik gekriegt.« Ich kann ihm ja schlecht erzählen, dass ich es inzwischen so gewöhnt bin zu lügen, wegen jener Nacht aus dem Jahre 1989. Dass die Lüge einfach aus mir herausgepurzelt ist, bevor ich auch nur die Chance hatte, darüber nachzudenken. Dass meine Angst davor, irgendjemand könnte wissen, was ich Maria angetan habe, inzwischen ein Teil von mir ist; so sehr, dass es mir schon zur zweiten Natur geworden ist, alles zu verheimlichen, was mich mit ihrem Verschwinden in Verbindung bringen könnte. Aber ich muss ihm irgendwas erzählen, ihm irgendwie verdeutlichen, warum ich so geheimnisvoll tue. »Es ist kompliziert …« Ich starre auf meine Hände hinab, und mein Zeigefinger malt Muster in ein bisschen verschütteten Zucker. »Als wir noch zur Schule gingen, Sophie und ich, da … waren wir nicht nett zu einer Klassenkameradin. Maria.«

»Was haben denn Zickereien unter Klassenkameradinnen mit dieser Sache hier zu tun? Als wir jünger waren, haben wir doch alle Sachen gemacht, auf die wir nicht stolz sind.«

Ich will ihm so sehr glauben, dass es wahr ist – dass unsere Tat von damals keine Folgen hatte. Aber es gibt keine Handlung ohne Konsequenzen, oder? Selbst wenn wir ihr nichts ins Getränk gekippt hätten, hätte die Art und Weise, wie wir sie behandelt haben, Maria für den Rest ihres Lebens geprägt. Es hätte Auswirkungen auf ihre Freundschaften gehabt, auf ihre Beziehungen, auf ihr Selbstbewusstsein. Ein Gedanke wird ungebeten an die Oberfläche meines Hirns gespült: Und vielleicht hat es das ja auch, vielleicht hat es das ja bis heute. Ich sehe Maria regelrecht vor mir, die Haut nicht mehr ganz so glatt wie früher, mit ersten Fältchen um die Augen, aber immer noch eindeutig

Maria mit ihren haselnussbraunen Augen und dem langen braunen Haar, wie sie vor einem Computer sitzt und ihren Hass über den Äther an Sophie und mich schickt.

»Das ist echt schwer zu erklären ... Ich will einfach nicht, dass diesbezüglich mehr als unbedingt nötig herauskommt. Also, über ... meine Verbindung mit Sophie. Die Polizei weiß zwar, dass Sophie und ich uns vorab in ihrer Wohnung getroffen haben – an dem Abend, als wir uns das erste Mal begegnet sind. Aber wenn sie herausfinden, dass ich die Nacht mit ihrem Freund verbracht habe, dann fangen sie an, in der Vergangenheit zu wühlen, und stellen Fragen. Ich schwöre, all das hat nichts damit zu tun, dass sie umgebracht wurde, es ist nur ... eine Sache aus der Vergangenheit, von der ich nicht will, dass sie ans Licht der Gegenwart gezerrt wird.« Das heißt, mehr als es ohnehin schon der Fall ist. »Gott, ich weiß auch nicht, vielleicht sollte ich es ihnen erzählen ... diese Polizistin anrufen, ihr sagen, dass ich in Panik geraten bin, und dann alles aufklären?«

»Ja.« Er sieht unsicher aus. »Du solltest machen, was du für richtig hältst.«

»Aber du findest nicht, dass ich es müsste?« Ich will einfach nur, dass mir jemand sagt, was ich tun soll, und dass dann alles wieder in Ordnung kommt.

Er starrt aus dem Fenster. Es fängt an zu regnen, und die Leute laufen schneller, ziehen ihre Jacken enger, als würde das irgendwas ändern.

»Ich hab Angst, es der Polizei zu erzählen«, sagt er dann, während er den Regentropfen nachsieht, die am Fenster hinablaufen.

»Warum das denn?«

Sein Blick flackert zu mir, dann wieder aus dem Fenster. Ich hab den Eindruck, als würde er irgendetwas abwägen.

»Na ja … weil … du weißt schon, weil ich doch ihr Hauptverdächtiger sein werde. Ich stehe ganz oben auf der Liste. Wen nehmen sie sich wohl immer als Erstes vor, wenn irgendwer umgebracht wurde? Den Partner. Wenn sie herausfinden, dass ich die Nacht mit einer anderen Frau verbracht habe, mit einer Freundin von Sophie, die ich kaum gekannt hab – wie sieht das denn bitte aus?«

»Nicht gut«, gebe ich zu, auch wenn ich das Gefühl habe, dass er mir nicht die ganze Geschichte erzählt. Natürlich stimmt es – wer würde uns schon glauben, dass zwischen uns nichts passiert ist? Es gibt Zeugen, die aussagen können, dass wir während des Klassentreffens miteinander gesprochen und gelacht haben. Das würde nichts beweisen, aber wenn alles ohnehin in seine Richtung weist, dann macht es das nur umso schlimmer. Er muss eine Stunde lang auf dem Parkplatz herumgelungert und auf mich gewartet haben, und für diese Stunde kann niemand bezeugen, wo er gesteckt hat.

Ich schiebe das vage Unbehagen zur Seite, das dieser Gedanke in mir auslöst. »Dann willst du es der Polizei erzählen?« Meine Zukunft liegt in seinen Händen.

»Ich weiß es nicht. Eigentlich wollte ich, weil ich natürlich davon ausgegangen bin, dass du schon da warst … Aber nachdem du ihnen nichts erzählt hast … Tja. Ich will ihnen auch nicht mehr Gründe liefern, mich zu verdächtigen, als sie ohnehin schon haben.«

»Aber was willst du ihnen denn erzählen? Wenn nicht, dass wir die Nacht zusammen verbracht haben?«

»Ich sag einfach, dass Sophie und ich Streit hatten und ich nach London gefahren und dann direkt ins Bett gegangen bin.« Seine Begeisterung scheint zu wachsen.

»Aber das können sie doch überprüfen, sie checken die

Überwachungskameras, CCTV, solche Sachen. Du kannst nicht zurück nach London gefahren sein, ohne dass dich irgendeine dieser Kameras erwischt hätte.«

»Okay, stimmt …« Er nimmt eine Serviette vom Tisch und faltet sie in der Mitte, immer wieder, bis sie zu dick und klein ist, um weiterzumachen. »Ich weiß es: Ich sag einfach, dass ich im Auto geschlafen hab. Ich hatte direkt an der Schule geparkt – wetten, da gibt es keine Überwachungskameras? Dann müssen wir nur noch die Nerven behalten und sitzen es aus. Wir haben nichts getan, und dass wir uns ein Hotelzimmer geteilt haben, hat mit Sophies Tod rein gar nichts zu tun. Insofern spielt es keine Rolle, wenn wir es gar nicht erst erwähnen. Wir wollen doch das Gleiche, oder? Dass es einfach nur vorbeigeht.«

Er muss irgendwas in meinem Gesicht gelesen haben, weil er schlagartig rot wird.

»Oh Gott, sorry! Hör mal, ich bin kein herzloses Arschloch, okay? Ich hab schon verstanden, dass hier jemand ums Leben gekommen ist, und ich weiß, dass ihr befreundet wart.« Aber waren wir das? Inzwischen nicht mehr, und vielleicht waren wir es nie, nicht mal, als wir noch zur Schule gingen. »Die Sache ist aber doch die«, fährt er fort. »Ich kannte sie kaum. Ich bin davon ausgegangen, dass ich nie wieder von ihr hören würde, nachdem ich aus dieser Schule marschiert bin. Jetzt Trauer vorzuschützen wäre doch verlogen. Um ehrlich zu sein, hab ich Schwierigkeiten, überhaupt etwas zu fühlen außer … schrecklicher Angst. Was, wenn sie es mir irgendwie anhängen? Ich könnte für den Rest meines Lebens ins Gefängnis wandern.«

»Aber das kann doch nicht passieren, oder? Es gibt doch keine Beweise.« Ich sehe durchaus, dass man das Gleiche über meine Rolle bei Marias Tod behaupten könnte. Aber der Unterschied ist doch, dass ich im Gegensatz zu Pete tatsächlich etwas Falsches getan habe. Und dass es Leute gibt, die darüber Bescheid wissen.

»Es gibt keine physischen Beweise, klar. Aber wir hatten … also … im B&B, bevor wir losgegangen sind.« Er hat die Größe, beschämt dreinzublicken. »Das werden sie doch feststellen können, oder nicht? Das sieht nicht gut aus. Und dann haben diverse Leute uns beobachtet, wie ich mich während des Klassentreffens mit Sophie gestritten habe. Eins kommt zum anderen, und wenn sie dann auch noch herausfinden, dass wir die Nacht zusammen verbracht haben …«

»Bist du dir sicher, dass dich auf dem Parkplatz niemand gesehen hat?«, hake ich nach. »Und dass niemand gesehen hat, wie wir zusammen in das Taxi gestiegen sind?«

»So sicher, wie man eben sein kann … Ich hab niemanden gesehen. Du?«

»Nein.« Ich fahre mit dem Löffel über den Boden meiner leeren Tasse, male Kreise in den Kaffeesatz, und mein Puls rast aufgrund der Mischung aus Koffein und Angst. »Sicher, dass das für dich in Ordnung geht? Ich will nicht … Druck auf dich ausüben, nur weil ich bei der Polizei gelogen hab.«

»Nein, das ist schon in Ordnung. Wir behalten es einfach für uns, und alles kommt wieder in geregelte Bahnen. Warum tauschen wir nicht Nummern aus, falls wir uns noch mal absprechen müssen?« Er kritzelt seine Handynummer auf die Rückseite einer Serviette und reicht mir gleich noch eine weitere, damit ich das Gleiche tun kann. »Ja, ich bin mir sicher, dass es so das Beste ist.«

Ich bin mir nicht ganz sicher, wen er hier zu überzeugen sucht, aber ich für meinen Teil brauche seine Überzeugungsarbeit nicht. Seit dieser ersten Unterredung mit der

Polizei hat alles in mir gekreischt, dass ich nichts erzählen dürfe, dass ich den Kopf einziehen und den Mund halten müsse. Es ist ohnehin schon irgendwer hinter mir her, und DI Reynolds zusätzlich im Nacken ist da das Letzte, was ich noch brauche.

Pete verlässt das Café, und ich sehe zu, wie er die Straße überquert. Als er am Eingang stehen bleibt und gerade den Türcode eintippen will, bremst ein Wagen neben ihm ab und bleibt an der durchgezogenen gelben Doppellinie stehen. Mir schlägt das Herz bis zum Hals, als ich sehe, wie DI Reynolds und ein großer Mann in einem dunklen Anzug aussteigen. Reynolds ruft etwas, und Pete dreht sich mit reglosem Gesichtsausdruck um. Sie unterhalten sich kurz, dann steigt Pete bei ihnen ein, und sie fahren davon.

KAPITEL 26

2016

Seit meinem Treffen mit Pete sind ein paar Tage vergangen, aber ich habe weder von ihm noch von der Polizei gehört. Heute Vormittag muss ich mich mit Rosemary Wright-Collins treffen. Ich habe den Termin eine Weile aufgeschoben, aber inzwischen sind mir die Ausreden ausgegangen. Es wird echt schwer werden, wieder den professionellen Hut aufzusetzen. Wenn ich derzeit versuche, mich hinzusetzen und zu arbeiten, scheine ich in Zeitlupe zu denken, und meine Vorstellungskraft und Kreativität ersticken im permanenten Gekreisel meiner Gedanken. Mein jüngster Auftrag für Rosemary ist eine Wohnung in einem georgianischen Reihenhaus in Islington (weiß der Himmel, wie viel die gekostet hat), die von Grund auf neu gestaltet werden soll, nachdem der letzte Besitzer dort vierzig Jahre lang gewohnt hat.

Ich klingele, Rosemary braucht eine Weile, um mich einzulassen, doch als sie die Tür aufmacht, ist sie – trotz des wie immer makellosen Outfits, der Verkörperung der niveauvollen älteren Frau – nicht ganz ihr übliches überschwängliches Selbst.

»Hallo, Louise.« Mit einem merkwürdig wachsamen Gesichtsausdruck steht sie für einen Moment da, ehe sie die

Tür aufzieht. »Komm rein.« Die Wohnung ist großartig, hohe Decken und luftig, aber abgelebt. Sie müsste dringend mal aufpoliert und umgestaltet werden.

»Wow, das ist ja toll hier, Rosemary! Du musst begeistert sein.«

»Ja, ja, bin ich auch.« Trotzdem sieht sie nicht begeistert aus, als sie mich durch den Eingangsbereich in eine Art Salon führt und ihre Absätze über den originalen Fliesenboden klackern. Sie vermeidet es, mich anzusehen, steuert den riesigen Kamin an und reibt mit ihrem manikürten Finger einen unsichtbaren Dreckfleck auf dem Sims weg.

»Also, wo fangen wir an?«, frage ich und versuche, Enthusiasmus für die anstehenden Tätigkeiten aufzubringen.

»Bevor wir loslegen, Louise, muss ich mit dir etwas besprechen.«

Oh Gott. Ich dachte immer, sie wäre stinkreich, aber vielleicht hat sie ein Geldproblem. Ich brauche sie – ohne sie steckt auch mein Unternehmen in ernsten finanziellen Schwierigkeiten.

»Okay«, sage ich. »Ist alles in Ordnung?«

»Ja, alles bestens. Halbwegs.«

So habe ich sie noch nie erlebt: zögerlich, verunsichert. Sie muss Geldsorgen haben. Sie dreht sich zu mir um und nimmt sichtlich allen Mut zusammen.

»Ich hab heute Morgen eine ziemlich eigenartige E-Mail bekommen.«

Mir rutscht das Herz in die Hose und bleibt dort unten hängen. Bitte, lieber Gott, bitte nicht …

»Von einer Dame namens Maria Weston.«

Ich mache den Mund auf, um etwas zu sagen, bringe aber kein Wort heraus.

»Ich weiß, dass es nicht wahr ist«, fährt sie eilig fort. »Ich will es dir nur sagen, weil ich finde, dass du darüber Bescheid wissen solltest.«

»Was stand in der E-Mail?« Ich zwinge mich, ruhig zu bleiben.

»Sie hat geschrieben, du hättest für sie einen Auftrag ausführen sollen, aber alles komplett in den Sand gesetzt, sie im Regen stehen lassen, wärst unprofessionell und unzuverlässig gewesen. Sie hat mir deutlich zu verstehen gegeben, dass ich mich nach jemand anderem umsehen sollte.«

»Okay«, wispere ich.

»Das werde ich nicht machen, Louise. Wir arbeiten seit Jahren zusammen, und ich weiß, wie gut du bist. Ich habe keine Ahnung, worum es hier geht, und um ehrlich zu sein, will ich es auch gar nicht wissen. Aber ich will nicht in irgendwelche Unannehmlichkeiten hineingezogen werden, okay? Ich will, dass unser Verhältnis strikt professionell bleibt.«

»Natürlich, Rosemary. Ich glaub, ich ahne, wer dahintersteckt«, flunkere ich. »Ich bin mir sicher, dass so etwas nicht noch einmal passiert.«

Wir machen mit der Begehung weiter, allerdings ist die Atmosphäre angespannt, und ich bin heilfroh, als ich wieder rauskomme. Maria greift nach mir, ich kann ihre eiskalte Anwesenheit in jedem Aspekt meines Lebens spüren. Ich habe das unbändige Bedürfnis, mit irgendwem zu reden, und die Einzige, die mir noch einfällt, ist Esther. Trotz unserer durchwachsenen Geschichte war Esther nett zu mir, und noch während ich von Rosemarys Wohnung wegmarschiere, rufe ich sie an.

»Hallo?«, schallt es mir entgegen. Ich kann hören, dass sie draußen unterwegs ist: Wo immer sie gerade ist, pfeift der Wind im Hintergrund.

»Hi, wie geht's?«

»Weiß nicht … Erschüttert. Ich kann es nicht glauben.«

Warum glauben wir es nicht, wenn so etwas passiert? Wir sehen es doch tagtäglich in den Nachrichten. Warum sollten wir da erstaunt sein, wenn es uns selbst einmal betrifft?

»Ich weiß, es ist ganz schrecklich … Hör mal, Esther, können wir uns vielleicht treffen? Ich würd gern mit dir reden … über … du weißt schon, all das.«

»Wirklich?« Sie klingt misstrauisch. »Gibt es denn da etwas zu besprechen?«

»Für mich schon. Ich brauche einfach jemanden, mit dem ich mich unterhalten kann. Bitte.«

»Na ja, meinetwegen. Ich bin heute zufällig in London, allerdings gerade auf dem Weg zu einem Meeting. Aber wir könnten uns anschließend auf einen Kaffee treffen. An der South Bank?«

An der Angel steige ich in die U-Bahn und frage mich wie immer, warum der Handlauf schneller als die Rolltreppe ist. Es ist viel los am Gleis, und ich stelle mich mit dem Rücken zur Wand, atme die Hitze und den Geruch von Staub und verbranntem Gummi ein. Auf U-Bahnsteigen habe ich mich schon immer leicht unwohl gefühlt, weil dort nur eine klitzekleine Bewegung nötig wäre, um unter den heranrollenden Zug zu geraten. Wir glauben immer, dass der Abstand zwischen Leben und Tod riesig ist, aber an einem U-Bahn-Gleis werde ich immer daran erinnert, dass es bloß eines winzigen Schrittes bedarf. Während ich also mein Rückgrat gegen den vergrößerten Netzplan presse und mich nervös umsehe, kann ich nicht mehr aufhören, daran zu denken, dass an einem belebten Tag wie heute lediglich ein kleiner Schubs nötig wäre. Eine Hand im Rücken, ein kurzer, fester Stoß, den niemand bemerken würde.

Am Embankment drängele ich mich durch die Menschenmassen und will nur noch schleunigst raus aus den Dämpfen und der Enge und trete ins kalte, klare Licht. Ich haste über die Brücke, unter mir die graugrüne Themse, von den Schatten der schnell vorüberziehenden Wolken gesprenkelt. Bahnsteige, Züge, Brücken und Flüsse – ich bin dem Tod die ganze Zeit so verdammt nah. Der Möglichkeit zu sterben. Die jüngsten Ereignisse haben die Klinge zusätzlich geschärft, aber sie war ohnehin nie stumpf. Seit Jahren schwebt sie bloß Millimeter über meinem Nacken und ist kurz davor, mir ins Fleisch zu schneiden.

Esther wartet vor der *Festival Hall* auf mich, ihr Mantel hebt sich scharlachrot vor dem monolithischen Gebäude in ihrem Rücken ab. Wir umarmen uns zaghaft.

»Willst du Kaffee trinken, oder gehen wir ein Stück?«, fragt sie.

»Wir gehen ein Stück.« Diese Unterhaltung wird mir leichter fallen, wenn ich ihr nicht die ganze Zeit ins Gesicht sehen muss.

Erst reden wir über Sophie, und obwohl Esther natürlich erschüttert darüber ist, was ihr passiert ist, kann ich ihr anhören, dass es ihr schwerfällt, die richtigen Worte zu finden. Was sagt man auch, wenn jemand dir in deiner Jugend das Leben zur Hölle gemacht hat? Dann reden wir über die Polizei, die auch Esther kurz befragt hat, sich aber noch mal ausführlicher mit ihr unterhalten will. Sie hat nicht mit DI Reynolds gesprochen, sondern mit einem Untergebenen. Esther hat während des Klassentreffens kein Wort mit Sophie gewechselt, insofern steht sie auf Reynolds' Liste nicht sehr weit oben. Ich muss morgen noch einmal für eine zweite Aussage nach Norwich fahren, und der Gedanke daran brodelt in mir wie Verdauungsprobleme.

Esther und ich laufen eine Weile schweigend auf einem Weg weiter, der von Bäumen markiert ist, die das Südufer des Flusses säumen und kahl und blattlos in den kalten, weißgrauen Himmel ragen.

»Nachdem du gegangen bist, hat Lorna Sixsmith mir erzählt, dass du mit Sam Parker verheiratet warst.« Esther dreht sich zu mir um, und der Wind peitscht ihr Haar um ihr Gesicht.

»Ja, waren wir.« Ich halte den Blick auf den Fluss gerichtet und konzentriere mich darauf, wie das Wasser am Ufer schäumt. Eine weggeworfene Flasche wird gerade an den Strand gespült. Der Gedanke, dass wir mal ein Paar waren, tut immer noch weh, und der Schmerz fühlt sich an wie eine Fessel ums Handgelenk, aus der ich mich befreien will: Je heftiger ich daran ziehe, umso schmerzhafter wird es.

»Warum hast du mir das nicht erzählt?«, will sie wissen.

»Ich weiß nicht … Ich nehm an … Ich dachte, du wüsstest es. Ich rede nicht oft darüber«, sage ich abgehackt.

»Wie konnte es denn dazu kommen?« Esther scheint zu merken, dass zu viel Faszination in der Frage mit angeklungen ist, grausige Faszination. »Ich meine«, formuliert sie die Frage um, »das hätte ich ja nicht gedacht. Ich weiß zwar, dass du in der Schule in ihn verliebt warst, aber …«

»Du dachtest, er wäre nicht meine Kragenweite.« Ich nehme es ihr nicht übel. Das habe ich ja selbst auch gedacht.

»Nein, das nicht, aber wie seid ihr zusammengekommen? Deine Eltern sind doch von Sharne Bay weggezogen, als du an die Uni gegangen bist, oder?«

»Ja. Und danach hab ich Sam auch lang nicht wiedergesehen. Wir sind uns erst Jahre später, als ich schon nicht mehr an der Uni war, in London wieder begegnet, als wir fünfundzwanzig, sechsundzwanzig waren.« Ich kann immer noch die atemlose Aufregung spüren, als ich in der Bar in Clapham stand. Ich drehte mich um, um meine Freundin Lucy zu fragen, was ich ihr mitbringen solle, und auf einmal blickte ich in diese blauen Augen, die mir fast genauso nah waren wie damals in der Nacht der Abschlussparty. Ich erkannte ihn natürlich sofort wieder, er hingegen brauchte eine Sekunde länger. Als er dann aber wusste, wen er vor sich hatte, schien er aufrichtig erfreut darüber zu sein, mich zu sehen, nahm mich in die Arme, schob mich dann von sich weg, musterte mein Gesicht und lachte vor Überraschung und Wiedersehensfreude.

Wir verbrachten den ganzen Abend miteinander – einen jener magischen Abende, von denen man sich wünscht, sie würden nie zu Ende gehen. Die Wärme des Tages hing noch in der Luft, und wir saßen Knie an Knie draußen in einem Biergarten, tranken und tauschten Geschichten aus. Zu zweit allein in der Menschenmenge. Lucy und die anderen traten in den Hintergrund, und irgendwann zur Sperrstunde fanden wir uns draußen auf der Straße wieder. Als er sich zu mir beugte, um mir einen Kuss zu geben, schmolz mein Innerstes, ich zog ihn näher, meine Hände wühlten durch sein Haar, zerrten daran, und er hatte seine Arme so fest um mich gelegt, dass mir fast die Luft wegblieb. Diese neuerliche Chance auf ein Glück mit ihm ergriff ich mit beiden Händen, und auch wenn es nicht immer leicht war, hielt es, hielt ich für fünfzehn Jahre daran fest. Bis ich vor zwei Jahren eines Tages diese SMS auf seinem Handy fand, die dort nicht hätte sein dürfen, und spürte, wie das Glück mir wie Sandkörner zwischen den Fingern hindurchrieselte.

»Und da habt ihr geheiratet?«

»Ja.« Es fühlt sich verkehrt an, diese fünfzehn Jahre meines Lebens in einen derart kurzen Wortwechsel zu packen, aber selbst wenn ich wollte, ich wäre einfach nicht dazu in der Lage, um es Esther richtig zu erklären: das atemlose Hochgefühl, mit ihm zusammen zu sein; der Kitzel all der Dinge, die er mit mir machte; wie er einfach alles für mich wurde, zumindest bis Henry zur Welt kam; der Schmerz, den ich seinetwegen erleiden musste.

»Und dein kleiner Sohn … Ist Sam der Vater?«

»Ja.« Und zwar die Art Vater, der ihn auf der Schaukel so hoch anschubst, bis er vor Aufregung schier übersprudelt, aber nicht sauber machen will, wenn der Kleine auf den Boden gekotzt hat.

»Dann glaubst du also auch, dass es dieser Typ war, mit dem Sophie aufgekreuzt ist?«, fragt sie, weil sie offensichtlich spürt, dass ich nicht mehr sagen will. »Der Täter, meine ich. Hast du nicht auch mit ihm geredet?«

»Wir haben uns eine Weile unterhalten, das ist alles«, sage ich und versuche, nicht allzu defensiv zu klingen. »Er hat einen netten Eindruck gemacht. Ich kann mir wirklich nicht vorstellen, dass er … es gewesen sein soll. Andererseits kann ich mir überhaupt niemanden vorstellen, der zu so etwas fähig ist, aber irgendwer muss es schließlich gewesen sein. Es erinnert dich wieder daran, dass all die Dinge, die man in den Nachrichten und in der Zeitung sieht … dass sie auch ganz normalen Menschen wie uns passieren können. Sie waren nie anders, sie gingen auch bloß einem Alltag nach, bis dann irgendein Ereignis alles über den Haufen geworfen hat.«

»Und was ist mit Matt Lewis?«, fragt sie. »Hat er nicht früher schon ein Auge auf Sophie geworfen?«

Für jemanden, der damals nicht Teil unserer Clique war, ist Esther erstaunlich gut informiert. »Tja, ja, ich glaube schon, aber das heißt ja wohl nicht, dass er sie siebenundzwanzig Jahre später umbringt, oder?«

»Sicher nicht. Aber glaubst du …« Sie zögert kurz. »Die Facebook-Anfragen, die Geburtstagsgeschenke …?«

»Ich weiß es nicht, Esther. Genau darüber wollte ich eigentlich mit dir sprechen. Sie hat mir Nachrichten geschrieben.«

»Was für Nachrichten?«

Ich umreiße kurz den Inhalt. »Aber, Esther, bedeutet das alles, dass sie immer noch am Leben sein könnte? Wo hätte sie denn dann all die Jahre gesteckt?«

Esther bleibt stehen und lehnt sich ans Geländer, blickt über den Fluss in Richtung St. Paul's, die in der Sonne leuchtet. »Ich weiß es nicht. Sie haben nie eine Leiche gefunden, stimmt's? Aber warum sollte sie ausgerechnet jetzt wieder auftauchen? Und wie?«

»Keine Ahnung. Aber was Tim meinte – wie er von ihr im Präsens gesprochen hat … Ich hab ihn gesehen, weißt du? Vor der Tür, beim Klassentreffen. Als ich ihn in Sharne Bay getroffen hab, meinte er, er würde um ihretwillen hingehen, aber dann ist er gar nicht aufgetaucht. Außer … na ja, irgendwie ja schon. Ich hab ihn vor der Tür gesehen, wie er sich mit jemandem unterhalten hat.«

»Tim war da?« Sie sieht mich skeptisch an.

»Ja. Also, nicht beim Klassentreffen selbst, ich hab ihn bloß kurz am Ende der Auffahrt gesehen, als ich draußen war, um eine Zigarette zu rauchen.«

»Komisch. Dann frage ich mich, warum er nicht reingekommen ist. Aber vielleicht hat er es sich ja anders überlegt, als es so weit war? Es ist schon ziemlich eigenartig, wenn man mal überlegt – zu einem Klassentreffen zu gehen, meine ich. Wenn einem wirklich etwas an diesen Leuten liegt, bleibt man doch in Kontakt, und wenn du dich um sie nicht scherst, warum solltest du dann überhaupt hingehen? Aus Neugier?«

»Du bist doch auch gegangen«, sage ich und fühle mich durch ihre Worte leicht verletzt.

»Ja, und inzwischen wünschte ich mir, ich wäre zu Hause geblieben. Zum einen wäre ich dann jetzt nicht in diese Sache verwickelt. Und zum anderen hätte es bedeutet, dass ich mittlerweile dazu imstande bin, die Vergangenheit hinter mir zu lassen, aber das konnte ich nicht. Ich kann es nicht. Ich musste allen zeigen: Schaut her, was ich inzwischen bin, ich mit meiner großartigen Karriere, mit meinem Ehemann und meinen Kindern. Wie verdammt bescheuert! Ich hätte einfach alles auf Facebook stellen sollen, wie alle anderen auch.« Ihre Finger klammern sich fester um das Geländer.

»Es ist nicht bescheuert, Esther, ich hab überhaupt erst von dem Klassentreffen erfahren, nachdem es schon seit Monaten angekündigt war. Niemand hat auch nur einen Gedanken daran verschwendet, mir Bescheid zu geben, und das hat mich ehrlich erschüttert. Aber wenn irgendwas verdammt bescheuert ist, dann das. Warum sollte es denn irgendeine Bedeutung haben?«

»Sollte es nicht, hat es aber«, erwidert Esther. »Alles hat eine Bedeutung. Ein Teil von mir fühlt sich verletzt, sollte Maria immer noch am Leben sein und sich nie bei mir gemeldet haben. Wir waren befreundet, wie du weißt, bevor sie verschwunden ist. Sie hat mir viel erzählt. Wusstest du, was an ihrer alten Schule passiert war? Hat sie es dir je erzählt?«

»Sie war einmal kurz davor, glaub ich.« Sonnenliegen aus verschlissenem Holz in der Dunkelheit, Atemwölkchen, die in den Nachthimmel stiegen. Zwei kleine Finger, miteinander verschränkt.

»Dieser Junge war von ihr besessen – und es war ziemlich schlimm. Heutzutage würde man es Stalking nennen, und er hätte irgendeine Auflage gekriegt und so, aber damals konnten sie nicht viel tun, solange er sie nicht körperlich verletzte.«

Sie dreht sich um, und wir gehen eine Weile schweigend weiter am Fluss entlang.

»Was willst du eigentlich, Louise? Warum hast du mich angerufen?«

Ich will einmal eine Nacht durchschlafen können. Ich will die Vergangenheit ändern. Ich will am U-Bahnsteig nicht mehr über die Schulter blicken müssen und aufhören, jedes Mal darüber nachzudenken, zu springen oder gestoßen zu werden, wenn ich über eine Brücke laufe.

»Ich habe Angst, Esther. Ich will einfach nur wissen, was mit Maria passiert ist … und mit Sophie.« Ich will wissen, welche Schuld ich trage. Ob ich die Nächste bin.

»Solltest du das nicht der Polizei überlassen?«

Sie hat keine Ahnung, dass ich der Polizei nichts von Marias Freundschaftsanfrage erzählt hab. Es gibt so viel, was sie nicht weiß, dass es mich schier überwältigt. Erst jetzt wird mir allmählich klar, dass ich tatsächlich keinen blassen Schimmer habe, was ich hier gerade tue.

»Ja, wahrscheinlich hast du recht. Hör mal, Esther, ich muss weiter, ich muss zurück und Henry von der Vorschule abholen.«

»Oh. Okay, klar. Dann vielleicht … bis zum nächsten Mal?«

»Ja, das wäre schön.« Ich klinge verlogen, als würde ich eine Dinnerparty verlassen, auf der ich mich grässlich gefühlt habe, aber gute Miene zum bösen Spiel mache. »Dann mach's gut.«

Ich laufe zurück in die Richtung, aus der wir gekommen sind, und versuche beim Laufen, zielgewiss zu wirken. Der Wind, der uns die ganze Zeit vor sich her geschoben hat, schlägt mir jetzt ins Gesicht und treibt mir die Tränen in die Augen.

Ich denke an Tim, der am Ende der Schulauffahrt stand. Tim, dessen Jugend in den Grundfesten erschüttert wurde und dessen Leben sich für immer veränderte, als seine Schwester verschwand. Tim, der unendlich hart dafür gearbeitet haben muss, um endlich ein normales Leben führen zu können: mit einem Haus, einer Frau, einem pausbäckigen Baby. Wie hat er damals weitermachen können? Wie kommt man über so etwas hinweg? Hat er die Trauer um seine Schwester nur vorgetäuscht? Ist Maria immer noch am Leben, geht es ihr gut? Lebt sie irgendwo unter falschem Namen? Und wenn ja, was hat sie ihm erzählt? Wie viel weiß er?

KAPITEL 27

Er mag sie gerettet haben, aber das bedeutet nicht, dass er sie weiter beschützen muss. Er rät ihr Mal ums Mal, die Füße stillzuhalten, keinen Staub aufzuwirbeln, einfach ihr neues Leben zu leben. Aber ein wirkliches Leben hat sie nicht. Sie existiert bloß, bringt einen Tag nach dem nächsten hinter sich. Doch irgendwann werden auch diese Tage vorbei sein, und was wird dann von ihnen übrig bleiben?

Manchmal fragt sie sich, ob sie nicht vielleicht auch allein überleben würde. Diesen dunklen, schweren Mantel der Geheimhaltung, den sie trägt, einfach abstreifen könnte – ihn einfach ablegen und gehen und die Person werden, die sie immer schon gewesen ist.

Könnte sie sogar jemand anderen an sich heranlassen? Er kennt die Wahrheit, und vielleicht sollte ihr das reichen; so ist sie nicht komplett allein damit. Sie hätte das alles ohne ihn nie überstanden, so viel ist klar. Ihr treuer Gefährte. Ihr Komplize, der für alle Zeiten mitverantwortlich für all das sein wird, was in jener Nacht geschehen ist, die alles verändert hat.

Sie hat ihr bisheriges Leben im Schatten verbracht, auf der Flucht, in ihrem Versteck. Ja, sie kann gute Miene machen, wenn es darauf ankommt, aber tief im Innern ist sie immer noch das Mädchen von damals. Sie ist hin- und hergerissen zwischen dem unerträglichen Schrecken, es könnte jemand wissen, wer sie wirklich ist, und dem überwältigenden Wunsch, endlich wahrgenommen zu werden. Denn ist es nicht genau das, was wir alle wollen?

Sie will hinaus ins Licht treten und das Leben führen, das sie hätte leben sollen. Sie will gehört werden. Sie will gekannt werden.

KAPITEL 28

2016

Die Kinder, die regelmäßig um drei Uhr von Elternteilen abgeholt werden, die nicht arbeiten müssen, stehen aufgereiht vorm Klassenzimmer. Henry ist natürlich nicht dabei, und Mrs. Hopkins sieht mich verwirrt an.

»Ich hab heut früher Schluss gemacht«, flunkere ich. In Wahrheit musste ich ihn sehen, bin direkt von der South Bank hierhergekommen, um ihn früher abzuholen. »Kann ich einfach reinschauen …?« Ich zeige in Richtung Zimmertür.

Da ist etwas an dieser Art, wie sich die Kinder in der Nachmittagsbetreuung verhalten, was mir das Herz zerreißt: brav an ihren Tischen sitzend, in ihren Jacken, die Taschen auf dem Tisch und der nächsten Anweisung harrend. Sie sind so klein und haben trotzdem schon gelernt, was es bedeutet, konform zu sein. Henry ist in eine leise, ernste Unterhaltung mit dem Mädchen neben ihm vertieft. Der Junge, der auf seiner anderen Seite sitzt, Henrys Freund Jasper, entdeckt mich zuerst. Er tippt Henry eifrig auf den Arm.

»Henry, Henry! Deine Mummy ist da!«

Henry dreht sich um, schlagartig leuchtet sein Gesicht, und hinter seinen Augen zündet ein Feuerwerk.

»Mummy! Was machst du denn hier?« Eigentlich will er auf der Stelle auf mich zurennen, sieht dann aber erst besorgt zu Miss Jones hinüber, seiner neuen Betreuerin, die es ihm erst erlauben muss.

»Ich hab heut früher aufgehört zu arbeiten. Komm, gehen wir in den Park.«

Wieder sieht er zu Miss Jones, die lächelnd ihr Okay gibt.

»Tschüss, Henry, bis morgen!«

Als wir den Spielplatz überqueren, lehnt sich gerade eine dicke Frau bedrohlich zu der Lehrerin der Parallelklasse hinüber. Ich habe sie und ihre Bande übergewichtiger, unerzogener Blagen schon häufiger gesehen. Diesmal geht es um den einzigen Jungen in ihrer Brut, der neben ihr steht und streitlustig gegen seine Schultasche am Boden kickt. Offenbar hat sie zur Abholzeit das gefürchtete »Hätten Sie vielleicht noch ganz kurz Zeit?« von seiner Lehrerin zu hören bekommen, und natürlich kann der kleine Engel in ihren Augen nichts Falsches getan haben, insofern nimmt sie es nicht gut auf und stochert mit dem ausgestreckten Zeigefinger in Richtung Gesicht der Lehrerin.

Im Park kreischt Henry mit unbeherrschter Freude, während ich ihn auf der Schaukel höher und immer höher anstoße. In seine Freude mischt sich das Wiedersehen mit seinem Freund Dylan, der gerade mit seiner Mutter Olivia durch das gelbe Törchen kommt.

»Dylaaaan! Ich bin auf der Schaukel!«

Dylan rennt sofort auf uns zu. »Komm, wir gehen aufs Klettergerüst!«

»Nein, komm du auf die Schaukel«, entgegnet Henry.

»Nein«, sagt Dylan streng. »Klettergerüst!«

»Okay. Halt mich an, Mummy«, bittet er mich, ich

bremse den Schwung der Schaukel, und die beiden laufen davon.

»Ach, die zwei sind aber auch niedlich zusammen, findest du nicht?« Olivia sieht ihnen liebevoll nach. Ich selbst habe von Dylan eher Diktatoren-Vibrations aufgefangen, aber ich will ihre Blase nicht zerplatzen lassen. »Sollen wir uns einen Kaffee holen?«, schlägt sie vor.

Wir laufen zu einem kleinen Kiosk und bestellen zwei Becher Kaffee. Ich lasse Henry nicht aus den Augen, während er im Sand herumdüst, wobei er von Zeit zu Zeit der Länge nach hinfällt. Dann sehe ich, wie Dylan oben auf dem Klettergerüst steht und ihm Befehle zu erteilen scheint.

»Hast du gehört, was heute zur Abholzeit auf dem Spielplatz passiert ist? Mit Angela Jackson?«

»Mit wem?« Ich bin nicht allzu oft am Schultor, wenn die anderen auch da sind, daher weiß ich nicht genau, wen sie meint.

»Du weißt schon, Angela Jackson« – sie senkt die Stimme –, »die fette Kuh mit den vielen Kindern.«

»Ach, natürlich, die kenne ich.« Ich bin kurz abgelenkt, weil ich Henry aus den Augen verloren habe, aber dann taucht er hinter der Kleinkinderrutsche wieder auf, wo er sich vor feindlichem Beschuss versteckt hat. Ich entspanne mich wieder, behalte ihn aber weiter im Blick. »Als wir gegangen sind, hat sie sich gerade mit der Lehrerin gestritten.«

»Sie hat sich nicht gestritten«, sagt Olivia, »sie hat Mrs. Smithson geschlagen!«

»Geschlagen?« Ich drehe mich abrupt zu ihr um. »Meine Güte! Und das hast du gesehen?«

»Ja, ich hab mich gerade mit Mrs. Hopkins unterhalten.« Olivia gehört zu den Eltern, die immer irgendeine dringende Angelegenheit mit den Lehrern diskutieren müssen. Ich bin mir ihr auf Facebook befreundet, und es vergeht keine Woche, in der sie dort nicht irgendein Ärgernis mit der Schule auswalzt – dass sie dort ihrem Genie von einem Sohn Bücher mitgeben, die nicht anspruchsvoll genug sind, solche Sachen. »Sie hat sie ins Gesicht geschlagen.«

»Haben sie die Polizei gerufen?«

»Da bin ich mir nicht sicher«, sagt sie. »Aber ich hab gesehen, dass Mr. Knowles sofort hingelaufen ist.« Mr. Knowles ist der einzige männliche Lehrer an der Schule. »Nicht dass er gegen Angela Jackson auch nur den Hauch einer Chance hätte.«

Mein Blick huscht zurück zum Klettergerüst, aber Henry und Dylan sind verschwunden. Ich sehe über die Schulter, rüber zu der Burg, aber auch dort ist keine Spur von ihnen zu sehen. Es ist ein großer Park mit einer Menge Spielmöglichkeiten, sie könnten überall sein.

»Kannst du die Jungs irgendwo sehen?«, frage ich Olivia.

»Ach, die treiben sich irgendwo herum. Komm, setzen wir uns auf die Bank da drüben, von dort haben wir fast den kompletten Park im Auge.«

Wir laufen rüber zu einem Picknicktisch, und sie setzt sich. Ich stelle meinen Kaffee auf dem Tisch ab und lasse aufmerksam den Blick durch den Park schweifen. Olivia lässt sich immer noch über den großen Schultor-Skandal aus.

»Ich kann sie nirgends sehen«, falle ich ihr ins Wort.

Olivia sieht sich beiläufig um und nimmt einen Schluck Kaffee.

»Wahrscheinlich sind sie in der Burg. Entspann dich, Louise, irgendwo werden sie schon stecken. Schau, da sind sie doch.«

Dylan wieselt um einen Baum herum und macht dabei

Maschinengewehrgeräusche, aber Henry ist immer noch nirgends zu sehen. Mir stockt der Atem, trotzdem versuche ich, ruhig zu bleiben. Wahrscheinlich ist er wieder auf diesen Baum geklettert. Dort habe ich ihn schon einmal erwischt, da war er so weit oben, dass ich mich mächtig zusammenreißen musste, um ihn nicht sofort anzuschreien, dass er runterkommen soll. Ich schlendere rüber und versuche, nicht in einen Laufschritt zu verfallen, zwinge mich, ruhig zu atmen. Je näher ich komme, desto weniger sieht es so aus, als würde sich Henry im Geäst verstecken. Im Sommer kann man sich dort quasi unsichtbar machen, aber zu dieser Jahreszeit ist das Laub schon von den Ästen gefallen, und noch ehe ich den Baum erreiche, muss ich erkennen, dass er dort oben jedenfalls nicht steckt. Henry ist nirgends zu sehen.

»Dylan«, sage ich ein wenig zu laut. »Wo ist Henry?«

»Keine Ahnung.«

»Aber du warst doch gerade eben noch mit ihm zusammen?«

»Ja, aber dann hat er mit dieser Frau gesprochen.«

Oh Gott. Es fühlt sich an wie ein Schlag über den Schädel. Für einen winzigen Moment fürchte ich, ohnmächtig zu werden, aber dann nehme ich mich zusammen und zwinge meinen Mund, die richtigen Worte zu formen.

»Welche Frau? Wo war das?« Ich gehe vor ihm in die Hocke und packe ihn an beiden Armen.

»Weiß nicht. Da drüben.« Dylan zeigt in Richtung der Burg, windet sich aus meinem Griff und flitzt wieder zurück zu seinem Baum.

Ich renne sofort los, schnappe keuchend nach Luft und rufe seinen Namen. Als ich die Burg erreiche, beuge ich mich nach unten, um durch den Eingang zu spähen. Zwei kleine Mädchen mit einer Puppe im Puppenwagen sehen mich misstrauisch an. Es sind die einzigen Kinder dort drinnen. Ich drehe mich um und lasse hektisch den Blick durch den Park schweifen.

»Henry!«, schreie ich. Dann renne ich bis ans andere Ende, schaue hinter jeden Aufbau, hinter jedes Spielgerät, rufe lauter und lauter. Auch andere Mütter beginnen, sich umzusehen und sich zu fragen, ob sie vielleicht helfen sollten. Irgendjemand ruft hier immer nach seinem Kind, aber in meiner Stimme schwingt echte Verzweiflung mit, die ihnen offenbar Sorge bereitet. Olivia steht auf und ruft Dylan zu sich, anscheinend um ihn darüber auszuquetschen, wann er Henry zuletzt gesehen hat.

Ich bin kurz davor, mein Handy zu zücken und die Polizei zu rufen, und sämtliche Gedanken an meine eigene Sicherheit sowie an meinen Ruf sind komplett vergessen, als ich ihn entdecke. Er steht am allerhintersten Ende des Spielplatzes mit dem Rücken zu mir und sieht über den Zaun hinweg zum hinteren Teil des Parks. Ich bleibe stehen, und mir entschlüpft eine Mischung aus Schluchzen und Würgen. Dem Himmel sei Dank. Dann laufe ich auf ihn zu, werde aber langsamer.

»Henry«, rufe ich, und er dreht sich lächelnd zu mir um. »Wo warst du denn?« Ich versuche, unbeschwert zu klingen. »Ich konnte dich nirgends finden.«

»Hier im Park«, antwortet er.

»Dylan meinte, du hättest dich mit einer Frau unterhalten.«

»Ja, sie mochte auch Eisenbahnen. Sie hat mich Sachen über Thomas gefragt.«

Mein Puls wird ruhiger. Vielleicht war es ja doch bloß eine andere Mutter oder eine Oma, die ihren Enkel auf den Spielplatz gebracht hat. »Und wo ist die Frau jetzt?«

»Sie meinte, sie müsste gehen, ich hab ihr gerade noch gewinkt.« Ich sehe hinüber in den hinteren Teil des Parks. In einiger Entfernung kann ich jemanden in einem dunklen Mantel sehen, der auf den Hauptausgang zuläuft.

»Hatte sie ein Kind dabei?«

»Nein, sie war alleine.«

»Und wie alt war sie?«, will ich jetzt wissen, auch wenn mir klar ist, dass so eine Frage an einen Vierjährigen nicht allzu viel Sinn ergibt.

»Zwanzig?«, antwortet er, aber das kann bei Henry alles heißen von Teenager bis Rentner und schließt Frauen in meinem Alter mit ein.

Ich bin zu erschöpft, um länger zu bleiben. Mir gelingt es tatsächlich ohne großes Geschrei, Henry zu überreden, mit nach Hause zu kommen, indem ich ihm einen warmen Kakao und Fernsehen verspreche. Als ich ihn anschnalle, vibriert das Handy in meiner Tasche. Ich ignoriere es, bis ich mich hinters Steuer gesetzt habe. Henry sitzt jetzt sicher auf der Rückbank. Ich schicke ein Stoßgebet zum Himmel, dass es eine berufliche E-Mail sein möge, und tippe aufs Display, um es aus dem Stand-by-Modus aufzuwecken. Es ist Maria. Als ich ihre Facebook-Nachricht lese und dann noch mal lese, fühlt sich Henrys fröhliches, unmelodisches Summen auf der Rückbank angesichts der Aussicht auf einen warmen Kakao wie Nadeln an, die in mein Ohr gebohrt werden.

Henry ist ja ein netter kleiner Kerl! Ich hoffe, dass du gut auf ihn aufpasst. Es passiert so schnell, nicht wahr? Man kehrt ihnen nur einmal kurz den Rücken zu, und schon sind sie weg.

KAPITEL 29

2016

Ich beschließe, Henry heute selbst zur Schule zu bringen, und nachdem ich ihm eine Weile zugesehen habe, wie er auf dem Spielplatz herumrennt und dann ins Klassenzimmer verschwindet, gehe ich ins Sekretariat, wo wie immer Mrs. Harper mit ihrem stechenden Blick hinter der Glasscheibe sitzt. Ihre Assistentin, Miss Wallis, räumt gerade hektisch Unterlagen in einen großen Aktenschrank am hinteren Ende des Büros. Ich warte die obligatorischen ein, zwei Minuten, während Mrs. Harper wütend auf ihre Tastatur einhämmert und sich einer Sache widmet, die unendlich viel wichtiger zu sein scheint als ich. Irgendwann dreht sie sich dann doch zu mir um.

»Kann ich irgendwie helfen?«

»Ich bin Louise, Henry Parkers Mutter.« Ich muss meinen Namen jedes Mal wieder nennen, wenn ich herkomme. Ich weiß nicht, ob sie mich wirklich nicht wiedererkennt oder ob sie mich für irgendetwas abstrafen will: dafür, dass ich nicht am Schultor stehe wie die anderen, oder weil ich einen anderen Nachnamen habe als mein Kind. »Ich wollte mich nur noch mal nach den Sicherheitsmaßnahmen rund um die Abholzeit erkundigen.«

»Ja?« Wenn sie ein Opernglas vor den Augen gehabt hätte, hätte sie es jetzt heruntergenommen. Die Raumtemperatur fällt um ein paar Grad – ich habe das Unaussprechliche getan und die Kompetenz des Lehrkörpers infrage gestellt.

»Es ist nur so, dass ich derzeit Grund habe, noch vorsichtiger zu sein als sonst, und ich will sichergehen, dass niemand außer mir ohne meine Erlaubnis Henry abholen darf.«

»Aber sonst holen Sie ihn doch auch nicht ab, oder?«

Die Geringschätzigkeit ist kaum zu überhören. Schon in Ordnung, denke ich, du hast ja einen gemütlichen Job hier in der Schule und arbeitest auch nur während der Schulstunden. »Nein, er geht normalerweise in die Nachmittagsbetreuung«, erkläre ich mit betont neutraler Stimme. »Aber das weiß die Schule selbstverständlich. Ich spreche von anderen Leuten, die ihn hier abholen könnten.«

Ich meine zu erkennen, wie sie schon auf einen Skandal lauert. »Sie meinen seinen Vater?« Dann senkt sie die Stimme. »Vielleicht sollte ich für Sie einen Termin bei der Direktorin machen …« Sie dreht sich zu ihrem Bildschirm um und klickt einen Terminkalender auf.

»Nein – mit dem Vater ist alles in Ordnung.« Sie zieht die Augenbrauen hoch. »Ich meine einfach … alle anderen.«

Sie seufzt. »Mrs. …« – sie hält für eine Millisekunde inne, gerade lange genug, damit ich spüre, dass sie schon wieder in ihrer Erinnerung kramen muss, wie ich heiße –, »Mrs. Parker, ich kann Ihnen versichern, wir werden nicht zulassen, dass Henry mit irgendeiner anderen Person als mit einem Elternteil, der Tagesmutter oder einer sonstigen Person nach Hause gelassen wird, ohne dass Ihre Erlaubnis dafür vorliegt.«

Williams, schießt es mir wie immer durch den Kopf, mein Name ist Williams. Aber für dieses Thema ist heute nicht der richtige Tag. Ich habe keine Wahl, als ihre Versicherung zu akzeptieren, trotzdem verlasse ich die Schule schweren Herzens. Ich wünschte mir, ich könnte Henry rund um die Uhr bei mir haben. Wenn er nicht da ist, durchbohrt mich körperlich schmerzhaft die Sorge wie ein Schwert.

Trotzdem kann ich den Termin in Norwich heute nicht sausen lassen. Ich habe so lange Zeit darauf verwendet, diesen Teil der Welt zu meiden und mir ein neues Leben in London aufzubauen, und jetzt lässt er mich nicht mehr los und übt eine geradezu magnetische Anziehungskraft auf mich aus, der ich nicht widerstehen kann.

Irgendwo in dem Gebäude mit der Glasfassade wartet DI Reynolds auf mich. Was denkt sie sich wohl gerade? Fragt sie sich überhaupt, mit wem sie es zu tun hat, oder bin ich einfach nur eine von vielen Zeugen, die sie befragen muss, die letzte auf ihrer Liste? Womöglich schließt ihre Ausbildung solche Gedanken aber aus. Bestimmt wurde sie darauf gedrillt, stets davon auszugehen, dass jeder Zeuge etwas wissen könnte, was sich für den Fall als entscheidend entpuppt. Oder schlimmer – vielleicht hegt sie schon einen Verdacht, vielleicht hat sie bei mir eine gewisse Zögerlichkeit, eine Wachsamkeit wahrgenommen. Nimmt sie mich heute in die Mangel, um dann auf irgendeine völlig unerwartete Weise über mich herzufallen? Ich muss gewappnet sein, ich muss mir meiner Geschichte so durch und durch sicher sein, dass sie mir an keinem Punkt ein Bein stellen kann.

Ich werde von einer jungen Streifenbeamtin in einen

Vernehmungsraum geführt. Während wir durch die Flure laufen, unterhält sie sich locker mit mir, und wir streifen diverse, überaus britische Themen – das Wetter, Staus, die Vor- und Nachteile von Einwegsystemen. Ich weiß nicht recht, ob das eine polizeiliche Strategie ist, um bei mir für Entspannung zu sorgen, ehe sich gleich jemand auf mich stürzen wird, oder ob der Beamtin einfach nur langweilig ist.

Unter der gleißenden Deckenbeleuchtung setze ich mich auf die Vorderkante des formgegossenen Plastikstuhls und drehe auf der beigefarbenen Tischplatte meinen Pappbecher wieder und wieder herum. Verstohlen sehe ich mich um und versuche herauszufinden, ob wie im Fernsehen irgendwo ein geheimer Venezianischer Spiegel montiert ist, nehme am Ende aber an, dass die Überwachungskamera an der Wand ihnen genügt.

DI Reynolds hat ihr Handy am Ohr, als sie hereinkommt, beendet das Gespräch aber sofort und lächelt mich an. Sie ist dicker, als ich sie in Erinnerung habe, auch wenn in diesem kleinen Raum irgendwie alles größer wirkt. Mein Blick fällt auf einen erhabenen Leberfleck auf ihrer Wange und auf rote Flecken über ihren Augenlidern.

»Louise, wie geht es Ihnen?«

»Danke, gut.« *Sehr gut* wäre wohl zu viel des Guten gewesen.

»Das ist DS Stebbings.« Sie nickt einem Mann im Anzug zu, der hinter ihr eingetreten ist. Er ist groß, etwa Mitte fünfzig und setzt sich neben sie, mir direkt gegenüber. Es ist derselbe Mann, mit dem Reynolds unterwegs war, als sie vor dem Büro von Foster and Lyme mit Pete davongefahren sind.

Reynolds kommt sofort zur Sache, kein Small Talk vorab

übers Wetter. Wir gehen noch mal sämtliche Fragen durch, die sie mir auch schon beim letzten Mal gestellt hat, doch diesmal bin ich auf die Frage nach Pete vorbereitet. Ja, ich hatte früher am Abend mit ihm geplaudert. Da schien er vollkommen entspannt gewesen zu sein, hatte gute Laune. Dann sah ich sie streiten, aber danach meine ich, ihn nicht noch mal gesehen zu haben. Da musste er wohl bereits gegangen sein. Pete scheint ihre Stoßrichtung bei den Ermittlungen zu sein, aber als ihr klar wird, dass sie mit mir nicht weiterkommt, lässt sie das Thema fallen und wendet sich einem anderen zu.

»Okay. Wir haben Zeugen, die erwähnt haben, dass Sophie sich länger mit Sam Parker und Matt Lewis unterhalten hat. Würden Sie das auch so sehen?«

»Ja, die beiden waren schon zu Schulzeiten eng mit Sophie befreundet.«

»Befreundet – oder mehr? Was glauben Sie? Mit allen beiden?«

»Matt war damals in sie verknallt, aber ich bin mir nicht sicher, ob da je etwas gelaufen ist. Sie haben miteinander geflirtet, klar, aber ich glaube fast, dass das alles war, zumindest von ihrer Seite.«

»Und Sam?«

»Nein«, sage ich sofort. »Mit Sam war definitiv nichts.«

Das kam zu schnell. Reynolds spitzt die Ohren und sieht mich interessiert an. »Wie kommen Sie darauf?«

»Ich weiß nicht, ob Sie es vielleicht schon gehört haben, aber Sam und ich waren verheiratet. Wir haben uns vor zwei Jahren getrennt.«

»Dann waren Sie … war das so was wie eine Jugendliebe?«

»Nein.« Was für eine grässliche Formulierung. Aber sie

scheint ähnlich zu denken, als wäre ihr der Ausdruck fremd. »Wir haben uns nach der Schule lange Jahre aus den Augen verloren, und erst zehn Jahre später – 1999 – haben wir uns in London zufällig wiedergetroffen.«

»Und was macht Sie so sicher, dass Sophie und er nie eine Beziehung hatten?«

»Na ja, ich …« Was macht mich so sicher? Dass sie wusste, dass ich ihn mochte? Glaube ich allen Ernstes, dass sie das abgehalten hätte? Oder ist es, weil Sam sie niemals erwähnt hat? Vielleicht hat er es tatsächlich nicht getan, weil es zu dem Zeitpunkt, als wir ein Paar wurden, bloß eine uralte Geschichte gewesen wäre.

Mein Schweigen scheint für Reynolds Bände zu sprechen, also ergreift sie erneut das Wort.

»Und wie war es nach der Schulzeit – hat Sophie mit Matt oder Sam Kontakt gehalten oder mit irgendjemand anderem, der bei dem Klassentreffen war?«

»Ich glaub, sie hat mit einigen Kontakt gehalten – als wir uns vor dem Klassentreffen wiedersahen, hat sie erzählt, dass sie noch mit Claire Barnes und mit Matt Lewis in Verbindung stand … aber vielleicht ja auch noch mit anderen.«

»Gab es Hinweise darauf, dass sie noch als Erwachsene eine wie auch immer geartete sexuelle Beziehung zu Matt hatte?«

»Nein, in der Hinsicht hat sie nichts erwähnt. Bloß dass sie sich von Zeit zu Zeit mit ihm getroffen hat.«

»Und mit Sam? Hat sie sich nach der Schulzeit mit ihm ebenfalls von Zeit zu Zeit getroffen?«

»Soweit ich weiß zumindest nicht, während Sam und ich zusammen waren. Über die letzten zwei Jahre kann ich natürlich keine Aussage treffen. Er … ist wieder verheiratet und hat ein Baby. Wir sprechen nur noch miteinander, wenn wir müssen – über unseren gemeinsamen Sohn.« Dass Henry Teil dieser Unterhaltung ist, schnürt den Knoten in meiner Brust noch fester zusammen. Unser Sohn – der meinetwegen in Gefahr schweben könnte. Ein Teil von mir will aufgeben, Reynolds alles erzählen, sie anflehen, meinen Sohn zu beschützen. Dann versuche ich wieder, das Ganze sachlich zu betrachten. Wie groß kann die Gefahr für Henry sein? Nach dem gestrigen Vorfall werde ich ihn nach der Schule ganz einfach nicht mehr aus den Augen lassen, und in der Schule selbst ist er in Sicherheit. Heute bleibt er bei Sam, und dem habe ich am Morgen eine SMS geschrieben, um zu fragen, ob er irgendwelche Unternehmungen geplant habe. Sam meinte jedoch, er werde ihn einfach von der Nachmittagsbetreuung holen und dann direkt heimfahren. Er ist vier Jahre alt, und er ist keine Sekunde lang allein. Ich kann ihn beschützen.

Reynolds sieht mich immer noch neugierig an.

»Es ist nicht besonders gut ausgegangen«, sage ich. »Mit Sam und mir.«

»Was meinen Sie damit?«

»Er hat mich für eine andere Frau sitzen lassen.« Selbst heute noch hasse ich es, diese Worte auszusprechen, ich hasse die harte, nackte Tatsache hinter den Worten. Ich habe ihm nicht genügt, auch wenn ich ihm alles gegeben habe, was ich aufbringen konnte. »Hören Sie, das hat nichts damit zu tun, was mit Sophie passiert ist.«

Sie verzieht das Gesicht, als wollte sie mir sagen, dass ich das besser ihr überlassen solle.

»Gut. Wie hat denn Sophie auf Sie gewirkt? Am Abend des Klassentreffens? Hat Ihnen da hinsichtlich der späteren Ereignisse irgendetwas zu denken gegeben?«

»Sie war gut drauf. Fröhlich, mal abgesehen von diesem

Streit mit Pete, auch wenn ich keinen Schimmer habe, worum es da ging. Aber um ehrlich zu sein, kann ich nicht wirklich sagen, wie sie drauf war. Ich habe sie, wie ich ja schon erwähnt habe, mehr als fünfundzwanzig Jahre nicht gesehen – mit Ausnahme dieses einen Abends vor zwei Wochen.«

»Und Sie selbst – haben Sie nicht mit irgendjemandem aus Schulzeiten Kontakt gehalten? Von Sam mal abgesehen?«

»Nein. Ich hatte damals nicht gerade die glücklichste Zeit.«

»Und Sam? Sie meinten, er hätte mit Sophie keinen Kontakt gehalten. Was ist mit anderen Schulfreunden? Ist er sonst mit irgendjemandem in Verbindung geblieben?«

»Er ist hin und wieder mit Matt Lewis ausgegangen, allerdings nicht oft. Leider war ich an so was kaum interessiert. Wie gesagt, nicht die glücklichste Zeit und so.«

Ich suche nach Ausflüchten. Es war weniger so, als wäre ich nicht interessiert gewesen, sondern eher, dass ich nichts mehr mit Sharne Bay und unserer Schulzeit zu tun haben wollte, und ich konnte auch nicht verstehen, warum Sam diese Verbindungen nicht ebenfalls kappen wollte. Wann immer er mit Matt abends weg war und dann wiederkam, tat ich so, als würde ich schon schlafen, murmelte ihm nur zu, dass er mir alles am nächsten Tag erzählen könne, und als der nächste Tag dann angebrochen war, erfand ich irgendeine Ausrede, um früh aus dem Haus zu müssen.

»Und was war mit den anderen beim Klassentreffen? Wir sprechen natürlich auch noch mit dem Personal vom Catering und den Reinigungskräften, aber war da nicht auch ein Lehrer, Mr. Jenkins?«

»Ja, das stimmt.«

»Wenn ich richtig informiert bin, war er schon Lehrer, als Sie noch zur Schule gegangen sind?«

»Auch das ist richtig.« Aber den haben sie doch wohl nicht unter Verdacht?

»Haben Sie mit ihm gesprochen oder ihn im Laufe des Abends gesehen?«

»Mr. Jenkins? Nur als ich angekommen bin. Er stand an der Tür. Hat jemand irgendwas in dieser Hinsicht behauptet?«

»Was meinen Sie?« Ihr Gesichtsausdruck ist undurchschaubar.

»Also … Als wir noch zur Schule gingen, machten ein paar Gerüchte die Runde. Dass er … Sie wissen schon … pervers wäre. Dass er rumschleichen und die Mädchen beim Umziehen beobachten würde, solche Sachen.«

»Verstehe.« Mehr gibt sie nicht preis.

»Aber ich hab wirklich keine Ahnung, ob da jemals etwas dran gewesen ist. Zumindest mir gegenüber hat er sich nie falsch verhalten, und ich hab auch nie etwas aus erster Hand gehört. Da ging es immer nur um Leute, die Leute kannten … Sie wissen ja, wie Teenager sein können und wie manche Sachen dann die Runde machen. Ich will wirklich nicht andeuten, dass er … Sie wissen, was ich meine …«

»Schon klar.«

Reynolds sieht mich unverwandt an. Ihre Hände liegen flach auf der Tischplatte.

»Halten wir also fest, dass Sie Sophie seit Jahren nicht mehr gesehen hatten und nicht allzu viel über ihr Erwachsenenleben wussten. Natürlich gehen wir bei der Ermittlung unterschiedlichen Spuren nach«, sagt sie. »Aber wir können die Tatsache nicht ignorieren, dass sie ausgerechnet bei einem Klassentreffen ermordet wurde – einem Ereignis, das mit gemischten Gefühlen überfrachtet und im Normalfall für alle ehemaligen Schüler ziemlich bedeutend ist. Kam es während Ihrer Schulzeit zu irgendeinem Vorfall – jedweder Art –, der für diese Tat irgendwie relevant gewesen sein könnte?«

Ich sehe Marias Gesicht vor mir, es starrt mich feindselig aus dem Computer an. Sophies Silhouette vor farbigem Glas, wie sie sich für etwas wappnet, was ihr noch bevorsteht. Tim, der am anderen Ende der Auffahrt mit einer Person in einem schwarzen Mantel spricht. Eine Goldkette, die sich eine Sechzehnjährige vor einer Ewigkeit um den Finger gezwirbelt hat.

»Nein«, antworte ich. »Da war nichts.«

KAPITEL 30

2016

Für den Fall, dass Reynolds mich aus irgendeinem Fenster beobachtet, entferne ich mich von dem Revier erst einmal gemäßigten Schrittes. Den Wagen habe in einem nahe gelegenen Parkhaus abgestellt, aber zunächst laufe ich am Eingang vorbei, weil mich der Rhythmus meiner Schritte auf dem Bürgersteig beruhigt. Autos fahren in hypnotischer Regelmäßigkeit an mir vorüber und bilden den Hintergrund für meine rasenden Gedanken.

Wie konnte ich schon wieder so enden und die Polizei belügen? Ich muss an den damaligen Ermittler denken, einen freundlichen Mann. Ich habe nie erfahren, wie viel Bridget, Marias Mutter, ihm von mir erzählt hat, aber ich nehme an, dass er nie Verdacht geschöpft hat. Esther hatte ausgesagt, dass Maria Alkohol getrunken habe, was ihm wohl für die Schlussfolgerung gereicht hat, dass als wahrscheinlichste Erklärung ein tragischer Unfall in Betracht kommt. Als wir die Abschlussparty verließen, hatte es schon angefangen zu regnen, es regnete die ganze Nacht hindurch, und der Dauerregen schien sämtliche Hoffnungen auf irgendwelche physischen Beweise fortgespült zu haben. Nur Sophie, Sam, Matt und ich wussten, *wie* tragisch der Vorfall gewesen war und wie großzügig man die Bezeichnung »Unfall« auslegen musste, um das offizielle Ermittlungsergebnis auch nur halbwegs akkurat nennen zu können. Zumindest glaube ich, dass nur wir vier Bescheid wussten.

Obwohl ich mich inzwischen ein ganzes Stück vom Polizeirevier entfernt habe, beschleicht mich immer noch das Gefühl, dass mich jemand beobachtet. Ich kann die Hitze in meinem Rücken spüren, als würde die Sonne auf mich niederbrennen – vorgeblich freundlich, doch in Wahrheit, um mich zu verglühen, zu verbrühen. Ich laufe schneller, bin hoch alarmiert, versuche auszusehen, als wäre ich einfach nur in Eile, vielleicht um einen Zug zu erreichen, oder jemand, der spät dran ist. Als ich das Stadtzentrum von Norwich erreiche, ducke ich mich hinter einer Touristengruppe weg und schlüpfe bei Marks & Spencer rein. Die Vertrautheit dort ist Balsam auf meiner Seele. Wie schaffen die Ketten es nur, dass alle Filialen gleich riechen? In der Lebensmittelabteilung stehe ich vor dem Take-away-Regal und starre, ohne etwas zu sehen, auf die Thunfisch-Mais-Hühnchen-Salate und die Sandwiches, als das Gefühl zurückkehrt, beobachtet zu werden. Ich versuche, den Blick starr auf die Sandwiches zu richten, kann aber nicht verhindern, dass mir die Hitze ins Gesicht steigt. Rechts von mir steht eine gehetzte Frau mit zwei kleinen Kindern, die nach Süßigkeiten greinen, und hinter ihr ein ergrauender Mann in einem zerknitterten Anzug, der unglücklich Light-Produkte betrachtet. Mein Blick gleitet weiter – und bleibt an Tim Weston hängen. Er lächelt, winkt mir ungelenk zu und macht ein paar Schritte an dem Geschäftsmann und der Frau mit den Kindern vorbei.

»Louise, hi! Was machst du denn hier?«

»Kauf mir ein Sandwich?« Ich kichere atemlos und versuche, mir mein Unbehagen nicht anmerken zu lassen. Ist Tim mir nachgelaufen?

»Ach, du fährst den ganzen Weg bis nach Norwich, um dir ein Sandwich zu kaufen? Weißt du, Marks & Spencer gibt's in London auch.« Sein Tonfall ist beschwingt, aber hinter seinen Worten klingt ein Vorwurf mit.

Ich knicke ein. »Ich war gerade bei der Polizei, wegen Sophie Hannigan.« Es hat ohnehin keinen Sinn, das Thema zu verschweigen.

»Oh Gott, stimmt natürlich, ich hab's gehört…« Seine Gesichtszüge entgleiten ihm. »Das ist ganz fürchterlich. Weißt du… mehr darüber, was passiert ist?«

»Nein, nicht wirklich. Sie wollten sich nur noch mal mit mir unterhalten, weil ich auch da war, du weißt schon, weil ich während des Klassentreffens auch mit ihr gesprochen habe.« Warum rechtfertige ich mich eigentlich vor ihm?

»Richtig, richtig… Es ist einfach nur schrecklich, dass so etwas passieren muss.«

Wir stehen für einen kleinen Moment unbehaglich nebeneinander.

»Wofür hast du dich denn entschieden?«, fragt er nach einer Weile.

Ich sehe auf die beiden Sandwiches hinab, die ich in den Händen halte, schiebe blindlings eines ins Regal zurück, und dann machen wir uns gemeinsam auf den Weg zu den Kassen. Wir bezahlen schweigend unsere Sandwiches, verlassen den Laden und laufen durch die Fußgängerzone.

»Wo musst du denn hin?«, fragt er.

»Zurück zum Auto. Ich hab in der Nähe vom Revier geparkt.« Ich fuchtele vage in Richtung Bethel Street.

»Ich komm noch mit, wenn das okay ist?«

Eigentlich ist es nicht okay, es gibt so viel Unausgesprochenes zwischen uns, nicht nur von meiner Seite, sondern auch von seiner. Ich bin mir unangenehm bewusst, wie wenig ich über ihn weiß und wie sehr ich will, dass er nicht allzu viel über mich selbst in Erfahrung bringt. Wir bleiben am Straßenrand stehen, um eine Einbahnstraße zu überqueren. Ich kenne mich hier nicht sonderlich aus, sehe prompt in die falsche Richtung und habe schon den ersten Schritt auf die Straße gemacht, als ein Wagen auf mich zuschießt. Mein Gehirn arbeitet langsamer als dieser Wagen, und noch während ich auf der Straße innehalte, spüre ich Tims Hand, die sich um meinen Oberarm legt und mich zurück in Sicherheit reißt.

»Sorry«, sagt er, als er sieht, wie ich mir den Arm reibe. »Hab ich dir wehgetan?«

»Nein, schon gut.« Ich stoße ein zittriges Lachen aus. »Ich nehme an, wenn du mich nicht zurückgezogen hättest, wär ich jetzt deutlich schlechter dran.«

»Die fahren hier wie die Wahnsinnigen. Glauben wohl, sie wären in Silverstone.«

Vorsichtig überqueren wir die Straße und gehen dann schweigend weiter. Mir geht die Person am Ende der Schulauffahrt nicht mehr aus dem Sinn.

»Dann hast du dich also doch anders entschieden und bist nicht zum Klassentreffen gekommen«, sage ich nach einer Weile. Dabei sehe ich Tim vor mir, wie er ruft und wild gestikuliert, bevor er den Arm um die schmale Person in Schwarz legt und verschwindet.

Tim sieht mich verschlossen an. »Ja, am Ende kam mir die Idee echt nicht mehr gut vor. Ich hab jetzt mein eigenes Leben, und das soll auch so bleiben.«

Was hat er dann am Ende der Auffahrt gemacht? Und mit wem war er dort?

»Diese Facebook-Sachen«, fährt er fort. »Dass dich Leute aus der Vergangenheit plötzlich kontaktieren … Da ist es leicht, sich wieder hineinziehen zu lassen, aber was bedeutet das schon? Du bist besser dran, wenn du dich auf dein echtes Leben konzentrierst, das du tatsächlich lebst. Unsere Familie war einfach nie wieder die alte nach dem … was mit Maria passiert ist.«

»Mhm.« Ich traue meiner Stimme nicht, bin mir nicht sicher, ob sie mich nicht verrät.

»Ich hab einfach das Gefühl gehabt, ich würde das alles ohne Grund wieder aufwühlen, wenn ich hingegangen wäre. Dann hast du … keine Ahnung, was mit Sophie passiert ist?«

»Nein, nicht die geringste.«

»Ich hab gehört, sie hatte einen Typen dabei … jemanden, den sie kaum gekannt hat?«

»Ja, sie hat einen Mann mitgebracht. Ich bin mir nicht ganz sicher, wie gut sie ihn kannte.« Irgendetwas an seinem Interesse an derlei Details erregt meinen Widerwillen. Ich werde ihm nicht mehr erzählen als unbedingt nötig.

»Sorry, ich wollte nicht wie irgend so ein Tratschweib klingen oder es verharmlosen«, sagt er, weil er meine Signale anscheinend sofort aufgefangen hat. »Ich wusste nicht, dass du immer noch mit Sophie befreundet warst.«

»Sind wir nicht. Ich meine, waren wir nicht. Ich hatte sie seit der Schulzeit nicht mehr gesehen.«

»Oh, okay … Was für eine Ironie. Ich bin nicht zum Klassentreffen gegangen, weil ich die Vergangenheit nicht mehr aufwühlen wollte, und dann passiert so was, und auf einmal hab ich das Gefühl, dass mir ausgerechnet die Vergangenheit gerade mitten ins Gesicht schlägt.«

»Ich weiß, was du meinst«, sage ich. Wie immer diese

Situation sich auflösen mag, ich kann mir nicht vorstellen, dass ich mich je anders fühlen könnte als im Augenblick. Ein halbes Leben lang habe ich die Last geschultert, sie ist hin- und hergerutscht und hat sich verlagert, war mal schwerer, mal leichter, aber sie ist mir nie komplett von den Schultern genommen worden, und ich sehe auch nicht, wie es je möglich sein sollte.

»Ich weiß, was Mum denkt«, sagt Tim, »aber ich hab nie daran geglaubt, dass Maria sich umgebracht hat. Sie war stärker, weißt du? Trotz all dem ganzen Ärger, den sie in London an ihrer alten Schule hatte, hab ich nie auch nur für einen Moment geglaubt, dass sie aufgeben würde.«

Für einen Augenblick bleibt mir das Herz stehen, weil ich argwöhne, er könnte damit meinen, er hätte immer schon den Verdacht gehabt, dass noch jemand anderes im Spiel gewesen wäre. Doch dann redet er weiter.

»Ich bin mir sicher, dass die Polizei damals recht hatte. Sie muss mehr getrunken haben, als sie gewohnt war, und dann die Orientierung verloren haben, oder vielleicht ist sie auch raus an die Küste gelaufen, um aus irgendeinem Grund von den anderen wegzukommen und allein zu sein. Und dann ist sie gestolpert oder … Ich weiß auch nicht. Ich dachte, ich würde irgendwann imstande sein, mit der Grübelei aufzuhören, aber diese Sache mit Sophie hat alles wieder aufgewühlt.«

»Was ist denn damals in London eigentlich genau passiert?« Ich hab immer noch nicht vollends begriffen, was damals los war. Vielleicht ist es an der Zeit.

»Hat sie dir nie davon erzählt?«

»Nein, nicht wirklich …« Sie hat es mal versucht, aber ich habe es nicht zugelassen. Ich wusste, wenn ich sie zu nah an mich heranlassen würde, hätte ich mich, wenn nötig, nicht mehr von ihr zurückziehen können.

»Da war dieser Typ in ihrer Klasse, mit dem sie befreundet war. Irgendwann wollte der dann mehr, erzählte ihr, dass er sich in sie verliebt hätte, aber sie meinte, sie sei nicht interessiert, wolle es einfach bei einer Freundschaft belassen. Trotzdem fühlte sie sich danach in seiner Nähe immer leicht unwohl und hat sich allmählich von ihm zurückgezogen. Maria verbrachte immer weniger Zeit mit ihm, und da fing es an.«

»Was fing an?«

»Erst Zettelchen in ihrer Schultasche, Sachen wie: ›Warum willst du dich denn nicht mehr mit mir treffen?‹, und: ›Ich weiß, dass wir füreinander bestimmt sind.‹ Irgendwann wartete er dann morgens vor der Schule an unserem Haus und wollte mit ihr mitgehen, und als sie Nein sagte, lief er einfach immer ein paar Meter hinter uns.«

»Hast du das jemandem erzählt? Euren Eltern?«

»Anfangs nicht, ich meine, erst haben wir ja noch gelacht. Außerdem – ich weiß auch nicht. In den Achtzigern haben Teenager doch nicht mit ihren Eltern über so was geredet, oder? Zumindest nicht so, wie es heute manchmal den Anschein hat. Damals kamen wir mit unseren Problemen eben allein klar. Ich hoffe nur, dass meine Tochter mal anders denkt, wenn sie größer wird.«

Ich weiß genau, was er meint. Henry ist noch so klein, dass er mir alles erzählt, was ihm tagsüber widerfährt, sein Leben ist für mich ein offenes Buch, aber selbst Pollys Töchter sind schon weitaus offenherziger gegenüber ihren Eltern, als ich es bei meinen Eltern je gewesen bin. Als ich Teenager war – selbst vor Marias Verschwinden –, war das Leben, das ich mit meinen Eltern führte, von allem anderen komplett abgetrennt: von meinem echten Leben, wie ich damals dachte. Wenn Polly heute ihre Töchter fragt, wie ihr Tag verlaufen ist, dann kriegt sie alles zu hören – die Rivalitäten, Streitereien, Nettigkeiten. Sie weiß über alles Bescheid. Was meine Eltern damals wussten – und bis heute wissen –, ist eine hochgradig bearbeitete Version meiner selbst, eine Chimäre aus derjenigen Person, die ich als Kind war, und denjenigen Aspekten meines erwachsenen Ichs, die ich ganz bewusst für sie ausgewählt habe.

»Als er mit all diesen Aktionen nicht weiterkam«, fährt Tim fort, »legte er jedenfalls einen Gang zu. Ein paarmal hab ich ihn spätnachts gesehen, wie er vor unserem Haus herumlungerte und hoch zu ihrem Fenster starrte. Sie hat Mum und Dad nie was erzählt, damit sie am Ende nicht dachten, sie hätte so was provoziert. Dann fing es mit den Gerüchten an.«

Genau das hatte Maria angedeutet, aber ich hatte es nicht hören wollen. Wie schon so oft in letzter Zeit überkommt mich der hilflose Wunsch, in die Vergangenheit zurückzukehren und alles anders zu machen. Oder zumindest mein Verhalten zu ändern. Inzwischen bin ich ein anständiger Mensch, ich zahle meine Steuern und gehe regelmäßig zum Zahnarzt. Ich recycle Müll, ich mache mir Gedanken über meine Freunde und über die Welt im Allgemeinen. Aber wie kann ich mit den Dingen ins Reine kommen, die ich angerichtet habe, als ich sechzehn war? Jene Person bin ich doch schließlich auch, oder etwa nicht?

»Was denn für Gerüchte?«

Tims Miene verschließt sich ein bisschen. »Schreckliche Geschichten. Hatte mit Sex zu tun. Und zwar nicht nur, dass sie mit diesem und jenem Jungen geschlafen hätte oder so. Er hat herumerzählt, sie hätte auch mit Mädchen Sex gehabt. Ich weiß, dass das bei Teenies heutzutage schwer in Mode ist, aber wenn man damals als Lesbe verschrien war, dann war das quasi gleichbedeutend damit, ein Kindermörder zu sein. Die Mädchen fingen an, sie zu meiden, sogar ihre Freundinnen. Und die Jungs, die sie zuvor nie auch nur angeguckt hatten, fingen an, um sie herumzuscharwenzeln. Dann hieß es irgendwann, sie hätte mit drei Jungen gleichzeitig Sex gehabt. Einer ...« Er kann das Zittern in seiner Stimme nicht mehr unterdrücken, beißt sich auf die Unterlippe und speit dann den Rest des Satzes aus: »Einer in jedem Loch.«

»Aber wie konnten die Leute ihm denn bitte glauben? Wenn sie Maria doch kannten?«

»Wenn nur genügend Leute über etwas reden, verselbstständigt es sich irgendwann. Und dann heißt es: kein Rauch ohne Feuer. Du brauchst doch nur an diese mächtigen Männer denken, die wegen sexueller Belästigung angezeigt werden. Selbst wenn die komplett freigesprochen werden, selbst wenn der Fall ad acta gelegt wird, weil es keinerlei Beweise gibt, und selbst wenn die Frau irgendwann die Anschuldigungen zurückzieht – was ist wohl das Erste, was du immer denkst, sobald er oder sie später im Fernsehen oder im Radio wieder in Erscheinung tritt? ›Ich frage mich, ob da nicht doch etwas dran war.‹ Genau das denkst du. Jedes Mal.«

»Und dann haben eure Eltern beschlossen umzuziehen? Dann habt ihr es ihnen am Ende doch erzählt?« Ich kann mich noch genau an jenen ersten Tag in der Schulkantine erinnern – Maria, die erzählte, dass der Grund für den Umzug »ein bisschen Ärger« gewesen sei, und die so fest entschlossen war, den Ärger hinter sich zu lassen.

»Nicht wirklich. Das hat er übernommen. Er hat einen anonymen Brief geschrieben, den er mit ›ein wohlmeinender, besorgter Mitbürger‹ unterschrieben hat. Und er hat diese Gerüchte wiedergegeben, diese ... Sachen, die über sie erzählt wurden. Kannst du dir vorstellen, so was über dein eigenes Kind hören zu müssen?«

Ich kann es mir nicht vorstellen – nicht den Schmerz, nicht das Entsetzen, nicht die Scham. Ich muss an Polly denken, wie sie an ihrem Frühstückstresen sitzt, ihre Stimme regelrecht triefend vor kaum verhohlenem Hass auf die Peinigerin ihrer Tochter. Und ich muss an Bridget denken, am Ende der Abschlussparty, als ihr gedämmert haben muss, dass Maria verschwunden war; wie sie mich unnachgiebig anstarrte und in ihrem Blick der Vorwurf eines noch nicht weiter benannten Verbrechens lag.

»Weißt du noch, wie dieser Junge hieß?«

»Ob ich das noch weiß? Natürlich. Er hieß Nathan Drinkwater.«

Ich bleibe abrupt auf dem Bürgersteig stehen, und eine Mutter mit einem Zwillingskinderwagen kracht mir hinten in die Beine, bevor sie ihn zurückzieht und tadelnd um mich herummanövriert.

»Nathan Drinkwater? Bist du dir sicher?« Marias einziger anderer Facebook-Freund, mal abgesehen von Sophie und mir.

»Den werd ich ja wohl kaum vergessen, oder? Wieso, was ist?«

»Kannte noch irgendjemand anders diesen Namen? Irgendjemand aus Sharne Bay?«

»Eine Menge Leute. Matt Lewis' Cousin kannte jemanden, der ebenfalls an unsere alte Schule ging. Ich war außer mir vor Wut, als er es hier rumerzählt hat. Wir hatten so viel durchgemacht, um hier endlich alles hinter uns zu lassen, und dann hat er alles zunichtegemacht. Es hat uns bis Norfolk verfolgt, und ich glaube, es hätte uns überallhin verfolgt.«

»Was ist aus diesem Nathan geworden? Hat Maria je wieder von ihm gehört, nachdem ihr weggezogen wart?«

»Nein. Ich selbst hab gehört, dass er vor ein paar Jahren gestorben sein soll. Hat mir der Freund von einem Freund von irgendwem erzählt. Keine Ahnung, ob es wirklich stimmt.«

Ist Nathan Drinkwater tot? Wenn nicht, klingt er nicht so, als wäre er der Typ, der einfach so aufgeben würde, nur weil jemand wegzieht. Könnte er es wirklich sein, der auf Marias Facebook-Freundesliste steht? Ich frage mich, ob Nathan Maria nicht weiterhin gestalkt hat, nachdem sie weggezogen waren, und sie es nur niemandem erzählt hat. Und ich frage mich darüber hinaus, ob er wirklich tot ist. Und wenn nicht, wo er heute steckt.

KAPITEL 31

2016

Ich hatte gehofft, dass mein Zusammentreffen mit Pete in dem Café gegenüber Foster and Lyme das letzte gewesen wäre, aber als ich in Dulwich Village aus dem beeindruckenden Haus einer meiner Stammkundinnen – Sue Plumpton – trete, klingelt mein Telefon, und sein Name erscheint auf dem Display. Ich bin kurz versucht, nicht ranzugehen. Der heutige Tag ist bislang beruhigend normal verlaufen, ich bin immer noch in Gedanken bei meiner Besprechung mit Sue, und mein Kopf sprüht nur so über vor Ideen für eines ihrer überzähligen Zimmer – es ist das letzte in ihrem Haus, das komplett neu eingerichtet werden soll.

Ich beneide Sue für ihre Londoner Bilderbuchwohngegend. Sie hat sich von ihrem Ehemann, einem Banker, scheiden lassen und verbringt den Tag mit Tennis, dem anschließenden Caffè Latte mit »den Mädels«, Spaziergängen durch den Dulwich Park mit Chihuahua Lola und Dinnerpartys, für die sie nicht einmal das Dinner selbst zubereiten muss. Mit einem Lächeln im Gesicht erinnere ich mich an den Cottage Pie, den Polly und ich uns bei Pollys letztem Besuch geteilt haben – ob das wohl auch als Dinnerparty gezählt hätte? Ich denke kurz darüber nach, Polly eine SMS zu schicken und zu fragen, doch dann fällt mir wieder schmerzhaft ein, dass wir zurzeit nicht miteinander sprechen.

Petes Name auf dem Display rückt meine Sorgen wieder in den Fokus. Ich bin zu ängstlich, um nicht ranzugehen – was, wenn irgendetwas passiert ist?

»Hallo?« Meine Stimme klingt sogar in meinen Ohren misstrauisch.

»Hi. Wie geht's?« Auch er klingt, als wäre er auf der Hut.

»Ganz okay, bin auf dem Heimweg von einer Kundin.«

»Wo bist du gerade?«

»Laufe soeben am Dulwich College vorbei.«

»Oh, das ist gar nicht weit weg! Ich kann nicht fassen, dass das für die Kids, die dorthin gehen, einfach nur eine normale Schule ist.«

»Ich weiß – das Gleiche denke ich auch immer. Dabei ist es doch quasi Hogwarts!«

»Stimmt. Ich hab mich gefragt …« Er macht eine kurze Pause. »Könnten wir uns vielleicht sehen? Ich hätte irgendetwas in der Innenstadt vorgeschlagen, aber ich arbeite heute von zu Hause aus, in Sydenham, da könnte ich direkt nach Dulwich kommen und dich dort treffen – im Park zum Beispiel?«

Ich hatte mich eigentlich darauf gefreut heimzufahren und mit meinen Ideen für Sues leeres Zimmer loszulegen, aber ich weiß auch, dass ich mich darauf jetzt nicht mehr konzentrieren kann. Also stimme ich zu, und wir verabreden uns vor dem Parkcafé in einer halben Stunde.

Ich gehe zurück zur College Road, biege am South Circular rechts ab und habe fünf Minuten später den Park erreicht. Die Hälfte aller gut betuchten Mütter Südost-Londons hat sich hier versammelt, und ich laufe ständig Gefahr, von irgendeinem Kamikazekind auf einem Roller angefahren zu werden. Pete wird noch nicht hier sein, also schlendere ich an den Tennisplätzen vorbei, wo ein paar Ladys (womöglich Sues Mädels) elegant Bälle hin und her schlagen.

Pete kommt fünf Minuten zu früh, aber ich stehe schon vor dem Café und warte. Ich sehe zu, wie er im Slalom um Kinderwagen herumläuft und lächelnd abwinkt, als sich die Mutter eines aufgedrehten Kleinkinds, das ihm auf einem Dreirad in die Beine fährt, in aller Form bei ihm entschuldigt.

»Hi.«

»Hallo.« Ich ertappe mich dabei, wie ich ihm nicht lang in die Augen sehen kann und nicht mehr weiß, was ich mit meinen Händen machen soll. Ich schiebe sie in die Taschen, um sie stillzuhalten.

»Magst du einen Kaffee oder …?«

»Nein, ich hab heut schon zu viel Kaffee getrunken. Du?«

»Nein, gehen wir einfach ein Stück spazieren«, schlägt er vor, und wir biegen auf einen Weg ein. »Und, hast du noch mal mit der Polizei gesprochen?«

»Ja, gestern.«

»Und du hast nicht …«

»Unser kleines Rendezvous erwähnt?« Es hat verbitterter geklungen als beabsichtigt. »Nein, natürlich nicht. Wir waren uns doch einig … Du hast ihnen doch auch nichts davon erzählt?«

»Gott, nein! Ein weiterer Grund, warum die Polizei mich verdächtigen könnte, ist wirklich das Letzte, was ich gebrauchen kann.«

»Tut sie das? Ich meine, dich verdächtigen?«

»Ach, ich weiß nicht. Ich glaub schon, aber natürlich hat sie keine Beweise, insofern hoffe ich mal, dass sie sich anderen Dingen zuwendet und sich jemand anderen sucht. Aber die Polizei ist ständig an mir dran, verschwendet aber ihre Zeit, während sie nach dem wahren Mörder suchen könnte.«

»Vielleicht gibt es ja irgendwelche forensischen Spuren, die dich entlasten? Irgendetwas müssen sie doch gefunden haben.«

»Ich hoffe es.« Wir gehen eine Weile weiter, und die Kinderstimmen werden leiser, je weiter wir uns vom Spielplatz entfernen. »Darf ich dich mal was fragen?«

»Klar.« Ich schiebe meine Hände tiefer in die Manteltaschen und balle die Fäuste.

»Warum bist du dir so sicher, dass ich es nicht getan habe?«

»Wir haben die Nacht zusammen verbracht, schon vergessen?« Die Panik verleiht meinen Worten einen hässlich sarkastischen Klang.

»Ich weiß, aber ich könnte es doch auch schon vorher gemacht haben – wir sind nach elf gefahren, und die Polizei sagt, dass sich keiner mehr daran erinnern kann, sie nach zehn Uhr noch irgendwo gesehen zu haben. Ich hätte jede Menge Zeit gehabt, um … keine Ahnung … sie in den Wald zu locken.«

Trotz des Ernsts unserer Lage muss ich lächeln. »Genau das ist teilweise der Grund«, sage ich.

»Was jetzt?«

»Die Art und Weise, wie du gerade gesagt hast: ›Sie in den Wald zu locken.‹ Der wahre Täter würde es doch nie so formulieren.«

»Was würde er denn stattdessen sagen?«

»Keine Ahnung, aber jemanden in den Wald locken? Das

würde doch nur in einem schlechten Fernsehkrimi passieren.«

»Okay. Aber wieso hast du mich auch zuvor schon nicht verdächtigt?«

Wir laufen an einem Teich vorbei, und statt direkt zu antworten, schlage ich vor, dass wir uns auf eine Bank setzen. Eines der Bretter ist beschädigt, und ich muss ein Stück näher zu Pete rutschen, damit ich nicht Gefahr laufe, in die Splitter zu greifen. Er rückt keinen Millimeter zur Seite.

»Louise?«

Unsere Knie berühren sich fast, es passt gerade mal ein Blatt Papier dazwischen. Seine Hände liegen auf seinen Oberschenkeln, und die Haut entlang seiner Fingernägel ist zerbissen und wund, als hätte er daran herumgekaut.

»Ich weiß, dass du es nicht warst, weil ich weiß, wer es gewesen ist.« Die Worte taumeln einfach so aus mir heraus, bevor ich ihnen Einhalt gebieten kann.

»Was?« Er springt auf, macht ein paar Schritte von mir weg und dreht sich dann wieder um. »Wovon zum Teufel redest du? Wenn du weißt, wer es getan hat, warum zur Hölle hast du es der Polizei noch nicht erzählt?«

»Nein, sorry, ich hab mich falsch ausgedrückt. Ich kenne den Namen nicht, aber ich weiß, dass es dieselbe Person ist, die mir diese Nachrichten schreibt und die auch Sophie Nachrichten geschrieben hat, bevor sie umgebracht wurde. Es hat mit einer Sache zu tun, die passiert ist, als wir noch auf der Schule waren.«

»Was, diese Mobbing-Sache, die du erwähnt hast? Und was meinst du mit Nachrichten?«

Er setzt sich wieder, und seine Wut verfliegt. Meine Anspannung lässt nach, und der Knoten in meinem Bauch lockert sich ein klein wenig, als mir klar wird, dass ich ihm alles erzählen werde. Er ist eine sichere Bank, er hat genauso viel zu verlieren wie ich.

»Du bist nicht auf Facebook, oder?«

»Nein, hab ich doch schon gesagt. Ich halte mich von Social Media fern«, erklärt er. »Alles Bekloppte.«

»Tja, ich bin jedenfalls auf Facebook«, sage ich und fange an zu erzählen. Als ich bei der Abschlussparty angekommen bin, ringe ich um die richtigen Worte und suche währenddessen die ganze Zeit verstohlen nach Zeichen des Entsetzens oder der Abscheu in seinem Gesicht. Doch er reagiert gar nicht, unterbricht mich nicht, lässt mich einfach reden, auch über die Facebook-Nachrichten von Maria, das Internet-Date, den Vorfall im Park. Als ich fertig bin, rutsche ich ein Stückchen von ihm weg, sodass sich Teile des aufgesplitterten Bretts in die Rückseite meines Oberschenkels bohren.

»Jetzt weißt du alles. Wer immer Sophie umgebracht hat, ist dieselbe Person, die mir Nachrichten schreibt. Was bedeutet, dass es entweder jemand ist, der damals dabei war, oder … Sie haben Marias Leiche nie gefunden. Verstehst du jetzt, warum ich nicht will, dass die Polizei mehr in die Verbindung zwischen Sophie und mir hineinliest als unbedingt nötig? Warum ich nicht will, dass sie erfahren, dass ich mein Hotelzimmer mit ihrem Freund geteilt hab?«

»Ich glaub schon, aber …«

»Hasst du mich jetzt?« Mir kommen die Tränen, und ich schäme mich für mein kindisches Bedürfnis nach Bestätigung.

»Für das, was du Maria angetan hast? Nein, ich hasse dich nicht. Du warst jung, du hast eine falsche Entscheidung getroffen, das ist alles. So was tun Menschen nun mal, wenn sie jung sind. Ja, es hatte katastrophale, unvorhersehbare Folgen, aber letztlich war es nur *eine* falsche Entscheidung. Und ich glaube tatsächlich, dass du dafür gebüßt hast, oder nicht?« Er nimmt meine Hand und sieht mich flehentlich an. »Aber, Louise, verstehst du nicht, dass mich das aus der Schusslinie bringen würde? Wenn du der Polizei erzählst …«

Ich ziehe meine Hand zurück, als hätte er versucht, mich zu beißen. »Nein. Ich hab doch gesagt, das kann ich nicht.«

»Und das verstehe ich, ich verstehe es wirklich. Aber du könntest ihnen einfach von Marias Nachrichten erzählen, du musst doch nicht das Mobbing erwähnen, geschweige denn, dass du ihr etwas in den Drink gekippt hast.«

»Sie werden wissen wollen, warum Maria es dann auf mich abgesehen hat und was ich ihr getan habe. Sie werden Fragen stellen, die ich nicht beantworten will.«

»Aber Ecstasy … Du hast gesagt, die Facebook-Nachrichten würden überhaupt nicht darauf eingehen – und der ganze Rest ist doch nur Schulmädchenkram. Nichts, was die Polizei interessieren würde.«

»Aber sie werden wissen wollen, wovon Maria redet, und dann zerren sie alles ans Licht. Dann finden sie sie – oder diejenige Person, die diese Nachrichten schreibt. Wer immer das ist, weiß genau, was ich getan habe, und wird es auch der Polizei erzählen … und das ertrage ich nicht. Das verstehst du einfach nicht.«

Sam hat es verstanden. Er war der Einzige, der es je verstanden hat, und ein Teil von mir sehnt sich zurück in unsere gemeinsame Blase. Wir zwei gegen den Rest der Welt – und sein Versprechen, es geheim zu halten, um mich zu beschützen.

Pete dreht sich von mir weg und stützt den Kopf in beide Hände. »Weißt du noch, in dem Café, als wir uns darauf geeinigt haben, nichts zu sagen? Der Polizei nichts zu erzählen?«

»Klar.«

»Na ja, ich hatte noch einen weiteren Grund, um nicht in den Fokus der Ermittlungen zu geraten. Als ich an der Uni war, war da dieses Mädchen ... Wir waren befreundet, aber sie ... hatte Probleme, könnte man wohl sagen. Manchmal hat sie bei mir im Wohnheim übernachtet, aber es ist nie was zwischen uns passiert, auch wenn ich glaube, dass sie es gern gesehen hätte. Eines Tages klopfte es plötzlich an meiner Tür, es war die Polizei. Sie meinten, ich würde beschuldigt, jemanden schwer sexuell belästigt zu haben. Dahinter steckte sie – sie behauptete, ich hätte versucht ... sie dazu zu zwingen. Du weißt schon. Dass ich sie festgehalten und ihr gedroht hätte, sie zu verletzen, wenn sie nicht ... Und dass es ihr gelungen wäre zu entkommen, bevor ich ... Du weißt, was ich meine.« Er hat die ganze Zeit den Blick zu Boden gerichtet, doch jetzt sieht er mich an. »Ich wurde damals rausgeworfen. Es gab keine Beweise, weil ich ja nichts getan hatte, aber ich weiß, dass die Polizei ihr mehr glaubte als mir. Sie haben mich wie ein Stück Scheiße behandelt, und dann hab ich das Geflüster auf den Fluren gehört und die Blicke gespürt. Und was eine Freundin angeht – tja, danach hat sich nie wieder eine auch nur in meine Nähe gewagt. Und jetzt hab ich das Gefühl, dass es schon wieder passiert. Ich weiß, was jeder denkt: Sophie und ich haben gestritten, und dann bin ich verschwunden. Kein Rauch ohne Feuer. Bitte, Louise, du musst der Polizei von Marias Nachrichten erzählen! Die Polizei könnte diese Nachrichten zurückverfolgen und herausfinden, wer wirklich dahintersteckt.«

»Nein«, sage ich leise. »Sie werden wissen wollen, warum ich gelogen habe, warum ich ihnen nicht sofort von diesen

Nachrichten erzählt habe, und überhaupt, ich kann das nicht. Es gibt zwar keine Beweise, aber ich bin nicht die Einzige, die weiß, was auf der Abschlussparty passiert ist. Wer immer diese Nachrichten verschickt, weiß, was ich getan habe. Wenn ich diese Tür aufmache, kommt alles heraus – dann kann niemand es mehr aufhalten. Ich könnte im Gefängnis landen und meinen Sohn verlieren.«

»Deshalb landest doch nicht im Gefängnis, Louise! Jetzt bauschst du es aber ein bisschen sehr auf! Denk doch mal nach.«

Hat er recht? Habe ich es so sehr aufgebauscht, dass mein Kopf randvoll davon ist und ich alles andere nicht mehr erkennen kann? Ich habe so viele Jahre damit zugebracht, die Wahrheit zu verheimlichen, dass ich nicht einmal mehr weiß, was wahr ist. So viele Jahre mit Sam, der wusste, was ich getan hatte, und der mir immer unerbittlich klargemacht hat, dass wir es für uns behalten müssten. Aber vielleicht war er ja ebenso verblendet wie ich und genauso wenig in der Lage, realistisch darüber nachzudenken.

Vielleicht … Aber um Henrys willen kann ich kein Risiko eingehen. Auch wenn die Wahrscheinlichkeit, für Marias Tod zur Verantwortung gezogen zu werden, minimal ist.

»Nein«, sage ich erneut. »Wir müssen weitermachen wie bisher und den Kopf einziehen.«

Er schüttelt den Kopf, will mich nicht ansehen. Ich hole tief Luft. Ein Teil von mir hat geglaubt, dass da etwas zwischen uns gewesen sein könnte – womöglich nur ein Funke, aber einer, der eines Tages zu einer Flamme hätte anwachsen können. Was ich jetzt allerdings sage, wird diesen Funken ein für alle Mal auslöschen.

»Und vergiss nicht die Travelodge«, sage ich. »Ich kenne noch ein anderes Geheimnis von dir, schon vergessen?«

Er geht, und als ich ihm nachsehe, frage ich mich, ob ich je wieder eine normale Beziehung führen werde oder ob meine Vergangenheit für immer jeden Aspekt meiner Zukunft beschmutzen wird. Wahrscheinlich ist es gut, dass er gegangen ist – zumindest ist es jetzt passiert, ehe ich Gefahr laufe, ihn richtig zu mögen. Früher oder später wäre es so weit gewesen.

Ich bin einfach zu aufgewühlt, zu verdüstert. Ich bin einfach zu allein, um mit jemandem zusammen sein zu können.

KAPITEL 32

2016

Die letzten Tage seit meinem Spaziergang im Park mit Pete waren finster. Zum Glück hatte ich keine Kundentermine, sodass ich mich – abgesehen davon, dass ich Henry zur Schule gebracht und ganz fest seine Hand gehalten hab – zu Hause verkriechen konnte und die Zeit, die Henry in der Schule war, überwiegend im Bett verbracht habe. Das Wochenende sollte er eigentlich bei Sam verbringen, aber Sam hat gefragt, ob wir tauschen könnten, weil er irgendetwas vorhat, und ich habe bereitwillig zugestimmt.

Ich weiß, dass ich gerade Arbeit liegen lasse, dass ich Rosemary als Kundin verliere, wenn ich noch ein paar Wochen so weitermache und herauskommt, wie wenig ich in der Zwischenzeit für sie getan habe, aber ich kann mich schlicht und ergreifend nicht aufraffen. Ich bin nervös, blicke ständig über die Schulter, und in einem fort spukt das Bild von Sophie in meinem Hinterkopf herum. Ich frage mich, ob ich je die Vorstellung, wie ich selbst kalt und leblos auf irgendeinem Fleckchen Erde liege, hinter mir lassen kann. Ich spare alle Energie für die Stunden auf, die zwischen Henrys Abhol- und seiner Zubettgehzeit liegen und in denen ich mein Bestes geben muss.

Inzwischen schläft er, erschöpft nach einem langen Tag in

der Schule. Henry wollte heute eigentlich wieder in den Park gehen, aber seit unserem letzten Besuch ertrage ich es dort derzeit nicht. Ich mache mir gerade eine Tasse Tee, als es an der Tür klingelt und ich heftig zusammenzucke. Blind starre ich auf den Kaffeelöffel in meiner Hand hinab. Wer kommt denn bitte unangemeldet um diese Uhrzeit noch vorbei?

Ich habe meine älteste Jogginghose an, dazu ein Sweatshirt, und ich kann mich nicht mal mehr daran erinnern, wann ich zuletzt geduscht habe. Versuchshalber fahre ich mir mit der Zunge über die Zähne, und sie fühlen sich belegt an; die Zähne habe ich mir heute definitiv noch nicht geputzt, wahrscheinlich auch nicht gestern. Wenn ich jetzt stocksteif dastehe, verschwindet die Person an der Tür vielleicht wieder.

Es klingelt erneut, diesmal doppelt, gefolgt von einem lauten Klopfen, das irgendwie offiziell in meinen Ohren klingt. Ist das Reynolds? Wenn ja, dann ergibt es keinen Sinn, mich zu verstecken, sie wird mich früher oder später aufspüren. Ich lege den Kaffeelöffel weg, bemerke dabei all die Abdrücke auf der Arbeitsfläche von Löffeln und Bechern, die ich in den letzten Tagen einfach dort abgestellt habe. Habe ich eigentlich gegessen, oder habe ich ausschließlich Tee getrunken? Ich kann mich nicht mehr daran erinnern.

Ich schleiche hinaus auf den Flur. Eine verschwommene Gestalt wartet jenseits der Milchglasscheibe. Ich laufe weiter über den Flur, halte den Atem an, und dann reiße ich mit einem Ruck die Tür auf.

»Oh, du bist es.« Ich lasse die Hand auf dem Sicherheitsschloss liegen, weil ich nicht weiß, wie lange es dauert, bis ich die Tür wieder zuschiebe und auf welcher Seite Sam dann stehen wird.

»Sehr freundlich«, sagt er, während sein Blick an mir auf und ab wandert. Er betrachtet mein ungepflegtes Äußeres. »Kein Grund, gleich überschwänglich zu werden«, bemerkt er schnippisch.

»Sorry, aber … was machst du hier?«

»Und schon wieder so freundlich. In diesem Land bittet man Gäste traditionell herein, wenn sie vor der Tür stehen, und bietet ihnen einen Drink an oder so.«

Komplett überrumpelt weiche ich einen Schritt zurück. »Sorry, komm rein.« Er scheint den ganzen Flur einzunehmen, wie damals schon. Die Wohnung war immer schon zu klein für ihn. Er hat darin immer den kompletten Raum ausgefüllt. Sie ist für eine Alleinerziehende wie mich viel besser geeignet.

Auf dem Weg in die Küche späht Sam ins Wohnzimmer. »Wow, hier sieht es jetzt echt anders aus.« Er war nicht mehr in dieser Wohnung, seit ich einmal beinahe meiner Einsamkeit erlegen bin und ihn wieder in mein Leben eingelassen habe. Das war vor etwa achtzehn Monaten, aber ich weiß noch genau, wie es sich anfühlte: die Sehnsucht danach, einfach alles aus der Hand zu geben. Seither habe ich sichergestellt, dass wir uns nur noch bei der Übergabe sehen, die immer vor der Haustür stattfindet. Die wenigen Male, als wir etwas besprechen mussten, was mit Henry zu tun hatte, trafen wir uns auf neutralem Boden.

»Tja, sorry, aber was hast du erwartet?« Meine Stimme klingt barscher, als ich es beabsichtigt habe. »Dass ich die Wohnung als eine Art Schrein zu deinen Ehren bewahre? Und ein großes Bild von dir über den Kamin hänge?«

Er sieht verletzt aus. »Tut mir leid, ich meinte nicht … Sieht nett aus. Aber eben anders.«

In der Küche guckt er sich um und versucht sichtlich,

einen neutralen Gesichtsausdruck zu wahren, als er die schmutzigen Becher, den ungeputzten Boden und die allgemeine Unordentlichkeit in Augenschein nimmt.

»Normalerweise sieht's hier anders aus«, murmele ich. »Hatte ein paar ziemlich ätzende Tage.«

»Schon in Ordnung, Louise, mach dir keine Gedanken«, sagt er, sieht aber trotzdem besorgt aus.

»Gib mir eine Minute, okay?«

Ich verschwinde im Bad, putze mir die Zähne, schütte mir kaltes Wasser ins Gesicht und versuche während meiner Katzenwäsche nicht darüber nachzudenken, warum ich all das tue. Im Schlafzimmer ziehe ich das fleckige Sweatshirt aus und streife mir etwas über, was zumindest in die Kategorie »öffentlichkeitstauglich« fällt. Einen Hauch menschlicher kehre ich in die Küche zurück.

»Tee?«, frage ich und stelle die gebrauchten Schüsseln ineinander, sammle Besteck ein und wische einmal flüchtig über die Arbeitsfläche.

»Was Stärkeres wär mir lieber«, sagt er, setzt sich an den Küchentisch und schiebt einen vollgekrümelten Teller zur Seite. Ich schnappe mir den Teller und stapele ihn mitsamt dem übrigen Schmutzgeschirr kreuz und quer in der Spülmaschine.

»Im Kühlschrank steht Wein. Kannst du ihn rausholen, während ich …« Ich zeige auf die Spülmaschine.

Ohne Umstände steht er auf, zieht die Weinflasche heraus und streckt sich dann zum Oberschrank, um zwei Gläser zu holen. Er weiß genau, wo alles steht. Ich habe nichts umgeräumt, seit er ausgezogen ist. Er gießt uns beiden ein Glas ein und schiebt meins zu mir rüber.

»Setz dich, Louise. Meinetwegen musst du wirklich nicht aufräumen.«

Ich kapituliere und schwöre mir, sobald er wieder fort ist, ist Schluss mit dieser Lethargie, die mich im Klammergriff hat, seit ich Pete in Dulwich getroffen habe.

»Also dann, jetzt, da du hier sitzt und einen Wein vor dir hast – was machst du hier? Henry ist schon im Bett.« Ich setze mich und nehme einen Schluck Wein. Ich bin nicht in der Stimmung für Geplänkel, und es ist befreiend zu spüren, dass mir nicht länger wichtig ist, was er über mich denkt, zumindest nicht in diesem Moment.

»Ich bin hier, um dich zu sehen, nicht Henry. Ich nehm an, ich hab jemanden gebraucht, mit dem ich reden kann … über Sophie und so. Es ist alles so grässlich.«

Er sieht aufrichtig erschüttert aus, und ich spüre, wie ich weich werde.

»Ich weiß, es ist fürchterlich. Hast du schon mit der Polizei gesprochen?«

»Ja, und sie haben versucht, mir irgendwas zu unterstellen, weil Soph an dem Abend lange mit mir und Matt gesprochen hat. Ich meine – wir waren in der Schule eng befreundet, natürlich hab ich mich da mit ihr unterhalten.«

»Wart ihr das wirklich? Eng befreundet?« Wenn ich an meine Freunde aus der Schule denke, dann sehe ich in unserer Clique damals keine Jungs. Natürlich gab es Jungs – aber in meinem sechzehnjährigen Kopf konnten Jungs nicht Freunde sein. Da war immer ein Unterschied, eine Grenze, ob man nun verknallt war oder nicht.

»Sicher nicht beste Freunde – aber wir waren alle eine Gang. Weißt du doch.« Ja, vielleicht. Meine Gefühle gegenüber dieser Zeit, gegenüber Sophie, Sam, Maria – sie sind einfach zu kompliziert. Zudem haben diese Facebook-Anfrage und das, was Sophie zugestoßen ist, alles durcheinandergebracht. Ich bin in einem Spiegelsaal gelandet, überall verzerrte Reflexionen, falsche Enden … Ich weiß nicht mehr, wie ich reingekommen bin und wie ich hier wieder hinausfinden soll.

»Hast du … die Facebook-Sache erwähnt? Maria?«

Er sieht mich unsicher an. »Nein. Ich wusste, dass du nicht wolltest, dass die Polizei es erfährt, und … na ja …«

»Du hast damals das E besorgt«, bringe ich den Satz für ihn zu Ende.

Er fummelt am Stiel seines Weinglases herum. »Es hat mir zu denken gegeben, weißt du?«

»In welcher Hinsicht?«

»Na ja, du weißt schon, die Vergangenheit. So was in der Art. Verstehst du, was ich meine?«

Ich ziehe die Augenbrauen hoch und bin fest entschlossen, ihm nicht mehr entgegenzukommen als unbedingt nötig.

»Du und ich, wir haben eine gemeinsame Geschichte. Das macht es zwischen uns irgendwie leichter, oder?«

»Ist das so?« Im Moment fühlt sich für mich hier gar nichts leicht an. All das Unausgesprochene hängt schwer in der Luft.

»Ach, Lou, ich weiß, dass du immer noch sauer auf mich bist, und du hast jedes Recht dazu. Ich hab dich verletzt, und ich bin vieles falsch angegangen, wirklich. Aber ich hab gehofft, dass wir vielleicht Freunde werden könnten, ich dachte … dass du vielleicht im Moment einen Freund bräuchtest, der dich versteht. Der weiß, was damals wirklich passiert ist. Ich weiß, dass ich das tue.«

Er hat natürlich recht, ich brauche dringend einen Freund. Ich kann es aber nicht gebrauchen, mich wieder mit ihm einzulassen und zu erlauben, dass er sich von Neuem in mein Leben einmischt. Doch er bleibt der Einzige, der mich versteht. Er steht mit ausgestreckten Armen unter mir, und es ist unendlich verführerisch, mich einfach auffangen zu lassen.

»Hast du noch irgendwas gehört von … demjenigen, der diese Seite eingerichtet hat?«, will er wissen, und mir wird klar, dass er von den neueren Nachrichten ja keine Ahnung hat. Ich traue mich nicht, diejenige mit Henry zu erwähnen. Sam wird mir an die Gurgel gehen, weil ich es ihm nicht sofort erzählt habe. Stattdessen kontere ich mit einer Gegenfrage.

»Sam, glaubst du, es ist möglich … dass Maria noch am Leben ist?« Plötzlich bin ich den Tränen nahe. »Was, wenn die Anfrage wirklich von ihr kam? Sie muss herausgefunden haben, dass wir etwas in ihren Drink getan haben. Oder jemand anders hat es herausgefunden.«

Er nimmt meine Hand, und ohne dass ich es will, legen sich meine Finger um seine.

»Nein, Louise. Ich glaube nicht, dass das möglich ist. Ehrlich. Nicht nach all dieser Zeit. Wer immer das hier macht, ist einfach nur krank im Kopf und will dich zu Tode erschrecken.«

»Aber Esther … Seit Maria verschwunden ist, bekommt sie jedes Jahr zum Geburtstag ein Geschenk von Maria geschickt.«

»Was?«

»Sie kriegt Geschenke mit der Post, und da steht drauf, dass sie von Maria kommen.«

Sam runzelt die Stirn, und ich kann die Rädchen in seinem Kopf förmlich rattern sehen, als er versucht, die neue Information zu verarbeiten.

»Sorry, wer kriegt diese Geschenke?«

»Esther Harcourt. Sie war auch an unserer Schule. Ich hab beim Klassentreffen länger mit ihr gesprochen.«

»Ich kann mich nicht an sie erinnern.« Er zuckt mit den Schultern, und in dieser leicht zu übersehenden Geste steckt die ganze Tragödie unserer Teenagerjahre: die Kluft zwischen denen, die in, und denen, die out waren. Natürlich kann er sich an Esther nicht erinnern. Sie ist einfach nie auf seinem Radar aufgetaucht, weil sie weder gut aussah noch beliebt war. Ich selbst wäre auch nie auf seinem Schirm aufgetaucht, wenn ich nicht diese Verbindung zu Sophie gehabt hätte. Ich bin überwältigt von dem verzweifelten Wunsch, dass ich mich nie mit Sophie angefreundet hätte, dass ich mutig genug gewesen und bei Esther geblieben wäre. Es war meine eigene Feigheit, mein eigener feiger Wunsch, akzeptiert zu werden und beliebt zu sein, der mich geleitet hat.

»Das muss dann doch dieselbe Person sein, die diese Facebook-Seite erstellt hat«, fährt er fort. »Wie gesagt, irgendein krankes Hirn. Weiß die Polizei davon?«

»Keine Ahnung. Ich hab es ihnen nicht erzählt, aber vielleicht hat Esther es erwähnt. Ich weiß nur, dass sie zu Anfang mal zur Polizei gegangen ist, als das mit den Geschenken begonnen hat. Aber das hat sie nicht interessiert.«

Er lehnt sich auf seinem Stuhl zurück und lässt meine Hand los. »Erzählst du mir das nächste Mal, was ansteht, wenn du mit der Polizei redest?«

»Klar, natürlich.«

»Und wenn du noch mal Nachrichten auf Facebook kriegst?«

Ich verspreche es ihm, obwohl ich genau weiß, dass ich dieses Versprechen nicht halten werde. Ich bin mit alldem hier genauso allein wie immer schon. Polly hat sich immer noch nicht wieder bei mir gerührt, seit ich ihr von Maria erzählt habe, und ich kann Sam nicht näher an mich heranlassen, als dass er mir tatsächlich helfen könnte. Ich will nicht, dass er sich wieder bei mir einschleicht. Ich gieße mir noch ein Glas Wein ein, und er schiebt mir seines hoffnungsvoll zu, also schenke ich auch ihm ein. Was macht es jetzt noch für einen Unterschied?

»Wie läuft's sonst so?«, fragt er. »Was macht die Arbeit?«

»Gut. Ich arbeite gerade wieder für Sue Plumpton – kannst du dich an sie noch erinnern?«

»Wie könnte ich mich nicht mehr an La Plumpton erinnern? Hat sie immer noch diesen grässlichen kleinen Köter?«

»Lola? Oh ja, die ist immer noch ganz vorne mit dabei. Wenn man das denn über eine Kreuzung aus Hund und Ratte sagen kann. Ich musste beim Entwurf für Sues Wohnzimmer tatsächlich Lolas Körbchen integrieren.«

»Nicht dein Ernst.«

»Doch.« Sobald ich anfange, mich etwas zu entspannen, wird mir schlagartig klar, dass ich solch eine Unterhaltung hier trotz allem vermisse. Bevor Henry zur Welt kam, saßen wir abends immer bei einem Glas Wein, an genau diesem Tisch, und erzählten einander von unseren jeweiligen Ereignissen des Tages. All das verlief in Henrys ersten Lebensmonaten im Sande. Stattdessen lief ich immer nur noch in der Wohnung auf und ab, gefangen in einem Nebel der Erschöpfung, und versuchte vergebens, Henry zu beruhigen, der an meiner Schulter kreischte, während Sam sich schlechtgelaunt mit seinem Laptop ins Schlafzimmer verzog. Diese unbeschwerte Gemeinschaftlichkeit haben wir nie wiederherstellen können, nicht mal als Henry irgendwann endlich die Nacht durchschlief. Dass aus einer Einheit aus zweien plötzlich drei geworden waren, von denen einer komplett von den anderen beiden abhängig war, hat die Balance in unserer Beziehung komplett ins Ungleichgewicht gebracht.

Ich halte die Unterhaltung am Laufen, frage ihn nach der Arbeit und dann nach ein paar gemeinsamen Freunden, die ich nach der Scheidung aus den Augen verloren habe. Unübersehbar steht hier etwas zwischen uns, was ich aber – da bin ich fest entschlossen – nicht ansprechen werde, nur leider streift Sam das Thema schließlich doch, als ich ihn nach seiner Mutter frage. Als wir zusammenkamen, hatten die beiden gerade wieder Kontakt zueinander aufgenommen, auch wenn wir sie später kaum zu Gesicht bekamen, erst recht nicht, seit Henry auf der Welt war.

»Sie ist von Daisy *besessen*, viel mehr, als sie es damals von Henry war. Ich weiß auch nicht, vielleicht weil Daisy ein Mädchen ist? Sie verhätschelt sie bis obenhin.«

Es schmerzt, als ich an meinen kleinen Jungen denke: an seine Liebe zu den Kuscheltieren – als wären sie real; an die große Hingabe, mit der er sich sämtlichen Aufgaben widmet, die er sich vornimmt; daran, wie feierlich er die Welt betrachtet. Kann sie allen Ernstes ihr anderes Enkelkind mehr lieben, nur weil es ein Mädchen ist?

Vielleicht steckt aber auch noch etwas anderes dahinter. Womöglich war ich ja das Problem. Ich habe immer das Gefühl gehabt, dass Sams Mutter kein Fan von mir war, und ich frage mich, wie Catherine sich in dieser Hinsicht schlägt (auch wenn ich mich nicht traue, es laut auszusprechen). Aber jetzt, da er Daisy erwähnt hat, kann ich das Thema nicht mehr vermeiden. »Und wie ist es so, jetzt beim zweiten Mal? Deine Vaterschaft?«

»Oh, toll, ganz toll. Sie ist wunderbar, wird so schnell groß und wächst in alles hinein.« Er sagt die richtigen Worte, aber da ist eine Schärfe in seiner Stimme, die ich wiedererkenne. Ich warte, will die Lücke nicht füllen. »Es ist natürlich auch anstrengend«, fährt er fort. »Da bleibt nicht mehr viel Zeit für … na ja, für alles andere.«

Ich muss irgendwie das Gesicht verzogen haben, weil er sofort weiterspricht.

»Ich weiß, ich weiß, der arme Mann, der sich plötzlich außen vor fühlt, weil das Baby seinen Platz eingenommen hat. Ich bin echt das wandelnde Klischee, was?«

Er lacht, erwartet von mir das Gleiche, aber die Geschichte kommt mir nur zu bekannt vor, sodass ich nicht so tun kann, als ob.

»Ich bin mir sicher, dass es anstrengend ist«, bringe ich hervor, und dann kann ich nicht widerstehen: »Womöglich aber nicht halb so anstrengend, wie mit einem Zweijährigen alleingelassen zu werden.«

»Autsch. Aber das hab ich wohl verdient, nehme ich an.« Er fährt sich mit der Hand über den Schädel, von der Stirn bis ganz hinten in den Nacken. »Tut mir leid, Louise, es tut mir wirklich leid. Und ich weiß … also, dass letztes Jahr für dich echt hart gewesen sein muss, als du erfahren hast, dass ich ein zweites Kind gekriegt hab.«

Hart trifft es nicht mal annähernd. Wir hatten mit Henry so viel durchgemacht. All diese verdammten Spritzen, die endlosen Arzttermine. Und mein Gott, das Warten … die komplette Unfähigkeit, sich auf irgendetwas anderes zu konzentrieren. Das Wegducken vor dem Test, weil bei einem negativen Ergebnis noch nicht einmal klar war, ob es einfach noch zu früh oder ob er tatsächlich negativ wäre. Es war einfach so erschöpfend. Und dann der Schmerz, wenn andere Leute schwanger wurden. An irgendeinem Punkt Mitte dreißig kam ich mir vor, als würde kein einziger Tag mehr vergehen, ohne dass irgendjemand ein Ultraschallbild auf Facebook hochlud oder eine Gruppennachricht mit dem koketten Betreff »Neuigkeiten!« schickte.

»Ich freu mich für dich«, sage ich und versuche, es wirklich ehrlich zu meinen. Ich will nicht diejenige sein – diese Karikatur, die verbitterte Ex … »So hat Henry ein Schwesterchen bekommen, das haben wir uns doch immer gewünscht.«

»Mhm. Nur Vorsicht bei dem, was du dir wünschst – es könnte in Erfüllung gehen.«

»Ach, Sam, sag doch so was nicht!«

»Nein, nein, ich meine damit nicht Daisy, natürlich liebe ich sie über alles, das ist doch keine Frage. Aber … es ist nicht leicht. Das ist alles. Eine Beziehung aufrechtzuerhalten, ein normales Leben, wenn man einen Säugling zu umsorgen hat. Ich weiß auch nicht, irgendwie war es mit dir nicht so anstrengend.«

Natürlich war es nicht so anstrengend, weil ich ja auch alles dafür getan habe, um es ihm leicht zu machen, um seinen Weg zu ebnen. Ich habe alles getan, was er wollte, ich habe nie Nein gesagt, selbst wenn er etwas Unvernünftiges von mir wollte. Ich habe mein Menschenmögliches getan, damit sein Leben normal weitergehen konnte. Denn er war der Einzige in meinem Leben, der mein wahres Ich kannte, der wusste, was ich getan hatte, und mich trotzdem liebte, lieben konnte. Mit einem Mal dämmert mir, unter wie viel Druck ich damals stand, weil ich meinem Partner etwas zu schulden glaubte. Ich war einfach nur dankbar, dass er sich mich ausgesucht hatte und geblieben war.

»Ich bin sicher, es wird leichter, wenn sie älter wird«, sage ich, auch wenn ich in Wahrheit keine Ahnung habe.

»Ach, klar, das denk ich auch.« Er klingt genauso wenig überzeugt. »Aber lass uns über was anderes reden. Erinnerst du dich noch an Rob McCormack?« Und dann erzählt er von einem Kollegen, einem Mann, den ich öfter getroffen habe, als Sam und ich noch zusammen waren.

Eine Stunde später sitzen wir immer noch am Küchentisch, und die zweite Flasche Wein ist halb leer. Es fühlt sich an, als würde ich aus der Distanz beobachten, wie ich in einem Rausch aus Wein und Nostalgie hin und her schwanke und eine Sehnsucht verspüre, über die ich nicht mal nachdenken mag. Ein Teil von mir will einfach loslassen und wieder mit ihm verschmelzen wie schon so oft zuvor. Gleichzeitig weiß ich, dass ich mich nicht locker machen darf und zurückhalten muss, wenn ich in Sicherheit bleiben und jenen Hauch von Gleichgewicht bewahren will, den ich mir in den letzten zwei Jahren erarbeitet habe.

Unser Gespräch läuft irgendwann unausweichlich auf Henry zu, was mich an den enormen Verlust erinnert, den ich erlitten habe, als Sam ging: Ich habe die einzige Person auf dieser Welt verloren, die versteht, wie wundervoll, wie perfekt Henry ist. Den Einzigen, der ihn umfassend versteht. Wir lachen über damals, als er sich eine kleine Plastikkugel in die Nase gesteckt hat, bis Sam plötzlich auf die Uhr schaut und aufspringt.

»Gott, schon so spät? Ich muss jetzt wirklich gehen!«

Ich stehe sofort auf und stelle die Gläser und die Flasche beiseite.

»Ja, ja, natürlich, du musst wieder heim. Warte, ich hole deine Jacke.« Ich laufe in den Flur, um seine Jacke vom Haken in der Garderobe zu holen, und er geht mir nach.

»Was dagegen, wenn ich noch schnell bei Henry reinschaue?«

Ich kenne die Sehnsucht in seiner Stimme von all den einsamen Wochenenden alle vierzehn Tage und schiebe die

Tür zu Henrys Zimmer für ihn auf. Das Thomas-die-kleine-Lokomotive-Nachtlicht verbreitet einen unirdisch blauen Schein, und ich bleibe in der Tür stehen, während Sam vor dem Bett in die Hocke geht. Wie immer ist es Henry zu warm geworden, er hat seinen Schlafanzug ausgezogen, sein Haar klebt schweißnass auf der Stirn. Sam streichelt die weiche, samtene Haut über seinem Rücken, und Henry rührt sich leicht, wacht aber nicht auf, sondern zieht bloß Manky näher an sein Gesicht heran.

Sams Gesichtsausdruck ist verschlossen, als er wieder in den Flur kommt, aber ich weiß, wie schmerzhaft er sich des Preises bewusst ist, den er dafür zahlt, das hier nicht allabendlich erleben zu dürfen. Ich wiederum zahle diesen Preis auch – jedes zweite Wochenende, wenn Henry bei Sam ist. Ich reiche ihm seinen Mantel, und dabei streife ich mit der Hand seine und spüre einen elektrischen Schlag, der durch meinen ganzen Körper schießt. Der Moment hängt heiß und bedrohlich zwischen uns. Ich kann ihm ansehen, dass er etwas sagen möchte, und auch wenn ein Teil von mir es hören will, weiß ich, dass damit all die Arbeit, die ich in den vergangenen zwei Jahren geleistet habe, zunichte wäre. Ich ziehe die Hand zurück, die Jacke fällt zu Boden, und er bückt sich, um sie aufzuheben. Währenddessen schlüpfe ich an ihm vorbei und mache die Tür auf, sodass kalte Luft hereinströmt.

»Also, schön, dich wiedergesehen zu haben.« Ich lehne mich vor, um ihm ein Küsschen auf die Wange zu geben, und nehme ihm so die Möglichkeit, mich zurückzuküssen. Wenn er angesichts der plötzlichen Eile überrascht sein sollte, dann lässt er es sich zumindest nicht anmerken.

»Pass auf dich auf, Louise. Und gib Bescheid, wenn … du weißt schon.«

»Klar, mach ich. Gute Nacht!«

Ich schiebe ihn quasi zur Tür hinaus und mache sie fest hinter ihm zu. Zurück in der Küche lehne ich mich an die Arbeitsfläche und schlinge die Arme um meinen Leib, weil es sonst niemand für mich tut. Ich bin die Einzige, die auf mich aufpassen kann, und ich schwöre mir, dass ich es in Zukunft noch besser machen will. Während der Wind an den Terrassentüren rüttelt, starre ich durch die Scheibe, kann aber nichts außer meinem eigenen Spiegelbild sehen.

KAPITEL 33

2016

Meine Wohnung fühlt sich nicht mehr sicher an. Sie war mein sicherer Hafen, meine Zuflucht vor der Welt. Trotzdem glaube ich mich hier nicht mehr in Sicherheit. Eigentlich war ich immer dankbar für Marnie, die Frau Mitte fünfzig, die über mir wohnt und die nichts weiter zu tun scheint, als zu irgendeiner Arbeit zu gehen, heimzukommen und sich schlafen zu legen. Sie wohnt nur ein paar Meter über mir, trotzdem hört man aus ihrer Wohnung quasi keinen Mucks. Als Henry noch ein Baby war und ich mit dem kreischenden Bündel an der Schulter auf und ab getigert bin, dachte ich eine Weile, sie würde eines Tages runterkommen und sich beschweren – aber nichts. Jetzt fände ich es beruhigend, das Knarzen ihrer Schritte über mir zu hören, Küchengeräusche oder einen Fernseher oder Freunde, die auf einen Drink vorbeigekommen sind. Aber Marnie bleibt bockbeinig leise.

Unwillkürlich wandern meine Gedanken immer wieder zu Sams gestrigem Besuch zurück. Ich weiß, dass ich mir diesen Moment an der Tür nicht bloß eingebildet habe, und in weiten Teilen bin ich dankbar dafür, dass ich nicht eingeknickt bin. Trotzdem gibt es einen winzigen Teil in mir, der sich wünschte, ich hätte mir die Erleichterung erlaubt, mich in ihn zurücksinken zu lassen, mich von ihm halten und von der tröstenden Vertrautheit seiner Berührung beruhigen zu lassen. Ich schüttele und zwinge mich, wieder daran zu denken, wie es tatsächlich zwischen uns gewesen ist – besonders gegen Ende. Ich habe das Richtige getan. Ich kann mich nicht um zwei Jahre zurückversetzen.

Esther hat heute schon ein paarmal angerufen, aber ich habe sie ignoriert, und sie hat auch keine Nachricht hinterlassen. Außerdem hat DI Reynolds angerufen. Auch ihren Anruf habe ich ignoriert, allerdings hat sie eine Nachricht hinterlassen und so schnell wie möglich um Rückruf gebeten. Wenn ich mich nicht bald bei ihr melde, taucht sie vor meiner Tür auf, bewaffnet mit ihren Fragen und ihrer unermüdlichen Genauigkeit. Ich weiß, es ist unausweichlich, dass ich wieder mit ihr spreche, aber ich versuche, es so lang wie möglich hinauszuzögern.

Am Küchentisch sitzend scrolle ich durch meine E-Mails, ohne wirklich hinzusehen, als es plötzlich an der Tür klingelt. Ich denke ein paar Sekunden lang darüber nach, einfach nicht hinzugehen; doch als es erneut klingelt, gehe ich langsam den Flur entlang und bin fast schicksalsergeben, was mich dort auf der anderen Seite erwartet.

»Oh«, sagt Esther und sieht an mir hinab. Trotz meiner guten Vorsätze habe ich wieder die fleckige Jogginghose und mein Sweatshirt an. »Entschuldigung, wenn …«

»Schon in Ordnung«, sage ich, ziehe die Kordel der Jogginghose enger, damit sie mir nicht von den Hüften rutscht. Ich bin erleichtert, dass es nicht Reynolds ist, andererseits beschleicht mich ein mulmiges Gefühl. »Was machst du denn hier? Woher weißt du überhaupt, wo ich wohne?«

»Serena Cooke?«

Natürlich – mein Alter Ego. Die Frau, die ein Testament verfassen wollte.

»Ich hab angenommen, dass du deine echte Adresse angegeben hast. So spontan ist es nicht leicht, sich eine andere auszudenken.«

»Richtig.« Für einen Moment stehen wir an der Tür und sind nicht sicher, was die andere gleich tun wird. »Willst du … reinkommen?«

In der Küche herrscht immer noch heilloses Durcheinander, aber diesmal schaffe ich es nicht einmal mehr, mich zu entschuldigen, geschweige denn aufzuräumen.

»Tee?«, frage ich.

»Ja, gerne.« Esther hängt ihren Mantel und ihre Handtasche ordentlich über die Stuhllehne, ehe sie sich hinsetzt. Zwischen uns entsteht eine unangenehme Stille, während ich darauf warte, dass der Wasserkessel kocht. Sobald wir endlich beide mit Bechern in den Händen am Tisch sitzen, warte ich darauf, dass sie mir eröffnet, warum sie hier ist.

»Also, ich habe noch mal mit der Polizei gesprochen«, sagt sie. »Du auch?«

»Ja.«

»Und haben sie dir etwas gezeigt?«

»Gezeigt – was meinst du?« Oh Gott, ich weiß, was jetzt gleich kommt.

»Die Kette. Marias Kette.«

In meinem Kopf ringe ich um die nächste Lüge, bin hin- und hergerissen zwischen der Behauptung, die Polizei hätte sie mir nicht gezeigt, oder zu sagen, sie hätte mir zwar eine Kette präsentiert, aber mir wäre nicht klar gewesen, dass Maria die Kette gehörte. Doch dann reißt irgendwo zwischen den beiden Aussagen ein Gummiband in mir, und ich breche in heiße Tränen aus.

Esther streckt die Hand aus und legt sie mir sanft auf den Arm. »Sorry, ich wollte dich nicht … Ist es … Sind es die Nachrichten? Hast du noch mehr davon gekriegt?«

Ich stehe auf, nehme mir ein Blatt Küchenrolle von der Anrichte und putze mir die Nase. »Sei nicht so nett zu mir. Hab kein Mitleid mit mir. Es ist alles meine Schuld. Hast du es … der Polizei gesagt? Dass es Marias Kette war?«

»Ja«, sagt sie mit einem überraschten Gesichtsausdruck. »Du nicht?«

»Nein. Ich wollte nicht, dass sie mich und Sophie damit in Verbindung bringen, was mit Maria passiert ist.«

»Aber … das wissen sie doch, seit du ihnen von der Facebook-Seite erzählt hast.«

»Ich hab es ihnen nicht erzählt.« Ich werde rot vor Scham, und mein Blut wird zähflüssig bei dem Gedanken, was Esther alles nicht weiß. »Hast … Hast du es ihnen erzählt?«

»Ja, natürlich.« Sie wirkt aufrichtig irritiert.

Dann ist es also aus. Reynolds weiß Bescheid. Tim wird bald ebenfalls einen Anruf kriegen, kein Zweifel, und dann dauert es nicht mehr lange, bis sie vor meiner Tür stehen. In mir steigt die Erkenntnis wie eine Welle an, dass jetzt alles ans Licht kommen wird.

»Na ja, ich hatte angenommen, dass du es ihnen erzählt hättest«, fährt Esther fort. »Und haben sie Marias Nachrichten nicht sowieso gefunden? Auf Sophies Rechner?«

»Nicht dass ich wüsste. Aber solange die Polizei nicht gezielt danach gesucht hat, klingen sie auch einfach nur wie die harmlosen Nachrichten einer Freundin. Für sie wäre Maria doch nur eine weitere Facebook-Freundin von Sophie gewesen. Es gibt keinen Grund, misstrauisch zu sein, solange ihnen niemand von Maria erzählt hat.«

Aber jetzt hat es jemand getan, und die Polizei wird die

Punkte miteinander verbinden, eine Ereigniskette bilden, die zurück zu einer Sommernacht im Jahr 1989 führt.

»Ich verstehe nur nicht, warum du der Polizei nicht von der Freundschaftsanfrage und von Marias Nachrichten erzählt hast«, sagt Esther.

»Ich wollte einfach nicht, dass sie von Sophie und mir eine Verbindung zu den Ereignissen von 1989 ziehen«, wiederhole ich.

»Aber warum denn nicht?«, fragt sie, inzwischen vollkommen verdattert.

Es spielt keine Rolle mehr. Die Polizei wird Maria finden – oder wer immer diese Nachrichten schickt –, und dann erfahren sie auch, was ich getan habe. Es kommt alles ans Licht. Es ist sinnlos, so zu tun, als wäre nichts gewesen. Es liegt sogar eine gewisse Erleichterung darin. Trotzdem schlage ich die Hände vors Gesicht, sodass ich Esther dabei nicht ansehen muss, wenn ich es ihr erzähle.

»Was Maria zugestoßen ist – was auch immer das gewesen sein mag –, ist allein meine Schuld.« Die Worte kommen gedämpft, aber jetzt sind sie draußen.

»Louise, das stimmt doch nicht. Ich weiß, dass du in der Schule gemein zu ihr warst, aber wir haben doch alle, als wir noch jünger waren, Sachen gemacht, die wir heute bereuen. Entsetzliche Sachen, wenn wir jetzt als Erwachsene darüber nachdenken.« Ich kann in ihrer Stimme hören, wie viel es sie kostet, das zu sagen, kann die Jahre des Schmerzes und der Isolation heraushören, die sie in der Schule erlitten hat, und die Narben, die sie davongetragen hat.

»Du verstehst mich falsch. Es gibt da etwas, das du nicht weißt.« Ich nehme die Hände runter und zwinge mich, ihr ins Gesicht zu sehen. »Du kannst dich vielleicht noch daran erinnern, dass du Maria bei der Abschlussparty nicht mehr finden konntest und zu mir gekommen bist, um zu fragen, ob ich sie gesehen hätte? Du hast erwähnt, dass sie sich nicht wohlgefühlt hätte.«

»Stimmt.«

»Ich weiß genau, warum sie sich nicht wohlgefühlt hat. Sophie und ich, wir … wir haben etwas getan …« Ich balle die Fäuste und hole zitternd Luft. Esther wartet, sagt nichts. »Wir haben ihr Ecstasy in den Drink gemischt.«

Esther schnappt scharf nach Luft. Ich sehe sie genau an. Sie reagiert nicht auf der Stelle, aber dann schlägt sie sich doch eine Hand vor den Mund, dreht sich zur Seite und sieht eine Weile durchs Terrassenfenster in den Garten. Sie ist meilenweit weg, dreht und wendet die Ereignisse in ihrem Kopf, stellt sie neu zusammen, sodass sie mit dieser neuen, grässlichen Information zusammenpassen.

»Aber was ist dann mit ihr passiert?«, fragt sie und dreht sich wieder zu mir um.

»Ich weiß es nicht. Ich hab sie nie wieder gesehen, ich schwöre es.«

Esther verstummt erneut, und ich halte den Atem an und harre meines Schicksals. Abgesehen von den Folgen für mich und Henry, wenn die Polizei herausfindet, was ich getan habe, ist mir auch klar, dass ich Esther zu verlieren drohe. Gerade jetzt, da ich gerade das Gefühl hatte, sie wiedergefunden zu haben.

»Dann ist diese Facebook-Sache … Geht es darum, glaubst du?«, fragt sie nach einer Weile. »Wer immer dahintersteckt – dass er Bescheid weiß?«

»Keine Ahnung. Ich hab es nie irgendjemandem erzählt.« Die Nachrichten sind teils ja so beängstigend, weil der unbekannte Absender nie etwas Konkretes preisgibt. Es gibt nur verschleierte Drohungen, die in den Schatten lauern.

»Diese Facebook-Seite …« Sie hält inne. »Das kann doch nicht sie selbst sein, oder? Wo sollte sie denn da die ganze Zeit gewesen sein? Sogar an meinem Geburtstag, wenn ich die Geschenke kriegte, hab ich nie wirklich geglaubt, dass sie von ihr stammen könnten. Aber die Kette …«

»Ich hab über sämtliche Optionen nachgedacht, glaub mir. Aber, Esther … Was wir getan haben … Kannst du …« Ich will nichts lieber, als sie zu fragen, ob sie mir verzeihen kann, aber ich bringe es nicht fertig, ich habe zu viel Angst vor ihrer Antwort und bin zu beschämt darüber, wie egoistisch ich bin, dass ich ihre Vergebung so dringend brauche.

Sie blickt auf ihre Tasse hinab und kratzt mit dem Fingernagel über einen kleinen Schmiss im Henkel. »Du musst durch die Hölle gegangen sein, als sie verschwunden ist. Ich kann mir gar nicht vorstellen, was das bei dir ausgelöst hat.«

»Ehrlich, Esther, wenn ich zurückblicke, dann bin ich zutiefst abgestoßen von dem, was ich getan hab und wer ich damals gewesen bin. Ja, ich war unsicher, ja, ich hatte Angst, ich könnte meinen wackligen Platz in der sozialen Hackordnung verlieren. Aber alle anderen mussten doch auch in dieser Hackordnung leben, oder nicht? Und alle anderen haben nicht getan, was ich getan habe. Alle anderen waren … nicht so schwach. Ich sehe meinen Sohn vor mir – wenn irgendwer ihn jemals so behandeln würde, wie ich Maria behandelt hab, würde ich denjenigen mit bloßen Händen in der Luft zerreißen. Ich bin mittlerweile ein anderer Mensch, und ich hoffe wirklich … Na ja, ich hoffe, dass du das erkennen kannst.« Als ich geendet habe, traue ich mich kaum, Luft zu holen.

»Ich glaub …« Sie spricht nicht weiter und sieht stattdessen wieder aus dem Fenster. »Ich glaub, du hast inzwischen zur Genüge dafür bezahlt.« Sie sieht mich wieder an. »Ich kann sehen, dass du heute anders bist, Louise. Ich kann es sehen.«

Die Anspannung, die mich fest im Griff hält, nimmt ein wenig ab, und hinter meinen Lidern brennen Tränen. Inzwischen habe ich es drei Leuten erzählt, und zwei von ihnen bringen um meinetwillen zumindest Verständnis dafür auf, wenn nicht Vergebung.

»Genau das hat auch …« Ich halte inne. Eigentlich hätte ich sagen wollen, dass Pete das auch gesagt hat, aber aus irgendeinem Grund kann ich es nicht aussprechen. Ich will nicht, dass sie erfährt, dass ich mich mit ihm getroffen habe. Etwas wie Scham erfüllt mich, als ich daran denke, was ich zu ihm gesagt habe, und ich versuche, es beiseitezuschieben. Dann passiert etwas Merkwürdiges, als hätte allein der Gedanke Pete in dieses Zimmer gezaubert.

»Ach, übrigens: Rate, wen ich auf dem Weg hierher gesehen hab? An der Victoria Station?«

»Wen?«

»Den Mann, den Sophie zum Klassentreffen mitgebracht hat. Pete hieß er, oder? Aber das war nicht das Merkwürdige. Er war mit einer Frau unterwegs – und nicht nur das. Sie hatten ein Kind dabei, ein Baby. Er hat den Kinderwagen geschoben. Ich frage mich, ob Sophie wusste, dass er verheiratet war. Ich wäre nicht überrascht.« Esther mag mir vergeben haben, aber Sophie bekommt selbst im Tod ihr Fett weg.

»Oh mein Gott … Mir hat er beim Klassentreffen erzählt, er wäre geschieden.« Hat Pete mich angelogen? Und wenn ja, was hat er noch für Lügenmärchen erzählt?

»Ich weiß! Meinst du, ich sollte es der Polizei erzählen? Obwohl sie ihn doch wahrscheinlich bereits befragt haben. Insofern wissen sie längst, dass er verheiratet ist. Ich frage mich, ob er es seiner Frau gegenüber verschwiegen hat – dass er von der Polizei befragt wurde und so.«

Mein Mund schaltet auf Autopilot, und ich reagiere auf die Neuigkeit mit Überraschung und anderen adäquaten Äußerungen nach Klatsch-und-Tratsch-Manier. Doch insgeheim bin ich komplett verunsichert. Ist Pete wirklich verheiratet? Er wirkte nicht wie jemand, der fremdgeht. Aber was weiß denn ich schon darüber?

An der Tür will ich mich vorlehnen, um Esther zu umarmen, aber irgendetwas an ihr – ein kaum wahrnehmbares Zögern, die für einen Sekundenbruchteil steife Haltung – hält mich davon ab. Ich glaube ihr, dass sie es verstehen will, aber ich weiß nicht, ob sie je darüber hinwegkommt. Ob wir je Freundinnen werden können.

Als sie weg ist, wirbele ich durch die Wohnung wie ein Tornado und räume alles auf, was herumliegt, wische Staub, sauge und wische die Böden, ziehe das Bett ab. Als ich fertig bin, stelle ich mich unter die Dusche und stehe Ewigkeiten im heißen Wasser, lasse es auf mich herabregnen, mich von ihm wärmen und den Schmutz abwaschen, der sich auf mich gelegt hat, seit ich Pete im Park getroffen habe. Ich hatte angenommen, wir wären uns nähergekommen, doch jetzt steht mir glasklar vor Augen, wie wenig ich von ihm weiß. Er könnte jeder sein. Irgendetwas, was er bereits während des Klassentreffens zu mir gesagt hat, nagt am Rand meines Bewusstseins, und zu guter Letzt weiß ich, was es ist: Er meinte, er würde nie auf Klassentreffen gehen, weil er in seiner Schulzeit eher ein Einzelgänger gewesen wäre. Ich muss an Maria denken, die in ihrem Kinderzimmer in London zwischen den Vorhängen hindurchspäht. Nathan Drinkwater lehnt draußen an einer Straßenlaterne und starrt zu ihrem Fenster hoch, ausdruckslos, glotzt einfach nur. Ich habe die Szene schon einmal vor meinem inneren Auge gesehen, doch diesmal sieht Nathans Gesicht anders aus. Diesmal sieht er aus wie jemand, den ich kenne.

KAPITEL 34

Sie nimmt an, dass er schon immer eine Dunkelheit in sich getragen hat, eine Dunkelheit, über die sie willentlich hinweggesehen hat. Vielleicht war es irgendetwas an ihr selbst, von dem sich diese Dunkelheit angezogen gefühlt hat – tödlich, wenn auch blind für ihr Ziel, wie eine Wärmesuchrakete.

Beim ersten Mal weckten die Dinge, die er mit ihr machte, noch ihren Widerwillen, verängstigten sie sogar. Andererseits war da immer dieser Teil von ihr, der nach dem Motto reagierte: Er ist hier. Sie versteckte die Narben unter ihren Klamotten, wo niemand sonst sie sehen konnte. Er umschmeichelte sie, gab ihr das Gefühl, besonders zu sein, erzählte ihr, es habe da ein Mädchen an der Uni gegeben, das die Spiele nicht annähernd so sehr genossen habe wie sie, und behauptet habe, er sei zu weit gegangen.

Irgendwann fühlten sich die Spiele nicht mehr an wie Spiele. Anfangs hatte sie es noch genossen, ihm die Kontrolle zu überlassen – der wohlige Schauder, der an Angst erinnerte. Doch wirklich Angst hatte sie nie. Mit der Zeit konnte sie in seinen Augen aber noch etwas sehen, noch etwas anderes. Es war, als wäre er nicht mehr ganz bei ihr, sondern irgendwo anders, mit jemand anderem. Mit jemandem, bei dem er keinen Gedanken mehr an Verletzungen verschwendete.

Sie hatte immer schon das Gefühl, dass er ihr irgendetwas aus der Vergangenheit verschwieg. Irgendetwas noch viel Düs-

tereres als die Spiele, die er so gern spielte, wenn er ihre Handgelenke packte, ihr die Hand auf den Mund presste oder um ihren Hals. Die Konturen verschwimmen ließ, bis sie nicht mehr hätte sagen können, ob sie noch zustimmte oder nicht, nach Luft schnappte, ihr schwarz vor Augen wurde, sie sich geschlagen fühlte. Gebrochen.

Vielleicht ist es letztlich gar nicht möglich, einen anderen Menschen zu kennen. Wenn es darauf ankommt, sind wir alle allein. Manchmal wollen wir nicht einmal uns selbst kennen.

KAPITEL 35

2016

Ich will Henry heute früher abholen, aber die Zeit vergeht wie im Flug, weil ich ständig über Esthers gestrigen Besuch nachdenken muss. Als ich um die Ecke hetze, kann ich sehen, dass ich eine der Letzten bin, die nach der Nachmittagsbetreuung am Schultor ankommen: Nur noch ein paar wenige Kinder stehen bei Mrs. Hopkins und der neuen Referendarin, Miss Jones. Die meisten werden schon um drei Uhr von einem Elternteil abgeholt (meist von der Mutter) oder von den Großeltern (auch hier in aller Regel der weibliche Teil). Die Nachmittagsbetreuung ist für die weniger Glücklichen wie Henry, die zwei berufstätige Elternteile haben und keine hilfsbereiten Verwandten, die sie nach der Schule auf Kuscheleinheiten und Kakao abholen können. Der Himmel ist klar, es sind sogar schon ein paar funkelnde Sterne zu sehen, und der Geruch von Feuerholz liegt in der Luft. Ich freue mich schon darauf, mit Henry auf dem Heimweg durch die Laubhaufen zu springen, und sehe erst, als ich schon fast am Schultor angekommen bin, dass Henry unter den wartenden Kindern fehlt. Mrs. Hopkins sieht mich verdattert an, und ein Schauder läuft mir über den Rücken.

»Wo ist Henry?« Meine Stimme ist kratzig vor Angst.

»Der ist um drei abgeholt worden …« Sie dreht sich zu Miss Jones um. »Stimmt doch?«

Miss Jones sieht beunruhigt aus, wenn auch nicht allzu sehr. Sie glaubt, es liegt ein Missverständnis vor – irgendwas, was sich leicht lösen lässt.

»Ja, seine Oma hat ihn abgeholt.«

Für den gnädigen Bruchteil einer Sekunde bin ich erleichtert. Meine Mutter ist spontan gekommen und hat beschlossen, Henry zu überraschen. Sie weiß genau, dass ich es grässlich finde, dass er die meisten Tage in die Nachmittagsbetreuung muss. Doch dann dämmert mir, dass es alles andere als okay ist. Abgesehen davon, dass sie sich nie freiwillig um ihn kümmert, hätte sie ihn auch nicht abgeholt, ohne mir Bescheid zu geben.

»Seine Oma?« Meine Stimme klingt ungewohnt, hoch und wackelig. Könnte Sams Mutter beschlossen haben, es wäre an der Zeit, ihren Enkel kennenzulernen?

»Ja, eine ältere Dame mit langen Haaren«, sagt Miss Jones und sieht unsicher von mir zu Mrs. Hopkins. Sams Mutter hat einen flotten Kurzhaarschnitt.

»Das war nicht seine Oma! Ich kenne keine ältere Frau mit langen Haaren!« Meine Knie drohen unter mir einzuknicken, und ich greife nach dem Zaun neben mir, um mich festzuhalten. Ein Holzsplitter bohrt sich in meinen Handballen.

»Er meinte, sie wäre seine Oma«, sagt Miss Jones eher zu Mrs. Hopkins als zu mir. Ihr ist inzwischen klar, dass es ernst ist.

»Er ist vier!«, schreie ich sie an. »Haben Sie ihm gesagt, dass das seine Oma wäre? Hat sie das gesagt?«

»Also – ja …«

»Er ist vier Jahre alt! Er glaubt alles, was Sie ihm erzählen!

Er glaubt, wenn er einen Zahn verliert, kommt die Zahnfee in sein Zimmer und ersetzt den Zahn durch Geld! Ich bin doch gerade erst heute Morgen bei Ihnen im Sekretariat gewesen und hab Mrs. Harper gesagt, dass ich Bedenken habe … Sie können sich doch nicht auf das Wort eines Vierjährigen verlassen! Da gibt es Vorschriften, Namenslisten! Warum haben Sie ihn einfach gehen lassen?« Ich stehe jetzt direkt vor Miss Jones und schreie ihr ins Gesicht.

Mrs. Hopkins schiebt sich zwischen uns. »Ich erkenne die Ernsthaftigkeit dieser Angelegenheit, Mrs. Parker. Leider wurde ich zum entscheidenden Zeitpunkt zu einem gewalttätigen Zwischenfall mit einem anderen Elternteil auf den Spielplatz gerufen. Da habe ich Miss Jones die Übergabe überlassen.«

»Wetten, ich weiß, wer da beteiligt war … diese grässliche Frau mit dem gemeinen kleinen Jungen.« Die Angst lockert meine Zunge, und Mrs. Hopkins sieht mich schockiert an.

»Da war eine Nachricht … aus dem Sekretariat. Miss Wallis meinte, Sie hätten um die Mittagszeit herum angerufen …« Miss Jones hat ihre Sprache wiedergefunden. Ihre Augen sind weit aufgerissen vor Entsetzen. »Sie hätten Bescheid gegeben, dass Henry heute nicht in die Mittagsbetreuung gehen und dass seine Großmutter ihn abholen würde. Henry schien sie zu kennen … Ich dachte, es wäre okay … Es tut mir leid …« Jetzt fängt sie an zu weinen, aber ich habe keinen Funken Mitgefühl für sie übrig.

»Ich war das nicht am Telefon – ich hab das Sekretariat nicht angerufen! Mrs. Harper hätte Miss Wallis Bescheid geben müssen, dass ich mich extra nach den Sicherheitsvorkehrungen erkundigt hab! Aber egal – Sie würden die Kinder doch wohl nicht mit irgendjemandem mitgehen lassen, ohne zu kontrollieren, um wen es sich handelt? Wissen Sie irgendwas über die Person?«

Mrs. Hopkins geht erneut dazwischen. »Sie haben selbstverständlich recht. Das war ein Fehler, und ich übernehme dafür die volle Verantwortung. Wir werden Schritte unternehmen, damit so etwas nicht noch einmal vorkommt.« Ihr Blick flackert zu Miss Jones. »Aber jetzt konzentrieren wir uns mal darauf, wo Henry ist. Haben Sie irgendeine Idee, wer diese Frau gewesen sein könnte?«

»Nein, ich weiß es nicht … Da ist niemand, der mir einfallen würde.« Ich klammere mich fester an den Zaun, und der Splitter treibt sich tiefer in meinen Handballen.

Zu dritt stehen wir da, als würde die Zeit um uns herum stillstehen, und sehen einander an, als wüsste der jeweils andere eine Antwort. In der Tiefe meiner Tasche piept mein Handy. Ich wühle es hektisch heraus, und meine Hände zittern.

Es ist eine neue Facebook-Nachricht von Maria Weston.

Ich hatte recht, Henry ist ein entzückender Junge. Wenn du ihn wiederhaben willst, komm in die 29, Woodside Street, in Sharne Bay. Allein. Wenn es nicht klappt, wird das für Henry Konsequenzen haben. Ich warte auf dich.

Ich lasse das Handy in meine Tasche fallen, als hätte ich mir daran die Finger verbrannt. »Alles gut. Ich weiß jetzt, wo er steckt«, murmele ich. »Ich … Mir ist gerade eingefallen, wer die Frau gewesen sein muss. Alles in Ordnung, kein Problem. Ich hab vergessen, dass ich sie gebeten habe, Henry abzuholen.«

Ich nehme nicht an, dass sie mir glauben, Mrs. Hopkins

und Miss Jones. Aber welche Wahl habe ich denn? Ich renne zurück in Richtung Auto, lasse Mrs. Hopkins verwirrt und extrem besorgt stehen. Miss Jones sieht hauptsächlich erleichtert aus.

Mit dem Handy am Ohr renne ich über die Schulausfahrt. Er antwortet beim dritten Klingeln.

»Hi, Lou.«

»Sie hat Henry!«

»Was?«, erwidert Sam verwirrt. »Wer hat …?«

»Maria«, keuche ich. Ich bin schon jetzt vom Rennen außer Atem, aber ich kann jetzt nicht mehr langsam machen, ich darf keine Sekunde mehr verlieren.

»Moment …« Jetzt habe ich seine ganze Aufmerksamkeit. »Wovon redest du?«

Ich erzähle ihm, was passiert ist.

»Verdammte Scheiße, wer ist das gewesen? Ich ruf die Polizei!«

»Nein! Sie meint, ich muss allein dorthin, sonst hat das Folgen für Henry. Sie könnte ihm wehtun, wenn sie mitbekommt, dass wir die Polizei alarmiert haben. Ich muss hinfahren und ihn abholen. Ich muss sehen, dass es ihm gut geht. Die Polizei können wir später rufen.« Wenn überhaupt.

»Okay, ich fahre. Wie gut, dass ich heute von zu Hause arbeite. Wo bist du?«

Fünfzehn Minuten später sind wir unterwegs. Bei jeder roten Ampel beiße ich die Zähne ein bisschen fester zusammen, und meine Kiefermuskeln schmerzen.

»Oh Gott, oh Gott … Was, wenn Maria ihm wehtut?«

»Es geht ihm bestimmt gut. Das ist nur jemand, der dir einen Schrecken einjagen will.« Er klingt allerdings nicht überzeugt, und ich kann sehen, dass seine Hände zittern, als er den Gang einlegt. Er hat genauso viel Angst um Henry wie ich, er versucht bloß, für mich stark zu sein. »Aber, Lou … Du glaubst doch nicht wirklich, dass Maria noch lebt?«

Ich zucke mit den Schultern, starre aus dem Fenster und bohre die Fingernägel in die Handballen.

»Ich komme mit«, sagt er nach ein paar Minuten.

»Nein, das geht nicht! Ich muss allein dorthin.« Wenn ich nicht allein komme, weiß ich nicht, was passiert. Maria hat die Grenze bereits überschritten, das Undenkbare getan und mein Kind entführt. Wenn sie mir gesagt hätte, ich müsse mir ein Bein abhacken, um mein Kind zu retten, hätte ich es ohne nachzudenken getan. »Du musst draußen warten.«

Sam sieht mich ernsthaft besorgt an. »Das könnte gefährlich werden. Du hast keine Ahnung, wer dort auf dich wartet.«

»Ist mir egal, ich will einfach nur Henry da rausholen. Es ist mir scheißegal, was mit mir passiert. Es war mir immer schon egal. Es war allen egal.«

»Sag so was nicht. Mir ist es nicht egal, was mit dir ist.«

Ich muss daran denken, wie sich Sams Interesse an mir früher geäußert hat. Ohne ihn bin ich tausendmal besser dran.

»Und ich bin nicht der Einzige. Es gibt eine Menge Leute, denen du wichtig bist.«

»Aber die kennen mich alle nicht richtig, oder? Wenn sie wüssten, was ich getan habe, wär ich ihnen nicht mehr annähernd so wichtig, oder?«

»Du hast ihnen nie eine Chance gegeben, Lou. Genau wie du mir nie eine Chance gegeben hast. Auch wenn ich wusste, was du getan hattest, obwohl ich selber mit dabei gewesen bin, hast du mich immer auf Distanz gehalten.«

»Ich hab dich nicht auf Distanz gehalten.« Tränen fließen mir jetzt ungehindert über das Gesicht. »Ich hatte keine Wahl, ich war doch selbst immer auf Distanz. Ich war immer außen vor – vor allem seit Maria verschwunden ist. Mit dir zusammen zu sein hat es ein bisschen besser gemacht, da hab ich mich nicht ganz so abseits gefühlt, weil du Bescheid wusstest, zumindest wusstest du, wer ich war. Aber als du mich sitzen gelassen hast …« Ich kann nicht weitersprechen, werde von Schluchzern geschüttelt. Sam greift nach meiner Hand. Die Konturen seiner Finger sind mir so vertraut, als wären es meine eigenen. Ich ziehe meine Hand zurück und reibe mir heftig über die Augen, wische die Tränen weg.

»Nicht«, sage ich. »Fass mich nicht an!«

Er legt die Hand wieder ans Steuer, und schweigend fahren wir weiter.

Ich wünschte mir, dass jemand anderes hier wäre, um mich zu unterstützen; dass Sam nicht der Einzige wäre, der mir noch helfen kann. Ich frage mich, ob er überhaupt je für mich da gewesen ist oder ob er letztlich nicht vielmehr – genau wie alle – nur sich selbst helfen will.

Schweigend rasen wir über die A11, während sich die Landschaft Norfolks um uns herum erstreckt, der weite Himmel, die endlosen Äcker, die mich einmal mehr in ihren Bann schlagen. Die Reise hat sich noch nie so lang angefühlt. In meiner Tasche steckt ein altes Zugticket, und ich rupfe es in Stücke, während wir weiterrasen, jedes Stück kleiner als das vorherige. Keiner von uns weiß, wo die Woodside Street liegt, und als wir den Stadtrand von Sharne Bay erreichen, checke ich noch mal die Karte auf meinem Handy. Von der Hauptstraße biegen wir links ab in ein Wohngebiet, in dem sich moderne Häuser aneinanderreihen, allesamt kubusförmig, mit ordentlichen Gärten und vernünftigen Autos vor der Tür. Die Woodside ist die dritte rechts, und langsam fahren wir an den Bungalows entlang.

»Fahr nicht zu nah ran«, sage ich panisch, als wir an Nummer 11 vorbeikommen. »Halt hier an.«

Sam fährt an den Straßenrand, und keine Sekunde später habe ich die Tür aufgestoßen und renne auch schon die Straße entlang.

»Louise!«, schreit er hinter mir her.

»Bleib, wo du bist!«

Er sieht mir verzweifelt nach.

Ich sirre regelrecht vor Anspannung. Wenn irgendjemand mich jetzt anfasste, würde er zurückzucken, als hätte er ein Messer in einen Toaster gehalten. Nach diesen letzten Wochen, in denen ich mich weggeduckt habe, in denen ich fortgelaufen bin, ist es beinahe befreiend, dass ich endlich dabei bin, aus meiner Lethargie herauszukommen, aktiv zu werden. Ich laufe die Straße entlang weiter: 19, 21, 23, 25, 27. Und dann bin ich da. Nummer 29 sieht mich arglos an. Während die Zimmer hinter den Gardinen all der anderen Häuser einladend erleuchtet sind, gähnen die Fenster in Nummer 29 leer und dunkel. Ich schiebe das rostige Törchen auf und marschiere den Weg hinauf. Der vordere Garten ist in weiten Teilen mit Pflastersteinen ausgelegt worden, zwischen denen welkes Unkraut steht. Links und rechts verläuft ein schmales Blumenbeet, das aussieht, als hätte sich einmal jemand darum gekümmert, es jedoch in letzter Zeit vernachlässigt.

Die Haustür ist blau gestrichen, und in der oberen Hälfte befinden sich zwei rautenförmige Milchglaseinsätze. Unwillkürlich hebe ich die Hand, um zu klingeln, bevor ich es mir noch mal anders überlege, als mir auffällt, dass die Tür nur angelehnt ist. Langsam schiebe ich sie auf und muss mich daran erinnern zu atmen. Die Tür gibt ein leises Quietschen von sich. Ich trete ein, meine Stiefel knarzen über den staubigen Laminatboden, und das Geräusch hallt aus dem schmalen Flur wider. Ein leicht schimmliger, fremder Geruch hängt in der Luft, als wäre seit Tagen nicht gelüftet worden.

Zu beiden Seiten des Flurs gehen Türen ab. Ich mache ein paar Schritte vorwärts und spitze die Ohren, um in der Stille irgendetwas wahrzunehmen. Vorsichtig spähe ich in das Zimmer zur Linken. Es ist das Wohnzimmer. Im Licht der Straßenlaterne kann ich eine altmodische, dreiteilige grüne Sitzgruppe um einen Couchtisch mit Glasplatte erkennen. Auf einem Kiefernholz-Sideboard stehen staubige Pokale und Nippes, und auf dem obersten Brett im Regal thront ein einzelner, reich verzierter Fotorahmen aus Silber. Darin erkenne ich das Gesicht wieder, das mich in den letzten Wochen aus dem Laptop angesehen hat: Es ist Marias Schulfoto. Ich weiche einen Schritt zurück und drehe mich zum gegenüberliegenden Zimmer um. Auch dieses Zimmer liegt im Dunkeln, ist verwaist, und es sieht irgendwie aus wie ein Gästezimmer – das einzige Möbelstück ist ein Doppelbett mit einer gekräuselten pfirsichfarbenen Tagesdecke.

Zurück im Flur kreischt mir mein Hirn zu, dass ich weiterrennen und Henrys Namen rufen soll, aber ich muss das hier vorsichtig angehen. Ich kralle mich in den Türrahmen zum Gästezimmer und versuche, wieder ruhiger zu atmen. Die Tür direkt vor mir am Ende des Flurs ist geschlossen, ein paar Meter davor liegen zwei weitere Türen, die genauso aussehen wie diejenigen, durch die ich gerade gespäht hab. Auch diese beiden sind geschlossen. Ich mache einen Schritt nach vorn, dann noch einen – noch zwei, und ich stehe direkt vor den beiden Türen. Ich sehe von einer zur anderen, dann strecke ich vorsichtig die Hand zur linken aus. Langsam drücke ich die Messingklinke nach unten. Die Tür schwingt geräuschlos auf, dahinter liegt ein Badezimmer, sauber, aber altmodisch, in Avocadogrün. Krank vor Angst trete ich über die Schwelle und sehe mich um. Auch hier ist niemand. Mir entschlüpft ein unterdrückter Schluchzer der Erleichterung, der sich mit Todesangst mischt. Ich ziehe die Badezimmertür hinter mir zu und drehe mich zur gegenüberliegenden Tür um, von der ich annehme, dass sie in ein weiteres Schlafzimmer führt. Ich lege die Hand auf die Klinke, versuche, die Panik niederzuringen, die in mir hochsteigt, einen stummen Schrei, den ich nicht ausstoßen darf. Als ich die Tür aufschiebe, fällt etwas Licht durch den Türspalt, es wird heller und heller, bis ich die Quelle entdecke: eine Stehlampe neben einem Schreibtisch.

Davor sitzt, mit dem Rücken zu mir, eine Frau, die auf einen Computerbildschirm starrt. Ihr langes, feines, grau meliertes Haar fällt bis hinab über die Stuhllehne. Sie bleibt reglos sitzen, während ich mich hektisch umsehe und versuche, alles in mir aufzunehmen, ehe sie sich mir zuwendet. Am Boden liegen brandneue Eisenbahnschienen aus Holz, die zu einem komplizierten Geflecht zusammengelegt sind, das ich mit steigender Angst als eins von Henrys Lieblings-Arrangements wiedererkenne. Vor ihr an der Wand, links vom Computer, hängt ein Bild von mir – das von meiner Facebook-Seite. Daneben hängt eine Kopie des Artikels aus dem *Sharne Bay Journal* über meine Auszeichnung sowie der Ausdruck von Rosemarys Testimonial von meiner Homepage. Rechts hängen Fotos von Sophie – und zwar jede Menge davon: Sie posiert und schürzt die Lippen, wirft mir von der Wand aus Küsschen zu. Da ist sogar ein Ausschnitt aus derselben Zeitung über Sophie, die mit ihren pinkfarbenen Feenflügeln selbst nach einem Charity-Lauf über zehn Kilometer makellos aussieht. Auf dem Bildschirm ist Marias Facebook-Seite geöffnet.

»Maria?«, wispere ich. Die Frau schiebt ihren Stuhl zurück, steht auf und dreht sich um. Ich blicke in Marias haselnussbraune Augen, die mich klar und kalt anstarren. Ihr Gesicht ist von Falten durchzogen, die Hände sehen knorrig aus, die Haut darüber locker. Mein Gehirn hat Schwierigkeiten zu begreifen, wen ich da gerade vor mir sehe. Selbstverständlich wäre mittlerweile auch Maria über vierzig – natürlich habe ich nicht mit einer Sechzehnjährigen gerechnet. Doch diese Frau ist mindestens Mitte sechzig. Es ist nicht Maria. Es ist ihre Mutter. Es ist Bridget.

KAPITEL 36

2016

Wie angewurzelt stehe ich in der Tür. Bridget. Natürlich ist sie es. Bilder schießen mir durch den Kopf: Bridget, die mit Tee und Keksen vor Marias Zimmertür steht, mit vor Hoffnung flackerndem Blick; Bridget im Dunkeln, im Regen, wie sie ins Sekretariat geführt wird. In deren Gesicht sich Angst und Zorn abzeichnen. Bridget, die Jahr für Jahr ein Geburtstagsgeschenk für Esther aussucht. Indem sie vorgibt, es stamme von Maria, überpflastert sie ihr gebrochenes Herz.

Warum habe ich es nicht viel eher begriffen? Andererseits – wie hätte ich es begreifen können? Nicht in einer Million Jahre hätte ich ihren Schmerz nachvollziehen können, die unerträgliche Qual, die sie durchlitten hat. Trotzdem kann ich nachvollziehen, wie diese Qual über die Jahre angewachsen sein muss – von düsteren Gedanken und von Schmerz befeuert –, wie sie sie gehegt und umsorgt hat, bis es an der Zeit war, um sie einzusetzen. Und jetzt hat sie die Qual gegen mich gewandt.

»Du siehst überrascht aus, Louise. Du hast jemand anderen erwartet.« Es ist nicht als Frage gemeint.

»Wo ist Henry?«

»Hast du geglaubt, Maria wäre immer noch am Leben? Wie zur Hölle sollte das möglich sein?«

Mein Mund ist knochentrocken, und ich habe Schwierigkeiten zu schlucken. »Wo ist Henry? Bitte …«

»Nein, Louise. Sie ist nicht mehr am Leben. Sie ist nicht mehr am Leben, weil du sie umgebracht hast.«

Mein Gehirn muss jetzt begreifen, was ich gerade höre, aber es tut sich schwer, will nicht anerkennen, was gerade vor sich geht. Wie kann Bridget es gewusst haben? Wer hat ihr erzählt, dass ich etwas in Marias Drink gemischt hatte?

»Nein …«, keuche ich heiser.

»Oh doch, das hast du. Oh, du kannst gern behaupten, dass es ein Unfall war, erklär es, wie du willst. Aber eine Mutter kennt die Wahrheit. Sie ist nicht aus Versehen von einer Klippe gestürzt. Sie war schlauer. Selbst wenn sie getrunken haben sollte, wäre sie niemals versehentlich dort hinuntergestürzt. Ich bin die Einzige, die weiß, in welchem Zustand sie damals gewesen ist. Ich hab sie Nacht für Nacht gehört, wie sie in ihrem Zimmer lag: Maria weinte und dachte, ich würde es nicht mitbekommen. In einer Nacht war es besonders schlimm. Ich hab nie rausgefunden, was genau passiert ist – sie hat immer nur gesagt, es würde alles schon wieder passieren, wie damals in London. Und dass du dabei federführend gewesen wärst, Louise. Und Sophie Hannigan – der hab ich gleich ansehen können, was für ein Früchtchen das war! Aber wer sie wirklich verletzt hat, das warst du. Weißt du nicht mehr, wie sie dich eines Abends nach Hause mitgebracht hat?«

Ihre Augen blitzen, und ihr Blick ist hart, bohrt sich wie Laserstrahlen durch mich hindurch. Ich bin nicht imstande etwas zu sagen, mein Mund ist trocken und klebrig, doch sie spricht weiter.

»Ich hab ihren Blick gesehen an diesem Abend. Sie wusste, dass ich mit dem Tee und den Keksen übertrieben hab, aber ich konnte endlich sehen, dass Maria eine echte Freundin gefunden hatte, jemanden, der für sie den Unterschied ausmachen könnte – der den Lauf ihres Lebens verändert hätte. Tja, und genau das hast du dann ja auch gemacht, nicht wahr? Sie hat sich umgebracht, und du und Sophie Hannigan – ihr seid daran schuld. Ihr seid genauso schuld, als hättet ihr sie über die Kante geschubst.«

Meine erste, schreckliche, egoistische Reaktion ist Erleichterung. Sie weiß es nicht. Sie weiß nichts vom Ecstasy, sie weiß nicht, dass wir es in Marias Getränk gemischt haben. Ich war mir so sicher, wer immer diese Nachrichten geschickt hat, wüsste Bescheid, sodass ich nie über eine andere Erklärung nachgedacht habe. Die Erleichterung wird allerdings sofort von Zweifeln erstickt – womöglich weiß sie nichts vom Ecstasy, aber vielleicht hat Bridget ja trotzdem nicht alles falsch verstanden? Wie kann ich sicher sein, dass Maria sich nicht umgebracht hat? Esther glaubt nicht daran, aber wer kannte Maria besser als ihre Mutter?

»Aber … die Polizei«, stammele ich, und meine Stimme klingt belegt und fremd. »Es hieß doch, es wäre ein Unfall gewesen …«

»Die Polizei! Was wusste die schon? Und was hat sie beweisen können? Nichts daran war ein Unfall. Meine Tochter hat sich umgebracht, weil du sie so behandelt hast, wie du sie eben behandelt hast. Ich kann es nicht beweisen, und die Polizei wird es ebenso wenig können, aber ich weiß, dass es wahr ist.« Ihre Hände zittern, und ihr steht der Schweiß auf der Stirn. »Jahr für Jahr für Jahr haben du und Sophie mit eurem Leben weitermachen können, habt euch Jobs gesucht, Freunde, Ehemänner, Wohnungen, normale Leben. Und ein Kind! Du hast ein Kind! Du hast mir meine Tochter weggenommen, die Möglichkeit, Mutter zu sein – die

Möglichkeit, diese schreckliche, überwältigende Liebe zu empfinden, die Angst, dieses Gefühl, dass dein eigen Fleisch und Blut, ein Teil von dir, dort draußen allein unterwegs und unendlich verletzlich ist. Und all diese Zeit lag meine Tochter allein in der kalten See.« Ihre Stimme klingt harsch, kehlig. Sie lehnt sich an den Schreibtisch, als würde sie ansonsten hintüberfallen. »Ich wollte dorthin gehen, auf dieses Klassentreffen. Ich wollte die Gesichter sehen, euch alle, diejenigen, die leben durften. Wollte eine Riesenszene machen. Und ein paar Antworten erhalten.«

»Sie haben das Klassentreffen organisiert … Naomi Strawe.«

»Ja. Ich nehme an, du findest das albern.« Bridget sieht mich abschätzig und herausfordernd an, als sollte ich ihr beipflichten. »Aber ich hätte mir gewünscht, dass Maria auch dort gewesen wäre. Sie hätte auch dort sein sollen.«

»Aber Sie waren nicht … Waren Sie da?«

»Ich wollte gehen, ich war schon unterwegs, aber dann hat Tim mich aufgehalten. Er hat mich vor der Schule entdeckt, draußen auf der Straße … und mich nicht reingelassen. Er meinte, es wäre nicht gut für mich, und ich konnte ihn nicht davon überzeugen, dass ich hingehen musste. Er versteht es nicht. Niemand versteht es.«

»Dann waren Sie das … am Ende der Auffahrt. Mit Tim.«

»Du hast mich gesehen?« Sie ist überrascht.

»Ja. Na ja, ich hab Tim und jemand anderen gesehen, konnte aber nicht erkennen, wer es war.«

»Und da dachtest du …?« Es glitzert in ihren Augen.

Habe ich je wirklich geglaubt, Maria könnte noch am Leben sein?

»Du kennst die Liebe, nicht wahr? Die Liebe einer Mutter für ihr Kind.«

»Ja … bitte, Henry – wo ist er? Ist er hier?«

Sie schüttelt den Kopf, aber ich könnte nicht sagen, ob sie damit meint, dass er nicht hier ist, oder aber ob sie es nicht sagen will.

»Mein Baby, mein süßes Mädchen … Als sie gerade auf die Welt gekommen war, hat sie nur an meiner Brust schlafen wollen, Tag und Nacht. Und nicht mal, wenn ich schon komplett erschöpft war, hab ich sie abgelegt. Ich hab sie gehalten, weil sie genau das gebraucht hat. Es war ein Wunder für mich, dass sie in mir herangewachsen ist, mein Fleisch und Blut … Und auch wenn sie irgendwann natürlich angefangen hat zu laufen und zu reden und später dann ein Leben hatte, von dem ich nicht mehr allzu viel wusste, war ein Teil von ihr immer noch in mir. So ist es bis heute geblieben. Ist es da ein Wunder, dass ich Maria wiederauferstehen lassen wollte, um dich dazu zu bringen, dich allem zu stellen, was du verbrochen hast?«

»Nein. Ich verstehe Sie, ich verstehe Sie wirklich. Aber mittlerweile bin ich auch Mutter, bitte …«

»Wie hat es sich angefühlt, als ich dir deinen Sohn weggenommen hab?«, fällt sie mir ins Wort und nimmt mir so die Möglichkeit, etwas Mitgefühl bei ihr zu wecken. »Hat es sich so angefühlt, als würde jeder Tropfen Blut aus deinem Körper sickern? Hat es sich angefühlt, als würdest du alles tun – alles Menschenmögliche –, damit er nur wieder in Sicherheit käme? Denn genau das habe ich gewollt, Louise. Ich wollte, dass du ein kleines bisschen davon spürst, womit ich seit 1989 tagaus, tagein leben muss. Manche Leute vergleichen den Verlust eines Menschen mit dem Verlust eines Körperteils … ›Es war, als hätte ich meinen rechten Arm verloren‹, sagen sie. Aber so ist es nicht. Du kannst lernen, mit nur einem Arm zu leben, mit nur einem Bein. Aber du lernst nie, mit dem Verlust deines Kindes zu leben. Daran gewöhnst du dich niemals. Es wird niemals leichter.« Die Worte strömen aus ihr heraus wie Abwasser aus einem Abflussrohr. »Ich hoffe, meine kleinen Nachrichten haben dafür gesorgt, dass du öfter mal über die Schulter geblickt hast, wo immer du in diesen letzten Wochen hingegangen bist. Ich hoffe, dass du in der Nacht mit Panik aufgewacht und bei jedem Geräusch zusammengezuckt bist. Dass du jeden Morgen beim Aufwachen mehr Angst hattest und einen schweren, festen Knoten im Bauch. Dass du dich gefragt hast, ob es das alles wert ist, ob du wirklich für den Rest deines Lebens damit leben willst.« Bridget hält sich an der Schreibtischkante fest, die Haut auf ihren Händen ist über den Knöcheln gedehnt, und ihr Gesicht ist stark gerötet.

»Es tut mir leid. Es tut mir so unendlich leid.« Mehr bringe ich nicht hervor. »Bitte, wo ist er?«

»›Tut mir leid‹ reicht mir nicht. Ich will nicht, dass es dir leidtut. Ich will, dass du leidest, wie ich leide. Ich hab es mir vorgestellt, jedes Mal, wenn ich eine Nachricht geschickt hab: die Angst in deinem Gesicht, das grässliche Gefühl in der Magengrube. Als ich hinter dir hergelaufen bin, hat es mir nicht gereicht, auch wenn ich es genossen hab, wie du in South Kensington vor mir Reißaus genommen hast. Ich wollte, dass du fühlst, was ich fühle, aber ich wollte es auch sehen: Ich wollte deine Angst mit eigenen Augen sehen.«

Wir starren einander unverwandt an. Sie müsste triumphieren – immerhin ist es doch genau das, was sie gewollt hat. Doch alles, was ich ihr ansehen kann, ist Verzweiflung und schreckliche, endlose Qual.

»Aber warum jetzt?«, flüstere ich.

»Ich wollte keine Schwierigkeiten mit der Polizei. Stalking, Kidnapping – all das nimmt die Polizei nicht auf die leichte Schulter. Aber es tut ohnehin nichts mehr zur Sache, nicht seit mir meine Ärztin vor Kurzem gesagt hat, dass sie nicht weiß, wie lange ich noch habe. Sie hat mich so mitfühlend und besorgt angesehen, und es tat ihr so schrecklich leid. Aber ich konnte nur noch daran denken: In Ordnung, dann kann ich jetzt endlich Louise Williams und Sophie Hannigan für all das bezahlen lassen, was sie getan haben.«

Bridget ist todkrank. Mein Gehirn versucht, es zu begreifen, einen Sinn daraus zu entnehmen, aber die Erwähnung von Sophies Namen hat die Temperatur in diesem Zimmer um ein paar Grad abgekühlt. Ich mache einen Schritt zurück und kralle mich an den Türstock.

»Du warst nachlässig, Louise. Hat dir nie jemand gesagt, dass man vorsichtig damit sein muss, was man online von sich preisgibt? Fotos deines Jungen in Schuluniform? Die beiläufige Erwähnung deiner örtlichen High Street? Die Bilder deines Hauses? Du hast dich sogar auf Facebook beklagt, dass du ihn in die Nachmittagsbetreuung stecken müsstest, sodass ich genau wusste, dass du ihn nicht mit all den gewöhnlichen Müttern um drei Uhr abholen konntest.« Das Messer dreht und bohrt und dreht sich tiefer in mich hinein. »Und dann diese Internet-Dating-Geschichte – Gott, war es einfach, dich an der Nase herumzuführen! Ich musste bloß ein Bild aus einem Katalog hochladen – und hab mir für die Nachricht nicht mal Mühe gegeben. Du musst wirklich verzweifelt gewesen sein. Und hast so lang gewartet! Eine halbe Stunde! Ich musste im Restaurant gegenüber sogar noch einen zweiten Drink bestellen!« Sie lacht unbehaglich. »Ich wusste genau, wann Henry wo sein würde. Du hättest besser auf ihn aufpassen müssen. Er wusste nicht mal, dass er nicht mit einem Fremdem mitgehen sollte. Er akzeptierte einfach, dass ich seine Oma war, plauderte von seinem Tag, nahm Süßigkeiten von mir entgegen und erzählte, was er auf seinem Toast haben wollte.«

Sein Toast. Die Küche. Er muss in der Küche sein. Ich entziehe mich diesem Kraftfeld aus Angst und Wut, das Bridget umgibt, und renne den Flur entlang. Die Tür klemmt für eine Sekunde und geht dann quietschend auf.

»Oh Gott sei Dank, Gott sei Dank!« Henry sitzt auf einem Hocker an einem Frühstückstresen, hat ein Glas Apfelsaft vor sich und isst eine Scheibe Toast mit Marmelade.

»Hallo, Mummy!«, sagt er beiläufig.

Ich stürze auf ihn zu, reiße ihn von seinem Hocker und drücke ihn an mich, schiebe mein Gesicht in sein Haar, an seinen Hals. Unter dem Geruch aus der Schule – einem Geruch nach Bleistiften und staubigen Fluren und den klebrigen Fingern anderer Kinder – hat er immer noch seinen ureigenen Geruch, den ich tagtäglich wie ein Kleberschnüffler seit dem Tag seiner Geburt eingeatmet habe.

»Hey«, sagt er verärgert und windet sich aus meiner Umarmung. »Mein Toast!«

»Wir gehen jetzt«, sage ich atemlos, versuche aber, fröhlich und normal zu klingen. »Nimm deinen Toast einfach mit.«

»Ich will aber noch mit meiner Eisenbahn spielen. Oma hat gesagt, dass ich das darf.«

»Dafür haben wir jetzt keine Zeit mehr. Daddy wartet draußen im Auto.« Ich nehme seine Hand. »Komm jetzt, Henry.«

Von draußen aus dem Flur höre ich ein Geräusch, das Knarzen der Eingangstür, Schritte auf dem Laminat. Sam, denke ich, und Wärme brandet über mich hinweg. Ich ziehe Henry in den Flur hinaus.

»Mum?«, ruft eine Stimme.

Gott, es ist Tim! In meinem Gehirn geht es drunter und drüber. Ist das jetzt das Ende? War das auch das Letzte, was Sophie gesehen hat? Tim, der sich über sie beugt und den Tod seiner geliebten Schwester rächt? Ich kann mir nicht vorstellen, dass Bridget die Kraft gehabt hat, Sophie zu ermorden, also muss es Tim gewesen sein. Ich will Henry befehlen, dass er weglaufen soll, dass er um Tim einen Bogen schlagen und dann so schnell rennen muss, wie er nur kann, aber ich weiß, dass er überhaupt nicht begreifen wird, was los ist. Er ist kein bisschen eingeschüchtert worden, so viel ist mir klar, also wird er auch nicht kapieren, dass wir in Gefahr schweben.

»Was machst du denn hier, Louise?« In seiner Stimme schwingt Panik mit. Er steht im Flur, füllt ihn in ganzer Breite aus und versperrt mir den einzigen Fluchtweg. Ich greife fester um Henrys Hand, meine eigene ist schweißnass.

»Ich hab sie eingeladen«, erklärt Bridget und taucht an der Schwelle auf. Tim bewegt sich keinen Zentimeter. Ich sitze in der Falle, wie der König bei einem Schachspiel, bei dem sich die gegnerischen Figuren von allen Seiten nähern und ein Matt droht.

Tim macht einen Schritt auf mich zu. »Was hat sie dir erzählt, Louise?«

Ich ziehe Henry näher heran, spüre seinen warmen Körper an meinen Beinen. Er sieht mit großen Augen vertrauensselig zu mir hoch.

»Mum, was hast du getan?«, fragt Tim mit Nachdruck in der Stimme. »Was macht Louise hier?«

Ich versuche, meine Beine zu bewegen, zumindest einen Fluchtversuch zu unternehmen, aber sie wollen meinem Gehirn nicht gehorchen. Es ist wie in einem dieser Albträume, in denen man von einem Ungeheuer gejagt wird, aber im Schlamm stecken bleibt. Keine Chance mehr zu entkommen.

»Hab ich doch gesagt«, erwidert Bridget. »Ich hab sie eingeladen.«

»Ich komme gerade von der Polizei. Sie haben mir von dieser Facebook-Seite erzählt. Das warst du, oder?«, fragt er seine Mutter erneut. Ich sehe zwischen den beiden verwirrt hin und her. Wenn Tim Sophie umgebracht hat, wie kann er dann nicht von der Facebook-Seite gewusst haben?

Bridget zuckt trotzig mit den Schultern.

»Sie werden es herausfinden«, sagt er. »Solche Sachen können sie zurückverfolgen. Innerhalb von ein paar Stunden wissen sie, dass du es warst.«

»Und du glaubst, dass mich das kümmert?«, gibt sie mit brüchiger Stimme zurück. »Ich sterbe. Irgendjemand musste sie doch zur Verantwortung ziehen, diese Mädchen, die Maria über die Klippe gejagt haben.«

Tim verzieht das Gesicht und kommt noch einen Schritt näher. »Wir wissen nicht, was damals passiert ist, Mum. Du musst es hinter dir lassen.«

»Hinter mir lassen? Wie kann ich *es* denn hinter mir lassen? Es lässt mich auch nicht hinter sich. Und da ist noch etwas, was ich erfahren muss. Er wollte es mir beim Klassentreffen erzählen.«

»Was? Wer?« Tim fährt sich mit der Hand durchs Haar, sodass es ihm vom Kopf absteht. Henry rückt näher an mich heran, und ich lege meine Arme fest um ihn und streiche ihm über den Kopf. *Alles in Ordnung*, sage ich stumm zu ihm, weil ich mich nicht traue, laut zu sprechen.

»Nathan Drinkwater.« Bridget speit den Namen regelrecht aus.

»Wovon redest du?«, fragt Tim verwirrt.

»Er hat mir eine Freundschaftsanfrage auf Facebook geschickt. Also, er hat Maria eine geschickt. Er meinte, er wüsste, dass ich in Wahrheit nicht Maria bin. Aber er wisse etwas darüber, was wirklich damals passiert ist in der Nacht, als sie verschwunden ist. Er meinte, er hätte etwas von ihr, was er mir zeigen würde, um es zu beweisen. Wir waren verabredet, beim Klassentreffen, aber dann bist du aufgetaucht und hast mich daran gehindert.«

»Aber, Mum, das ist doch wahnsinnig. Nathan Drinkwater ist tot, er ist vor Jahren gestorben.«

»Was?« Ihre Wut flaut leicht ab, und zum ersten Mal an diesem Tag sieht Bridget verletzlich und verlassen aus. »Das kann nicht sein.«

»Es ist aber so. Ich hab es nachgeprüft, nachdem Louise mich nach ihm gefragt hat, als wir uns zufällig in Norwich begegnet sind. Er ist in London bei einem Autounfall ums Leben gekommen. Es war sogar in den Nachrichten, weil er tatsächlich ein wenig prominent war – hatte eine Handvoll Bücher geschrieben und war halbwegs erfolgreich …«

»Aber wer hat dann …«

Sie sieht erst Tim an und dann mich. Ihr Gesicht ist aschfahl.

»Ich weiß es nicht«, antwortet er. »Aber Nathan war es nicht.«

Tim scheint leicht in sich zusammenzusacken, lehnt sich mit dem Rücken an die Wand und reibt sich über die Augen. Es fühlt sich an wie meine Chance, und schlagartig ist die Lethargie, die mich noch vor ein paar Momenten im Griff hatte, von mir abgefallen. Ich gebe mir einen Ruck. In einer einzigen behänden Bewegung greife ich mir Henry und renne mit ihm den Flur entlang zur Haustür hinaus, die hinter uns auf- und dann halb wieder zuschwingt. Über den Weg, durch das Törchen hinaus. Als ich draußen auf dem Bürgersteig halbwegs in Sicherheit bin, setze ich Henry ab und ziehe ihn an der Hand hinter mir her, während ich über die Schulter blicke, um zu sehen, ob Tim mir nachläuft. *Bumm.* Ich krache direkt an Sams Brust und kralle mich an ihm fest. Mein ganzer Körper zittert unkontrolliert.

»Daddy!«, ruft Henry und strahlt, und der Toast und seine Eisenbahn sind augenblicklich vergessen.

Sam nimmt ihn hoch und drückt ihn fest an sich, und Henry schlingt Arme und Beine um ihn wie ein Schraubstock.

»Gott sei Dank«, sagt Sam in Henrys Nacken. »Ich wollte gerade reingehen, ich hab's nicht länger ausgehalten«, fährt er über Henrys Schulter hinweg an mich gewandt fort.

»Wir müssen von hier weg«, sage ich und laufe weiter in Richtung Auto.

»Was ist denn passiert? Wer war da drin? Es war doch nicht …?« Er spricht die Frage nicht aus.

»Nein. Es war Bridget, Marias Mutter. Ich erklär dir alles im Auto.«

»Bridget?« Er bleibt stocksteif auf dem Bürgersteig stehen, sodass ich ihn am Arm ziehen muss.

»Komm jetzt!«

Mit zitternden Fingern schnalle ich Henry auf dem Rücksitz von Sams Auto an und rutsche auf den Beifahrersitz. Für eine Sekunde schließe ich die Augen, Adrenalin schießt immer noch durch meine Adern, aber Sams Stimme ruft mich wieder zurück in die Realität.

»Louise, geht es Henry gut? Hat sie ihm wehgetan?«, flüstert er mir zu.

»Nein. Er macht einen normalen Eindruck und war guter Dinge, als ich ihn gefunden hab«, gebe ich ebenso leise zurück.

»Gott sei Dank! Er muss komplett fix und fertig sein. Bringen wir ihn nach Hause, und morgen früh denken wir darüber nach, was wir mit Bridget machen.«

Ich lasse den Kopf auf die Kopfstütze sinken, und endlich beruhigt sich mein Puls wieder. Jetzt, da Henry in Sicherheit ist, hat alles andere seine Dringlichkeit verloren.

Als wir Sharne Bay über die Hauptstraße verlassen, schläft Henry hinten auf dem Rücksitz bereits tief und fest. Ich starre aus dem Fenster in die Dunkelheit, während es draußen anfängt zu regnen, und meine Gedanken werden nur vom rhythmischen Geräusch der Scheibenwischer begleitet, die sanft hin und her fegen.

Als wir auf die A11 auffahren, zeichnet der Regen ein gleichmäßiges Tattoo auf die Windschutzscheibe, und ich döse weg, mein Kopf lehnt schief am Fenster. Ich bin drauf und dran, in diesen angenehmen Zustand vollkommener Entspannung abzugleiten, in dem man weiß, dass man gleich einschläft, man aber gerade noch so bei Bewusstsein ist, als Sams Stimme mich abrupt in die Gegenwart zurückholt.

»Ich kann nicht fassen, dass es Bridget war. Was hat sie gesagt?« Er klingt angespannt.

»Sie gibt mir die Schuld an Marias Tod. Und Sophie, aber hauptsächlich mir. Die Nachrichten sollten uns aufschrecken und uns dafür bestrafen, wie wir Maria behandelt haben.«

»Aber wie kann sie von …«

»Von dem Ecstasy wissen? Tut sie nicht. Sie glaubt, Maria hätte sich umgebracht. Und dafür gibt sie mir die Schuld –

weil ich sie so behandelt hab … Es ging ihr überhaupt nie um das Ecstasy.«

»Dann weiß sie immer noch nicht, was wirklich passiert ist? Sie hat dir all das angetan, dich zu Tode geängstigt, unser Kind entführt, um sich an dir für einen harmlosen Streich unter Klassenkameradinnen zu rächen?« Ich kann spüren, wie in ihm die Wut anschwillt. Seine Fingerknöchel auf dem Lenkrad treten weiß hervor.

»Sie hat ihr Kind verloren, Sam«, entgegne ich. »Keiner von uns kann auch nur annähernd nachempfinden, was sie durchgemacht hat.« Ich versuche, mir Bridget in Erinnerung zu rufen, wie sie war, als ich ihr zum ersten Mal begegnet bin – lächelnd, so voller Hoffnung mit ihrem Tee und den Keksen –, aber ich sehe sie nur mehr wie heute vor mir: hohle Wangen, das Leid in ihr Gesicht eingeätzt, als hätte jemand mit einem Teppichmesser Linien hineingeschnitten.

»Ich weiß, ich weiß. Tut mir leid. Es ist einfach nur dieser Tag – die Sorge, als Henry verschwunden war und so. Ich dachte, wir hätten ihn verloren, Louise.« Ich strecke meine Hand aus und lege sie auf sein Knie, und er legt seine Hand auf meine. Hinten bewegt sich Henry und wimmert leise. Ich drehe mich um, ziehe meine Hand von Sams Knie weg und strecke mich aus, um Henrys Bein zu streicheln.

»Alles in Ordnung, Henry, schlaf weiter.«

Ich sehe hinaus in die Dunkelheit. »Die Sache ist aber doch die – Bridget kann Sophie nicht umgebracht haben«, denke ich laut. »Sie war nicht mal dort, und sie hätte auch nicht die Kraft aufgebracht. Sophie ist erwürgt worden.«

»Dann muss es Tim gewesen sein«, sagt Sam.

»Nein«, entgegne ich. »Er ist gerade ebenfalls dort in diesem Haus aufgetaucht. Er hat kurz zuvor von dieser Facebook-Seite erfahren – er kam direkt von der Polizei, sie hat ihm erst davon erzählt. Er hatte keine Ahnung, Sam. Er wusste nichts davon. Und wie sollte er auch an Marias Kette gekommen sein?«

»Na ja, wegen der Kette weiß ich auch nicht, aber was die Facebook-Seite angeht, vielleicht streitet er sie auch einfach ab, oder?«

»Ich glaube nicht, dass er gelogen hat.«

»Tja, dann … hat es vielleicht mit diesem Nathan Drinkwater zu tun«, sagt Sam und wechselt die Spur, um einen Lkw zu überholen.

»Was?«

»Nathan Drinkwater. Du hast mir bei dem Klassentreffen erzählt, dass Maria mit ihm auf Facebook befreundet wäre, weißt du noch? War er nicht der Junge, der von Maria besessen war? Bevor sie nach Sharne Bay gezogen ist? Ich weiß noch, dass Matt Lewis' Cousin damals so was erwähnt hat. Vielleicht hat das ja was damit zu tun.«

»Aber der ist …« Ich halte inne, will den Satz nicht zu Ende sprechen, und mein Hirn arbeitet auf Hochtouren. Als ich Sam beim Klassentreffen erzählt habe, dass auch Nathan Drinkwater auf Marias Freundesliste stand, meinte er, er hätte den Namen noch nie gehört. Wie kann er Nathan jetzt selbst ins Spiel bringen, wenn er gar nicht weiß, wer er überhaupt ist? Ich wiederhole es in meinem Kopf und versuche, mich zu überzeugen: Sam weiß nicht, wer Nathan Drinkwater ist. Oder doch?

Ich schließe wieder die Augen, aber das Gefühl der Entspannung ist verflogen. Mein Gehirn arbeitet wie verrückt und versucht, die Puzzleteile zusammenzufügen, aber sie scheinen nicht alle zum selben Puzzle zu gehören. Bridgets Antrieb, uns die Facebook-Nachrichten zu schicken, ist glasklar: Sie wollte mich zumindest einen Bruchteil ihrer unerträglichen Qual spüren lassen. Sie hat diese Qual über all die Jahre genährt und zugelassen, dass sie wächst, dass sie ihre Ranken um all die Gefühle schlingt und sie abwürgt, sodass sie welken und absterben und am Ende nur noch der Schmerz übrig bleibt.

Aber Bridget hat Sophie nicht umgebracht, und ich glaube auch nicht, dass Tim es war. Sie waren in der Nacht nicht da, ich habe gesehen, wie sie weggegangen sind, obwohl Bridget sogar einen guten Grund hatte hinzugehen: das Versprechen einer Information über ihre tote Tochter – und noch etwas anderes, ein greifbares Beweisstück. Die Kette?

Ich muss wieder an Sophie beim Klassentreffen denken, die mit den Jungs gelacht und ihnen erzählt hat, dass sie alles wüsste, alles sehen würde. Und dann später, in Panik angesichts der Facebook-Nachrichten, wie sie mir berichtet, dass auf der Abschlussparty »alles Mögliche drunter und drüber gegangen« sei. Was wusste sie? Was hat sie beobachtet?

Ich hatte angenommen, dass der Nathan auf Facebook der echte Nathan ist und dass Bridget ihn aufgespürt hat, genau wie Sophie und mich. Aber Bridget hat erwähnt, dass es umgekehrt war: Nathan habe sie kontaktiert. Doch Nathan Drinkwater ist tot. Jeder kann auf Facebook jeder sein – es ist leicht, sich hinter einer gesichtslosen Seite im Internet zu verstecken. Eine gebrochene, sterbende Mutter kann sich als ihre eigene tote Tochter ausgeben, um Rache zu nehmen an den Mädchen, die sie für das zerstörte Leben ihrer Tochter verantwortlich macht. Doch irgendjemand ist Bridget mit ihren eigenen Waffen entgegengetreten. Irgendjemand hat sich als der Junge ausgegeben, wegen dem sich die Westons gezwungen sahen, ihr Zuhause aufzugeben, ihr altes Leben hinter sich zu lassen und in einer Kleinstadt in Norfolk ein neues Leben zu beginnen. Es muss irgendjemand sein, der genau wusste, dass Nathan Drinkwater der Einzige sein würde, dem die Person, die sich als Maria ausgab, nicht widerstehen könnte zu antworten.

Wir fahren eine Weile schweigend weiter, nur unterbrochen von Henrys gelegentlichem Murmeln oder Rascheln auf dem Rücksitz. Ich traue mich nicht, Sam ins Gesicht zu sehen, weil mein Gesichtsausdruck verraten könnte, was in mir vor sich geht. Also drehe ich mich wieder zum Fenster um. Ich versuche, draußen in der Dunkelheit jenseits meines Spiegelbildes irgendetwas zu erkennen, aber ich kann mein Gesicht nicht ignorieren, das mich mit weit aufgerissenen Augen anstarrt. Ich kann nicht glauben, dass Sam mein Herz nicht hämmern hört.

Ich hätte besser als jeder andere wissen müssen, dass nichts so sein muss, wie es den Anschein hat. Es ist genau das Gleiche, wenn jemand eine Geschichte erzählt – über irgendein Ereignis, während man selbst auch da war und sich komplett anders daran erinnert. Okay, manchmal erzählt jemand die Geschichte um des Effekts willen leicht verändert, um seine Zuhörer zum Lachen zu bringen oder anzugeben. Aber manchmal ist es einfach so, dass andere die Geschichte zu demselben Ereignis anders in Erinnerung haben. Für sie ist es die Wahrheit. Und da wird es schwer für einen selbst zu wissen, ob die eigene Erinnerung der Wahrheit entspricht oder eben auch nur eine Abwandlung ist.

Mir wird klar, dass ich versucht habe, an der Vorstellung festzuhalten, Sam wäre ein anständiger Mensch, weil er nun mal Henrys Vater ist. Aber Sam hat mich schon früher belogen, und zwar nach allen Regeln der Kunst. Selbst nachdem ich auf Catherines SMS gestoßen war, log er weiter, bis es irgendwann nicht länger ging und er mich für sie sitzen ließ. All die Lügen, der Betrug, die unterschiedlichsten Arten, wie er mich verletzt hat, kommen gerade wieder hoch und ersticken mich. All die Momente, wenn er mich nach unten gedrückt hat und es mehr wurde als nur ein Spiel. Wenn er mir die Hände um den Hals gelegt und eine Fantasie ausgelebt hat, die nicht meine war.

Ich schlinge die Arme um mich, obwohl es warm im Auto ist. Ich habe so lange in der Dunkelheit gesessen und nicht nur all die anderen, sondern auch mich selbst belogen. Doch jetzt ist die Tür aufgegangen – nur einen Spaltbreit, aber sie ist auf. Und Licht strömt herein.

KAPITEL 37

2016

Als Sam vor meiner Wohnung hält und den Wagen in einen winzigen Parkplatz manövriert, kann ich nur noch daran denken, von ihm wegzukommen. Meine Gedanken springen von einem Punkt zum anderen, und ich weiß nicht, was ich als Nächstes tun soll, was ich überhaupt mit dieser neuen Wirklichkeit tun soll, die ich plötzlich vor mir sehe. Ich konzentriere mich darauf, Henry ins Bett zu bringen, und darauf, wie es sich anfühlen wird, die Tür hinter mir zuzumachen, endlich in Sicherheit zu sein, sodass ich nachdenken kann.

Sobald die Handbremse gezogen ist, schnalle ich mich ab und stoße die Tür auf.

»Tausend Dank. Ich schnapp mir jetzt schnell Henry und bringe ihn ins Bett, und wir reden ein andermal, okay?« Meine Stimme klingt schrill und blechern, ganz anders als sonst.

»Ach was, ich bring ihn noch mit rein. Er ist so schwer, wenn er schläft.«

»Nein, schon in Ordnung«, quieke ich und muss mich räuspern. »Schon in Ordnung«, wiederhole ich ruhiger und tiefer. »Ich schaff das schon.«

»Ich weiß, dass du das schaffst. Aber ich helf dir gerne.«

Noch ehe ich etwas erwidern kann, ist Sam auch schon ausgestiegen und schnallt Henry ab. Behände zieht er ihn aus seinem Sitz. Henry schlägt die Augen halb auf, macht sie dann aber wieder zu, und sein Kopf liegt schwer auf Sams Schulter. Er schiebt ihn sich auf die Hüfte und läuft ohne ein weiteres Wort den Gartenweg hinauf. Ich habe keine Wahl, als ihm zu folgen, und wühle in meiner Tasche nach dem Schlüssel.

Ich schließe auf und trete beiseite, damit Sam mit Henry eintreten kann. Für ein paar wirre Sekunden denke ich darüber nach, davonzulaufen und um Hilfe zu rufen – auch wenn Sam Henry sicher nichts antut –, aber dann komme ich mir albern vor. Wo sollte ich überhaupt hinlaufen? Ich kenne keinen meiner Nachbarn. Und als ich über Sams Schulter hinweg in Henrys schlafendes Gesicht sehe, weiß ich, dass es keine reelle Option ist. Alles, woran ich geglaubt hatte, hat sich verändert, als käme ich in mein eigenes Schlafzimmer und muss feststellen, dass irgendwer alles ganz leicht verrückt hat. Ich kann Henry nicht mit Sam allein lassen. Ich weiß nicht, wozu er imstande wäre. Ich folge ihnen hinein und mache die Tür hinter mir zu.

Sam läuft direkt in Henrys Zimmer und legt ihn aufs Bett. Vorsichtig zieht er ihm Schuhe und Schuluniform aus und schiebt ihn, lediglich mit einer Thomas-die-kleine-Lokomotive-Unterhose bekleidet, unter die Bettdecke. Irgendetwas an der Art und Weise, wie er das tut, lässt mich zweifeln, ob ich mich nicht vielleicht doch täusche, ich alles falsch verstanden hab. Jemand, der weiß, dass es keinen Sinn hat, unserem Sohn einen Schlafanzug anzuziehen, weil er in der Nacht ohnehin aufwachen und ihn ausziehen wird, kann doch nicht dieselbe Person sein, die … Ich bin mir nicht mal sicher, was diese Person getan haben soll. Ich kann es für mich selbst nicht formulieren, nicht mal insgeheim in meinem Kopf.

Sam kommt wieder raus und lässt, wie wir es immer machen, die Tür einen Spaltbreit offen.

»Ich glaub, nach alldem haben wir uns einen Drink verdient, oder was meinst du?«

Bevor ich antworten kann, läuft er auch schon schnurstracks den Flur entlang in die Küche, zieht den Kühlschrank auf und nimmt eine halb volle Weinflasche heraus. Ich gehe ihm nach.

»Hör mal, Sam, ich bin echt müde. Können wir das vielleicht ein andermal machen?« *Geh jetzt einfach, bitte geh!*

Er nimmt zwei Gläser aus dem Oberschrank. Ich nehme mir vor, gleich morgen in der Küche alles umzuräumen, wenn nur … wenn … Mein Gehirn versucht, den Satz zu beenden, aber ich gebiete ihm Einhalt.

»Ich will keinen Wein. Bitte, Sam, ich will einfach nur noch schlafen. Lass uns das irgendwann anders nachholen.«

Ich nehme all meinen Mut zusammen, mache einen Schritt nach vorn, nehme ihm die Gläser aus der Hand und stelle sie auf die Arbeitsplatte. »Es ist schon spät. Ich bin fix und fertig. Bitte?«

Er zuckt mit den Schultern. »Okay, wenn es das ist, was du willst …«

Ich folge ihm den Flur entlang und will kaum glauben, dass es gleich vorbei sein wird, dass er nicht bemerkt hat, wie er sich mit Nathan verplappert hat. Nur noch wenige Augenblicke, und ich werde die Tür hinter ihm zuschließen, und dann werde ich endlich in der Lage sein nachzudenken.

Er legt die Hand auf den Sicherheitsriegel, um ihn nach unten zu schieben.

Komm schon, rede ich ihm stumm zu. *Mach die Tür auf.*

Doch seine Hand hält inne. Er dreht sich zu mir um. *Mach einfach die Tür auf.*

»Ich kann nicht, Louise.« Seine Stimme bricht, und auf dem Riegel zittern seine Finger.

»Was meinst du damit? Du kannst *was* nicht?« *Atmen, einfach weiteratmen.*

»Ich kann nicht gehen. Noch nicht. Tut mir leid.«

»Natürlich kannst du.« Ich versuche, meine Stimme unter Kontrolle zu bringen, um die Angst, die Panik zu verbergen.

»Nein, das wäre nicht gut.«

Fast schon schmerzhaft überrumpelt sehe ich, wie er auf einmal Tränen in den Augen hat. In den fünfzehn Jahren, die wir zusammen waren, habe ich ihn nicht ein einziges Mal weinen sehen.

Er sieht zu Boden. »Du weißt Bescheid, oder? Du weißt das mit Nathan Drinkwater. Es ist das, was ich im Auto gesagt hab.«

Jetzt sehe auch ich nach unten, auf die Knoten und Wirbel in den Eichenholzdielen, die wir gemeinsam ausgesucht haben, und auf den Staub, der sich seitlich am Fußabtreter sammelt.

»Ich weiß gar nichts.« Meine Stimme ist rau, meine Halsmuskulatur behindert die ein- und ausströmende Luft, die Muskeln lassen ihr kaum noch Raum.

»Du weißt es. Ich kann es in deinen Augen sehen. Ich hab dir beim Klassentreffen erzählt, dass ich noch nie etwas von einem Nathan Drinkwater gehört hätte, und jetzt weißt du, dass ich dich belogen hab. Du hast Angst vor mir. Du weißt Bescheid.« Er ist nicht wütend. Tatsächlich habe ich ihn noch nie so zutiefst traurig erlebt, und die Liebe und Verzweiflung in seinem Gesicht sorgen dafür, dass sich der

Knoten in meinem Bauch nur umso fester zuzieht. Ich schwanke leicht, und mir schwirrt der Kopf.

Er streckt die Hand aus, um mich zu berühren, aber ich ziehe meinen Arm weg. Ihm entgleiten die Gesichtszüge.

»Komm, setz dich«, sagt er. »Ich erklär es dir.«

Er wartet nicht auf Antwort, sondern kehrt in die Küche zurück, seine Schritte sind schwer, langsam, widerstrebend. Vor Henrys Zimmer zögere ich kurz, sein Nachtlicht schimmert durch den Türspalt. Sanft ziehe ich die Tür zu und folge Sam den Flur entlang, auf Beinen, die mich kaum halten.

Sam hat die Weinflasche wieder in die Hand genommen, sitzt am Tisch und gießt zwei Gläser ein. Er bedeutet mir, mich zu setzen, und ich tue wie geheißen. Mein Körper fühlt sich schwer an, als flösse Blei statt Blut durch meine Adern.

»Weißt du noch, als wir gerade frisch zusammenkamen, Louise?«, fragt er und dreht am Stiel seines Weinglases. »Da waren wir doch glücklich.«

Ich würde ihm bei allem zustimmen, aber diese Frage ist tatsächlich leicht. Ja, wir waren glücklich. Zum ersten Mal in meinem Leben war ich mit jemandem zusammen, der wusste, was ich getan hatte, und der mich trotzdem liebte. Irgendwie war dadurch die Schuld weniger schwer zu ertragen. Als er mich dort vor dem Pub in Clapham küsste, fühlte ich mich so leicht wie seit Jahren nicht mehr.

»Es war so befreiend, mit dir zusammen zu sein. Du hast mich so ungeteilt geliebt, so … unschuldig.« Nach allem, was wir getan haben, scheint diese Wortwahl ein wenig befremdlich. Er muss es mir angesehen haben, weil er es wiederholt: »Es war unschuldig, Louise. Oder vielleicht ist ›rein‹ das bessere Wort. Alles, was wir taten, taten wir aus Liebe. Du wolltest es genauso sehr wie ich, oder nicht? Ich hab dich nie zu irgendwas gezwungen, oder?«

Er bettelt fast, und ich schüttele den Kopf. Nein, er hat mich nie gezwungen. Oder genauer: Ich habe niemals Nein gesagt. Ein Schauder läuft mir über den Rücken – Abscheu gepaart mit einem heiklen Rest Begierde. Anfangs war es tatsächlich befreiend gewesen, nicht mehr den Beschränkungen des Blümchensex unterworfen zu sein, wie mit all meinen vorherigen Partnern. Da war irgendetwas an dem Umstand, dass ich komplett loslassen konnte, dass ich die Kontrolle aus der Hand gab, was mich erregte, mich entfesselte. Dann gab es wieder Zeiten, besonders nach Henrys Geburt, als gewisse Praktiken weitergingen, obwohl sie für mich nicht mehr angenehm waren. Ich dachte damals, es läge daran, dass ich Mutter geworden war, dass ich mich verändert hatte. Aber gesagt habe ich nie etwas. Ich habe nie etwas gesagt, weil ich spüren konnte, wie er mir schon da zusehends entglitt, und ich wollte ihm keinen Grund liefern, mich zu verlassen.

»Ich wollte Sophie nicht verletzen, ich schwöre es.« Sam dreht das Weinglas in seiner Hand hin und her, und der Inhalt schwappt bedenklich.

»Nein, natürlich nicht«, sage ich und habe Galle auf der Zunge. Oh mein Gott, was hat er bloß getan?

»Ich wollte nur, dass sie endlich den Mund hält, dass sie aufhört, all diese Dinge zu sagen, die vielleicht irgendwer hätte mit anhören können. Aber sie konnte einfach nicht ihre Klappe halten, immer wieder meinte sie, sie hätte mich damals mit Maria bei der Abschlussparty gesehen, und fragte, was da passiert wäre, ob Maria irgendwas gesagt hätte, ob ich irgendwas zu ihr gesagt hätte. Ich hab Sophie immer wieder versichert, da wäre nichts gewesen, es wäre nichts passiert, dass ich Maria im Wald zurückgelassen hab, dass es ihr gut ging, als ich sie zuletzt gesehen hab …«

»Wovon redest du? Was meinst du damit – du hast sie *im Wald* zurückgelassen? Wann?«

Er antwortet nicht, sondern dreht einfach nur immer wütender das Glas herum.

»Sam?« Mein Bedürfnis, es zu erfahren, ist jetzt stärker als die Angst. Bin ich gerade drauf und dran, die Antwort auf die Frage zu hören, die seit meinem sechzehnten Lebensjahr an mir genagt hat? »Hat das irgendwas mit Matt zu tun?« Ich muss wieder daran denken, wie der mich beim Klassentreffen mit dem Blick durchbohrt und darauf bestanden hat, dass wir alle den Mund halten. Eine wilde Hoffnung durchströmt mich, dass Sam mir gleich erzählt, er hätte all die Jahre lang Matt ein Alibi gegeben.

»Matt? Nein, mit dem hat es nichts zu tun. Der ist einfach nur besorgt, es könnte rauskommen, dass er damals das E beschafft hat.« Mir rutscht das Herz in die Hose. »Es war echt hart«, fährt er fort und stellt vorsichtig sein Glas auf dem Tisch ab. »Dich all diese Jahre später deshalb immer noch so zerrissen zu sehen – obwohl ich deiner Schuld und deiner Scham mit wenigen Worten ein Ende hätte setzen können. Zu wissen, dass es für dich und für mich das Ende bedeutet hätte – das Ende für *uns*.«

Ich starre ihn an, will und will gleichzeitig nicht, dass er weiterspricht. Er nimmt meine Hände, schließt seine darum, seine Daumen kreiseln über meine Handballen. Dann legt er sein Gesicht in meine Hände, sodass ich seine Augen nicht sehen kann, während er weiterspricht und die Worte aus ihm herausströmen, unaufhaltbar, sein heißer Atem auf meinen Händen.

»Nicht du hast Maria umgebracht, Louise. Ich war das.«

KAPITEL 38

Über bestimmte Details in ihrer Beziehung zu Sam redet Louise nicht. Sie schämt sich zu sehr dafür, dass sie sich dominieren lässt, dass sie sich unterdrücken lässt und hilflos ist. Sie hat Polly nur ein bisschen was erzählt, als es nach Henrys Geburt für sie so richtig schlimm wurde, aber nicht einmal Polly kennt die ganze Geschichte.

Als Louise noch ein Teenager war – und etwa bis Anfang zwanzig –, ging es unter Freundinnen immer nur darum, einander intime Details aus ihrem Sexleben zu berichten – Stellungen, Marotten, die Laute, was schiefging… Nichts blieb unerwähnt. Doch dann passierte etwas. Ungefähr zur selben Zeit, als sie mit Sam zusammenkam, fingen ihre Freundinnen allmählich an, übers Heiraten nachzudenken, was sie schließlich auch taten. Louise fand, dass seither ihre Gespräche im Sande verliefen. Lag es daran, weil sie ihre Entscheidungen gefällt hatten und nicht mehr zugeben wollten, dass nicht alles perfekt war? Gar nicht so einfach, da noch über die sexuellen Schwächen von jemandem zu lachen, mit dem man den Rest seines Lebens verbringen muss. Alles andere als lustig.

Die Unterhaltungen erstarben, in denen sie ihr eigenes Sexleben zur Sprache hätte bringen können, und sie wollte nicht mehr diejenige sein, die das Thema aufbrachte. Sie hätte sich gewünscht, jemanden zu haben, dem sie sich anvertrauen konnte, um zu überprüfen, wie weit jenseits der Norm ihr

Sexualleben war, ganz besonders in den letzten Jahren, als alles irgendwie aus dem Ruder zu laufen schien. Sie liest wie eine Verrückte alles, was sie über das Thema finden kann – über BDSM und Vergewaltigungsfantasien –, und reagiert immer wieder halbwegs beruhigt, sobald in irgendeiner Studie all das als »normaler Bereich« bezeichnet wird, aber mit Entsetzen, wenn sie auf Artikel stößt, die es mit echter sexueller Gewalt in Verbindung bringen.

Es wurde schlimmer, als Sam zum zweiten Mal bei einer Beförderung missachtet worden war, und dann noch mal, als Henry zur Welt kam. Er dachte wohl, dass die Mutterschaft alles wieder in Balance bringen würde, dass er bald wieder die Nummer eins wäre. Doch dann entwickelte Louise sich weiter, ihre Selbstständigkeit wurde ein Erfolg, und er blieb auf der Strecke. Natürlich hätte sie ihn nie verlassen. Nicht ihn, den Einzigen, der sie wirklich und wahrhaftig kannte. Wenn Louise nur gewusst hätte, was er getan hatte, wie anders wäre dann alles verlaufen. Was wäre aus ihr geworden, wenn sie nicht ihr Leben lang Mauern um sich herum errichtet hätte, um sicherzustellen, dass ihr niemand zu nahe käme? Wenn sie nicht an der Klippe gestanden hätte oder auf Brücken und darüber nachgedacht hätte, wie es wohl wäre, einfach aufzugeben und einen Schritt nach vorn zu machen? Nicht mehr existieren zu müssen?

Sam hatte immer das Gefühl, sich beweisen zu müssen, beweisen zu müssen, dass er immer noch die dominante Kraft in ihrem Leben war. Er hätte wissen können, dass er ihr gar nichts hätte beweisen müssen, weil sie ihn so umfassend liebte, und das seit jenen Tagen, als sie ihn in der Schulkantine mit Sophie Hannigan hatte flirten sehen. Louise war immer davon ausgegangen, dass es nichts gäbe, was er tun könnte und was sie davon abbringen würde, ihn zu lieben. Absolut gar nichts.

KAPITEL 39

2016

Ich bin komplett steif, mein Bauch ist so verkrampft, dass er allein den Rest meines Körpers zusammenzuhalten scheint. Ich könnte aus Glas gemacht sein – hart und glatt und kalt, wenn man es berührt. Eine Bewegung, und ich zerspränge. Ich sitze komplett reglos auf meinem Stuhl und bin mir über die Maßen bewusst, dass Henry nur ein paar Meter entfernt in seinem Bett liegt.

»Was ist passiert?« Ich klinge nicht mehr wie ich selbst, meine Stimme ist dünn, durchdringt kaum noch die Stille, die sich in der Küche ausgebreitet hat, in diesem Raum, in dem wir so viele Nächte redend, essend und lachend verbracht haben. Vorsichtig ziehe ich meine Hände aus seinem Griff und lege sie zitternd in meinen Schoß.

»Kannst du dich an die Nacht noch erinnern, Louise?«

Natürlich kann ich mich daran erinnern. Und das weiß er auch.

»Ich war gut, oder?« Er klingt wie Henry, wenn er um Bewunderung buhlt. »Anfangs. Ich hatte dich, allein in diesem Klassenzimmer, und ich hätte dich noch weitertreiben können. Aber ich wusste, dass du Angst hattest, also hab ich aufgehört. Ich war gut. Das weißt du noch, oder?«

»Ja.« Drängende Hände über grünem Satin, seine Finger,

die sich immer fester in mein Fleisch bohren, seine Zunge in meinem Mund, alles heiß und verschwommen. Und dann ich, allein in diesem Klassenzimmer, mein Rücken an der kalten Wand, wie ich mich selbst verfluche für meine Unerfahrenheit, meine Frigidität.

»Du wolltest mich, aber du hattest Angst. Du hattest es nicht verdient, gezwungen zu werden, Louise.« Der flehentliche Ton ist wieder da, und ich nicke, der Reflex, ihn zufriedenzustellen, ist in mir immer noch stark vorhanden. »Aber damals warst du eben doch noch nicht bereit.«

Ich weiß noch, wie erniedrigt ich mich gefühlt habe, nachdem er mich in diesem Klassenzimmer allein gelassen hatte, und ich bin überrascht, dass ich urplötzlich Mitgefühl für mich selbst als Teenager aufbringe. Mitgefühl für dieses Teenager-Ich habe ich bisher noch nie wahrgenommen, immer nur Schuld und Ekel und Scham.

»Aber Maria – die war anders. Ich hatte die Geschichten über sie gehört, das hatten wir alle. Die Sachen, die sie schon gemacht hatte. Bei ihr brauchte man kein schlechtes Gewissen zu haben, wenn man mir ihr was anfangen wollte, weil es nichts gab, was sie nicht sowieso schon mal gemacht hätte.«

Ich will ihm sagen, dass es Lügen waren, all diese Geschichten, dass irgendjemand die erfunden hatte, weil er der Ansicht gewesen war, er könnte bei Maria seinen Willen durchsetzen. Aber inzwischen habe ich Angst, also sage ich nichts. Wenn ich ihn reden lasse und ihm einfach dabei helfe zu glauben, dass alles, was er getan hat, nicht seine Schuld gewesen ist, verschwindet er vielleicht.

»Ich hab gesehen, wie sie aus der Aula gelaufen und gestolpert ist. Sie hat am Türstock Halt gesucht und sich dann die Hand vor den Mund gehalten. Ich bin ihr in Richtung des Wäldchens nachgelaufen. Sie hatte Panik, wusste nicht, was mit ihr los war, wollte einfach nur davonlaufen. Ich wollte sicherstellen, dass es ihr gutging. Immerhin wusste ich, was sie genommen hatte, und sie nicht. Ich hab auf sie aufgepasst.« Er dreht mir sein aufgewühltes Gesicht zu.

Ich versuche, bestätigend zu gucken, und nicke: Ja, du hast auf sie aufgepasst.

»Kurz bevor sie den Wald erreicht hat, hab ich gesehen, wie sie gestolpert und hingefallen ist. Da hab ich ihr dann nachgerufen. Sie hat sich umgedreht, ich bin auf sie zugelaufen, hab sie gefragt, ob alles okay wäre. Genau das hat Sophie gesehen. Sie war ebenfalls hinter Maria her und hat sie verfolgt, um zu sehen, wie sie auf das E draufkam.«

»Sophie hat sie in der Nacht gesehen? Das hat sie nie erwähnt.« Ich muss an Sophie denken, wie ich sie in ihrer Wohnung besucht hab und sie gelacht hat über Marias Freundschaftsanfrage. *Was, das Mädchen, das ertrunken ist?* Hinter ihrer einstudierten Unbeschwertheit mussten genauso viel Angst und Schuld verborgen gewesen sein, wie ich sie empfand.

»Ich wusste es auch nicht, bis sie mich anrief, nachdem du sie besucht hattest.«

»Warum hat sie das denn damals nicht der Polizei erzählt?«

»Ach, da war sie wohl wie du«, sagt Sam lapidar. »Total verängstigt darüber, was ihr getan hattet oder was passieren könnte, wenn irgendjemand es herausfinden würde. Da glaubte sie wohl, es wäre besser, gar nichts zu erzählen. Außerdem war das ohnehin alles, was sie gesehen hatte – mich und Maria, wie wir in Richtung Wald verschwanden. Als wir uns vor dem Klassentreffen am Telefon darüber unterhalten haben, nahm ich an, ich hätte sie davon überzeugt, dass da nichts war, dass sie es einfach vergessen sollte. Aber dann fing sie beim Klassentreffen wieder davon an. Sie hatte Angst, war von diesen Facebook-Nachrichten vollkommen durch den Wind. Sie wollte das Thema einfach nicht mehr fallen lassen. Ich glaub, sie dachte, es wäre wirklich im Bereich des Möglichen, dass Maria noch am Leben wäre und dass ich irgendetwas darüber wüsste. Sie war betrunken und wurde immer lauter. Die Leute haben sich schon umgedreht und sich gefragt, worüber wir da redeten. Sie war drauf und dran, eine Szene zu machen, also musste ich sie wegschaffen.«

»Wo …« Mir bleiben die Worte im Hals stecken. Ich atme tief ein und versuche es erneut. »Wo seid ihr hingegangen?«

»Ich hab ihr erzählt, dass ich mich wieder an etwas erinnern würde aus der Abschlussparty-Nacht, was ihr vielleicht helfen könnte, und hab vorgeschlagen, einen Spaziergang zu machen, um in Ruhe darüber zu reden. Sie wollte so verzweifelt Antworten, dass sie keine Sekunde gezögert hat. Ich meinte zu ihr …« Seine Stimme schwankt. »Louise, du musst mich verstehen – ich hab das alles nur gemacht, weil ich meine Familie beschützen muss. Ich wollte nicht, dass meine Kinder einen Vater haben, der im Gefängnis sitzt. Ich wollte nicht, dass die eine falsche Entscheidung, die ich mit sechzehn getroffen hab, ihr Leben ruiniert. Das konnte ich doch nicht zulassen.«

Ich nicke eifrig, versuche verzweifelt, Zustimmung zu signalisieren.

»Ich meinte zu ihr, wir könnten rüber in das Wäldchen laufen, wo niemand uns belauschen würde«, fährt er fort, und seine Stimme hat sich leicht gesenkt. »Inzwischen war es dort schon ziemlich kalt, also haben wir uns die Mäntel geholt, ich hab die Hände in die Taschen gesteckt, und da hab ich die Handschuhe ertastet, also hab ich die ebenfalls angezogen, einfach nur, damit meine Hände warm blieben, okay?«

Oh Gott. Die arme Sophie.

»Dann sind wir den Waldweg entlanggegangen, und ich hab immer noch gehofft, sie würde das Thema fallen lassen, und überlegt, was ich ihr erzählen könnte, damit sie endlich Ruhe gibt. Aber dann hat sie damit angefangen, dass wir der Polizei alles erzählen müssten, und … da bin ich in Panik geraten, Louise. Warum musste sie auch die Polizei ins Spiel bringen? Ich konnte doch nicht zulassen, dass sie der Polizei erzählt, sie hätte mich in dieser Nacht mit Maria gesehen. Ich konnte nicht zulassen, dass dieser eine blöde Fehler mein Leben und das meiner Kinder ruiniert.«

»Also hast du …«, flüstere ich, kann den Satz aber nicht zu Ende bringen.

Er schlägt die Hände vors Gesicht. »Ich wollte es nicht. Das war nicht meine Absicht. Das musst du mir glauben, Louise.« Seine Stimme ist gedämpft, der Laut schlüpft gerade so zwischen seinen Fingern hindurch.

»Aber all diese Jahre … hast du mich glauben lassen, dass ich für Marias Tod verantwortlich sei … und hast mich ermutigt, es ebenfalls für mich zu behalten.«

Endlich sehe ich mit erschreckender Klarheit, wie sehr ihm all das zupass kam, mich in meinem Schuldgefühl zu bestärken und mir nie etwas zu erzählen. Stattdessen untermauerte er fortwährend und subtil die Annahme, dass meine Tat zur Folge gehabt hätte, dass mich nie jemand anderes verstehen geschweige denn lieben könnte. Er wollte genauso wenig wie ich, dass irgendwer in den Begleitumständen von Marias Verschwinden herumstocherte. Er brauchte mich in seiner Nähe, er musste sicherstellen, dass ich stillhielt.

Ich sehe diesen Mann an, den ich so lange geliebt habe und immer noch liebe – den Vater meines Kindes. Es ist, als hätte jemand einen Vorhang zur Seite gezogen, den ich vor Urzeiten sorgsam zwischen mir und der Realität aufgehängt habe, um zu verschleiern, was nach Henrys Geburt aus Sam geworden ist. Ich habe so hart dafür gekämpft, mir selber einzureden, dass alles okay wäre, aber jetzt zwinge ich mich, der Wahrheit ins Auge zu sehen. Die Mutterschaft hat mich nicht prüde gemacht. Es war Sam, der sich verändert hatte, nicht ich. Er kam nicht damit klar, dass ich für Henry Zeit und Liebe aufbrachte und Energie für meine kleine Firma, sodass er fordernder wurde und immer mehr von mir wollte. Er zog mich immer weiter mit auf den Weg, der wegführte von jenen Fantasien, die wir gemeinsam ausgelebt hatten, weg von Spielen, von denen ich tatsächlich nicht behaupten kann, ich hätte sie nicht auch genossen, hin zu etwas Düstererem, Finstererem … etwas Realem. War es das, was Maria zugestoßen ist? Hat sie getan, was ich nie geschafft habe? Hat sie Nein gesagt? Ich muss es wissen, das schulde ich ihr. Ich kann das Band spüren, das mich und Maria verbindet und straff zwischen uns gespannt ist. Sie hat es verdient, dass jemand die Wahrheit darüber kennt, was ihr zugestoßen ist.

»Was ist passiert, Sam? Bei der Abschlussparty?« Ich versuche, sachlich zu klingen, und konzentriere mich auf meine Atmung, halte die Stimme gesenkt.

»Ich hätte es dir schon so oft erzählen wollen, Louise. Das musst du mir glauben. Aber ich konnte nicht riskieren, dich und Henry zu verlieren.«

Trotzdem hast du uns ganz einfach weggeschubst, will

ich eigentlich sagen. Wenn du wirklich solche Angst hattest, uns zu verlieren, warum hast du uns dann sitzen lassen?

»Ich hab gesehen, wie sie hingefallen ist. Also bin ich den Weg entlanggelaufen, um ihr hochzuhelfen. Hab ihr gesagt, wir würden ein Stück gehen, damit sie wieder klar im Kopf wird. Sie hatte Panik und klammerte sich an mir fest, wusste nicht, was mit ihr los war. Wir haben den Weg durch das Wäldchen genommen. Dort war es dunkler, das Mondlicht fiel nicht ganz bis auf uns runter, und in der Dunkelheit hielt sie sich dann umso heftiger an mir fest.«

Die Worte strömen jetzt aus ihm heraus, als hätten sie seit Jahren in ihm festgesteckt und nur darauf gewartet, endlich rausplatzen zu können.

»Ich hab mit ihr über andere Sachen gesprochen«, fährt Sam fort. »Damit sie nicht mehr darüber nachdachte, wie sie sich fühlte. Dann kamen wir zwischen den Bäumen hervor und liefen in Richtung der Steilküste, wir hörten bereits die Wellen unten an die Klippen schlagen. Dort haben wir uns hingesetzt. Ich hab angefangen, ihr übers Haar zu streicheln, ganz sanft, sie hat es auch genossen – immerhin waren wegen dem E, das du ihr untergejubelt hast, ihre Sinne erweitert. Sie legte den Kopf in den Nacken, und ich streichelte ihr seitlich den Hals, wie ich es zuvor bei dir gemacht hatte.«

Ich kann Maria vor mir sehen, ihr Hals weiß und entblößt im Sternenlicht. Der Mondschein flackert auf den Wellen, der Geschmack von Salz hängt in der Luft.

»Maria hat sich zu mir umgedreht, mit riesigen Pupillen, und mich gefragt, warum sie sich so fühlt. Sie meinte noch, so viel hätte sie doch gar nicht getrunken. Ich hab es ihr natürlich nicht sagen können.«

Oh Maria, es tut mir leid, es tut mir so unendlich leid!

»Dann hab ich mich zu ihr rübergebeugt und sie geküsst. Erst hat sie mich zurückgeküsst, ehrlich, Louise, sie wollte es, das musst du mir glauben.«

Ich will es glauben, will *ihm* glauben.

»Und dann … lagen wir am Boden, ich auf ihr drauf, und sie … sie hat sich gewunden, hat versucht, unter mir hervorzukommen, aber ich dachte … ich dachte, sie würde es doch genießen, ich dachte, es wäre ein Spiel. Wie bei dir später, weißt du? Dass sie bloß so getan hat.«

Ja, genau wie bei mir – nur dass ich irgendwann nicht mehr gewusst hab, wo das Spiel anfing und wo es aufhörte.

»Also hab ich weitergemacht.«

Sams Worte holen mich zurück in diesen Raum, zurück zu mir.

»Sie wollte es, da bin ich mir ganz sicher. Die Sachen, die sie gemacht hatte … Du hast das alles doch auch gehört. Das haben wir alle. Sie hat versucht, meine Hand wegzuschieben, aber es war ein Spiel, es muss ein Spiel gewesen sein, weil sie am Ende aufgehört hat und ich's machen durfte.«

Ich denke an Maria, die so zierlich und schmal war, sicher nicht mehr als fünfzig Kilo wog; wie sie unter Sam eingeklemmt ist, der schon mit sechzehn gut eins achtzig groß war. Kein Wunder, dass sie aufhörte, sich ihm zu widersetzen, allein dort draußen an den Klippen. Über das Brüllen der Wellen hätte man sie ohnehin nicht schreien gehört.

»Anschließend dachte ich, sie würde dort für einen Moment liegen bleiben wollen, genau wie ich es musste, um mich wieder halbwegs zu sammeln. Aber sobald ich von ihr runterrollte, rappelte sie sich auf, zog ihr Kleid runter und stolperte in Richtung Schule. Sie konnte sich kaum auf den Beinen halten, also bin ich ihr nachgerannt und hab sie gefragt, wo sie denn hin will. Sie hat gemeint, sie würde zurücklaufen und allen erzählen, was ich getan hätte.«

Auch wenn ich mit einem schleichenden Gefühl des Schreckens ahne, wie diese Geschichte ausgehen wird, ist ein kleiner Teil von mir heilfroh angesichts dieses kleinen Akts des Widerstands.

»Was hatte ich denn getan, Louise? Und was war damit, was *sie* getan hatte? *Sie* ist doch mit mir dort runtergegangen, sie wollte es doch genauso sehr wie ich. Aber dann fing sie mit ihren Handgelenken an und mit ihrem Mund und meinte, sie hätte überall blaue Flecken und Blut. Ich hab sie nicht verletzen wollen, natürlich nicht, aber manchmal bleiben da eben blaue Flecken, oder? Hattest du doch auch, aber das heißt doch nicht, dass du es nicht gewollt hättest?«

Ich kann mich noch gut an eine Bekannte erinnern, die mal eine Strieme an meinem Handgelenk entdeckt hatte und mich danach fragte. Vor lauter Überrumpelung habe ich bloß gestammelt, ich hätte mich am Ofen verbrannt. Sie hat mich nur merkwürdig angesehen und danach den Kontakt gemieden.

»Ich hab ihr eingebläut, dass ihr doch niemand glauben würde, nicht bei ihrem Ruf, aber sie ist einfach weitergelaufen, und dann fing sie an zu schreien, so laut sie konnte: ›Vergewaltigung!‹ Sie war unterwegs in den Wald, schrie immer wieder, und ich bin ihr hinterhergerannt. Dann hab ich mich vor sie gestellt und sie an den Armen gepackt. Das wäre keine Vergewaltigung gewesen, hab ich zu ihr gesagt. Sie müsste aufhören, so was zu sagen. Aber sie hat mir ins Gesicht gespuckt und mich einen Vergewaltiger genannt und dann gefragt, ob ich wüsste, was sie im Gefängnis mit Vergewaltigern machen würden.«

Ich will weinen und wüten und jubeln, weil sie so stark war.

»Da wusste ich, dass sie es ernst meinte. Sie würde es erzählen, egal wie schlecht sie dabei wegkommen würde, egal ob es ihr irgendjemand glauben würde«, fährt Sam fort. »Und selbst wenn sie es nicht würde beweisen können, es würde Leute geben, die mich nie wieder wie früher angucken würden. Das wär's für mich gewesen, Louise.« Seine Stimme bricht, und er ist den Tränen nahe. »So was hätte mich doch für den Rest meines Lebens verfolgt: für immer der Junge, dem man einmal vorgeworfen hat, ein Vergewaltiger zu sein. Ich konnte doch nicht zulassen, dass sie mir das antut, Louise, sie durfte doch nicht den Rest meines Lebens ruinieren! Das verstehst du doch, oder?«

Ich bin es so sehr gewöhnt, ihm zu glauben, ihn durch seine Augen zu betrachten statt durch meine eigenen, dass er mich fast so weit hat, dass ich von der Version seiner selbst fast eingelullt bin: Sam, das arme Opfer, das fälschlicherweise beschuldigt wird. Dem Unrecht angetan wird. Aber er erzählt es mir zur falschen Zeit. Wenn er es mir vor Jahren erzählt hätte – bevor er mich betrog, bevor er mich und unseren Sohn verließ und während ich noch gebannt von ihm war –, hätte ich ihm möglicherweise geglaubt und ihn bemitleidet. Ich hätte ihn vielleicht sogar verstanden. Aber mittlerweile habe ich den unerträglichen Schmerz in den Augen einer Mutter gesehen und ein goldenes Herz und eine dünne Kette. Ich habe meine Augenbinde abgenommen.

»Ich hatte keine Wahl, das musst du mir glauben. Ich hätte nicht zulassen können, dass sie herumläuft und diese Sachen über mich erzählt. Ich musste … dafür sorgen … dass sie schweigt.«

Oh Maria, verzeih mir! Ich muss an Bridget denken, an den Schmerz, der sich über all die Jahre, in denen sie sich ausgemalt hat, was Maria zugestoßen ist, in ihr Gesicht geprägt hat. Die Wahrheit zu hören wird sie umbringen. Aber mir dämmert, dass sie es womöglich nie erfahren wird, wenn ich Sam neben mir ansehe. Ich muss an Sophies geschundenen Körper denken. Ich weiß, was mit Menschen passiert, die zu viel über Sam wissen.

»Es hat lange gedauert, viel länger, als ich gedacht hätte.« Seine Stimme ist ganz dünn, und wieder sehe ich Henry vor mir, der irgendeine kindliche Untat gesteht – dass er Süßigkeiten aus dem Schrank stibitzt oder einen Dekogegenstand kaputtgemacht hat, den er nicht hätte anfassen dürfen. »Aber am Ende war sie dann still. Ich konnte sie dort ja schlecht liegen lassen, also hab ich spontan versucht, sie die Steilküste hinunterzuwerfen. Es hatte angefangen zu regnen, und sie ist mir immer wieder aus den Händen geglitten – ich hab wie verrückt gezittert, und sie war echt schwer, aber am Ende hatte ich sie bis an die Klippe geschafft und hab sie dort ins Gras gelegt. Ich hab inzwischen geheult, Louise, ich hab geheult wie ein Schlosshund, sodass ich kaum noch aus den Augen gucken konnte.«

Er hält inne, nimmt einen Schluck Wein, und das Glas rutscht ihm durch die Finger. Sein Gesicht ist von einem Schweißfilm bedeckt.

»Als ich neben ihr gekniet hab, hab ich etwas gesehen, was beinahe alles verändert hätte. Ihre Augenlider haben gezuckt. Sie war immer noch am Leben.«

Eis rinnt durch meine Adern. Er hat eine zweite Chance bekommen, und auch da hat er nicht zugegriffen.

»Ich hab raus übers Meer geguckt und über den Rest meines Lebens nachgedacht und darüber, was wäre, wenn ich jetzt aufhören, zurück zur Schule rennen und den Notarzt rufen würde. Anfangs wäre es sicher okay gewesen, ich hätte sagen können, dass ich sie dort so gefunden hätte – da wäre ich der Held gewesen. Für eine Weile. Aber dann musste ich wieder daran denken, wie sie mir ins Gesicht gespuckt hat. Wenn sie wieder zu Bewusstsein gekommen wäre, wäre doch das Erste, was aus ihrem Mund gekommen wäre, wieder diese Lüge gewesen: Vergewaltigung.«

Ich kralle mich an der Sitzfläche fest. All die Jahre, die wir zusammen verbracht haben, unser Hochzeitstag, das Elend rund um die künstliche Befruchtung, die Freude darüber, ein Kind zu bekommen – all das ist mit einem Mal wie weggefegt. Ich hatte angenommen, er hätte mir nichts Schlimmeres antun können, als sich von mir zu trennen. Von allem fortzulaufen, unser Glück ganz einfach beiseitezuschieben, meine Erinnerungen an unsere gemeinsame Zeit zu besudeln. Wie falsch ich doch gelegen habe.

»Ihre Kette glitzerte im Mondlicht und funkelte mich an. Ich hatte diese Vorstellung, dass man sie damit identifizieren könnte, wenn sie ihre Leiche später irgendwann finden würden – dass die Kette dann immer noch da sein würde, um … um ihr Skelett.« Seine Stimme schwindet; er reibt sich mit den Fingern über die Augen, als wollte er so die Erinnerung ausradieren. »Also hab ich sie ihr abgenommen und eingesteckt«, fährt er fort, immer noch mit verborgenen Augen.

Mein Gott, Sam besaß die Kette die ganze Zeit! Wo hatte er sie versteckt? Ich erschaudere bei dem Gedanken, dass ich sie jederzeit zufällig hätte finden können, wenn ich eine Schublade ausgeräumt oder durch den Kleiderschrank gewühlt hätte.

»Und dann hab ich … sie über die Kante geschoben.

Sie … Ich konnte es nicht sehr gut sehen, aber ich hab es platschen hören, als sie im Wasser landete. Dann war sie weg.«

Die Wellen mussten ihm in jener Nacht gut gesinnt gewesen sein. Maria ist immer noch irgendwo dort draußen, inzwischen nur noch Knochen oder was immer von Knochen übrig bleibt, nach so langer Zeit im Salzwasser. Mein Gott, ich habe sie so unendlich im Stich gelassen.

Mit flehendem Blick sieht er zu mir herüber.

»Ich konnte doch nicht zulassen, dass die Leute so was von mir denken, oder, Louise? Ich weiß nicht, ob ihr irgendwer geglaubt hätte, aber es bleibt immer etwas kleben, oder etwa nicht? Das hätte ich nicht ertragen können – für den Rest meines Lebens einer Vergewaltigung bezichtigt zu werden! Niemand hätte mich je wieder so angesehen wie früher.«

Ich denke an jene Nacht zurück. Ich weiß noch, wie ich mit Sophie und dann mit Esther gesprochen habe. Ich weiß noch, wie Bridget zur Schule kam, dann die Gewissheit, dass Maria verschwunden war. Was ich aber erst in diesem Moment vor mir sehe: dass Sam nicht da war. Er war nicht da, als ich getanzt habe, als ich außer dem Beat der Musik und den Chemikalien in meinem Blutkreislauf rein gar nichts anderes mehr wahrgenommen habe; er war nicht da, als die Lichter angingen; er war nicht draußen, als Mr. Jenkins Bridget ins Sekretariat führte, um die Polizei zu rufen. Nein, er war unterwegs im Wald, im Regen, durchnässt und schlammverschmiert, rannte durch Sharne Bay, hielt sich in den Nebenstraßen, bis er die Sicherheit des kleinen Hauses an der Coombe Road erreichte. Dort zog er sich um und stopfte seine Klamotten in eine Mülltüte. Er duschte, bis das Wasser, das an ihm hinabströmte, seine braune Färbung verlor und wieder sauber war.

Sam streckt sich und streichelt mir über die Haare, zwirbelt einzelne Strähnen um seine Finger, eine schaurige Erinnerung an unsere einstige Intimität. Ich sitze reglos auf meinem Stuhl und versuche verzweifelt, Ordnung in meine Gedanken zu bringen.

»Aber … Nathan Drinkwater … Warum …«

»Ich musste herausfinden, wer diese Facebook-Nachrichten geschrieben hatte. Sophie hat mich angerufen, nachdem du bei ihr zu Besuch warst, und hat mir von Marias Freundschaftsanfrage erzählt und von deinem Besuch. Warum bist du nicht zu mir gekommen und hast dich mir anvertraut?«

Ich zucke mit den Schultern, als wäre ich mir nicht sicher, aber ich weiß es. Ich wollte verhindern, dass seine starken Hände erneut Zugriff auf mein Leben bekommen. Ich wollte nicht, dass er wieder die Rolle des Vertrauten übernimmt und somit auch die Kontrolle über mein Leben. Ich wollte es allein schaffen.

Ich muss wieder an den Tag denken, als ich Pete im Dulwich Park getroffen hab, und an die düstere Vorahnung, als Esther mir erzählte, sie hätte ihn mit Frau und Kind gesehen. Ich nahm an, dass Pete, der hinsichtlich seiner häuslichen Situation geflunkert hatte, auch in jeder anderen Hinsicht log. Wenn ich nur gewusst hätte, dass ich an den komplett falschen Stellen nach Nathan Drinkwater gesucht habe!

»Ich dachte, wer immer diese Facebook-Seite eingerichtet hätte, wüsste die Wahrheit darüber, was ich getan hab«, fährt Sam fort, und die Worte kommen jetzt schnell und nachdrücklich, als hätte er nur darauf gewartet, endlich zu bekennen, ein Geständnis abzulegen, »und da musste ich doch herausfinden, wer das war. Ich hab mir gedacht, wenn demjenigen so sehr an Maria liegt, dass er diese ganze Facebook-Scharade ins Leben ruft, dann würde doch der Name Nathan Drinkwater alle Alarmglocken schrillen lassen. Matt Lewis' Cousin hatte uns alles über Nathan erzählt, und den Namen hab ich nie vergessen. Und natürlich hatte ich recht: Sie konnte der Nachricht von Nathan nicht widerstehen. Ich wusste nur bis heute Abend nicht, dass es sich dabei um Bridget handelte. Als Nathan« – er betont den Namen – »ihr erzählte, dass er etwas über die Nacht der Abschlussparty wüsste und etwas hätte, was er ihr zeigen könnte, war sie sofort zu einem Treffen bereit. Ich hab ihr nicht erzählt, worum es bei diesem Beweis ging, ich wollte erst sehen, mit wem ich es zu tun habe, ehe ich irgendwem die Kette zeige. Sie hat vorgeschlagen, dass wir uns an der Schule treffen sollten, irgendwo um die Ecke. Also hab ich dort gewartet, aber es ist niemand gekommen. Als mir klar wurde, dass niemand mehr auftauchen würde, bin ich wieder nach drinnen gegangen. Dass ich die Kette im Wald verloren hab, war ein Fehler. Ich weiß immer noch nicht, wie das passieren konnte. Sie muss mir bei … bei dem Handgemenge aus der Tasche gefallen sein. Ich hab erst später bemerkt, dass sie verschwunden war, und da wäre es zu riskant gewesen, noch mal zurückzugehen und danach zu suchen.«

Ich weiß, warum Bridget nicht aufgetaucht ist. Sie ist ihrem Sohn über den Weg gelaufen, der angenommen hat, sie wäre drauf und dran, Ärger zu machen oder sich selbst umso mehr zu quälen, wenn sie all die Leute aus der Abschlussklasse 1989 sieht, die es bis ins Erwachsenenleben geschafft haben. Er hat sie dazu bringen können, wieder zu verschwinden. Zum Glück. Ich frage mich mit einem Schauder, was Sam für den Fall geplant hat, dass sie aufgetaucht wäre. In seiner Version war alles, was Sophie und Maria passiert ist, ein Akt der Verzweiflung – ein paar falsche Entscheidungen, die in der Hitze des Gefechts der schieren Panik entsprungen waren. Das ist er, der Mann, den ich geheiratet habe, der Vater meines Kindes. Bis gerade eben hat mich das erschüttert – dass der Mann, den ich geliebt habe, zu derlei Dingen imstande ist. Doch sich mit Bridget zu verabreden war eiskaltes Kalkül; was das anging, wäre es kein Fehler gewesen, kein vorübergehender Moment des Affekts. Endlich sehe ich ihn, was er im grellen Licht der Wahrheit ist, worin er sich mit scharfen Konturen abzeichnet. Und ich habe Angst – nicht nur davor, was er ist und was er getan hat. Ich habe vor allem Angst davor, was er als Nächstes tut.

KAPITEL 40

2016

Ich bin von Kopf bis Fuß angespannt und fühle mich wie ein gespannter Bogen, von dem gleich der Pfeil losschnellt. Jede Faser meines Körpers ist in Alarmbereitschaft und versucht nicht nur, den nächsten Schritt vorzubereiten, sondern auch auf Henry zu lauschen. Ich habe Panik, dass er aufwachen könnte und dann eine Szene miterleben muss, über die er nie hinwegkommen wird. Ich will nicht mal über die andere Möglichkeit nachdenken – diejenige, bei der er keine Chance bekommt, überhaupt je über irgendwas hinwegzukommen. Solange Henry in seinem Zimmer schläft, hat mich Sam hier so wirksam in seiner Gewalt, als säße ich mit Eisenketten an meinen Stuhl gefesselt.

Sam zieht seine Finger aus meinem Haar zurück, und ich muss mich zusammenreißen, um nicht zu winseln, als er kurz mit der Hand über meine Wange fährt.

»Ich weiß noch genau, wie wir frisch zusammengekommen sind«, sagt er. »Da bin ich manchmal mitten in der Nacht aufgewacht und hab dich dabei ertappt, wie du mich angestarrt hast, als wolltest du dir mein Gesicht für alle Zeiten einprägen. Mit dir zusammen zu sein war so leicht, besonders nach den vorangegangenen Jahren. Es hatte sich noch nie jemand so sehr um mich gesorgt, wie du dich um mich gesorgt und gekümmert hast. Ich war der Mittelpunkt deiner Welt. Und wir waren glücklich, oder nicht? Aber ich kann nicht leugnen, dass sich vieles verändert hat, als Henry kam. Ich bin aus dem Fokus gerutscht und ersetzt worden. Ab da hab ich nur noch am Rand herumgelungert und aus der Entfernung zugesehen. Ich hab Henry geliebt, ganz klar, aber ich fand es nicht gut, was er mit dir, was er mit *uns* gemacht hat.«

Zum ersten Mal heute Abend treten mir Tränen in die Augen. Mir war natürlich bewusst, dass mit Henrys Geburt alles anders geworden war. Als die obligatorischen ersten sechs Wochen vorbei waren, hat Sam erwartet, dass wir im Bett wieder zur Normalität zurückkehren würden. Nur dass das, was er dann wollte, nicht mehr der Normalität entsprach – nicht mal für unsere Verhältnisse. Als hätte jemand einen Schalter in seinem Hirn umgelegt, und die Spiele, die wir zuvor gespielt hatten, genügten ihm nicht mehr. Es war, als reiche die Illusion, mich zu verletzen, nicht aus. Sam wollte echte Angst in meinen Augen sehen.

»Gib Henry nicht die Schuld«, wispere ich.

»Mach ich nicht«, sagt er banal. »Ich gebe dir die Schuld.«

Ich kann gar nicht mehr aufhören zu zittern. Ich sitze auf meinen Händen, weil ich nicht weiß, wozu sie sich sonst hinreißen lassen könnten. Ich kann nicht schreien, weil ich dann Henry wecken würde, aber selbst wenn – was würde passieren? Würde irgendjemand es hören? Was wäre mit der stillen Marnie von oben? Würde sie die Polizei rufen? Oder einfach nur zur Fernbedienung greifen und den Fernseher laut stellen?

Sam schiebt seinen Stuhl zurück, und ein Stuhlbein quietscht über den Boden. Ich zucke zusammen, lausche verzweifelt auf einen Laut aus Henrys Zimmer. Aber da ist nichts, nur Stille, während Sam durch die Terrassentür hinaus in die Dunkelheit blickt.

»Oh Gott, oh Gott.« Behutsam schlägt er mit der Stirn gegen die Scheibe. »Warum hab ich bloß Nathan erwähnt?«

Im selben Moment überkommt mich eine Erinnerung aus einer anderen Zeit: aus einer Zeit, als Sam gerade einmal wieder zu weit gegangen war. Er hatte mir Schmerzen zugefügt und wusste es. Er stand genauso da wie jetzt – reumütig, bat mich um Vergebung. Und natürlich vergab ich ihm. Ich wusste damals ja nicht, wer ich ohne ihn wäre. Ob ich ohne ihn überhaupt jemand wäre.

»Tu doch einfach so, als hättest du es nicht getan«, platzt es aus mir heraus. »Ich sag kein Wort. Trotzdem, geh jetzt bitte. Ich erzähl es niemandem, versprochen. Bitte, Sam, was wird denn sonst aus Henry?«

Mit Tränen in den Augen dreht er sich zu mir um. »Ich pass auf ihn auf. Ich liebe ihn genauso sehr, wie du ihn liebst. Du glaubst doch nicht etwa, dass ich ihm etwas antun könnte?« Ich will es nicht glauben, aber ich bin mir nicht sicher; ich bin mir bei gar nichts mehr sicher.

»Henry braucht mich, Sam.« Ich ziehe meine zitternden Hände unter den Schenkeln hervor und halte mich an der Tischkante fest. »Kinder brauchen ihre Mütter.«

»Es wird ihm gutgehen, genau wie es mir gutging«, sagt er, doch in seiner Stimme schwingt keinerlei Gefühl mehr mit. Sein Blick wandert hinaus in die Dunkelheit, wo er nichts erkennen kann, aber ich weiß, dass er Meilen und Jahre entfernt ist, in diesem grässlichen kleinen Haus mit Brandflecken auf dem Resopal-Küchentisch.

Ich muss daran denken, wie Henry mich morgens immer aufweckt, indem er sein Gesicht ganz nah an meins heranschiebt, sobald ich mich rühre. Ich sehe dann bloß seine

Augen, verschwommen, unfokussiert, seine Wimpern, die über meine kitzeln, sein heißer Atem auf meinem Gesicht. Ich denke daran, wie er zu mir ins Bett schlüpft und seinen kleinen, warmen Körper an meinen schmiegt und sich an mich kuschelt, als wollte er dorthin zurückkehren, wo er herkam, in meinen Bauch. Ich und Henry, wir waren immer eins, will ich zu Sam sagen. Wir sehen vielleicht aus wie zwei, aber in Wahrheit sind wir eins.

Sam schlendert langsam um den Küchentisch herum und setzt sich neben mich, dreht seinen Stuhl so herum, dass wir Knie an Knie dasitzen. Er schließt die Augen und streckt den Arm aus, streicht mir erst mit der einen, dann mit der anderen Hand übers Haar. Ich zittere inzwischen krankhaft, und mein Mund ist staubtrocken.

»Es tut mir leid, es tut mir leid«, flüstert er tonlos. Immer noch mit geschlossenen Augen. Dann nähert er sich meinem Haar mit seinem Mund, gibt mir einen Kuss auf den Scheitel, riecht an mir. Ich sitze stocksteif da, atme zu flach, spüre, wie das Blut durch meinen Körper bis in die Fingerspitzen rauscht. Seine Hände streichen mir übers Haar, glätten es, so wie er es früher immer gemacht hat, wenn wir nachts im Bett lagen, wenn ich zu dem beruhigenden Rhythmus seiner streichelnden Hände einschlief. Ich sollte davonlaufen, kämpfen, irgendetwas tun, aber ich bin regelrecht gelähmt vor Angst. Der grässliche Schrecken angesichts dessen, was hier gerade passiert – in Kombination mit dem nur zu vertrauten Gefühl seiner Hände auf mir, sanft und doch mit schrecklichen Absichten –, hat mich in Schockstarre versetzt.

»Du musst leise sein, Louise, bitte, bitte sei leise«, murmelt er in mein Haar, und ich kann spüren, wie er angespannt in Richtung des Zimmers späht, in dem sein Sohn liegt und friedlich schläft.

Seine Hände wandern jetzt tiefer, seine Lippen pressen sich immer noch auf meinen Scheitel, seine Finger legen sich zärtlich um meinen Hals. Die eigenartige Starre schwindet, doch jetzt ist es zu spät. Ich habe jetzt schon Schwierigkeiten zu atmen, und seine Finger drücken fester und immer fester zu. Nur mein flaches Keuchen unterbricht die Stille, in die wir uns in unserer Liebe zu Henry eingesperrt haben, aus dem Wunsch heraus, ihn vor dieser Szene zu bewahren. Ich zerre hilflos an seinen Fingern und versuche, zwischen seine Hände und meinen Hals zu gelangen, aber da ist kein Zwischenraum mehr. Sam drückt zu.

»Schhhh«, flüstert er in mein Haar. »Weck Henry nicht auf.«

Ich zerre weiter verzweifelt an seinen Fingern, aber er ist zu stark, und ich kann spüren, wie mir langsam schwindlig wird, wie ich von den Schatten all der früheren Male umgeben bin, als ich seine Hände um meinen Hals gespürt habe, bei unseren Spielchen. Nur dass seine Hände damals nie so eisern zugedrückt haben. So nah an der Finsternis war ich noch nie.

Ich kann den Stuhl unter mir spüren, genau wie noch am Morgen, als ich hier in dieser Küche gefrühstückt habe. Dort an der Seite steht immer noch das ungespülte Geschirr: zwei mit Toastkrümeln übersäte Teller; ein Becher, in dem noch ein Fingerbreit kalter Tee steht; ein Glas, auf dem klebrige Fingerabdrücke prangen, darin gerade noch ein Tröpfchen Apfelsaft. Sollen das die Dinge sein, die ich als Letztes sehe?

Ich kann seine Hände nicht von meinem Hals wegziehen, also höre ich auf, es zu versuchen, und schlage stattdessen wild um mich. Ich will nach irgendetwas greifen – irgendetwas, was ich benutzen könnte, um ihn von mir wegzudrängen. Es wird immer schwerer, noch Luft in meine Lunge zu bekommen, mit jedem Versuch wird es schlimmer. Ich gehe, ich kann es spüren, es dauert nicht mehr lang. Mein Blickfeldrand verschwimmt allmählich, und die Küche, in der ich mit Henry allabendlich gesessen habe und er mir von seinem Tag erzählt hat, verschwimmt vor meinen Augen, verschmilzt in einem Nebel aus Schmerz und Angst. Oh Henry. Meine Hand schlägt auf die Arbeitsplatte neben mir, und ich taste herum, ohne irgendwas zu sehen, hoffe, irgendetwas zu finden, was ich packen könnte, um ihn damit zu schlagen oder ihn zumindest so sehr zu erschrecken, dass er mich loslässt. Aber da ist nichts, meine Hand greift ins Leere.

»Schhhh«, flüstert Sam erneut, und seine Lippen sind jetzt ganz nah an meinem Ohr und streifen es sanft. Ich versuche, ein »Bitte!« hervorzubringen, aber es kommt kein Ton aus mir raus, und er sieht mich ohnehin nicht an. Er ist in eine Welt eingetaucht, in der okay ist, was er tut, in der es bloß eins unserer Spielchen ist, seine Art, mir seine Liebe zu zeigen.

»Es ist okay, Louise, sei einfach leise, schhhh. Alles ist okay.«

Aber ich war schon zu lange leise. Ich habe schon zu lange so getan, als wäre alles okay, und sehe die letzten Jahre unserer Ehe in grellen Farben vor mir. Als die Kanten der Küchenschränke mit der Decke verschmelzen und die Finsternis über mir zusammenschlägt, tut es nichts mehr zur Sache, ob Henry aufwacht oder nicht. Jetzt zählt nur noch überleben. Mit letzter Kraft trete ich aus, aber da ist nichts. Ich trete ins Leere. Ich versuche es wieder, und diesmal trifft mein Fuß ein Stuhlbein. Ich hake meinen Fuß unter dem Sitz ein und ziehe das Bein nach oben, so gut ich kann.

Es kracht ohrenbetäubend laut, und der Stuhl poltert zu Boden.

Sams Griff um meinen Hals lockert sich ein wenig, und sein Gesicht wird wieder schärfer, ich kann die Panik in seinem Blick erkennen. Für ein paar Sekunden bleibt die Zeit um uns herum stehen, und dann ruft eine dünne Stimme aus dem Kinderzimmer: »Mummy?«

Ich nehme all die Kraft zusammen, die mir noch geblieben ist, springe von meinem Stuhl auf und schiebe Sams Hände von mir weg. Ich habe fast das Gefühl, dass seine Arme schlaff nach unten fallen, als ich in Henrys Zimmer renne, die Tür hinter mir zuschlage und mit dem Rücken gegen die Tür auf den Boden sinke und die Knie anziehe.

»Alles okay, H, schlaf wieder ein«, flüstere ich in seine Richtung, aber seine Augen sind schon wieder geschlossen. Der Krach, den der Stuhl verursacht hat, hat ihn bloß vorübergehend aus dem Schlaf gerissen.

Ich höre Sams Schritte, er kommt den Flur entlang, und ich schließe die Augen, spüre nur noch die harten Konturen der Tür in meinem Rücken und die leichte Welle im blauen Teppichboden unter meinen Fingern. Ich atme den Geruch von Henrys Zimmer ein: Waschpulver, Knete und der vage, aber unverkennbare Duft von Henry selbst. Ich habe in diesem Zimmer schon so oft im Dunkeln dagesessen, bin von seiner Wiege und später seinem Bett Zentimeter um Zentimeter davongeschlichen, verzweifelt darum bemüht, nicht das leiseste Geräusch zu machen, das Henry wieder wecken könnte, um die gesamte Einschlafprozedur nicht wiederholen zu müssen. Ich muss an all die Stunden denken, die ich neben ihm gesessen habe, mit meiner Hand auf seinem Rücken. In diesen Stunden wurde mir immer kälter, und ich hatte Angst, wenn ich jetzt meine Hand wegzöge, könnte er sich rühren und anfangen zu heulen. Das alles scheint in einem anderen Leben gewesen zu sein – einem Leben, in dem eine Frau, die ich nicht wiedererkenne, ihr Kind in den Schlaf gestreichelt hat und dann zurück ins Bett geschlüpft ist, in die warme Umarmung ihres liebenden Ehemannes. Ich wünsche mir nichts sehnlicher, als auf Henry zuzugehen und ihn zu halten, aber ich traue mich nicht weg von der Tür. Ich stemme mich dagegen und bin bereit, mich mit aller Kraft dagegenzupressen.

Die Schritte verstummen, und ich spüre den Druck im Rücken, als Sam versucht, die Tür aufzuschieben. Ich wappne mich, setze die Füße flach auf dem Boden auf und stemme mich dagegen, die Augen geschlossen, auf der Zunge den salzigen Geschmack der Tränen, die mir inzwischen ungehindert über die Wangen laufen. Ich kann die Schatten von Sams Füßen unter dem Türspalt erkennen, durch den auch Henrys Nachtlicht hindurchdringt.

»Bitte, Sam«, sage ich krächzend, meine Stimme klingt mir fast unbekannt. Der Druck lässt nach, aber der Schatten bleibt. »Bitte tu es nicht. Du liebst Henry doch, ich weiß, dass es so ist.« Ich bleibe leise, meine Augen sind starr auf die kleine, schlafende Gestalt im Bett an der gegenüberliegenden Zimmerwand gerichtet, hoch aufmerksam für jedes Anzeichen, dass er aufwachen könnte. »Ich weiß, wie sehr es dich schmerzt, nicht bei ihm zu sein, und wenn es nur unter der Woche ist. Und er liebt dich doch auch. Er liebt das Gute in dir, genau wie ich es getan habe. Genau wie ich es immer noch tue. Denk doch daran, wie es für dich war, ohne deine Mutter aufzuwachsen.« Die Verzweiflung hat mir neuen Mut gegeben. Sam hat nie über die Jahre gesprochen, in denen er von seiner Mutter nichts gesehen und gehört hat. »Du darfst nicht zulassen, dass Henrys

Leben genauso wird. Lass ihn nicht ohne mich aufwachsen. Er vertraut dir, Sam. Denk daran, wie er dich ansieht, wie er seine Hand in deine schiebt, wenn ihr die Straße zusammen entlanglauft. Wie er nicht nur seine Arme um dich schlingt, wenn du ihn hochnimmst, sondern die Beine auch.«

Ich muss jetzt alles in die Waagschale werfen, was ich habe.

»Und was ist mit Daisy und Catherine? Ich weiß, dass du die beiden ebenfalls liebst. Tu ihnen das nicht an. Lass nicht zu, dass Daisys Vater so ein Mensch ist. Bitte, Sam, bitte …« Meine Stimme gibt nach, ist jetzt nur noch ein Krächzen, und mein Hals brennt.

Ein paar Sekunden vergehen, in denen ich stumm dasitze. Nach einer Minute oder vielleicht zwei verschwinden die Schatten seiner Füße unter der Tür, und ich höre erneut Schritte, aber diesmal kann ich nicht ausmachen, in welche Richtung er geht. Ist Sam wieder zurück in die Küche oder zur Wohnungstür? Ich traue mich nicht nachzusehen, traue mich nicht, vom Boden aufzustehen, habe Panik, dass ich im nächsten Moment spüre, wie sich die Tür langsam in meinen Rücken drückt und ich nichts mehr dagegen tun kann. Also bleibe ich stattdessen reglos sitzen und zittere, während Stunde um Stunde vergeht, und lehne mich gegen die Tür, mein Rücken krampft schon vor Schmerzen, nur hin und wieder strecke ich ein Bein aus, um die Steifheit auszutreiben.

Als Henry noch ein Baby war, bin ich in diesem Zimmer einmal sogar auf dem Boden eingenickt. Damals hat er nie länger als zwei Stunden am Stück geschlafen, aber in jener Nacht schlief er mit einem Mal von Mitternacht bis fünf Uhr früh, bis ich dann panisch, durchgefroren und steifgliedrig aufschreckte (nur um festzustellen, dass er sich erstmals im Schlaf eigenständig auf den Bauch gedreht hatte). Sein Gesicht war von mir abgewandt, und alles, was ich erkennen konnte, war ein Bündel aus Decken im Dämmerlicht, und für ein paar Sekunden war ich felsenfest davon überzeugt, dass er nicht mehr atmete. Dass er erstickt wäre, während ich direkt neben ihm gelegen hatte.

Doch heute darf ich nicht einschlafen. Ich halte stumm Nachtwache, bis das graue Morgenlicht unter Henrys eisenbahngemusterten Vorhängen hereinkriecht und ich sehe, wie er sich bewegt. Wir können uns hier drinnen nicht für immer verbarrikadieren, also stehe ich auf, laufe auf sein Bett zu und lege mich neben ihn. Ich spüre den warmen, festen Körper in meinen Armen.

»Ist schon Frühstückszeit?«, fragt er verschlafen und schlingt seine Arme um meinen Hals.

»Ja, na klar. Marmeladentoast?«, frage ich mit möglichst normaler Stimme, obwohl jedes Wort klingt, als würde ich Glasscherben hinunterwürgen. »Sollen wir im Bett essen, als besondere Ausnahme?«

Er strahlt mich an, lässt mich los und fängt sofort an, seine Kuscheltiere fürs Frühstück in Position zu bringen. Ich stehe auf und laufe auf die Tür zu. Mit der Hand auf der Klinke halte ich inne und frage mich, was mich auf der anderen Seite erwartet, ob es der Moment sein wird, der Henrys Leben für immer verändert und unwiederbringlich zerstört. Ganz langsam ziehe ich in der Stille die Tür auf und spähe im Zwielicht den Flur entlang nach links. Die Küchentür ist angelehnt. Ich sehe nach rechts, in Richtung Eingangstür, die geschlossen ist. Die Wohnung sieht so aus wie immer, und doch fühlt sie sich komplett fremd an. Sie ist nicht mehr sicher, sie ist nicht mehr mein Zuhause. Ich weiß nicht, ob Sam hinter der nächsten Ecke lauert oder er sich im Schatten verbirgt.

Ich schleiche den Flur entlang, zögere kurz, bevor ich die Wohnzimmertür erreiche. Dann atme ich einmal tief durch und trete über die Schwelle. Das Zimmer ist leer, genau wie ich es zurückgelassen habe. Ich mache das Gleiche mit meinem Schlafzimmer, das akkurat gemachte Bett ein unbestreitbarer Beweis dafür, dass die letzte Nacht tatsächlich passiert ist. Als Nächstes kommt das Bad: ebenfalls leer. Von der Tür aus kann ich mein Gesicht im Spiegel sehen. Meine Haut ist fahl, und unter meinen rot gesprenkelten Augen liegen dunkle Schatten. Irgendetwas bewegt sich hinter mir, und mit hämmerndem Herzen wirbele ich herum, aber da ist nichts: nur das flackernde Sonnenlicht, das durch die Badezimmerjalousie auf die Wand in meinem Rücken fällt.

Auf Zehenspitzen laufe ich weiter zur Küche. Das Atmen macht mir Mühe, und ich frage mich, ob ich verletzt bin, während ich gleichzeitig versuche, so leise wie nur möglich ein- und wieder auszuatmen. Als ich die Hand zur Küchentür ausstrecke, lässt ein unvermutetes Geräusch mich heftig zusammenschrecken, und ich springe zurück. Doch einen Augenblick später wird mir klar, dass die Glyzinie im Wind gegen die Terrassentür gepeitscht hat. Ich nehme allen Mut zusammen und schiebe die Tür auf. Die Weinflasche und die beiden Gläser stehen verwaist auf dem Tisch, und der Stuhl, den ich umgetreten habe, liegt noch immer auf dem Boden. Im Dämmerlicht zeichnen sich im Raum unzählige Schatten ab, doch Sam ist weg.

Mit zitternden Händen hebe ich den Stuhl auf und leere die Weingläser im Spülbecken aus. Währenddessen höre ich aus dem Flur ein Geräusch. Oh Gott, nein! Ich renne hinaus, jede Faser meines Körpers ist auf Kampf eingestellt, aber es ist bloß Henry, der aus seinem Zimmer kommt und aufs Bad zutappert. Ich atme tief durch und reiße mich zusammen; während er noch im Bad ist, laufe ich zur Wohnungstür, drehe den Schlüssel zweimal um und lege zur Sicherheit auch noch die Kette vor.

Zurück in der Küche fülle ich den Wasserkocher, nehme Brot aus dem Brotkasten und schiebe es in den Toaster, stelle Butter und Marmelade bereit, einen Teller, ein Messer. Ich verfolge dabei die Bewegungen meiner Hände, als würden sie nicht zu mir gehören.

Als Henrys Toast fertig ist, nehme ich ihn mitsamt meinem Handy und einem Becher Tee mit in sein Zimmer. Ich klettere neben ihm ins Bett, vorsichtig, damit ich die Anordnung seiner Frühstücksteddys nicht störe.

»Danke, Mummy«, sagt er, wie immer ernst.

»Gern geschehen«, erwidere ich, nehme einen Schluck Tee und ziehe ihn an mich. Ich bin unendlich dankbar, dass er nicht mitbekommen hat, was in der vergangenen Nacht hier vorgefallen ist, aber seine Unschuld, sein blinder Glaube an sein Glück im Leben und an meins bricht mir heute früh das Herz.

Ich tippe auf meinem Handy herum, habe Schwierigkeiten mit den Tasten, während er konzentriert seine Toastscheibe in kleine Stückchen zupft und sie reihum an die Teddys verteilt. Ein paar Minuten später vibriert mein Telefon, und auch wenn ich weiß, dass Bridget mir wohl keine Nachrichten mehr schickt, krampft sich mein Magen zusammen.

Zwanzig Minuten später stehe ich gerade am Spülbecken und wasche Toastkrümel von kleinen Plastiktellern, als es an der Tür klingelt. Ich laufe langsam auf den Flur hinaus und trockne meine Hände am Geschirrtuch ab.

»Wer ist da?«, bringe ich mühsam hervor. Meine Stimme ist immer noch rau.

»Ich bin's«, ruft sie zurück.

Ich stolpere auf die Tür zu und fummele an der Kette herum, meine Finger rutschen an den Schlössern ab. Als ich die Tür endlich aufbekommen habe, steht Polly mit ungekämmtem Haar und immer noch im Schlafanzug unter ihrem viel zu großen Puffa-Mantel vor mir. Sie sieht die Blässe in meinem Gesicht, meine blutunterlaufenen Augen, die Abdrücke an meinem Hals.

»Oh mein Gott«, sagt sie und nimmt mich in die Arme. Meine Beine geben unter mir nach, und ich lasse mich in sie hineinfallen, schluchze vor Erleichterung und kann endlich alles von mir abfallen lassen.

KAPITEL 41

2016

Das von Raureif überzogene Gras knirscht unter meinen Sohlen, als wir in der Wintersonne durch den Dulwich Park laufen. Henry hält meine Hand fest, wie er es jetzt immer tut, seit wir die Nachricht gehört haben. Ich habe ihm erzählt, sein Daddy sei für eine Weile fortgegangen, die Worte sind mir schier im Hals stecken geblieben, und er scheint zu spüren, dass da noch mehr dahintersteckt, fragt aber nicht nach. Allerdings hat er sich nach seiner Schwester erkundigt, und ich habe mir fest vorgenommen, all meinen Mut zusammenzunehmen und mich mit Catherine zu verabreden. Ich gehe davon aus, dass wir einiges gemeinsam haben.

Es ist jetzt zwei Wochen her, als ich morgens aus Henrys Zimmer gekommen bin und erleichtert festgestellt habe, dass Sam verschwunden ist. Ich saß am Küchentisch mit Polly, wir tranken Tee und warteten gemeinsam auf die Polizei. Allmählich entspannten sich meine Muskeln wieder, und die Wärme kehrte in meinen Rücken zurück. Henry summte im Wohnzimmer zum beruhigenden Klickern und Klackern seiner Eisenbahn unmelodisch vor sich hin, während Polly und ich redeten. Ich erzählte ihr all die Dinge, die ich nie zuvor jemandem anvertraut hatte: über

Maria, mich selbst und Sam, was er mir angetan hatte, was ich ihn hatte tun lassen und wie ich mich dabei gefühlt hatte. Ich spürte, dass zwischen Polly und mir irgendetwas anders war – eine Barriere vielleicht, die es früher nicht gegeben hatte. Aber noch während wir miteinander sprachen, dämmerte mir, dass das Gegenteil der Fall war: dass diese Barriere weggefallen war – eine, die ich seit unserem Kennenlernen Mal ums Mal errichtet hatte, wann immer wir uns trafen. Endlich darf sie mich sehen, und zwar voll und ganz.

Wir verfielen in einvernehmliches Schweigen, bis es an der Tür klingelte – eine schrille Ermahnung daran, dass ich mich nicht für immer mit Polly in der Wohnung würde einschließen können. DI Reynolds war wie immer anstandslos professionell, aber sie legte obendrein eine gewisse Besorgnis an den Tag, die ich zuvor nie an ihr festgestellt hatte. Anders als bei unseren vorangegangenen Begegnungen strömte es nur so aus mir heraus. Ich erzählte ihr alles.

Reynolds meinte schließlich, nach so langer Zeit und angesichts Sams zweiter Tat sei es unwahrscheinlich, dass gegen mich ermittelt würde, weder im Fall Maria noch wegen Verschleierung, weil ich die Facebook-Nachrichten verheimlicht hatte. Ich fragte gar nicht erst, ob Reynolds Bridget und Tim von meiner Beteiligung an den Ereignissen jener Nacht 1989 erzählen würde. Die Facebook-Seite ist jedenfalls seit dem Tag verschwunden, als ich aus Bridgets Bungalow hinaus auf etwas zugerannt war, was ich da noch für Sicherheit gehalten hatte. Weder von Bridget noch von Tim habe ich noch einmal etwas gehört.

Auch Reynolds hatte Neuigkeiten für mich: Ein Wanderer auf dem Küstenpfad hatte gerade, nur eine Stunde zuvor, Sams Auto gefunden: verwaist an den Klippen von

Sharne Bay. Es stand am Ende eines unwegsamen, fast unpassierbaren Wegs, der von der Hauptstraße am Schulwäldchen vorbei bis zu der steilen Küste führte. Der Fahrer war gegen einen Baum gerast und hatte den Wagen einfach stehen gelassen, den linken Kotflügel in eine Kiefer gebohrt, Glassplitter von den Scheinwerfern drum herum verstreut.

Ich komme nicht umhin, an ihn zu denken, wie er in der Dunkelheit den Weg dort hinter dem Wäldchen entlangfährt. Hat er dabei an Sophie gedacht? Oder an Maria? Oder hat er an Henry und Daisy denken müssen? Vielleicht sogar an mich und Catherine. Seit ich Marias Freundschaftsanfrage bekommen habe, hat mich die Frage verfolgt, was wirklich mit ihr passiert ist. Inzwischen muss ich nicht mehr mutmaßen, aber ich habe einen schrecklichen Preis für die Wahrheit gezahlt. Vielleicht verdiene ich es nicht besser.

Henry zieht an meiner Hand und zerrt mich in Richtung Spielplatz. Ich erinnere mich wieder an das letzte Mal, als wir hier waren, und versuche, meine Gedanken daran zu hindern, zu Pete und unserem Gespräch in der vergangenen Woche abzuschweifen. Ich hatte all meinen Mut zusammennehmen müssen, um zum Hörer zu greifen, aber mir war klar, dass ich mich bei ihm entschuldigen und die Fronten bereinigen müsste, um noch mal ganz neu anfangen zu können. Die Entschuldigung hatte ich sofort vorweggeschickt, aber er war umso verdutzter, als ich mich nach Frau und Kind erkundigte. Ich wollte ihn damit nicht vor den Kopf stoßen, ich wollte einfach nur, dass ihm klar wäre, dass ich Bescheid wusste und dass es für mich in Ordnung war. Dass nichts, was er je tun könnte, auch nur in die Nähe dessen käme, was ich selbst getan hatte, und dass ich verstünde, dass ich nicht in der Position war, um irgendjemanden zu verurteilen. Ich glaube, er war sich nicht ganz sicher, ob er wütend oder amüsiert sein sollte, dass ich ihn so schnell und leichtfertigt vorverurteilt hatte. In Wahrheit handelte es sich bei der Frau und dem Kind, mit denen Esther ihn gesehen hatte, um seine Schwester und deren Baby.

Auf dem Spielplatz springt Henry auf das Karussell, und ich drehe und schiebe ihn an. Sein ernstes Gesicht blitzt wieder und immer wieder vor mir auf. Er ist seinem Vater wahnsinnig ähnlich – eine konstante Erinnerung daran, was ich verloren habe. Vor meinem inneren Auge sehe ich Sam, der als Sechzehnjähriger so unendlich gut aussah mit seinem dunkelblonden Schopf, der ihm in die Augen hing, und wie er später unter allergrößten Mühen Maria, die schwer in seinen Armen hing, den Pfad hinuntertrug. Er war so selbstsicher, so beliebt – was hatte bloß dazu geführt, dass er die rote Linie überschritt, und zwar öfter als nur ein Mal? In all den Jahren, die wir zusammen waren: Hätte ich es nicht erkennen müssen? Ich glaube allerdings nicht, dass ich ihn je klar gesehen habe; meine Sicht war immer getrübt von der Vergangenheit, der Scham, der Liebe.

Ich denke an Marias letzte Momente im Leben und daran, wie verängstigt sie gewesen sein muss; ich denke an Bridget, deren ganzes Leben anschließend in Trümmern lag. Sams Geständnis spricht mich nicht von Schuld frei. Ich bin immer noch dafür verantwortlich, was ich Maria angetan habe, ich habe ebenfalls eine Rolle gespielt, und das werde ich auch nie wiedergutmachen können. Aber ich kann nicht für den Rest meines Lebens im Schatten leben. Ich habe einen guten Grund, mich endlich vorwärtszubewegen, mich wieder ins Licht zu trauen, und dieser Grund ist hier, dreht sich vor mir auf dem Karussell, und seine Wangen glühen im beißenden Dezemberwind.

Henry streckt die Hand aus und will, dass ich das Karussell anhalte. Als wir zu den Schaukeln hinüberschlendern, schlüpft seine Hand, die in einem Fäustling steckt, unvermeidlich in meine.

»Mummy?«

»Ja?«

»Wo *ist* Daddy?«

»Das hab ich dir doch schon gesagt. Er ist für eine Weile fortgefahren und muss arbeiten.«

»Aber wo?«

Der finstere Tag zeichnet sich bereits am Horizont ab – der Tag, an dem ich ihm erzählen muss, wo sein Vater ist. Die Zeitungen und das Internet haben über Sam berichtet. Ich werde es vor Henry nicht geheim halten können. Aber fürs Erste will ich, dass er seine rosawangige, bommelmützige, unerträgliche Unschuld behält.

»Nicht weit. Er musste bloß für eine Weile wegfahren, um zu arbeiten, das ist alles. Sollen wir uns einen heißen Kakao holen?«

Er springt vor Freude in die Luft. Henry ist derzeit wirklich leicht abzulenken, aber das wird nicht für immer der Fall sein. Und ich werde ihn auch nicht für immer bei mir behalten können. Der Tag wird kommen, an dem ich ihn allein zur Schule laufen oder mit Freunden ins Schwimmbad gehen lassen muss. Er wird mir vorwerfen, übervorsichtig zu sein, und er wird recht haben; aber ich werde meine Gründe dafür haben.

Mein Kopf sagt mir, dass Sam fort ist, aber ich kann immer noch seine Hände um meinen Hals fühlen, spüre ihn immer noch tief in meinem Innern, wie einen parasitären Wurm, der im dunkelsten, schlimmsten Teil von mir lauert. Er könnte auf dem Grund des Meeres liegen oder irgendwo hier im Park sein und beobachten, wie wir über die Wiese laufen. Womöglich werde ich die Wahrheit nie erfahren, und vielleicht wird das meine wahre Strafe dafür sein, was ich Maria angetan habe. Nicht die Nachrichten von Bridget, nicht mal jene Nacht in meiner Wohnung mit Sam, sondern der Umstand, dass ich mein Leben lang über die Schulter werde blicken müssen, weil ich mir nie ganz sicher sein kann. Weil ich immer mit allem rechnen muss.

Mein Telefon vibriert in meiner Tasche, und ich spüre wieder die übliche, intuitive Alarmbereitschaft in mir aufkommen, auch wenn ich meinen Facebook-Account inzwischen gelöscht habe. Es ist eine Nachricht von Polly: Sie sei spät dran, aber mit den Mädels bald da. Ich versuche dieser Tage, mit Leuten von Angesicht zu Angesicht in Kontakt zu bleiben statt über einen Bildschirm. Ich drücke mich nicht mehr am Rand meines Lebens herum. Ich strecke mich aus, will mein Leben auf den Bruchstücken wiedererrichten, die mir noch verblieben sind.

Nachdem all das passiert war, sind meine Eltern für einige Tage zu Besuch gekommen, und auch wenn wir nicht gerade einen hollywoodreifen emotionalen Durchbruch erreicht haben, konnte ich doch ihre Unterstützung spüren, und das hat mir viel bedeutet. Dad saß mit Henry auf dem Boden und spielte Eisenbahn. Mum kochte eine Tasse Tee nach der anderen und putzte das Bad. Ich fühlte mich ihr so nah wie schon seit Jahren nicht mehr.

Auch meine Kunden waren überaus verständnisvoll. Rosemary hat sich dafür entschuldigt, wie sie mich an jenem Tag in Islington behandelt hat, und versprochen, niemals überhaupt darüber nachzudenken, jemand anderen zu beauftragen.

Henry und ich kommen an dem Café an, und automatisch lasse ich den Blick schweifen und frage mich, ob ich je wieder imstande sein werde, einen öffentlichen Ort zu besuchen, ohne nach Sam Ausschau zu halten. Die Luft steht, und es ist laut, voller Familien: Kinder, die nach Kuchen schreien, Eltern, die Münder abwischen und Kaffeetassen wegschieben, damit ihre Kleinen sie nicht umwerfen. Ich laufe auf den Tresen zu, Henrys Hand steckt immer noch in meiner, und bestelle zwei heiße Kakao. Es ist kein Tisch frei, also nehmen wir die Becher mit nach draußen, obwohl ich mich frage, ob es wohl noch warm genug ist, dort zu sitzen.

Henry sieht mich sorgenvoll an. »Was denkst du, Mummy?«

Eine kleine Wolke schiebt sich vor die Sonne, und der Schatten wandert über die Wiese auf uns zu und verdunkelt auf seinem Weg das Grün. Ich habe keine Wahl. Ich kann entweder für immer in diesem Schwebezustand bleiben, im Dunkeln sitzen und Angst haben, oder aber ich nehme das Heft in die Hand und bewege mich vorwärts. Was ich getan habe und was Sam mir angetan hat, kann entweder über mich bestimmen, oder aber ich ziehe daraus meine Lehren und versuche, ein besseres Leben zu führen.

Die Wolke verzieht sich, und die Sonne kommt wieder hervor. Ich setze mich an einen Außentisch und stelle Henrys heißen Kakao vorsichtig mir gegenüber ab. Er setzt sich ebenfalls, und wenn uns jetzt jemand beobachten sollte, dann wird er uns gemeinsam sehen, wie wir einander hier im Sonnenlicht anlächeln.

Danksagung

Es gibt eine Menge Leute, denen ich danken will:

Meiner Agentin Felicity Blunt dafür, dass sie an mich und dieses Buch geglaubt hat, und für die Verbesserungsvorschläge, die der Geschichte eine neue Wendung gaben.

Meiner genialen Lektorin Lucy Malagoni dafür, dass sie mir den Einstieg in die Verlagswelt derart vergnüglich gestaltet hat, und dem ganzen Team bei *Little, Brown Book* für die Begeisterung und Unterstützung. Außerdem gilt mein Dank Wes Miller von Grand Central für seine lehrreichen redaktionellen Hinweise.

Der Curtis-Brown-Creative-Mannschaft und insbesondere meiner Mentorin, der großartigen Schriftstellerin Erin Kelly. Eine Extraerwähnung verdienen meine 14 wunderbaren CBC-Kurskollegen für Feedback, Unterstützung und Freundschaft – und Eleanor Moran, die mir erstmals von CBC erzählt und mich ermutigt hat, es zu probieren.

Der Jury des Lucy Cavendish Fiction Price dafür, dass sie in einer sehr frühen Manuskriptfassung irgendetwas erkannt haben – und ganz besonders Jo Ryan für die kontinuierliche Unterstützung und Ermutigung.

Caro Ambrose und alle anderen vom Bath Novel Award, die im Dienst der nominierten Autoren und Preisträger fabelhafte Arbeit leisten. Ein Extradankeschön an Emma, fantastische Cheerleaderin und CCTV-Hinweisgeberin.

All meinen Freunden, die mich immer motiviert haben, besonders Natasha und Claire, meinen ersten Leserinnen, die nicht nur unschätzbar wertvolle Hinweise gegeben und mich weiter ermutigt, sondern auch unendliche Stunden durchlitten und entscheidende Szenen diskutiert haben. Vicky für die Modehinweise und die geniale Nonnen-Idee. Und Hattie, Jane, Naomi und Rachel für alles.

Meinen Eltern, Murray und Cecilia, für das Vorlesen und die Leidenschaft für Bücher. Meiner Schwester Alice für all die erfundenen Spiele. Dank euch bin ich umgeben von Geschichten aufgewachsen. Nur deshalb bin ich heute Autorin.

Meinen Jungs, Charlie und Arthur, dafür, dass sie mich unterstützt und allen und jedem von meinem Buch erzählt haben. Nichts hiervon wäre ohne euch irgendetwas wert.

Und Michael für das Lesen, für die Ratschläge, all die endlosen Plot-Diskussionen und dafür, dass du an mich geglaubt und mich von Anfang an unterstützt hast. Zu all dem hier wäre ich ohne dich nicht imstande gewesen. Ich liebe dich.